Je geld of je leven

Catharina Ingelman-Sundberg bij Boekerij:

Je geld of je leven
Oma doet het weer

www.boekerij.nl

Catharina Ingelman-Sundberg

JE GELD OF JE LEVEN

BOEKERIJ

Eerste druk september 2013
Tweede druk februari 2015

ISBN 978-90-225-6855-2
ISBN 978-94-6023-683-9 (e-boek)
NUR 302

Oorspronkelijke titel: *Kaffe med rån*
Vertaling: Lammie Post-Oostenbrink
Omslagontwerp: Macmillan Publishers
Omslagbewerking: DPS design & prepress services, Amsterdam
Zetwerk: Text & Image, Eexterveen

Voor mijn neefjes en nichtjes: Fredrik, Isabella, Simon, Hanna, Maria, Henrik, Catrin, Hampus, Susanne, Christian, Catharina, Helena, Fredrika, Anna en Sophia

‘Een misdaad per dag houdt de mot uit de maag.’
(Stina, 77 jaar)

Proloog

De oude dame pakte haar rollator vast, legde haar wandelstok naast de mand en probeerde doortastend over te komen. Er was autoriteit voor nodig om op negenenzeventigjarige leeftijd voor het eerst een bank te overvallen. Ze rechtte haar rug, trok haar hoed verder over haar gezicht en duwde de deur open. Langzaam, steunend op haar rollator, liep ze de bank binnen. Het was vijf minuten voor sluitingstijd en er zaten nog drie klanten op hun beurt te wachten. Sinds ze in het woon-zorgcomplex tegen de schoonmaakwagen was gebotst, zat een van de wieltjes scheef, waardoor de rollator een beetje piepte. Ze had geprobeerd dat op te lossen door hem te smeren met olijfolie. Op een dag als vandaag maakte het vast niet uit. Het belangrijkste was dat er een grote mand op de rollator zat, waar ze veel geld in kwijt kon.

Märtha Anderson van Södermalm liep licht voorovergebogen en had een doordeweekse jas van een onbestemde kleur aan, een kledingstuk dat ze had gekozen om niet op te vallen. Ze was langer dan de gemiddelde vrouw, mollig maar niet dik en ze had een paar stevige wandelschoenen aan, die een eventuele vlucht makkelijker zouden maken. Haar geaderde handen zaten verstopt in een paar oude, leren handschoenen en op haar kortgeknipte witte haar droeg ze een bruine hoed met een brede rand. Om haar hals droeg ze een lichtgekleurde sjaal. Als ze gefotografeerd werd, zou alles in de buurt van de sjaal overbelicht worden, waardoor haar gezicht automatisch onherkenbaar zou worden. Maar de sjaal was eigenlijk meer voor de zekerheid – haar mond en neus verdwenen al onder de rand van de hoed.

Het kleine bankfiliaal aan de Götgata zag er hetzelfde uit als alle bankfilialen van tegenwoordig. Er was maar één loket, de muren waren steriel en saai, de vloer glom en op een tafeltje lagen folders over leenmogelijkheden en tips over hoe je rijk kon worden. Ja, beste folderontwerpers, dacht Märtha, ik weet wel andere, véél betere manieren! Ze ging op de bezoekersbank zitten en deed alsof ze de folders over spaarloon en beleggingsfondsen las, maar ze had moeite het trillen van haar handen te verbergen. Discreet stak ze een hand in haar jaszak om een snoepje te pakken, een van die geneugten waarvoor de dokters haar waarschuwden en de tandartsen haar bedankten. 'Oerwoudkreten', zo heetten ze. Een toepasselijke naam voor een dag als deze. En ze mocht toch wel een beetje zondigen?

Het scherm dat aangaf welk nummer aan de beurt was, piepte en een man van in de veertig liep haastig naar het loket. Hij had een korte vraag en het jonge meisje kon hem snel helpen. Na hem was een oudere man aan de beurt, die mompelend in zijn papieren rommelde.

Märtha begon haar geduld te verliezen. Ze kon hier niet te lang blijven. Iemand zou aan haar lichaamstaal kunnen zien wat ze van plan was en haar ontmaskeren. Nu was het lastig dat ze er niet uitzag als een doodgewone oude dame die naar de bank ging om geld te halen. Hoewel dat eigenlijk gewoon was wat zij ook kwam doen, zou de bankbediende verbaasd staan van de hoeveelheid geld die ze wilde hebben... Märtha voelde of het krantenknipsel uit *Dagens Industri* nog in haar jaszak zat. Ze had de kop 'Dit is een overval' uit een artikel geknipt over de financiële gevolgen van bankovervallen. Die woorden hadden haar juist inspiratie gegeven.

De man bij het loket was bezig zijn spullen op te ruimen, en Märtha ging staan en steunde op de rollator. Haar hele leven was ze 'een brave burger' geweest, steun en toeverlaat voor anderen; ze was op school zelfs pleinwacht geweest. Nu stond ze op het punt crimineel te worden. Maar wat moest ze anders doen op deze leeftijd? Ze had geld nodig voor een betere woning voor zichzelf en haar vrienden en ze kon nu niet meer terugkrabbelen. Haar oude vrienden hadden recht op een prettige 'oude dag', op een beetje vertier in het herfsttij van hun leven. De oude heer voor haar nam flink de tijd, maar eindelijk verscheen haar nummertje met een piep op het beeldscherm. Langzaam en waardig liep ze naar het loket. Al het aanzien dat ze in haar leven had opgebouwd zou ze dadelijk kwijt zijn. Maar wat moest je anders doen, als de misdadige samenleving zo slecht voor haar bejaarden zorgde? Je zei niets en ging er aan onderdoor, of je paste je aan. Zij was iemand die zich aanpaste.

De laatste paar meter naar het loket keek ze spiedend om zich heen voor ze stilhield, haar wandelstok op de balie legde en de bankbediende vriendelijk toeknikte. Vervolgens legde ze het krantenknipsel op de balie.

'Dit is een overval!' beet ze de bankbediende toe.

Die bestudeerde het krantenknipsel en keek haar glimlachend aan. 'Waar kan ik u mee helpen?'

'Drie miljoen en snel een beetje,' zei Märtha.

De glimlach van de bankbediende werd nog breder. 'Wilt u geld opnemen?'

'Nee, U moet NU geld voor mij pakken!'

'Dat begrijp ik. Maar uw pensioen is nog niet binnen. Dat wordt pas halverwege de maand gestort, dat weet u toch.'

Märtha wist niet wat ze moest zeggen. Dit liep allemaal heel anders dan ze zich had voorgesteld. Ze kon maar het beste direct optreden. Ze pakte de wandelstok en stak hem door het loket. Ze schoof er dreigend mee heen en weer.

'Schiet op! Drie miljoen!'

'Maar uw pensioen...'

'Doe wat ik zeg. Drie miljoen. Leg het geld in de rollator!'

Toen had het meisje er genoeg van. Ze stond op en haalde twee mannelijke collega's. De ene man was in de bloei van zijn leven en lachte vriendelijk naar Märtha. Hij leek erg op Gregory Peck – of was het nu Cary Grant? – en hij zei: 'We zullen uw pensioen snel naar u overmaken. Mijn collega heeft al een taxi voor u gebeld.'

Märtha keek door het raampje van het loket. Ze zag dat het meisje de telefoon had gepakt.

'Dan kom ik jullie wel een andere keer overvallen,' zei Märtha, en ze griste haar wandelstok en krantenknipsel van de balie. Iedereen lachte vriendelijk en even later liepen ze met haar naar de deur en hielpen haar de taxi in. Ze vouwden zelfs de rollator voor haar op.

'Woon-zorgcomplex De Diamant,' zei Märtha tegen de chauffeur terwijl ze naar het bankpersoneel wuifde. Voorzichtig stopte ze het krantenknipsel weer in haar jaszak. Alles was precies volgens plan verlopen. Van een oudere dame met een rollator werd veel meer geaccepteerd dan van iemand anders. Tevreden neuriënd zocht ze in haar jaszak naar een nieuwe dosis Oerwoudkreten. Om haar plan succesvol uit te voeren, had ze alleen de hulp nodig van haar vrienden, met wie ze al meer dan twintig jaar in het koor zong. Ze kon hun natuurlijk niet op de man af vragen crimineel te worden, maar ze zou hen op een slimme manier van haar gelijk overtuigen. En dan, dat wist ze honderd procent zeker, zouden ze haar bedanken omdat ze hun leven een nieuwe impuls had gegeven.

Märtha hoorde heel in de verte een zoemtoon, gevolgd door schel gepiep. Ze werd wakker, deed haar ogen open en probeerde zich te herinneren waar ze was. Ach ja, in het woon-zorgcomplex. Bertil was zeker weer bezig. Bertil Engström, 'De Hark', die altijd midden in de nacht opstond omdat hij honger had. Dan zette hij eten in de magnetron en vergat dat vervolgens. Ze stond op en liep met de rollator naar de keuken. Mopperend haalde ze de plastic bak met macaroni met gehaktballetjes in tomatensaus uit de magnetron en keek slaperig naar de huizen aan de overkant van de straat. Hier en daar brandde licht. De keuken zit vast aan deze kant van de straat, dacht ze. Tot voor kort had het woon-zorgcomplex een kok gehad, maar die had de nieuwe eigenaar wegbezuinigd. Voordat De Diamant het woon-zorgcomplex had overgenomen, waren de maaltijden het hoogtepunt van de dag geweest. Toen rook het in de gemeenschappelijke woonkamer heerlijk naar eten. Maar nu? Märtha leunde geeuwend tegen het aanrecht. Bijna álles was slechter geworden; het was tegenwoordig zo ellendig dat ze vaak wegdroomde. Ja, ze had zo heerlijk gedroomd... Het leek alsof ze echt de bank had overvallen, alsof haar geweten de leiding had overgenomen en haar iets wilde vertellen. Op school had ze altijd tegen onrechtvaardigheid geprotesteerd. Zelfs als leerkracht had ze zich verzet tegen onredelijke besluiten en krankzinnige veranderingen. Maar hier in het woon-zorgcomplex had ze het gek genoeg over zich heen laten komen. Waarom was ze zo gedwee geworden? Iemand die het niet eens was met de manier waarop het land werd geregeerd, kwam in opstand. Maar daar moest ze dan eerst wel de anderen van overtuigen. Want een bankoverval was toch gewoon een kwestie van doen? Ze lachte zenuwachtig. Dat was nu juist het beangstigende: haar dromen kwamen bijna altijd uit.

1

Toen de bewoners (of cliënten, zoals ze tegenwoordig werden genoemd) van De Diamant de volgende ochtend koffiedronken in de gemeenschappelijke woonkamer vroeg Märtha zich af wat ze moest doen. In Österlen, waar ze was opgegroeid, zaten de mensen nooit te wachten tot iemand anders iets zou ondernemen; als het hooi moest worden binnengehaald of als een merrie moest werpen, zorgden ze ervoor dat alles geregeld werd zoals het hoorde. Märtha keek naar haar handen. Ze was trots op haar stevige handen, het levende bewijs dat ze haar steentje had bijgedragen. Om haar heen praatten de anderen zachtjes met elkaar. Ze keek de uitgeleefde woonkamer rond. Het rook er naar een opvanghuis van het Leger des Heils en de meubels leken zo van de vuilnisbelt te zijn meegenomen. Dit soort oude, grijze, eternietgebouwen uit de jaren veertig leek nog het meest op een mengeling van een oud klaslokaal en een tandartswachtkamer, dacht ze. Zij zou toch niet haar dagen slijten met een kop automatenkoffie in de hand en een portie nepvoedsel in haar maag? Nee, nooit van haar leven! Märtha haalde diep adem, zette haar koffiekopje weg en boog naar voren.

'Wat zouden jullie zeggen van een bakkie bij mij?' vroeg ze terwijl ze haar vrienden wenkte dat ze haar moesten volgen naar haar kamer. 'Ik vind dat we wat te bespreken hebben.'

Aangezien de anderen wisten dat ze een voorraadje bramenlikeur op haar kamer had verstopt, knikten ze tevreden en gingen ze als één man staan. De elegante, maar eeuwig hongerige Bertil ging voorop, gevolgd door Oscar Krupp, 'Genie', de uitvinder en Märtha's twee vriendinnen: Stina die dol was op Belgische bonbons en Anna-Greta, een ferme tante. Ze keken elkaar aan. Märtha trakteerde vaak op een likeurtje als ze een leuk idee had. Dat was al een hele tijd niet gebeurd, maar nu was ze duidelijk weer iets van plan.

Op haar kamer haalde Märtha de fles tevoorschijn, ruimde haar breiwerk dat op de bank lag op en gebaarde dat haar vrienden konden gaan zitten. Ze wierp een blik op de mahoniehouten tafel, waar een pasgestreken gebloemd tafelkleed op lag. Ze dacht er al een tijdje over om een andere tafel aan te schaffen, maar de oude was groot en stevig en iedereen kon zo aanschuiven. Ze moest het er maar mee doen. Toen ze de fles pakte, viel haar oog op het bureau met de familiefoto's van Österlen. Achter het glas stonden haar ingelijste ouders en zussen voor het ouderlijk huis in Brantevik naar haar te lachen. Ze zouden eens moeten weten. Ze waren zo nuchter. Demonstratief zette Märtha de likeurglaasjes neer en vulde ze tot de rand.

'Proost, stelletje parasieten,' zei ze terwijl ze haar glas hief.

'Daar drinken we op,' antwoordden haar vrienden vrolijk.

'En dan nu "De Liereman",' zei Märtha, waarna iedereen zwijgend het drinkliedje woordeloos zong. (In het woon-zorgcomplex moest je je gedeisd houden en niet laten merken dat je jong van geest was.) Märtha herhaalde het refrein een keer geluidloos en toen lachten ze alle vijf. Nog steeds waren ze niet gesnapt en daar verkneukelden ze zich iedere keer weer over. Märtha zette haar glas op tafel en keek de anderen steels aan. Moest ze hun over haar droom vertellen? Nee, eerst moest ze ervoor zorgen dat alle neuzen dezelfde kant op wezen. Dan kon ze hen misschien allemaal meekrijgen. Het was een hechte groep. Al toen ze een jaar of vijftig waren, hadden ze elkaar plechtig beloofd dat ze bij elkaar zouden gaan wonen als de tijd daar was, dus waarom zouden ze nu geen nieuwe afspraken kunnen maken? Ze dachten over zo veel zaken hetzelfde. Nadat ze allemaal met pensioen waren gegaan, hadden ze als koor onder de naam 'De Stemband' in het ziekenhuis en in wijkgebouwen opgetreden, en een paar jaar geleden waren ze gezamenlijk in hetzelfde woon-zorgcomplex gaan wonen. Märtha had er lang op aangedrongen dat ze geld bij elkaar zouden schrapen om in plaats van in een woon-zorgcomplex in een kasteel in Skåne te gaan wonen, wat haar veel spannender leek. Ze had immers in het lokale krantje in Ystad gelezen dat oude kastelen voor een habbekrats te koop waren en bovendien had een aantal een slotgracht.

'Als er dan een vervelende ambtenaar langskomt of een kind dat zijn voorschot op de erfenis wil opeisen, dan halen we gewoon de ophaalbrug omhoog,' had ze gezegd in een poging de anderen te overtuigen. Maar toen ze bedachten dat het onderhoud van een kasteel erg duur was en dat er bedienden nodig waren, was de keuze gevallen op Huize 'Lelietjes van Dalen', het woon-zorgcomplex dat later door de nieuwe eigenaar was omgedoopt tot De Diamant.

'Smaakte je nachthap een beetje?' vroeg Märtha toen Bertil de laatste druppeltjes likeur uit het glas had opgedronken. Hij zag er moe uit. Hij had een roos in het knoopsgat van zijn revers gestoken en hij droeg een sjaaltje om zijn nek. Al was hij een oudere gentleman op zijn retour, hij was nog steeds erg charmant en ging zo elegant gekleed dat zelfs jongere vrouwen hem nakeken.

'Mijn nachthap? Die was alleen om de ergste honger te stillen. We zouden hier toch wel een fatsoenlijke maaltijd moeten kunnen krijgen, de troep die ze ons nu voorschotelen is erger dan scheepsbeschuit,' zei hij terwijl hij zijn glas op tafel zette. In zijn jonge jaren had hij gevaren, maar nadat hij was afgemonsterd had hij zich laten omscholen tot tuinman. Af en toe kweekte hij nog wat bloemen of kruiden op zijn balkon. Zijn grootste ergernis was dat iedereen hem Hark noemde, alleen maar omdat hij dol was op tuinieren en ooit eens over een hark was gestruikeld. Daar hoefde hij toch niet de rest van zijn leven door te worden achtervolgd, vond hij. Toen hij 'Bloem', 'Blad' of 'Loof' als bijnaam had voorgesteld, had er niemand naar hem geluisterd.

'Zou je in het vervolg gewoon een broodje kaas willen klaarmaken? Of ander eten dat niet piept?' mompelde Anna-Greta, die ook wakker was geworden en slechts met moeite weer in slaap was gevallen. Ze was een felle vrouw; streng, maar rechtvaardig en bovendien zo lang en slank dat Bertil vaak zei dat ze vast geboren was in een elektriciteitsbuis.

'Ja, maar het ruikt op de bovenverdieping altijd naar eten en kruiden. Logisch toch dat ik daar honger van krijg,' verdedigde hij zich.

'Je hebt gelijk. Het personeel zou hun eten met ons moeten delen. Van die plastic rommel die wij krijgen, raak je niet verzadigd,' zei Stina Åkerblom, die discreet haar nagels zat te vijlen. De voormalige hoedenmaakster was met haar zevenenzeventig jaar de jongste van het stel. Ze had altijd gedroomd van een baan als bibliothecaresse. Ze wilde rustig en behaaglijk kunnen leven en aquarellen maken. Goed eten in plaats van magnetronmaaltijden. Na een lang leven in stadsdeel Östermalm was ze gewend aan een zekere standaard.

'Het personeel krijgt hetzelfde eten als wij,' legde Märtha uit. 'De nieuwe eigenaar heeft een kantoor met een keuken op de eerste verdieping.'

'Dan moeten we een lift installeren, zodat het eten van boven naar beneden kan worden gebracht,' vond Oscar Krupp. Hij was de regelneef van de groep en een jaar ouder dan Stina. Hij was uitvinder en had een eigen werkplaats in Sundbyberg gehad. Net als de anderen was hij dol op lekker eten, hij had een flinke buik en vond sporten een hobby voor mensen die niets beters te doen hadden.

'Herinneren jullie je de folder nog die we kregen toen we hier een paar jaar geleden kwamen wonen?' vroeg Märtha. '"*Goed eten uit eigen keuken*", stond er. Bovendien zouden we dagelijks gaan wandelen, er zouden kunstenaars op bezoek komen, een pedicure en een kapster. Met de nieuwe eigenaren is daar een einde aan gekomen. Het wordt tijd dat we ons ongenoegen laten blijken.'

'Opstand in het woon-zorgcomplex!' zei Stina op melodramatische toon. Ze gebaarde zo heftig met haar armen dat de nagelvijl op de grond viel.

'Precies, laten we een beetje gaan muiten,' zei Märtha voorzichtig.

'We zitten toch zeker niet op zee,' grinnikte Bertil.

'Maar de nieuwe eigenaren hebben misschien financiële problemen. Jullie zullen zien dat het binnenkort beter wordt,' zei Anna-Greta, die haar ouderwetse bril rechtzette. Ze had haar hele leven bij de bank gewerkt en begreep dat een ondernemer winst moest maken.

'Beter. Dank je de koekoek,' mompelde Bertil. 'Dat dieventuig verhoogt telkens onze bijdrage, maar we krijgen er niets voor terug.'

'Doe niet zo negatief,' zei Anna-Greta, die haar bril weer goed op haar neus schoof. Die was oud en versleten en gleed de hele tijd naar beneden. Ze kocht alleen nieuwe glazen, nooit een nieuwe bril, aangezien ze vond dat het een tijdloos montuur was.

'Hoe bedoel je, "negatief"? We mogen best verbeteringen eisen. Voor allerlei zaken, maar we beginnen met het eten,' besliste Märtha.

'Luister eens, ze hebben vast en zeker het fatsoenlijke eten verstopt in de keuken op de bovenverdieping. Zodra het personeel naar huis is, vind ik dat...'

Terwijl Märtha haar plan uiteenzette, werd het gezelschap steeds vrolijker. Algauw glommen hun ogen opgewonden. Ze gluurden naar het plafond, keken elkaar aan en staken een duim in de lucht.

Toen haar vrienden naar hun eigen kamers waren gegaan, zette Märtha tevreden neuriënd de fles bramenlikeur helemaal achter in de klerenkast. Ze had nieuwe energie gekregen van die droom van haar. Maar om een verandering te kunnen doorvoeren, moest je ook het alternatief laten zien en pas dan zouden haar vrienden tot dezelfde conclusie komen als Märtha.

2

Toen iedereen de lift uit was en voor de deur van het kantoor van De Diamant stond, vroeg Märtha of ze even de aandacht mocht. Ze had uit het sleutelkastje een sleutel gepakt met een driehoekige kop, zo een die de slotenmakers niet kunnen namaken. Ze stak hem in het slot, draaide hem rond en de deur ging open.

'Dat dacht ik al. De loper. Uitstekend, dan kunnen we naar binnen, maar vergeet niet dat we zachtjes moeten doen.'

'Dat moet jij nodig zeggen,' mompelde Bertil, die vond dat Märtha veel te veel kletste.

'Maar stel je voor dat we gesnapt worden,' zei Stina bibberend.

'Dat gebeurt niet als we heel stil doen en zachtjes lopen,' antwoordde Anna-Greta luid. Zoals iedereen met gehoorproblemen had ze een harde stem – alleen wist ze dat zelf niet.

De rollators piepten in koor toen de vijf behoedzaam de kamer in liepen. Het rook er naar boenwas. Op het bureau lagen de mappen netjes opgestapeld.

'Hmm, dit ziet eruit als een werkkamer, de keuken is vast daar ergens,' zei Märtha wijzend. Ze ging voorop en schoof de gordijnen dicht. 'Nu kunnen we het licht aandoen.'

De lampen aan het plafond knipperden en uit het donker kwam een grote ruimte met een koelkast, een vriezer en grote keukenkasten tevoorschijn. In het midden van de keuken stond een verrijdbaar kookeiland en bij het raam een eetkamertafel met zes stoelen.

'Een echte keuken,' zei Oscar ademloos. Hij streelde de koelkast.

'Hier vinden we vast prima eten,' zei Märtha. Ze deed de koelkastdeur open. Op de planken lagen de kipfilet en de ossenhaas gebroederlijk naast het lamsvlees en verschillende soorten kaas. In de lades eronder lagen kroppen sla, tomaten, rode bietjes en fruit. Het kostte meer moeite om de zware deur van de vriezer open te krijgen.

'Ingevroren elandenvlees en kreeft. Lieve hemel,' riep ze uit. Ze hield de deur zo wijd open dat iedereen het kon zien. 'Ze hebben alles behalve Skånsketaart. Ze houden hier vast vaak diners.'

Sprakeloos stonden ze een tijd naar het eten te staren. Oscar haalde een hand door zijn korte haar, Bertil legde zuchtend zijn hand op zijn borst, Stina hijgde zachtjes en Anna-Greta mopperde afkeurend. 'Dit moet een vermogen hebben gekost!' mompelde ze.

'Er zal geen haan naar kraaien als we er wat van nemen,' zei Märtha.

'Maar we kunnen toch niet zomaar hun eten stelen?' zei Stina.

'We stelen niets. Hebben wij soms niet voor dat eten betaald? We hebben hier recht op. Alsjeblieft.'

Märtha pakte een kipfilet uit de koelkast en Bertil, wiens maag begon te knorren, kwam als eerste in beweging.

'Nu hebben we alleen nog rijst, kruiden en meel nodig, dan kunnen we er saus bij maken,' zei Oscar, die ook uit de betovering was ontwaakt. Hij was niet alleen uitvinder, maar ook een goede kok. Zijn ex-vrouw kon namelijk helemaal niet koken eten dus was hij gedwongen geweest het zelf te leren. Nadat hij erachter was gekomen dat ze niet alleen slecht kookte, maar bovendien nog veel meer moeite had met het leven zelf, was hij van haar gescheiden. Hij had nog steeds af en toe nachtmerries waarin ze met een deegroller in haar hand naast zijn bed stond te zeuren. Maar ze had hem een zoon geschonken waar hij heel blij mee was.

'We drinken er ook een lekker glas wijn bij.' Hij keek om zich heen en kreeg een wijnrek in het oog. 'Hebben jullie die flessen gezien? Grote goedheid...'

'Die kunnen we niet pakken. Dan snappen ze ons,' zei Märtha. 'Als niemand in de gaten heeft dat wij hier zijn geweest, kunnen we nog eens vaker komen.'

'Goed, goed. Maar eten zonder wijn is als een auto zonder wielen,' verkondigde Oscar. Hij liep naar het wijnrek en pakte er twee flessen van een heel goed jaar uit. Toen hij Märtha's gezicht zag, legde hij geruststellend een hand op haar schouder. 'We maken de flessen open, drinken de wijn op en gieten er rodebietensap in,' zei hij. Märtha keek Oscar onderzoekend aan. Hij had altijd voor alles een oplossing.

Oscar was een eeuwige optimist die vond dat problemen er waren om te worden opgelost. Hij deed haar aan haar ouders denken. Als haar zus en zij zich hadden verkleed met de kleren van hun vader en moeder, hadden hun ouders hen eerst streng toegesproken, om daarna in lachen uit te barsten. Liever een rommelig huis met vrolijke kinderen dan een perfecte woning met brave kinderen, vonden ze. 'Alles komt op zijn pootjes terecht,' zeiden ze altijd. Zo dacht Märtha er ook over.

In ijltempo kwamen de braadpannen, snijplanken en steelpannetjes tevoorschijn en iedereen hielp mee. Märtha zette de kip in de oven, Oscar maakte een lekkere saus, Bertil maakte een heerlijke salade klaar en Stina probeerde zo goed en zo kwaad als dat ging de anderen te assisteren. Ze had weliswaar als jong meisje op de huishoudschool gezeten, maar aangezien ze haar hele leven een kok had gehad, was ze alles wat ze had geleerd weer vergeten. Het enige wat ze nog een beetje kon was komkommer snijden.

Anna-Greta dekte de tafel en hield de rijst in de gaten.

'Als je haar zegt wat ze moet doen, gaat het prima,' fluisterde Märtha, en ze knikte in de richting van Anna-Greta. 'Maar ze is heel traag en moet altijd alles tellen.'

'Hopelijk gaat ze de rijstkorrels niet tellen,' zei Oscar.

Algauw rook het heerlijk in de keuken. Bertil liep om de tafel heen en schonk wijn in. Hij droeg een blauw colbert en had een pasgewassen sjaal om. Zijn haar was netjes gekamd en hij rook naar aftershave. Toen Stina zag dat hij zich had opgedoft, haalde ze discreet een poederdoos en lippenstift tevoorschijn. Toen niemand keek, poederde ze snel haar neus en deed lippenstift op.

Gepraat en gelach vermengden zich met het gerammel van borden en pannen. Het duurde weliswaar lang voordat het eten klaar was, maar wat gaf dat als je tijdens het wachten zo'n goede wijn kon drinken? Uiteindelijk gingen ze vrolijk en opgewonden als een stel tieners aan tafel.

'Wie wil er nog een glaasje?'

Bertil schonk nog meer wijn in. De oude tijden, toen hij als ober op een cruiseschip op de Middellandse Zee had gewerkt, herleefden. Het serveren ging misschien wat langzamer, maar zijn houding was nog net zo statig en de buigingen net zo hoffelijk. Tussen de happen door hieven ze het glas en zongen ze luidkeels liederen uit hun koorrepertoire. Toen Oscar een fles goede champagne vond, ging ook die fles de tafel rond. Stina pakte haar glas, wierp haar hoofd achterover en dronk het in één keer leeg.

'Die zit,' zei ze verheugd. Die uitdrukking had ze onlangs van haar kinderen geleerd. De voormalige hoedenmaakster probeerde op de hoogte te blijven, uit angst voor ouderwets te worden versleten. Ze zette haar glas op tafel en keek om zich heen. 'Dan is het nu tijd voor een dansje, beste vrienden!'

'Ga gerust je gang,' zei Oscar, terwijl hij zijn handen op zijn buik legde.

'Dansen, prima,' zei Bertil. Hij stond op, maar hij wankelde zo erg dat Stina in haar eentje een paar danspasjes moest maken.

'Het is beter de teerling te werpen dan weg te kwijnen bij de gedoofde vlammen,' declameerde ze met weidse gebaren. Al was het Stina niet gelukt haar droombaan als bibliothecaresse te krijgen, ze was altijd geïnteresseerd gebleven in literatuur. Wat zij niet wist over Verner von Heidenstam, Selma Lagerlöf en Esaias Tegnér was het weten niet waard.

'Moet ze nu echt die oude klassiekers weer aanhalen? Ik hoop niet dat ze uit de *Ilias* gaat voordragen,' mompelde Märtha.

'Of uit *Gösta Berling...*' voegde Oscar eraan toe.

'Het is mooier te luisteren naar een gesprongen snaar, dan nooit de boog te spannen,' ging Stina verder.

'Inderdaad. Dat zouden we als motto kunnen gebruiken,' peinsde Märtha hardop.

'Wat nou "een gesprongen" snaar,' onderbrak Bertil haar. 'Nee, liever een gebroken hart dan iedere nacht alleen in bed.'

Stina's voet hield midden in een danspas stil.

'Bertil! Moet je nu altijd zo vulgair doen? Schaam je!' zei Anna-Greta belerend.

'Ja maar, nu hebben we de boog gespannen, toch?' zei Stina. 'Nu kunnen we hier ten minste één keer per week naartoe gaan.' Ze pakte haar glas en hief het. 'Proost! Dit moeten we vaker doen!'

Ze proostten met elkaar en bleven aan tafel zitten kletsen tot ze begonnen te knikkebollen. Märtha praatte Skånsk dialect, wat ze alleen maar deed als ze heel moe was. Dat was een waarschuwing en ze zag direct het gevaar in.

'Beste vrienden, nu moeten we afwassen en alles opruimen voordat we weer naar onze kamers gaan,' zei ze.

'Ga jij maar lekker afwassen,' zei Bertil. Hij schonk Märtha's glas nog eens vol.

'Nee, we moeten schoonmaken en alles weer in de kasten terugzetten, zodat niemand kan zien dat wij hier zijn geweest,' drong ze aan, en ze schoof haar glas weg.

'Als je moe bent, mag je wel op mijn schouder rusten, hoor,' zei Oscar, en hij tikte haar vriendelijk op haar wang.

Waarom ze naar hem luisterde, wist Märtha zelf niet, maar ze legde haar hoofd tegen zijn arm en viel in slaap.

Toen directeur Ingmar Mattson van De Diamant de volgende ochtend op zijn werk kwam, klonken er vreemde geluiden op de eerste verdieping. Aan het zware gebrom te horen was er een stel beren uit de dierentuin ontsnapt. Hij wierp een blik in zijn werkkamer, maar zag niets. Wel viel het hem op dat de keukendeur openstond.

'Hoe is dit in hemelsnaam mogelijk?' mompelde hij. Vervolgens struikelde hij over een rollator en viel op de grond. Vloekend kwam hij overeind en keek verbluft naar het tafereel voor hem. De afzuigkap stond aan en rondom de tafel zaten vijf bewoners van De Diamant te slapen met hun kleren nog aan. Op tafel stonden etensresten en halfvolle wijnglazen en de koelkastdeur stond wagenwijd open. Directeur Mattson keek naar de puinhoop. De clientèle van het woon-zorgcomplex was er duidelijk slechter aan toe dan hij had gedacht. Hij moest zuster Barbro vragen iets te regelen.

3

Op straat ging een autoalarm af en er zoemde ergens een ventilator. Märtha knipperde met haar ogen en deed ze toen helemaal open. De zon scheen door een spleet tussen de gordijnen naar binnen en langzaam raakten haar ogen gewend aan het licht. Het raam was smerig en moest nodig gelapt worden. De lichte bloemetjesgordijnen die ze had opgehangen om het een beetje gezelliger te maken, mochten ook wel eens gewassen worden. Er was tegenwoordig geen schoonmaakpersoneel meer, en zelf had ze er geen zin meer in. Märtha gaapte uitgebreid, maar ze kon haar gedachten niet op een rijtje krijgen. Lieve hemel, wat voelde ze zich lamlendig. Sinds het feest leek het wel of ze watten of kauwgom in haar hoofd had zitten. Wat hadden ze het naar hun zin gehad. Als het hun nou was gelukt om schoon te maken en terug te gaan naar hun kamers... maar ja, dan hadden ze niet in slaap moeten vallen.

Märtha ging op de rand van het bed zitten en deed haar pantoffels aan. Wat een toestand was het geweest met die hysterisch schreeuwende directeur Mattson. Maar goed, de wijn en al die pillen die ze dagelijks kregen, dat ging vast niet goed samen. Ze keek naar haar nachtkastje. Daar lag de kurkentrekker die ze van Oscar had gekregen, 'voor het eerstvolgende feest', zoals hij het had uitgedrukt. Maar daar was nu weinig kans meer op. Na het feest hadden ze alle vijf huisarrest gekregen van zuster Barbro en nu mochten ze alleen nog buiten komen als iemand van het personeel hen begeleidde. Bovendien hadden ze kleine rode pilletjes gekregen 'om een beetje tot rust te komen'. Wat was het allemaal doodsaai geworden!

Wat die pillen betreft: waarom stopten ze oude mensen daar altijd vol mee? Ze kregen haast meer pillen dan eten. Misschien waren ze daarom allemaal zo sloom? In het verleden hadden ze toch vaak gekaart en gingen ze na acht uur stiekem bij elkaar op bezoek. Maar sinds

De Diamant het woon-zorgcomplex had overgenomen, kwam het daar nooit meer van. Ze zaten de hele dag lusteloos voor zich uit te staren en als ze al een keer gingen kaarten, dan vielen ze of in slaap of ze vergaten compleet welke kaarten ze hadden gelegd. Stina, die dol was op Selma Lagerlöf en Verner von Heidenstam, had niet eens zin om in tijdschriften te bladeren, en Anna-Greta, die graag langspeelplaten met blaasmuziek en Jokkmokks-Jokke draaide, staarde naar haar pick-up maar had niet de energie om haar platen tevoorschijn te halen. Oscar had al een hele tijd geen nieuwe uitvindingen gedaan en Bertil raakte geen bloem meer aan. Meestal zaten ze voor de tv en voerden ze geen steek uit. Nee, er was iets mis, er was iets vreselijk mis.

Märtha ging staan, pakte haar rollator en liep naar de badkamer. Gedachteloos waste ze haar gezicht en poetste haar tanden. Was zij niet degene geweest die op het idee van het protest was gekomen en die een opstand wilde beginnen? En nu deed ze er verder niets mee. Ze keek in de spiegel en vond dat ze er afgepeigerd uitzag. Haar gezicht zag bleek en haar witte haar stak alle kanten op. Zuchtend pakte ze de haarborstel, maar op hetzelfde moment stootte ze tegen het potje met rode tabletjes. Die vlogen alle kanten uit en bleven als vuurrode stippen op de badkamervloer liggen. Ze had geen zin ze op te rapen. Märtha snoof en schopte ze venijnig het afvoerputje in.

Ze besloot ook van de andere tabletten minder in te nemen, en na een paar dagen voelde ze zich een stuk beter. Ze had weer zin om te breien en op haar nachtkastje lag algauw een flinke stapel detectives met gruwelijke moorden, het soort boeken dat ze altijd had verslonden. Haar opstandigheid was ook teruggekeerd.

Aan het kloppen kon Oscar horen dat het Märtha was. Drie ferme tikken; dat kon niemand anders zijn. Lachend kwam hij van de bank en trok zijn trui over zijn dikke buik. Het was al een tijdje geleden dat ze op bezoek was gekomen en hij had zich afgevraagd waarom. Iedere dag had hij met zichzelf afgesproken dat hij die avond even bij haar langs zou gaan, maar in plaats daarvan had hij zitten slapen voor de tv. Naarstig zocht hij naar een doos waar hij het gereedschap, de stapel aantekeningen en de schroeven die op tafel lagen in kon gooien. Hij schoof de doos onder zijn bed. Twee blauwe overhemden en een paar sokken vol gaten verstopte hij achter de kussens van de bank en de broodkruimels blies hij van de tafel op de grond. Toen hij klaar was, zette hij de tv uit en deed open.

'Daar was je dus, kom erin!'

'Oscar, we moeten praten,' zei ze terwijl ze met lange passen zijn kamer binnenliep.

Hij knikte en zette de waterkoker aan. In een kastje vond hij eerst twee printplaten, een hamer en wat snoertjes, voor hij oploskoffie zag staan. Achter de pot stonden twee koffiekopjes. Toen het water had gekookt, schonk hij de koppen vol en strooide er wat koffie in.

'Ik heb helaas geen koekjes, maar...'

'Zo is het ook goed,' zei Märtha. Ze pakte het kopje aan en plofte op de bank neer. 'Weet je, er is iets mis. Ik heb het gevoel dat ze ons drogeren. We krijgen te veel pillen. Daarom zijn we zo sloom de laatste tijd.'

'Wat zeg je me nou? Dus jij denkt...' Hij schoof onopvallend een uit elkaar gehaalde Grundig-radio onder de stoel en hoopte dat ze het niet had gezien.

'Dat kunnen we niet over onze kant laten gaan,' zei Märtha beslist.

'Je hebt gelijk. We zouden in opstand komen.' Hij pakte haar hand en klopte er zachtjes op. 'Maar, lieve schat, het is nog niet te laat.'

Haar ogen begonnen te glimmen en haar gezicht lichtte op. 'Weet je, ik heb eens zitten nadenken. In de gevangenis mag je potverdrie elke dag even naar buiten, maar hier komen we er bijna nooit uit.'

'Ik weet niet of je dat nu direct "buiten" kunt noemen.'

'Gedetineerden krijgen frisse lucht en bovendien voedzame maaltijden, bereid met verse ingrediënten. Ze kunnen zelfs in een werkplaats aan de slag. Ze hebben het eigenlijk beter dan wij.'

'In een werkplaats?' Oscar had opeens zijn aandacht er vol bij.

'Snap je het? Ik wil jong sterven en wel zo laat mogelijk – maar ik wil eerst een donders goed leven leiden.' Ze boog zich naar voren en fluisterde iets in zijn oor. Hij sperde zijn ogen open en schudde zijn hoofd. Maar Märtha hield voet bij stuk. 'Oscar, ik heb er heel goed over nagedacht...'

'Ach, waarom eigenlijk niet?' zei hij. Hij liet zich schaterlachend achterover in zijn stoel vallen.

4

Zuster Barbro beende door de gang. De hakken van haar schoenen tikten hard tegen de vloer. Ze deed de deur van de voorraadkamer open, haalde het wagentje eruit en zette de medicijnen erop. Alle tweeëntwintig cliënten stonden op een lijst die ze zorgvuldig moest nalopen. Directeur Mattson was erg precies als het op de medicatie aankwam en er waren geen twee recepten hetzelfde. Sommige tabletten, zoals de rode, werden aan iedereen gegeven, net als de lichtblauwe die hij onlangs had geïntroduceerd. Het waren eetlustremmers.

'Dan eten ze minder en dan hoeven wij niet zo veel voedsel in te slaan,' had hij gezegd.

Ze had zich afgevraagd of dat nu wel zo'n goed idee was, maar ze had het niet met de directeur durven bespreken, aangezien ze bij hem in een goed blaadje wilde komen te staan. Ze wilde iets bereiken in het leven. Ze kwam uit een eenoudergezin en haar moeder had als hulp in de huishouding in de villawijk Djursholm gewerkt. Ze hadden het thuis niet breed gehad. Toen ze op een dag met haar moeder was meegegaan naar haar werk, had ze mooie schilderijen, glimmend zilver en fraaie parketvloeren gezien. Ze had kennisgemaakt met de familie, met hun mooie bontjassen en andere prachtige kleren. Dat kijkje in een ander leven was ze nooit vergeten. Directeur Mattson was ook zo'n succesvolle man. Hij was twintig jaar ouder dan zij, viriel, slagvaardig en had vele jaren ervaring in het bedrijfsleven. Hij had vooral veel invloed en macht en ze begreep dat hij haar verder zou kunnen helpen. Enthousiast luisterde ze naar alles wat hij zei, zoals een dochter naar haar vader luistert. Ze bewonderde hem. Misschien was hij een beetje aan de zware kant en werkte hij te hard, maar hij was rijk en met zijn bruine ogen, zijn donkere haar en zijn charmante gedrag deed hij haar aan een Italiaan denken. Het duurde niet lang voor ze verliefd op hem werd. Hij was weliswaar getrouwd, maar ze hoopte op meer en algauw kregen ze een verhouding. En nu had hij haar een weekendje weg beloofd.

Ze snelde door de gang en gaf de oudjes hun pillen. Daarna zette ze het wagentje in de voorraadkamer en liep terug naar het kantoor. Ze moest verder met die papierwinkel op haar bureau, zodat Katja, de invalster, een lege tafel zou aantreffen als ze haar wacht begon. Zuster Barbro ging met een dromerige blik achter haar computer zitten. Nog een dag, dacht ze, nog een dag. Dan zou ze Ingmar eindelijk voor zichzelf hebben.

De volgende dag zag Märtha dat directeur Mattson zuster Barbro ophaalde. Aha, dacht ze. Ze had al een tijdje het idee dat die twee iets met elkaar hadden. De directeur ging naar een congres en nam haar mee. Mooi. Dat kwam goed uit. De auto was nauwelijks bij het gebouw weggereden of Märtha vertelde de anderen over de pillen. Die waren snel verdwenen.

Een paar dagen later klonk er weer gelach en gepraat in de gemeenschappelijke woonkamer. Oscar en Bertil deden een spelletje, Stina was bezig aan een aquarel en Anna-Greta luisterde naar een plaat onder het spelen van patience.

'Patience is goed om je hersens aan het werk te houden,' kwetterde Anna-Greta terwijl ze een nieuwe kaart op tafel legde. Ze speelde niet vals en vergat nooit te vertellen wanneer ze een potje had uitgespeeld. Met haar lange, smalle gezicht en het knotje in haar nek deed ze denken aan een lerares uit het begin van de twintigste eeuw, zelfs al was ze een gepensioneerde bankbediende. Door slim te handelen in aandelen had ze flink wat geld verdiend en ze was trots dat ze nog zo goed kon hoofdrekenen. Toen het personeel in het woon-zorgcomplex had aangeboden zich over haar financiële rompslomp te bekommeren, had ze zo boos gekeken dat niemand het haar nog eens had durven aanbieden. Ze was opgegroeid in Djursholm en had heus wel geleerd wat de waarde van geld was. Op school was wiskunde altijd haar beste vak geweest. Märtha gluurde stiekem naar haar en vroeg zich af of ze iemand die zo gezagsgetrouw was zou kunnen verleiden tot een beetje avontuur. Want het stond vast. Ze had samen met Oscar een plan bedacht en het wachten was op het juiste moment.

De dagen zonder zuster Barbro waren de stilte voor de storm. Op het eerste gezicht ging alles z'n gangetje, maar vanbinnen gebeurde er bij ieder van hen iets. De vijf zongen 'Blij als een vogel' en het eerste couplet van 'Vermomde God'. Deze liederen hadden ze ook gezongen voordat De Diamant het woon-zorgcomplex had overgenomen, en het personeel applaudisseerde en lachte voor het eerst in lange tijd. De negentienjarige Katja Erikson uit Farsta, de invalster voor zuster Barbro, bakte koekjes voor bij de koffie en nam gereedschap mee voor Oscar. Iedereen mocht doen waar hij zin in had. Het zelfvertrouwen bij de cliënten van De Diamant groeide, en toen de dag kwam dat Katja naar huis fietste en zuster Barbro terugkeerde, was er een opstandig zaadje geplant.

'Goed, dan kunnen we ons nu op het ergste voorbereiden,' zei Oscar met een zucht toen hij zag dat Barbro door de glazen deur naar binnen kwam.

'Ze moet vast nog meer bezuinigingen doorvoeren van directeur Mattson,' zei Märtha. 'Maar dat kan in ons voordeel werken,' voegde ze er knipogend aan toe.

'Je hebt gelijk,' zei Oscar, die haar knipoog beantwoordde.

Al na een paar uur was het gesmijt met de deuren en het geklepper van zuster Barbro's hakken op de vloer weer te horen. Die middag moest iedereen in de gemeenschappelijke woonkamer komen. Zuster Barbro schraapte haar keel en legde een stapel papieren op tafel.

'Helaas moeten we nog meer bezuinigen,' begon ze. Haar haar was mooi geknipt en ze droeg een nieuwe, gouden armband. 'In slechte tijden moeten we zo goed en zo kwaad als dat gaat de eindjes aan elkaar knopen. Er moeten helaas mensen ontslagen worden, wat betekent dat er vanaf volgende week naast mij nog maar twee andere personeelsleden zullen zijn. Dat heeft tot gevolg dat jullie dan nog maar één keer per week naar buiten kunnen.'

'Gevangenen mogen potdorie dagelijks naar buiten. Dit kunnen jullie niet maken,' protesteerde Märtha hardop. Barbro deed of ze het niet hoorde.

'Daarnaast moeten we op het eten bezuinigen,' ging ze verder. 'Vanaf nu krijgen jullie nog maar één warme maaltijd per dag. Op de andere momenten krijgen jullie broodjes.'

‘Nooit van mijn leven. We willen fatsoenlijk eten. Er moet meer verse groente en fruit komen,’ bulderde Bertil.

‘Ik vraag me af of die keuken hierboven nu op slot zit,’ fluisterde Märtha.

‘Niet weer die keuken, hè,’ zei Stina, die haar nagelvijl liet vallen.

Laat die avond, toen het personeel naar huis was, ging Märtha toch naar de keuken op de eerste verdieping. Bertil zou zo blij zijn als hij een salade kreeg. Hij was neerslachtig omdat zijn zoon niets van zich had laten horen en hij kon wel wat afleiding gebruiken. Märtha zou willen dat ze zelf familie had, maar de grote liefde van haar leven had haar in de steek gelaten toen haar zoon nog maar twee jaar was. Het jochie had lachkuiltjes gehad en blond haar, en vijf jaar lang was hij de grote vreugde van haar leven geweest. De laatste zomer op het platteland hadden ze de paarden in de stal gevoerd, bosbessen geplukt, gezwommen en gevist. Maar op een zondagmorgen, toen ze nog lag te slapen, had hij de hengel gepakt en was hij weggeglipt naar de brug. En daar, bij de brugpijler, had ze hem gevonden. Haar leven was ingestort, en als haar ouders er niet waren geweest had ze misschien zelfs niet meer verder gewild. Sindsdien had ze wel relaties gehad, maar iedere keer als ze probeerde zwanger te worden, kreeg ze een miskraam. Uiteindelijk was ze te oud geweest en had ze haar droom over een eigen gezin opgegeven. Ze vond het verschrikkelijk dat ze kinderloos was gebleven, al liet ze daar niets van merken. In plaats daarvan vergat ze haar verdriet en een lachend gezicht kan veel verbergen. Dat de mensen zich zo eenvoudig laten beetnemen, dacht ze.

Märtha schudde de gedachten van zich af, sloop de werkkamer van zuster Barbro binnen en deed de sleutelkast open.

Toen ze op de eerste verdieping kwam, herinnerde ze zich de geur van eten weer. Vol verwachting pakte ze de loper, maar haar hand bleef in de lucht hangen. In plaats van een sleutelgat zat er zo’n vreemd kastje voor een ID-kaart op de deur. De Diamant had de keuken omgebouwd tot een onneembaar fort! Ze was diep teleurgesteld en het duurde lang voor ze de moed had weer naar beneden te gaan. Maar ze gaf niet op. Ze ging met de lift naar de kelder. Misschien was daar wel een voorraadkast.

Toen de deuren van de lift opengingen, vroeg ze zich even af waar ze was beland. Verderop in de gang kon ze een zacht licht onderscheiden. Het scheen door een ouderwetse deur met een glazen raam. Zelfs deze deur zat op slot, maar de loper paste. Voorzichtig maakte ze de deur open. Een koude, frisse winterlucht kwam haar tegemoet. Heerlijk, dit was een weg naar buiten! De kou zorgde ervoor dat ze weer helder kon denken. Ineens schoot de sleutel van haar ouderlijk huis haar te binnen. Die had dezelfde driehoekige baard als de loper. Als ze de sleutels omwisselde, zou vast niemand dat merken. Märtha deed de deur dicht, knipte het licht aan en liep de andere gang in. Op een van de deuren stond FITNESSRUIMTE – ALLEEN TOEGANKELIJK VOOR PERSONEEL. Märtha stak de sleutel in het slot en deed de deur open.

Er waren geen ramen en het duurde even voor ze het lichtknopje had gevonden. De tl-balk knipperde en er kwamen springtouwen, halters en hometrainers uit het donker tevoorschijn. Langs de muren stonden banken en loopbanden en merkwaardige apparaten waarvan Märtha de naam niet wist. Dus de leiding van De Diamant had bezuinigd op de zorg voor de bejaarden, maar ze had ondertussen mooi een eigen fitnessruimte laten inrichten! Hoe vaak hadden de bewoners niet gevraagd of ze hun gymzaal terug konden krijgen, maar het bestuur had steeds geweigerd. Märtha had zin om een trap tegen de deur te geven (wat op haar leeftijd best lastig was), maar in plaats daarvan kwamen er allerlei verwensingen in haar op. Ze kromde haar rug als een kat en balde haar vuist.

'We krijgen jullie wel, stelletje zwijnen, wacht maar af!'

Toen ze terug was in de werkkamer, legde ze de sleutel van haar ouderlijk huis onder de deur en trok hem dicht. Vervolgens hing ze de verbogen sleutel terug in het kastje. Het zou niemand opvallen dat er een andere sleutel hing, omdat die sowieso niet langer paste. Ze stopte de loper in haar beha, ging naar bed en trok de deken op tot onder haar kin. Een eerste voorwaarde voor het ontketenen van een revolutie was dat je kon gaan en staan waar je wilde. Dat had ze nu geregeld. Ze sloot haar ogen en met een glimlach om haar lippen viel ze in slaap, en ze droomde over een bende bejaarden die een bank overviel en onder luid gejuich naar de gevangenis werd afgevoerd.

5

De plannen van Märtha en Oscar namen steeds driestere vormen aan. Ze leefden op bij het vooruitzicht van iets nieuws, en het onbekende lonkte. Ondertussen werden de bezuinigingen in het woonzorgcomplex doorgevoerd. De bewoners kregen niet langer koekjes bij de koffie en mochten nog maar drie kopjes koffie per dag drinken. Toen de bewoners de kerstboom wilden optuigen, stond hun opnieuw een onaangename verrassing te wachten. Het bestuur had de hoeveelheid kerstversieringen beperkt.

'Ik durf te wedden dat ze in de gevangenis wel mooi versierde kerstbomen hebben,' zei Märtha.

'Dat niet alleen. Ze krijgen zelfs toestemming om naar de kerstmarkt te gaan,' zei Oscar. Hij stond op. Even later kwam hij terug met een ster die hij had gemaakt van zilverkleurig plakband.

'Meer kan ik er niet van maken,' zei hij, waarna hij er een paar pijpenragers omheen wond en de ster in de top van de boom vastplakte. Iedereen klapte en Märtha lachte. Oscar was al in de tachtig, maar er zat nog steeds een klein jongetje in hem.

'Een piek hoeft toch niet zo veel te kosten,' zei Anna-Greta.

'Gierige mensen gunnen een ander niets. Ze beknibbelen. Het wordt er hier niet beter op, eerder slechter. Oscar en ik hebben gisteren met de directeur gesproken en een aantal verbeteringen voorgesteld, maar hij wilde niet luisteren. Als we iets aan onze woonomstandigheden willen veranderen, moeten we dat zelf doen,' zei Märtha. Ze stond zo abrupt op dat haar stoel omviel. 'Oscar en ik willen het een en ander gaan veranderen. Hebben jullie zin om mee te doen?' (Märtha zei 'veranderen' in plaats van 'in opstand komen'. Ze wilde niemand op de kast jagen.)

'Natuurlijk,' zei Oscar, die ook ging staan.

'Ja, waarom spreken we niet af op jouw kamer voor een glaasje bramenlikeur?' stelde Stina voor. Ze voelde dat ze verkouden werd en wilde graag iets lekkers drinken.

'Bramenlikeur? Tja, drank is drank,' mompelde Bertil.

Even later liepen ze alle vijf naar Märtha's kamer en gingen op de bank zitten, behalve Bertil, die in de leunstoel plaatsnam. Een dag eerder was hij op Märtha's breiwerk gaan zitten en dat wilde hij niet nog een keer meemaken. Toen Märtha de likeurfles had gepakt en de glazen had volgeschonken, konden ze beginnen. De discussie werd steeds feller en uiteindelijk moest ze met haar stok op de salontafel slaan.

'Nu moeten jullie even goed luisteren. Je kunt niet zomaar iets krijgen, we zullen er wel wat voor moeten doen,' zei ze. 'Om het plan te kunnen uitvoeren, moeten we eerst onze conditie verbeteren. Dit is de sleutel van de fitnesszaal voor het personeel. 's Avonds sluipen we daarheen en gaan we trainen.' Triomfantelijk hield ze de sleutel omhoog.

'Ja maar, dat gaat toch niet?' zei Stina, die liever aan de lijn deed dan dat ze ging sporten. 'We worden vast gesnapt.'

'Als we alles netjes opruimen en schoonmaken, heeft niemand in de gaten dat we daar zijn geweest,' zei Märtha.

'Dat zei je toen met de keuken ook. Mijn nagels gaan er gelijk aan.'

'Ik dacht nog wel dat ik van een rustige oude dag zou kunnen genieten in het woon-zorgcomplex,' kreunde Bertil. Märtha deed of ze hem niet had gehoord. Oscar en zij keken elkaar even aan.

'Na een paar weken sporten hebben we overal veel meer zin in en voelen we ons vast ook een stuk beter,' loog ze. Want ze kon nog niet zeggen wat ze *eigenlijk* bedoelde, namelijk dat je als crimineel een goede conditie moest hebben. Ze was inmiddels namelijk heel zeker van haar zaak. Een dag eerder had ze voor de tv zitten knikkebollen, en toen ze haar ogen weer opendeed, was er een documentaire over de gevangenis te zien geweest. Ze was in één klap klaarwakker geweest, had de afstandsbediening gepakt en op 'opnemen' gedrukt.

Met stijgende verbazing zag ze hoe de verslaggever de werkplaats en de wasserij liet zien en de gevangenen hun cellen. Als de gedetineerden gingen eten, konden ze kiezen uit vis, vlees of vegetarisch en er werd ook nog eens patat geserveerd. Daarnaast kregen ze verschillende soorten salades en fruit. Na afloop had ze zich naar Oscar gehaast en samen hadden ze de opname gekeken. Daarna hadden ze er zelfs tot middernacht over zitten praten.

Märtha verhief nu haar stem. 'We wilden toch voor onszelf opkomen, of niet soms? Dan moeten we gaan sporten. Wie niet waagt, die niet wint.'

Märtha wist hoe belangrijk het was om in vorm te blijven. Toen ze met haar ouders en zussen in de jaren vijftig naar Stockholm was verhuisd, was ze lid geworden van gymnastiekvereniging Idlaflickorna. Jarenlang had ze aan haar conditie, coördinatie en kracht gewerkt – al was het haar nooit gelukt er net zo verleidelijk en vrouwelijk uit te zien als de meisjes op de posters. Maar nadat ze was gestopt, had ze haar lichaam verwaarloosd; ze was flink aangekomen en zelfs al ging ze af en toe op dieet, haar streefgewicht haalde ze nooit meer. Daar zou ze nu wat aan kunnen doen.

'Sporten? Over slavendrijvers gesproken!' riep Bertil uit. Hij sloeg de bramenlikeur in één teug achterover, waardoor hij moest hoesten. Kwaad keek hij Märtha aan. Maar die mollige, stevige vrouw lachte naar hem en zag er zo vriendelijk uit dat hij zich begon te schamen. Nee, ze was geen slavendrijver, ze had het beste met haar vrienden voor. Hij was ervan overtuigd dat ze maar één reden had om een buideltas te dragen in plaats van een handtasje: om haar handen vrij te hebben, zodat ze kon helpen als dat nodig was.

'Luister eens. Ik vind dat we Märtha's plan een kans moeten geven,' zei Oscar. Hij was geen liefhebber van sport, maar hij wist dat als ze niet aan hun conditie gingen werken, ze De Diamant nooit zouden kunnen verlaten. Märtha wierp hem een dankbare blik toe.

'Prima, maar waar doen we het voor?' vroegen Stina en Bertil in koor.

'Om de lastigste bejaarden ter wereld te worden,' antwoordde Märtha. De term 'opstand' moest nog maar even wachten.

6

Bertil spuugde zijn pruimtabak uit en pakte de halters weer op. Het ging hem steeds beter af, maar ze waren nu ook al een maand lang aan het trainen, 's avonds en in het weekeinde. Naast hem zat Stina op de hometrainer en een eindje verderop liepen Anna-Greta en Oscar op een loopband, terwijl ze met die merkwaardige borstspierapparaten in de weer waren. Ze wandelden kilometers maar gingen nergens naartoe. Het leek wel of ze voor anker lagen op de evenaar.

'Hoe gaat het, Bertil?'

Märtha lachte hartelijk naar hem en sloeg hem vriendschappelijk op zijn schouder.

'Uitstekend,' hijgde hij met een rood gezicht. Hij legde de halters weg en keek haar vermoeid aan. Ondanks haar negenenzeventig jaar liep ze moeiteloos tussen de apparaten door en leek ze nooit buiten adem te zijn. Als het zover was, zou ze zelf naar haar graf lopen, in de kist kruipen en de deksel erop schuiven, daar was hij van overtuigd.

'Je kunt best nog een rondje,' ging ze verder. 'Daarna ruimen we alles op en maken we de zaal schoon.'

Hij trok een gezicht.

'Ze mogen niet weten dat wij hier zijn geweest, Bertil, dat snap je toch wel? Wil je alsjeblieft niet meer zo veel knoflook eten, door die lucht vallen we binnenkort door de mand.'

Wat kon ze toch zeuren! Märtha deed hem denken aan zijn tante uit Göteborg. De honderdvijftig kilo zware lerares was al jaren dood, maar als haar leerlingen begonnen te protesteren, zei ze: 'Als jullie niet ophouden, ga ik op jullie zitten.' Zij en Märtha waren van hetzelfde laken een pak. Maar Märtha had ook een andere kant. Ze gaf om anderen. Iedere dag glipte ze naar de supermarkt in de buurt om voor iedereen groente en fruit te kopen. Daar hoefden ze nog niets voor te betalen ook.

'Al dat groenvoer is goed voor jullie,' beweerde ze dan met een innemende lach en glimmende, reebruine ogen. Ze had er een sport van gemaakt het woon-zorgcomplex uit te glippen als niemand oplette en was altijd in een stralend humeur als ze terugkwam. Af en toe kregen ze zelfs een opbeurend tikje op de wang van haar. Als hij nog een jongetje was geweest dat met zijn fiets was gevallen, zou hij zeker troost hebben gezocht in haar armen.

'Nog even en we kunnen onze training gebruiken,' ging Märtha verder. 'Nog een beetje vitaminen en koolhydraten erbij en dan, beste vrienden, kunnen we de hele wereld aan.'

'Hoepel op,' mompelde hij. Dit hele zaakje stonk. Ze klonk zo *doelgericht*. Hij had het gevoel dat ze iets van plan was. Maar wat?

'Ziezo, dat is wel genoeg voor vandaag,' riep ze. 'Vergeet niet de vloer en de apparaten af te drogen. We zien elkaar op mijn kamer.'

Toen iedereen een uur later had gedoucht en schone kleren had aangetrokken, gingen ze naar Märtha's kamer. Ze had een mand met volkorenbrood en fruit op tafel gezet. Oscar had een paar flessen energydrank meegenomen. Er lag een nieuw tafelkleed op tafel, met rode en witte bloemen.

'Nog een maand in de fitnessruimte en we moeten fit genoeg zijn,' zei Oscar.

'Inderdaad, en begin maart is de sneeuw wel verdwenen. Dan kunnen de trossen los,' beaamde Märtha.

'Hoezo, "dan kunnen de trossen los"?' vroeg Bertil. 'We zijn toch niet op zee? Waar zouden we naartoe gaan? Zeg nu in vredesnaam eens wat je van plan bent!'

'Ik wil graag dat jullie vrolijker worden en goed uitgerust zijn, en zodra jullie in vorm zijn, dan...'

'Wat dan?'

'Pas dan zullen jullie Het Grote Geheim te horen krijgen.'

Zuster Barbro legde de halters weg en schoof haar haarband op zijn plaats. Het rook naar knoflook in de fitnessruimte. Vreemd. Ze ging naar de loopband en drukte op start. Eigenlijk stonk het hier en bij de kast met de gewichten nog het meest. Ze begon te joggen. Er waren geen ramen in de fitnessruimte, dus die lucht kon niet van buiten komen. Tenzij het aan het ventilatiesysteem lag.

Eigenlijk had ze een hekel aan fitness, maar ze wilde indruk maken op de nieuwe directeur van De Diamant, meneer Mattson. Hij had gezegd dat ze een mooi figuur had en dat wilde ze zo houden. Als ze hem wilde strikken, had ze aan een diep decolleté niet genoeg, ze moest aantrekkelijk blijven en pronte borsten hebben. Tot nu toe ging alles volgens plan, al werd het de laatste tijd wel wat stiekem allemaal. Ze spraken meestal af op het werk, aangezien hij een vrouw en kinderen had. Maar vroeg of laat zou hij bij zijn vrouw weggaan, daarvan was ze overtuigd. Hij had immers verteld dat zijn huwelijk voorbij was en dat zijn vrouw en hij nergens meer over praatten. 'Sinds ik jou heb ontmoet, lieveling, ben ik voor het eerst in mijn leven gelukkig,' zei hij vaak. Zuster Barbro lachte. Directeur Mattson, of Ingmar zoals ze hem tijdens hun meer intieme momenten noemde, had gezegd dat ze voor elkaar bestemd waren. Ze hield op met joggen, pakte een matje en begon met rekoefeningen. Stel je voor dat ze nog eens met hem een weekeindje weg kon, of nog beter, dat ze gingen samenwonen. Dan kon ze vervolgens mede-eigenaar van zijn bedrijf worden. Maar goed, tot die tijd moest ze genoegen nemen met de gestolen momenten op het werk en de congressen waar ze samen naartoe gingen. Stel dat ze nog meer winst kon behalen met De Diamant, dan zou hij toch wel inzien wat ze waard was en van zijn vrouw scheiden? Ze rekte zich uit op de mat en fantaseerde dat hij naast haar lag. Hij en Zij. Een stel. Ze moest ervoor zorgen dat het werkelijkheid werd!

Toen ze overeind kwam, viel haar blik op iets wat op de grond lag. Een witte haar? Vreemd. Geen enkel personeelslid had wit haar en ook niemand van het schoonmaakpersoneel. En verder maakte er toch niemand gebruik van de fitnessruimte?

7

Toen de vrienden de volgende dag koffie gingen drinken bij Märtha, stond de televisie aan. Oscar zette de dvd-recorder aan toen iedereen zat en een kop koffie had gekregen.

'Jullie moeten dit gewoon even zien,' zei hij. 'Het is een documentaire over het gevangeniswezen.' Hij deed de gordijnen dicht.

'Hè, getsie,' zei Anna-Greta.

De oudjes namen een slokje koffie met de gebruikelijke scheut bramenlikeur. Het programma begon en de boze opmerkingen waren niet van de lucht.

'Dat dit allemaal zomaar kan,' riep Stina, en ze zwaaide met haar nagelvijl. 'De gedetineerden hebben het potdorie beter dan wij!'

'En het wordt nog van onze belastingcenten betaald ook,' snoof Anna-Greta.

'Maar een deel van dat geld gaat toch naar de pensioengerechtigden?' vroeg Oscar.

'Welnee, bijna niets. De gemeenteraad bouwt liever een sporthal dan een woon-zorgcomplex,' zei Anna-Greta.

'Ze zouden die politici in de gevangenis moeten gooien,' zei Märtha, die een steek liet vallen. Het was lastig breien onder het televisiekijken.

'De gevangenis? Daar wilden wij toch juist heen!' riep Oscar. Märtha gaf hem snel een schop tegen zijn schenen. Ze hadden afgesproken dat ze niet te hard van stapel zouden lopen, want dan zouden ze de anderen nooit over de streep kunnen trekken. Ze werden steeds kwader en uiteindelijk kon Anna-Greta zich niet langer beheersen. Ze maakte de knot in haar nek vast, legde haar handen op haar knieën en keek ernstig naar de anderen.

'Als die gevangenen het beter hebben dan wij, waarom zitten wij dan híér?'

Het bleef doodstil. Märtha keek haar verbluft aan, maar kreeg algauw haar gezicht weer in de plooi.

'Precies. Waarom gaan we niet het dievenpad op, zodat we in de gevangenis komen?'

'Nu maak je een grapje, neem ik aan?' antwoordde Anna-Greta, die gemaakt giechelde. Het klonk niet als haar gebruikelijke paardengehinnik, meer als dat van een pony.

'Het dievenpad. Hoe dan? Nooit van mijn leven!' riep Stina. Ze was in Jönköping streng protestants opgevoed. Gij zult niet stelen, amen, punt uit!

'Wacht nou even. Waarom niet?' vroeg Märtha. Ze ging staan en zette de tv uit. 'Wat hebben we eigenlijk te verliezen?'

'Je bent niet goed wijs. Eerst wil je atleten van ons maken en nu zelfs dieven. Houdt het dan nooit op?' vroeg Bertil.

'Ik wilde gewoon jullie reactie zien,' loog Märtha.

Er werd opgelucht ademgehaald en ze begonnen direct over wat anders te praten. Maar toen iedereen weg was, bleef Oscar achter.

'Ik geloof dat we ze aan het denken hebben gezet,' zei hij. 'Nu hebben ze gezien dat het ook anders kan.'

'Dit was de eerste stap. Nu moet het gaan bezinken,' zei Märtha.

Hij aaide haar over haar wang.

'Houd moed, binnenkort ontsnappen we.'

'Ja, en dat niet alleen,' zei Märtha.

Er ging een week voorbij zonder dat iemand iets over het tv-programma zei. Het leek wel of het onderwerp iedereen angst inboezemde en niemand er als eerste over wilde beginnen. Maar terwijl Märtha de misdaadroman *Moord in het woon-zorgcomplex* las, hield Oscar zich bezig met de voorbereidingen. Hij had reflectoren voor de rollators gemaakt, zodat zijn vrienden in de stad niet zouden worden overreden – en nu legde hij de laatste hand aan de uitvinding van de week.

'Kijk Märtha,' zei hij, terwijl hij haar een rode pet met vijf kleine gaatjes liet zien. 'Knijp maar op de klep, dan kun je het zien.'

Märtha pakte de pet vast en kneep erin. Plotseling scheen er een felle lichtstraal in de kamer.

'Beter dan een hoofdlamp. Petten met lcd-lampjes kunnen van pas komen bij een overval.'

Märtha barstte in lachen uit.

'Jij denkt ook echt aan alles,' zei ze liefdevol.

'Maar nu heb ik meer van die lampjes nodig.'

'Als ik in de buurtwinkel groente en fruit ga kopen, kan ik net zo goed even langs de ijzerwarenhandel gaan. Ik vind het wel vervelend dat we alles zo stiekem moeten doen,' zei ze. 'Kun je je die advertentie voor het woon-zorgcomplex nog herinneren? *Een gouden randje aan uw oude dag* stond er.'

'Als ons plannetje lukt, dan wordt ons leven veel beter,' zei Oscar, die zijn pet weer opzette. 'In de gevangenis doen ze vast en zeker aardig tegen ons omdat we zo oud zijn!'

'Het is toch wel spannend om crimineel te worden, hè? Eerst moet je plannen maken en die uitvoeren, daarna beleef je allerlei nieuwe avonturen in de gevangenis.'

'Precies. Parachutespringen of een wereldreis maken zit er voor ons niet meer in, maar we kunnen wel voor een beetje leven in de brouwerij zorgen.' Oscar keek dromend uit het raam.

'We moeten een onschuldige misdaad begaan, eentje waar niemand bij gewond raakt,' zei Märtha.

'Economische delicten zijn zwaar genoeg voor een gevangenisstraf en we moeten eerst de anderen nog overtuigen,' zei Oscar. 'Eigenlijk zouden we een rijke stinkerd moeten beroven.'

'Dat levert wel meer op,' beaamde Märtha. 'De rijken die aan goede doelen schenken en die geld geven voor onderzoek blijven buiten schot. Maar degenen die de belasting ontduiken en die altijd meer willen, die moeten we te grazen nemen.'

'Geldwolven en zwendelaars, bedoel je?'

'Ja, van die gierigaards. Je weet toch dat mensen met geld zich altijd vergelijken met iemand die nog rijker is? En dan willen zij ook meer hebben. Als ze niet snappen hoe ze moeten delen, dan kunnen wij hen daar een handje mee helpen. We bewijzen hun doodeenvoudig een dienst.'

'Zo zullen zij het misschien niet opvatten,' antwoordde Oscar, 'maar je hebt wel gelijk.' Als kind was hij arm geweest, een lot dat hij deelde met veel van zijn jeugdvrienden in Sundbyberg. Zijn vader had in de Marabou-fabriek gewerkt en hij had als kind wat bijverdiend als loopjongen. De fabriek werd goed geleid, en er was zelfs een park aangelegd waar de fabrieksarbeiders en hun gezinnen hun vrije tijd konden doorbrengen. Oscar vond het geweldig en hij had respect voor de heren met de hoge hoeden, die begrepen dat ze hun rijkdom moesten delen. Wat werk betreft had hij het in Sundbyberg zo naar zijn zin gehad, dat hij niet in wilde gaan op allerlei aanbiedingen die hij kreeg om na zijn ingenieursexamen aan het werk te gaan in Stockholm. Eerst had hij voor een elektriciteitsbedrijf gewerkt, maar na de dood van zijn ouders had hij van de benedenwoning een werkplaats gemaakt. Hij verhuisde pas voor het eerst toen hij in De Diamant ging wonen.

'Alles wat we stelen, storten we in een Dievenfonds,' zei Märtha beslist. Ze pakte het breiwerk van haar schoot, legde de bol wol goed op de bank en begon aan het achterpand van het vest.

'Dievenfonds?' vroeg Oscar verbaasd.

'Daar parkeren we de buit en als we onze straf hebben uitgezeten, delen we het geld uit aan culturele doelen, ouderenwoningen en al het andere dat de overheid verwaarloost. Is dat geen goed idee?'

Oscar was het met haar eens, en in de loop van de avond bespraken ze verschillende opzetten. Toen het ten slotte bedtijd was geworden, hadden ze besloten toe te slaan op een plek in het land waar de allerrijkste mensen woonden. Ze hadden een échte coup bedacht, die rechtstreeks uit de film leek te zijn gekomen.

8

Het sneeuwde lichtjes toen Märtha en haar vrienden van De Diamant uit de taxi's stapten voor het Grand Hotel in Stockholm.

Märtha zag direct dat ze nogal opvielen in de menigte. Oscar had zijn rode pet op en de reflectoren zaten op de rollators.

'Zodat jullie geen ongelukken krijgen,' had hij gezegd. Zijn rollator zag er bovendien bijzonder log uit. De buizen aan de zijkant leken breder dan die van haar rollator. Ze nam zich voor om hem te vragen wat hij ermee had gedaan.

'Wie in het Grand Hotel verblijft, moet trakteren,' vertelde een van de taxichauffeurs.

'Jongeman,' zei Märtha, 'wij gaan niet naar het Grand Hotel, wij gaan varen met de Waxholm-stoomboot.'

'Waarom lieg je nou?' fluisterde Anna-Greta.

'Je snapt toch wel dat een echte crimineel iedereen altijd op een dwaalspoor wil brengen.'

'Nog even en we kunnen zo veel drinken als we willen,' zei Bertil. Oscar gaf hem een por.

'Sttt. Een beetje minder opvallend, graag.'

'Dat moet jij zeggen, met die pet op. Doe dan in ieder geval die lampjes uit.'

Oscar kneep snel in de klep en de lampjes gingen uit.

Märtha klapte de reflector in en gebaarde naar Oscar dat hij hetzelfde moest doen. Ze konden maar beter voorzichtig zijn. Getuigen herinnerden zich vaak de meest absurde details.

'Nu begint ons grote avontuur,' zei Märtha toen de taxi's waren weggereden. Ze wierp een blik op het Grand Hotel en knikte naar Oscar. Wat als een grap was begonnen, werd nu bijna werkelijkheid, al hadden ze er lang op moeten wachten. Het had een paar weken geduurd voor ze de anderen hadden kunnen overhalen, en in haar hart was Märtha nog steeds bang dat ze door de mand zouden vallen. Ze wilde graag van het leven genieten vóórdat ze achter de tralies belandden. Ze had nachtmerries gehad waarin een van haar vrienden op het laatste moment terugkrabbelde, of, nog erger, de anderen zou verraden voor ze de eerste overval hadden gepleegd uit naam van de Grijze Brigade.

Stina had de naam bedacht en de anderen vonden het een mooie vondst, want het klonk hip. Weliswaar wat aan de kinderachtige kant, maar ze besloten dat niet de woorden maar de daden het belangrijkste waren. Märtha had *Outlaw Oldies* voorgesteld, maar dat was weggestemd omdat de anderen het veel te crimineel vonden klinken.

Dankzij zuster Barbro was de metamorfose van hulpeloze bejaarde naar toekomstige misdadiger sneller verlopen dan ze hadden gedacht. Märtha was namelijk met een lijstje van Oscar naar de ijzerwarenwinkel geweest, maar zijn handschrift was zo moeilijk leesbaar dat de verkoper noch Märtha kon lezen wat hij had opgeschreven.

'Dan moeten we uw vriend maar even bellen,' besloot de verkoper, en zonder er verder bij na te denken gaf Märtha hem het telefoonnummer van Oscar. Pas te laat bedacht ze dat privételefoontjes via de centrale van De Diamant binnenkwamen.

'Er staat hier een oudere dame met een rollator die iets wil kopen, maar ik weet niet wat,' legde de verkoper uit aan de vrouw aan de andere kant van de lijn. Tevergeefs had Märtha geprobeerd een einde aan het gesprek te maken, maar zuster Barbro had al in de gaten dat iemand uit het woon-zorgcomplex zonder toestemming naar buiten was geglipt. Een week later werden de sloten in De Diamant vervangen. Märtha huilde uit op de schouder van Oscar en zei dat alles nu mislukt was.

'Lieve Märtha, wees niet verdrietig. Ons nieuwe leven als misdadiger begint nu. We moeten ervandoor voor ze het slot op de buitendeur vervangen.'

Hij ging achter de computer zitten.

'We moesten achter de rijken aan, zei je toch. Hier zitten ze,' zei hij lachend terwijl hij de website van het Grand Hotel opende. 'Laten we daar een kamer boeken.'

'Het Grand Hotel?' Märtha slikte. Van een boerderij in Skåne net buiten Brantevik naar een tweekamerwoning in Söder naar... een luxe hotel? Haar ouders hadden haar altijd voorgehouden dat ze tevreden moest zijn met wat ze had... Ze slikte weer en nam een besluit: 'Prima. Het Grand Hotel, dat spreekt voor zich.'

'Dan bestellen we het verwenpakket met bloemen, champagne en fruit voor iedereen, zodat ze zich extra welkom voelen.'

'Met verse aardbeien?'

'Natuurlijk,' antwoordde Oscar enthousiast. Toen bedacht hij ineens iets. 'Stel je voor dat Stina en Anna-Greta het in het hotel te leuk vinden. Dan willen ze misschien later niet naar de gevangenis.'

'Dat risico moeten we nemen,' vond Märtha. 'Een luxeleventje kan bovendien ook gaan vervelen, heb ik gehoord.'

Oscar scrolde verder over het scherm en na een tijdje had hij de meest luxe suites van het hotel voor hen geboekt, met een verwenpakket erbij. Märtha voelde een aangename kriebel in haar buik.

'We hebben precies achtenveertig uur de tijd,' zei Oscar toen hij de computer had uitgezet. 'Maandag komt de slotenmaker en dan moeten we weg zijn.'

Toen het personeel op zondagavond naar huis was, slopen de vijf met hun wandelstokken en rollators het woon-zorgcomplex uit. Het was de eerste week van maart, de lucht was grijs en er was sneeuw voorspeld. Daar trokken ze zich niets van aan; er begon een nieuwe fase van hun leven. De avontuurlijke fase. Märtha deed de deur van de kelder achter hen op slot. Toen perste ze haar lippen op elkaar en zwaaide met gebalde vuist naar De Diamant.

'Jullie zijn een stelletje schurken! Jullie zijn te ver gegaan toen de kerstversiering aan banden werd gelegd. Pas maar op!'

'Wat zei je?' vroeg Anna-Greta verbaasd. Ze was hardhorig.

'Die centenbijters staat nog wat te wachten.'

'O, dat,' zei Anna-Greta.

'We moeten een taxi regelen,' zei Märtha. Ze trok haar winterjas dichter om zich heen en liep voor de anderen uit naar de taxistandplaats. Een half uur later stonden ze voor het Grand Hotel. Toen ze de chauffeur hadden betaald en naar de ingang liepen, bleef Märtha plotseling staan. Bewonderend keek ze naar het fraaie, klassieke gebouw.

'Wat een prachtig gebouw,' zei ze. 'Jammer dat ze tegenwoordig niet meer zo worden gemaakt.'

'Dan moet eerst de architectenopleiding opgeheven worden,' zei Bertil. 'Ik begrijp niet waarom je zo lang moet studeren om vierkante blokken te leren tekenen. Dat kon ik al toen ik vier was. Bovendien was ik beter in tekenen.'

'Dan had je misschien architect moeten worden.'

'Welkom in het Grand Hotel!' onderbrak een elegante portier hen met een buiging.

'Dank u, dank u,' zei Märtha. Ze probeerde mondain te lachen. Maar hoe ze ook haar best deed, aan haar stem was te horen dat ze onzeker was. Het was voor iemand van haar leeftijd bijzonder vermoeiend om op de vlucht te zijn en tegelijkertijd als misdadiger in de dop door het leven te gaan.

9

De rollators reden geluidloos over de brede tapijt naar de receptie. Verrukt keek Märtha naar de donkerblauwe biezen met de gouden kronen. Ze dacht aan de staatshoofden die hier hadden gelopen. Eén blik op de tapijtrand en ze konden hun kroonjuwelen in duizendvoud terugzien.

Het duurde even voor ze waren ingecheckt, omdat het personeel discreet hun bankpassen controleerde. Dankzij Anna-Greta's vermogen zaten ze goed in de slappe was, maar ze waren toch zenuwachtig. De anderen hadden immers niet meer dan een pensioen en misschien mochten ze daarom niet blijven. Uiteindelijk werden ze met een glimlach welkom geheten.

'We moeten de tweede deur links na de trap hebben,' zei Oscar, die vooropging. 'De meisjes hebben de Prinses Lilian-suite, waar de grote sterren altijd verblijven, en Bertil en ik slapen in de luxe suites.'

'Maar dat wordt toch allemaal veel te duur,' zei Anna-Greta, die ieder dubbeltje twee keer omkeerde.

'Lieve schat, ben je het nu al vergeten? We zijn immers niet van plan te betalen,' fluisterde Märtha.

Opgewekt liepen ze met hun rollators door de gang. Dankzij al die uren in de fitnessruimte stonden ze stevig op hun benen en hadden ze de rollators eigenlijk niet meer nodig, maar ze wisten dat die nog wel van pas konden komen. Märtha lachte. Wie zou een oude dame met een rollator verdenken? Bovendien was de mand voorop een uitstekende verstopplaats voor de buit.

Langzaam liepen ze verder, tot ze aan de linkerkant een deur zagen.

'Hier is het,' zei Oscar kordaat. Hij deed de deur open en liep naar binnen, op de voet gevolgd door de anderen. Hij zette grote ogen op. 'Dit lijkt in geen velden of wegen op Sundbyberg.'

‘Lieve hemel, hebben jullie dat gezien? De hele kamer glimt,’ zei Stina.

‘Wat een mooie rode stoelen. Zouden de rijken zo leven?’ vroeg Oscar zich af.

‘Maar...’ mompelde Bertil, ‘vinden jullie niet dat het hier flink naar parfum ruikt?’

‘Ik durf haast niet naar binnen te gaan. Hebben jullie de spiegels en de mooie wastafels gezien? Is dit de Prinses Lilian-suite?’ vroeg Anna-Greta.

‘Ik weet het niet,’ mompelde Oscar. ‘Misschien zijn al die spiegels wat te veel van het goede...’

‘Acht stuks om precies te zijn,’ zei Märtha. ‘Kijk toch eens wat een prachtige kristallen kroonluchter aan het plafond, en al dat marmer en de lampen boven de wastafels.’

‘Waar zijn de bedden eigenlijk?’ vroeg Stina, die moe was en graag even wilde rusten. Oscar keek de suite rond. Op dat moment klonk er een bekend geluid.

‘Wel heb ik ooit... de plee?’ Bertil grijnsde. ‘Ik vroeg me al af waar die acht wastafels voor waren.’

Schaterlachend liepen ze van het damestoilet naar de liften. Oscar stopte zijn sleutelkaart in de gleuf en drukte op het knopje van de achtste verdieping.

‘Sorry, ik werd afgeleid. De Prinses Lilian-suite is natuurlijk op de bovenste verdieping.’

In de lift was Märtha in gedachten verzonken. Dat ze een damestoilet voor een luxe suite hadden aangezien voorspelde niet veel goeds. Als ze al zo rondbanjerden zonder drank op, hoe zou het dan gaan na een drankje of twee in de bar?

10

'Wat gaan we nu doen?' vroeg Stina toen ze een paar rondjes had gelopen en gefascineerd op de knopjes van alle televisies in de suite had gedrukt.

'Het is moeilijk kiezen op welk toestel je moet kijken en er zijn ook nog zo veel andere dingen te doen.'

Ze keek de suite rond. Zou ze in de bibliotheek gaan zitten, piano spelen, een filmpje kijken in de privébioscoop of gewoon neerploffen op de dichtstbijzijnde fauteuil? Maar de badkamer met de prachtige mozaïektegels en het grote bad was natuurlijk ook aantrekkelijk. Het kamermeisje had verteld dat je tijdens het badderen kon kiezen voor groen licht en oerwoudmuziek, of voor blauw licht. Misschien moest ze even gaan rusten op het grote tweepersoonsbed dat uitzicht bood op het koninklijk paleis.

'Je kunt naar de sterren kijken als je daar zin in hebt. Er staat zo'n telescoop in de slaapkamer,' zei Oscar. 'Of je richt de kijker op het Paleis. De koning is vast en zeker met iets interessants bezig.'

'Hij is alleen niet thuis,' zei Märtha.

'Is er eigenlijk ook een wc hier?' vroeg Bertil zenuwachtig.

'Een rechts, een in de badkamer en twee verderop,' zei Stina.

'Zeg, ik heb aan één pot wel genoeg, ik kan er toch niet vier tegelijk gebruiken!'

'Er zijn ook vier douches. Spring maar van de ene naar de andere,' zei Märtha.

Toen iedereen zijn koffer had uitgepakt en een glas champagne in de hand had, gingen ze voor een eerste briefing in de fauteuils zitten.

'De planning is belangrijk,' zei Oscar. 'We moeten het hotel in kaart brengen. We gaan de spa bezoeken, wat drinken in de bar, even naar de leeszaal, een hapje eten in het restaurant. We moeten ons discreet onder de andere gasten begeven. Als we weten waar de rijksten zitten, slaan we toe.'

'Ik weet het. Er zijn tweeënveertig luxe suites en veel gasten maken gebruik van de spa en het zwembad,' zei Anna-Greta. 'Ze nemen ongetwijfeld hun horloges en armbanden mee en stoppen ze in een kluisje.'

'Precies. We stelen hun waardevolle eigendommen. Simpel. We verstoppen de buit en gebruiken die later als we vrijkomen,' zei Märtha.

'Jij hebt veel te veel detectives gelezen,' vond Bertil.

'Welnee. Alle zware misdadigers zitten hun straf uit en gebruiken doodleuk de buit van de overval als ze vrijkomen. Die Engelse treinrovers of die lui met de helikopter bijvoorbeeld.'

'Dan doen we net als zij,' besliste Anna-Greta. Haar ogen glommen van opwinding.

'Goed, laten we naar de spa gaan om de boel te verkennen. Dan kunnen we gelijk aquafitness doen in het zwembad,' zei Märtha.

'Kom kom, we zijn hier niet om te sporten,' riep Bertil, die nog net het woord 'boef' kon inslikken.

'Waar laten we de spullen in de tussentijd als we heel veel gaan stelen?' vroeg Stina.

'Dat wijst zich vanzelf,' zei Märtha blozend, want daar had ze nog niet aan gedacht.

'Luister. We moeten de diefstal plegen voor de instanties ons te pakken krijgen. Waarom slaan we morgen of overmorgen niet toe?' stelde Oscar voor. 'Dan blijven we daarna nog één nachtje.'

'Op de plaats delict blijven, toe maar,' zei Märtha, die daar niets over had gelezen in haar detectives. 'Je keert terug naar een plaats delict, je blijft er niet hangen.'

'Daarom zal de politie ons vlak na de diefstal hier nooit zoeken,' zei Oscar. 'Goed, laten we ons omkleden en dan zien we elkaar straks in de bar.'

Toen de mannen naar hun suite waren gegaan, bekeek Stina onder het vijlen van haar nagels de lijst met schoonheidsbehandelingen die het hotel aanbood.

'Ik vind dat we naar de schoonheidsspecialiste moeten gaan,' zei ze, zwaaiend met haar nagelvijl.

'Spa en schoonheidsspecialiste?' Märtha keek haar vriendin vermoeid aan. Stina las altijd alles over uiterlijke verzorging. Op haar vijfenvijftigste had ze een facelift gehad, maar daar werd niet over gepraat. Ze wilde dat iedereen ervan uitging dat ze er zonder ingrepen nog zo jong uitzag en dat haar schoonheid van binnen kwam. Zelfs het bleken van haar tanden was een taboeonderwerp. Misschien kwam het door haar jeugd. Van haar ouders mocht ze geen make-up gebruiken; ze had als kind altijd te horen gekregen dat het een zonde was. Je moest je uiterlijk accepteren, want wat God schept, is altijd een cadeau. Als tiener kon ze zich alleen stiekem opmaken; nu ontkende ze dat ze cosmetische ingrepen had laten doen.

'Luister,' ging Stina verder, 'je kunt emotionele en fysieke blokkades laten losmaken en je ondertussen ontspannen. Daarnaast kunnen we een oogmasker nemen dat tekenen van ouderdom en vermoeidheid vermindert.'

'Ik denk niet dat ik er jonger uit zal zien al neem ik een compleet gezichtsmasker,' zei Märtha.

'Een massage van de belangrijkste *marma*-punten rondom je ogen is heel goed. Het stuurt signalen naar het zenuwstelsel, waardoor de spieren vitaal blijven,' ging Stina verder. Ze was helemaal verdiept in de reclame.

'Wat is marma?' vroeg Märtha.

'Nee, dit is nog beter,' zei Anna-Greta, die een folder van de spa- en fitnessfaciliteiten in het hotel had gevonden. 'We kunnen een gezichtsacupunctuurbehandeling van een uur krijgen. De naalden stimuleren de productie van collageen en versterken het bindweefsel in je lichaam.'

'Net wat we nodig hebben,' zei Märtha. Ze rolde met haar ogen.

'De behandeling maakt je huid stevig en zacht,' ging Anna-Greta verder.

'Stevig en zacht. Dat zeiden ze vroeger ook over mijn borsten,' zei Stina dromerig. 'Nu weet ik vaak niet eens waar ze zijn.'

'Luister goed. We zijn op het dievenpad, meer niet. En nu gaan we naar de spa,' zei Märtha beslist terwijl ze de folders wegpakte. 'Jullie moeten niet vergeten waarom we hier zijn.'

De dames knikten, en ze trokken hun zwemkleding en een witte hotelbadjas aan. Märtha bleef even bij de deur staan.

'Als we beneden zijn, kijk dan goed om je heen naar kluisjes voor horloges, geld, ringen en dat soort dingen.'

'Gaan we nu écht een diefstal plegen?' vroeg Stina ineens.

'Ssst. Nee, we gaan gewoon iets spannends doen,' zei Märtha onderweg naar de lift. Ze sloeg Stina geruststellend op haar schouder. Maar later kreeg ze toch last van een knagend gevoel van onrust. Stina zou toch niet alles verpesten?

11

Een goedverzorgde receptioniste lachte hartelijk naar de vriendinnen en wilde net wat tegen hen zeggen toen Oscar en Bertil binnenkwamen. Onder de badjassen was een glimp van hun gestippelde zwembroeken uit de jaren vijftig te zien.

'Wilt u een handdoek?'

'Ja graag.' Märtha glimlachte.

'Dit doet me denken aan die keer dat ik in Turkije was,' zei Bertil. 'Mooie zwembaden, mozaïek, vrouwen en...'

'Gebral?' Anna-Greta keek afkeurend. 'Die goeie ouwe tijd.'

De mannen kregen ook een handdoek en gingen douchen, terwijl Märtha en de anderen naar de dameskleedkamers liepen. Hier was een hele muur met kluisjes.

'Jackpot. Kijk eens,' fluisterde Märtha verrukt. Ze gaf Anna-Greta een por in haar zij.

'Het lijkt wel of ze ons verwachten,' zei Anna-Greta, die de kluisjes telde.

Ze gingen naar een ruimte met een koudwaterbad. Op een van de muren was een Scandinavisch kustgebied afgebeeld.

'Kijk eens wat mooi,' zei Stina. 'Het exotische Noorden waarvoor toeristen hun geld neertellen.'

'Al is het in het echt gratis,' voegde Anna-Greta eraan toe.

'Maar exclusieve dingen kosten geld,' zei Märtha. 'Daarom verblijven er alleen maar zakenmensen, staatshoofden en filmsterren in het Grand Hotel.'

'Vergeet ons niet,' piepte Stina.

'Dit hotel is de plek waar wereldleiders logeren,' ging Märtha met licht trillende stem verder.

'Maar hoe weten zij nu hoe het met een gewone sterveling gaat?' vroeg Stina.

'Dat is het 'm nou juist. Dat weten ze niet,' zei Märtha.

'Maar als jij nou Frank Sinatra, Zarah Leander of een keizerin was, dan ging je toch ook niet in een jeugdherberg slapen. Daar heeft immers niemand door dat je een ster bent,' protesteerde Anna-Greta. 'Het is net als in Djursholm. Het gaat om de postcode.'

Toen ze in het zwembad kwamen, zagen ze dat Oscar en Bertil al in het water lagen. Met krachtige slagen zwommen ze heen en weer. Het water glinsterde in verschillende blauwtinten en het rook er heerlijk naar lavendel en rozenblaadjes. Op de bodem van het bad lagen grote, zwarte tegels en om bij een van de vier trappen aan de zijkant van het bad te komen, moest je onder een soort hoge Romeinse boog door lopen. Aan het einde van een smalle gang was aan de rechterkant een sauna. '*Steam room*' stond er op de deur.

'Daar kunnen we een stoombad nemen, of een voetpakking met berkenschors of een organische veenpakking voor je lichaam,' zei Anna-Greta.

'De turf stimuleert je ademhaling en de spijsvertering. Je gaat je er rustig en harmonisch door voelen,' voegde Stina eraan toe.

'Zoals ik al eerder zei, daarvoor zijn we hier niet,' zei Märtha.

Oscar en Bertil, die via een trappetje uit het water kwamen, zagen er blij en verkwikt uit.

'Zo. En dan nu een stoombad,' zei Oscar.

Ze liepen de gang door, deden de deur open en gingen zitten. Het was donker en mistig, waardoor ze haast niets zagen. Er zaten een groepje mannen van middelbare leeftijd, een jongere man en een vrouw in het stoombad. Het was een vrij grote ruimte, met banken die in een halve cirkel rond een zwarte pilaar stonden. Boven in de pilaar zat een tuitje waaruit stoom werd geblazen. De luchtvochtigheidsgraad was hoog en het rook er naar berkenhout. Het was er warm en er hingen onzichtbare waterdruppeltjes in de lucht.

'Nu wordt mijn stok vast krom,' zei Anna-Greta klagerig.

'Die had je potdorie toch in de kleedkamer achter kunnen laten,' kreunde Bertil.

'Wees blij dat je je rollator niet hebt meegenomen, die was vast gaan roesten,' zei Märtha.

Oscar keek gefascineerd naar de pilaar.

'Hmm. Een apparaat vol gaten dat stoom uitblaast. Dat komt mooi uit,' mompelde hij.

Ze bleven nog even zitten en gingen vervolgens douchen. Nadat ze de kluisjes nog een keer goed hadden bekeken, gingen ze met de lift terug naar hun suite.

'Hebben jullie gezien dat er geen slot op de kluisjes zit? Daar heb je een sleutelkaart voor nodig,' zei Märtha toen ze op de bank zaten.

'In de herenkleedkamers is het hetzelfde,' zei Bertil met een zucht.

'Ze maken ook geen gebruik van magneetstrips. Elke kaart heeft een eigen code waarmee je het kluisje open kunt maken, en er zijn meer dan driehonderd kluisjes. Zelfs als we de code voor een van de kaarten kraken, blijven er nog tweehonderdnegenennegentig over.'

Er hing een sombere stemming in de kamer, want ze begrepen allemaal wat dat voor gevolgen had. De champagne bleef onaangeroerd staan. Oscar schraapte zijn keel. 'Ik heb er morgen wel wat op gevonden,' zei hij.

'Dan stel ik voor dat we elkaar morgenochtend rond tien uur hier weer zien en ons plan verder doornemen,' zei Anna-Greta, die gewend was aan de ochtendvergaderingen op haar werk bij de bank.

'Voordat we toeslaan?' vroeg Stina.

'Precies,' zeiden Oscar en Märtha in koor.

'Als het lijkt alsof alles mislukt, ligt de oplossing vaak voor de hand. Iets waar niemand aan heeft gedacht,' zei Märtha. 'Laten we wat gaan eten. Dat helpt misschien.'

'Dan kunnen we gelijk een rekening voor de kamer openen,' zei Anna-Greta.

In hun mooiste kleren gingen ze in restaurant De Veranda zitten. Het langwerpige restaurant, dat nog het meest deed denken aan het dek van de Titanic, had grote ramen, zodat je aan een prachtig gedekte tafel van het uitzicht kon genieten.

'Het is misschien niet zo'n goed idee als we bij het raam gaan zitten,' peinsde Märtha. 'Stel je voor dat iemand ons ziet en ons weer opsluit in het woon-zorgcomplex.'

'Niemand let erop wie hier zit,' zei Bertil, maar hij wierp toch ongerust een blik op straat. Hij vond het een mooi restaurant, maar wilde niet betrapt worden.

Ze kozen voor zeetong à la meunière, met bacon omwikkelde haricots verts en aardappelpuree. Toen het eten werd gebracht, waren ze zo verbaasd dat de ober dacht dat er iets mis was.

'Nee, helemaal niet. We waren alleen vergeten hoe echt eten eruitziet. Niet in plastic verpakt,' zei Märtha.

Het werd heel stil aan tafel en na een tijdje klonk er voldaan gezucht.

'Het smelt als warme boter op je tong,' zei Bertil, die met zijn vork naar de vis wees. 'Op de Kungsholmen smaakte het eten in de eerste klasse altijd zo.'

'Ongelooflijk. Het is echte vis,' zei Stina, en ze staarde naar haar bord.

'En precies goed gekruid. Ik was vergeten dat eten zo lekker kon zijn. Je zou er haast gelovig van worden,' zei Oscar.

Ze aten zwijgend en genietend verder en na het nagerecht, crêpes suzette, veegde Anna-Greta uitgebreid met haar linnen servet haar mond schoon.

'Dit is echt heerlijk, maar ik bedacht net iets. Het gaat toch wel lukken met die kluisjes? Als het hotel het geld van mijn creditcard afschrijft, dan... Ik wil natuurlijk niet voor dit alles gaan betalen...'

Er viel een ongemakkelijke stilte.

'Rustig maar, Anna-Greta,' zei Märtha opbeurend. 'De inhoud van de kluisjes is zeker voldoende om het Dievenfonds mee te vullen én om jou te compenseren.'

'Mogen we dit eigenlijk wel doen?' vroeg Stina. '"Gij zult niet stelen" staat er in...'

'Het hangt er helemaal van af wie er steelt. Als je de overheid of een bank bent, is het in orde,' zei Märtha. 'Stel je maar gewoon voor dat je ons pensioengeld beheert. Dan kun je doen wat je wilt.'

Op weg naar de lift vroeg Oscar of Märtha even met hem mee wilde gaan naar zijn kamer. 'Ik moet je wat laten zien.'

Eerst voelde ze zich een beetje opgewonden, maar ze begreep algauw dat hij iets met haar wilde overleggen. Ze gingen naar zijn gustaviaanse suite, strak maar stijlvol gemeubileerd alsof Gustaaf III hem zelf had ingericht – al zou het in die tijd niet zo'n rommel zijn geweest. Märtha begreep niet hoe Oscar het in zo'n korte tijd voor elkaar kreeg. Zijn kleren had hij op de stoelen gegooid, er lagen een tandenborstel en tandpasta op het bureau en er stond een aangebroken pak melk in de gang. Overal lagen opengeslagen kladblokken en onder de lange gordijnen lag een eenzame pantoffel.

'Let niet op de rommel, maar ik heb het druk gehad. Moet je kijken.' Hij liep naar het bed en pakte een kladblok onder het matras vandaan.

'Ga zitten. Jij als detective-expert...'

Märtha ging zitten en keek toe hoe Oscar door zijn aantekeningen bladerde. Hij had een ontspannen, warme uitstraling en ze voelde zich prettig bij hem. Ze kenden elkaar al een hele tijd en ze was erg op hem gesteld. Maar nu hij haar *partner in crime* was geworden, waren ze nog meer naar elkaar toe gegroeid. Ze glimlachte. Zo was het leven, je wist nooit wat er ging gebeuren.

'Hier heb ik het. De kraak is niet zo eenvoudig als ik had gehoopt. Het is niet zoals in die oude films waar ze de sleutels aan de bewaker ontfutselden en de kluis leeghaalden.'

'Dus zelfs boeven hadden het vroeger beter?'

'Daar lijkt het wel op.' Oscar wees naar de bladzijde van zijn kladblok waarop hij de sloten en scharnieren van de kluisjes had getekend. 'De kluisjes hebben elektronische sloten die kunnen worden geopend en gesloten met een speciale kaart. Een deftig hotel heeft natuurlijk geen kluisjes van de bouwmarkt, maar een dure, verfijnde variant. Dat zaakje in de spa kost minstens honderdduizend kroon en is inbraakproof. Ik durfde het niet te zeggen waar de anderen bij waren. Ik heb eigenlijk geen flauw idee hoe we dit kunnen oplossen.'

'Maak je niet dik, Oscar. We veroorzaken een stroomstoring.'

'Dat helpt je niets. De kluisjes hebben een noodaggregaat. Het enige wat er in zo'n situatie gebeurt, is dat ze op slot springen.'

'Ik heb het,' riep Märtha verrukt. 'Je gaat morgenochtend heel vroeg naar beneden om kortsluiting te veroorzaken, zodat de kluisjes op slot springen. Als de gasten voor de spa hun kostbaarheden niet in de kluisjes kunnen leggen, moeten ze die ergens anders in bewaring geven. Heb je de kluis in die metalen kast achter de receptie gezien? Die lijkt op zo'n eenvoudige, ouderwetse kast met een slot. Ik durf te wedden dat de receptioniste daar de sieraden in legt.'

Oscar keek Märtha verbluft aan.

'Lieve meid, met dit probleem worstel ik al sinds gisteren.'

'Jullie kerels denken alleen maar aan het technische gedeelte. Je moet ook rekening houden met de menselijke factor...'

Oscar glimlachte, stond op en kwam terug met twee witte plastic tassen.

'Ik heb van Bertil een ongevaarlijke hoeveelheid bilzekruid gekregen. Als we dat in de stoomtuit van de pilaar in de sauna gooien, zou het poeder door de hele spa verspreid moeten worden. Als iedereen dan onder zeil is, halen wij de kluis leeg.'

'Wat zit er in die andere zak?'

'Dat gooien we ook in de stoomtuit. Bertil had nog een beetje cannabis over van zijn experimenten in zijn kruidenbak, of was het nou hasj of marihuana van zijn tijd op zee? Ik weet het niet meer. Hoe dan ook, je wordt er vrolijk, levendig en giechelig van. Stel je die arme mensen eens voor die wij gaan beroven. Als ze een beetje hasj binnenkrijgen, vinden ze het vast minder erg als ze na het ontwaken zien dat de kluis geplunderd is.'

'Wat is het toch prettig, Oscar, dat je het zo belangrijk vindt dat iedereen het naar zijn zin heeft...' zei Märtha opgewekt. 'Dan hebben we vrólijke slachtoffers. Mensen die schaterlachend in hun lege kluis kijken.' Ze giechelde en Oscar lachte met haar mee.

'Hoe zit het met de anderen, moeten zij dit niet weten?'

'Omdat het de eerste keer is, vind ik dat we het meeste zelf moeten doen. Dan kunnen we ook niemand anders de schuld geven als het misgaat.'

'Er zijn niet veel mensen van onze leeftijd die aan een nieuwe carrière beginnen,' zei Märtha.

'De oudjes kunnen het nog best!' zei Oscar. Ze barstten weer in lachen uit, en het duurde nog heel lang voor Märtha weer in haar eigen kamer was.

12

Bertil was bezig zich uit te kleden toen er werd geklopt. Hij hees zijn broek weer op, trok zijn jasje aan en liep aarzelend naar de deur.

'Ik ben het, Stina,' klonk het zielig aan de andere kant van de deur.

Bertil haalde snel een kam door zijn haar, knoopte zijn sjaaltje om en deed de deur open.

'Kom erin!'

Aan de manier waarop ze liep, zag hij direct dat ze bezorgd was.

'Champagne?'

Ze schudde het hoofd en ploftc op de bank.

'Dus je hebt de Vlagsuite gekozen. Het ziet er heel stoer uit,' zei ze terwijl ze met een vinger over haar wenkbrauw wreef.

'Ik vond deze stijlvolle suite wel bij mij passen. Bovendien doet het me denken aan mijn tijd op zee.' Hij bloosde.

'Wat is dit toch een prachtig hotel. Ik heb gehoord dat sommige gasten altijd om dezelfde kamer vragen. Dat snap ik wel. Ik wil niet de gevangenis in, ik wil hier blijven.'

'Maar Stina, dat is het 'm nou juist. Als we de boel beroven, kunnen we altijd zo vorstelijk wonen,' zei hij terwijl hij naast haar ging zitten.

'Ik ga in geen geval uit stelen.' Stina's stem werd schril. 'Dat mogen we niet doen. Het is niet goed. Je moet van andermans zaken afblijven.'

'Lieve Stina, je kunt nu niet meer terugkrabbelen. Dan verpest je het voor de rest.'

'En mijn kinderen dan? Wat zullen zij ervan zeggen? Emma en Anders schamen zich dood. Stel je voor dat ze mij de rug toekeren.'

'Welnee. Ze zijn vast apetrots. Denk maar eens aan Robin Hood, die van de rijken stal. De Engelsen zijn dol op hem.'

'Dus mijn kinderen zullen mij waarderen omdat ik een soort

Robin Hood ben? Maar Robin Hood en een kluis in het Grand Hotel is niet precies hetzelfde.'

'Natuurlijk wel, we stelen van vermogende mensen. Het grote publiek heeft er altijd begrip voor als je rijke stinkerds besteelt. Emma en Anders zullen er ook zo over denken. Herinner je je die grote treinoverval in Engeland nog? Iedereen vindt dat die ontzettend knap is uitgevoerd. Het meesterbrein erachter wordt nog steeds alom bewonderd.'

'Maar dat was een enorme overval. Wat wij gaan doen stelt toch niets voor.'

'Klopt, maar het is genoeg om ervoor in de gevangenis te belanden.'

'Ja, liever dat dan een voetboei. Afschuwelijk. Stel je voor dat je daarmee moet rondlopen.' Stina keek Bertil met tranen in de ogen aan. Troostend legde hij een arm om haar schouder.

'Je kunt je niet voorstellen hoe moedig anderen je zullen vinden. Dit wordt de diefstal van de eeuw en jij doet mee. Je wordt een legende.'

'Ik?'

'Ja, jij. De mensen zullen vol bewondering over jou praten. Ik ben trots op je. Ik vind het zo fijn dat je meedoet.'

'Meen je dat?' Stina sloeg haar blik neer en Bertil voelde dat hij haar bijna had overtuigd. Hij wist dat hij goed met vrouwen kon omgaan en vervolgde vol zelfvertrouwen: 'Je bent zo lief, weet je dat wel?' Hij nam haar hoofd in zijn handen en keek haar diep in de ogen. 'Ik geloof in jou, ik weet dat je het kunt.' Hij streelde teder haar wang, boog voorover en hield haar een tijdje stevig vast, voor hij haar omhoog hielp van de bank.

'Ik blijf bij je. Je kunt op mij vertrouwen,' zei hij, waarna hij haar op de wang kuste. Vervolgens begeleidde hij haar helemaal tot aan de deur.

In haar eigen kamer lag Stina nog lang wakker, met de handen op haar borst. Glimlachend dacht ze eraan terug hoe aardig Bertil was geweest en hoe veilig ze zich had gevoeld in zijn armen. Maar dat stelen... Haar ouders waren lid van de pinkstergemeente en hadden er altijd op gehamerd dat ze zich netjes moest gedragen. Moest ze dat nu zomaar negeren? Toen ze klein was móést ze iedere zondag naar de kerk. Het was langdradig geweest en alleen dankzij de muziek had ze het volgehouden. In Jönköping draaide alles om de pinksterbeweging, en om het juiste doen. Als het Vätternmeer spiegelglad en zilverachtig was, dacht ze dat God in een goed humeur was en Hij de golven in bedwang hield. Maar als het stormde en het schuim op het strand lag, was ze bang dat Hij boos was en haar kwam halen. Haar vader en moeder hadden namelijk gezegd dat God haar zou straffen als ze iets doms deed – en dat deed ze vaak. Stina glimlachte om zichzelf in het donker.

Haar ouders hadden een stoffenwinkel gehad en gehoopt dat zij hen zou opvolgen. Dat was ze ook van plan geweest, maar toen werd ze verliefd op Olle, de tenor van het kerkkoor. Hij wilde altijd met haar naar het Brahehus om van het uitzicht over Vättern te genieten. De ruïne met de dikke muren en de zwarte, lege vensters fascineerde hem. Hij werd er tegelijkertijd door afgestoten en aangetrokken. Na een paar bezoekjes had hij haar meegenomen achter de bosjes en daar had ze haar onschuld verloren. Net als nu had ze het nieuwe en spannende niet kunnen weerstaan. Maar toen ze na een tijdje zwanger bleek, hadden haar ouders haar gedwongen met Olle te trouwen. Het was hem weliswaar voor de wind gegaan en ze waren in hun huwelijk nooit geld tekortgekomen. Maar het was geen gelukkig huwelijk en het was een opluchting toen ze uit elkaar gingen. Ze had een bloedhekel gehad aan dat huisvrouwenbestaan, het gastvrouw spelen en al het andere dat erbij kwam kijken. Na de scheiding had ze van de alimentatie een hoedenwinkel geopend en was ze aan een nieuwe fase in haar leven begonnen, die haar veel voldoening had gebracht. Ze had literatuurgeschiedenis gestudeerd en daarnaast had ze het koor en haar vrienden. Wat was het toch leuk geweest. Stina deed haar ogen dicht en dacht aan Bertil. Als hij misdadiger werd, wilde zij het ook worden. Het was net als met die ritjes naar het Brahehus: verboden en spannend...

13

Tijdens de vergadering de volgende ochtend werd het duidelijk: het was tijd om actie te ondernemen. Oscar pakte zijn draadtang, een stukje elektriciteitssnoer, wat zilverkleurige tape en een tube secondelijm en stopte alles in een witte, niet-doorschijnende plastic tas. Opgevouwen paste het makkelijk in de grote zakken van de badjas zonder dat het opviel. Hij keek op de klok. Over vijf minuten had hij met Märtha afgesproken in de spa.

In de lift op weg naar beneden liep Märtha nog een keer de planning door. Alle fases waren nauwgezet uitgestippeld en het enige wat haar dwarszat was dat Oscar onder stroom kon komen te staan als hij kortsluiting veroorzaakte. De receptioniste keek op toen ze binnenkwam.

'Een handdoek, alsjeblieft,' zei Märtha.

'U hebt de badjas al aan, zie ik,' zei het meisje. Ze draaide zich om naar de plank met de handdoeken. Op dat moment glipte Oscar langs. Hij verdween met zijn tas de herenkleedkamer in. De receptioniste pakte een grote, witte handdoek.

'Wat heerlijk zacht,' zei Märtha, en ze wreef met de handdoek langs haar wang. Het meisje achter de balie reikte haar een plastic sleutelkaart aan.

'Als u uw spullen in het kluisje hebt gelegd, drukt u deze kaart in de gleuf en dan zit uw kluisje op slot. Als u uw spullen er weer uit wilt halen, stopt u de kaart er weer in en gaat het kastje open.'

'Wat een uitvinding,' zei Märtha glimlachend. Ze hoopte dat ze zich net zo gedroeg als anders.

Het was licht in de kleedkamer en er hing een zoetige geur. Een donkerharige vrouw was zich aan het aankleden en Märtha zag een andere vrouw uit de doucheruimte komen. Verder was er niemand.

Zo vroeg op de morgen waren maar een paar kluisjes in gebruik. Märtha ging douchen, trok haar badpak aan en liep naar het zwembad. Ze had maar een paar slagen gezwommen toen het licht begon te knipperen. Via het trappetje kwamn ze het bad uit en liep terug naar de kleedkamer. Hier was het donker en het duurde even voor de lampen weer aan gingen. Ze probeerde haar sleutelkaart. Het kluisje ging niet open. Ze lachte stilletjes, trok haar badjas aan en liep naar de receptie. Daar brandde het licht ook weer.

'De kluisjes in de kleedkamer gaan niet meer open,' zei Märtha.

'Daar wordt aan gewerkt,' zei de receptioniste.

'Waar laat ik nu mijn sieraden zolang?'

'Die mag u hier achterlaten,' zei de receptioniste, en ze wees naar een robuuste, witte metalen kast schuin achter haar. 'Maar u hebt uw spullen toch al in de kluis in de kleedkamer gelegd?'

'Ach ja, dat was ik vergeten,' zei Märtha.

'En, hoe ging het?' vroeg Anna-Greta even later toen Märtha weer in de suite was. Stina en zij zaten nog te ontbijten en hadden zich nog niet aangekleed. Stina hield Märtha's breiwerk voor haar neus.

'Dit lag op de bank. Wat zou je ervan zeggen om het eens af te breien, zodat wij op de bank kunnen gaan zitten zonder te worden doorboord?'

'Sorry, ik vergeet het altijd op te ruimen. Het wordt een kaftan,' zei Märtha, die de breipennen en de wol opruimde. Ze schonk voor zichzelf een kop koffie in.

'Toen de kluisjes niet meer open wilden, stopte de receptioniste zoals verwacht alle waardevolle eigendommen in de kluis achter de receptie,' zei Märtha.

'Uitstekend. Hoeveel kostbaarheden passen er eigenlijk in?' vroeg Anna-Greta.

'Vast een heleboel,' zei Märtha vaag.

Stina keek sceptisch. Ze pakte een chocoladekoekje en gebaarde ermee.

'Jullie lijken tevreden, maar we hebben eigenlijk een grote fout gemaakt,' zei ze. 'We zijn hierheen gekomen om te stelen van de rijken, maar we hebben zelf de duurste suite geboekt.'

Het bleef even stil terwijl Stina's woorden tot de anderen doordrongen.

'Het is ook niet makkelijk om voor het eerst een boef te zijn,' zei Märtha verontschuldigend. Ze pakte ook een koekje. Een beetje lekkers kon ze zich wel permitteren...

'We moeten een andere kamer nemen en wachten tot een echte grote ster deze suite boekt. Een rijke, beroemde artiest, een koning of een president,' hield Stina vol.

'Het valt niet mee om op onze leeftijd zowel woonruimte te regelen als diefstallen voor te bereiden. Ik kan maar één ding tegelijk,' zei Märtha.

'Maar de goudprijs is hoog. Drie dikke, gouden armbanden zijn sowieso honderdduizend kroon waard,' zei Anna-Greta trots. Ze kon nog goed hoofdrekenen.

'Vergeet niet dat we ook nog naar de gevangenis moeten,' zei Stina, die zich realiseerde dat Bertil daarheen ging, dus wilde zij dat ook.

'We gaan naar de spa als er veel mensen zijn. Onder lunchtijd bijvoorbeeld. Dan zal die kluis uitpuilen van het goud,' zei Märtha.

De anderen gingen akkoord en toen ze zich allemaal hadden aangekleed, ging Märtha naar Oscar voor een laatste doorloop. Hij liet zijn tekeningen zien.

'Hier heb ik de kabels doorgesneden,' zei hij, waarbij hij met zijn wijsvinger op het papier wees. 'Het gaat zeker een dag duren voor iemand de breuk in de stroomtoevoer naar de kluisjes vindt,' ging hij verder. Hij wees naar een paar rare streepjes. 'De kabels van het zwembad en de sauna zijn ook al half doormidden. Binnen twee tellen zit het hele zaakje in het donker. De isolatietape is fantastisch!' Hij keek zo verrukt dat het Märtha deed denken aan een kind met een computerspelletje.

'En als het toch anders loopt dan gedacht?'

'Er kan inderdaad van alles misgaan, maar dan proberen we het gewoon nog een keer. Hier zijn de loper en het reservegereedschap,' zei hij terwijl hij zijn hand op de sporttas legde.

Er werd op de deur geklopt en Bertil kwam binnen. Hij zag er slaperig uit en rook naar knoflook. Zijn blik viel op de twee plastic zakjes op tafel.

‘Wees voorzichtig met die kruiden,’ begon hij, maar verder kwam hij niet, want er werd opnieuw op de deur geklopt. Het waren Stina en Anna-Greta.

‘Volgens mij zijn we er klaar voor,’ zei Märtha monter. ‘Nu hoeven we alleen nog maar te wachten tot het lunchtijd is.’

De anderen knikten ernstig.

14

Toen Märtha een paar uur later samen met de anderen met de lift naar de spa ging, voelde ze telkens in de zakken van de witte badjas. Daar zaten de plastic zakjes met het poeder in. Ze gluurde naar Oscar. Hij had een hotelhanddoek zo over zijn tas gelegd dat het gereedschap niet te zien was. Wat zag hij er opgewonden uit; als een jongetje dat iets ondeugends van plan was. Eerlijk gezegd voel ik me net zo, dacht ze.

Om niet te veel op te vallen, gingen ze douchen en vervolgens bleven ze geruime tijd in het zwembad. Ze dobberden wat rond terwijl ze op de grote toevloed van gasten wachtten. Anna-Greta zei de hele tijd tegen de anderen dat ze geduld moesten hebben.

'Er kan best nog een armband bij,' bezwoer ze zodra iemand voorstelde om aan de slag te gaan. Uiteindelijk zei Oscar dat hij geen minuut langer wilde wachten. Hij boog zich naar voren en fluisterde tegen Märtha: 'Heb je de zakjes?'

Ze knikte.

'Als het licht begint te knipperen, haal je het poeder uit je zak en gooi je het in het tuitje waar de stoom uit komt. Doe het vlug, voordat iemand wat in de gaten krijgt.'

'Ik weet toch hoe ze dat in de film doen!' antwoordde ze.

Oscar trok zich terug in de gang naar de receptie en de meterkast, terwijl Märtha met de anderen naar de sauna ging. Van het bilzekruid zouden de bezoekers slaperig worden, en voordat ze te ver heen waren, moest Märtha ook de cannabis in de tuit op de pilaar gooien. Daarna moesten Stina en Anna-Greta de sauna uit wankelen en net doen of ze flauwvielen, terwijl Märtha snel naar de receptie zou gaan om alarm te slaan. Zodra de receptioniste haar balie had verlaten, zou Oscar daar de lichten uitdoen, om vervolgens samen met Bertil de kluis achter de balie te kraken. Voor het geval het te donker zou zijn, had Oscar ledlampjes in een van zijn pantoffels aangebracht. Märtha was bang dat het licht hen zou verraden, maar hij verzekerde haar dat het allemaal wel los zou lopen. Die pantoffel mocht alleen in noodgevallen worden gebruikt en in alle commotie zou niemand zich afvragen waar het licht vandaan kwam. Märtha vond dat zij gelijk had en hij niet en ze meende dat hij dat alleen maar zei omdat hij een man was en geen fantasie had. Maar met het klimmen der jaren had ze geleerd dat het af en toe beter was om je mond te houden.

Toen ze in het stoombad kwamen, sloeg de warme stoom hun tegemoet. Ze zagen geen hand voor ogen in de vochtige mist. Stina en Anna-Greta gingen op de bank zitten, terwijl Märtha goed om zich heen keek. Ze schatte dat er zeker twintig mensen waren. Een paar oudere heren, wat dames en een echtpaar van middelbare leeftijd hadden op de banken plaatsgenomen. Nu is het zaak om degenen die het dichtstbij zitten nauwlettend in de gaten te houden, dacht Märtha. Ze voelde dat onder haar badpak de plastic zakjes in haar huid prikten. Eigenlijk had Bertil dit natuurlijk moeten doen, maar hij had gezegd dat hij zich tegenwoordig alleen met lévende gewassen bezighield. Gedroogde bladeren interesseerden hem niet. Ze rechtte haar rug. Goed, die stijfkop kreeg zijn zin. Märtha ging zo dicht mogelijk bij de deur op het puntje van de bank zitten, zodat ze nog een beetje frisse lucht kreeg, en ze legde de berkentakjes naast zich. Ze voelde aan haar decolleté. Met die plastic zakjes tegen haar borst had ze het uiterlijk van een rondborstige operazangeres. Wat jammer dat het in de sauna zo donker was.

'Hoe lang moeten we hier nog blijven?' fluisterde Stina.

'Nog heel even,' zei Märtha geruststellend. 'Ik geef een teken als het zover is.'

'Hier hou je het inderdaad niet lang vol,' zei Anna-Greta, die haar hand voor haar mond hield. 'Veel te veel stoom.'

Door de stoom waren de andere bezoekers haast niet zichtbaar. Märtha werd er onrustig van. Ze zou nauwelijks kunnen zien hoe ze reageerden. Ze kon zich er echter niet lang zorgen over maken, want op dat moment begon het licht te knipperen. Oscar had de stroomkabel doorgeknipt. Aan de slag! Ze stak haar hand in haar badpak, op zoek naar de plastic zakjes. Waar waren ze nou gebleven? Ineens schoot haar te binnen dat ze haar bril niet bij zich had. En dat terwijl zij er nota bene steeds op had gehamerd dat een goede voorbereiding het halve werk was... Het zakje met de cannabis was het dikst. Meer hoefde ze eigenlijk niet te weten. Ze stak haar hand weer in haar decolleté en rommelde wat tussen haar boezem. De man tegenover haar staarde haar aan.

'Ik had er toch echt drie toen ik van huis ging,' zei ze schertsend.

De man keek haar onnozel aan.

'Twee dan?' zei ze.

In de mist schraapte iemand zijn keel en begon vervolgens te hoesten. Oude dames moeten geen grapjes maken over zulke dingen, zou dat de boodschap zijn? Märtha voelde zich opstandig. Oudere mensen wilden toch ook graag lol trappen? De mist werd dichter en de meesten hielden hun handen voor hun gezicht. Het was heel erg warm en plakkerig geworden in het stoombad. Twee mensen stonden op en gingen naar buiten. Nu kon Märtha echt niet langer wachten. Voorzichtig haalde ze het zakje met het bilzekruid tevoorschijn en maakte het open. Ze hoefde maar een paar stappen te doen in de richting van de zwarte pilaar om het poeder in de tuit te gieten. Maar toen ze haar duim en wijsvinger in het zakje stak, kon ze geen poeder vinden. Dat kon toch niet waar zijn? Onthutst voelde ze nog een keer en helemaal onderin grepen haar vingers in een kleverig goedje. Lieve hemel, het zakje was gaan lekken in het water! Ze zag voor zich hoe iedereen in het zwembad bilzekruid had binnengekregen, waardoor ze nu allemaal groggy waren. Maar toen herkende ze een man met wie ze in het zwembad bijna in botsing was gekomen en voelde ze zich een stuk rustiger. Het meeste poeder zat gelukkig nog in het zakje en was alleen vochtig geworden. Zou het nu ook minder effectief zijn, of zou ze zelf gaan hallucineren van het poeder dat uit het zakje was gelekt? Bertil had gezegd dat ze maar een beetje cannabis in de pilaar moest gieten, maar de situatie was inmiddels heel anders. Ze kon maar beter alles gebruiken. Ze graaide weer in haar decolleté en haalde het zakje met cannabis eruit. Dat was godzijdank nog heel. Ze deed een paar wankele stappen naar de pilaar, en toen het tuitje een beetje stoom uitblies, goot ze het bilzekruid en alle cannabis erin en wapperde wat met de berkentakjes. Toen ging ze weer zo dicht mogelijk bij de deur op het puntje van de bank zitten en wachtte af.

15

Zuster Barbro stond in haar pasgerenoveerde flat in Sollentuna te roken. Ze inhaleerde diep en blies het laatste beetje rook uit voor ze de sigaret uitdrukte in een wijnglas en het raam dichtdeed. Sinds de dag dat directeur Mattson De Diamant had overgenomen droomde ze ervan om met hem te kunnen samenwerken. Hij en Zij. Samen zouden ze een succes worden. Hij had geld om te investeren, zij kon het bedrijf runnen. Maar de tijd verstreek en ze begon ongeduldig te worden. Ze wilde met hem over de toekomst praten. Maar ze wist ook dat ze voorzichtig te werk moest gaan, zodat ze hem niet de stuipen op het lijf joeg.

'Kom nou, lieveling,' zei hij met uitgestoken handen.

Directeur Mattson lag naakt op zijn rug en je hoefde geen Einstein te zijn om te zien wat hij wilde. Terwijl ze terug naar het bed liep, dacht ze na over haar plan. Ze zou hem verslaafd maken aan de uren die ze samen doorbrachten. Pas dan kon ze haar doel bereiken. Dit kon wel eens het juiste moment zijn om erover te beginnen.

'Wat hebben we het toch goed samen, nietwaar, liefste?'

Hij trok haar tegen zich aan en kuste haar. Ze kwam een beetje overeind en keek hem ernstig aan. 'Konden we elkaar maar vaker zien. Ik mis je zo als ik niet bij je ben.'

'Ik mis jou ook, liefste.' Hij probeerde haar weer te knuffelen.

'Heb je nog nagedacht over je vrouw. Ik bedoel, de echtscheiding en zo...'

Hij hield even in en trok haar vervolgens dicht tegen zich aan. 'Klein dom vrouwtje, een liefde als de onze hoeft toch niet door een huwelijk te worden bevestigd. We hebben elkaar toch?'

Op dat moment ging zijn telefoon, die op het nachtkastje lag. Nadat het toestel drie keer was overgegaan pakte hij hem op. 'Hallo? Ach, ben jij het. Ja, ja. Hoe gaat het? Echt waar...'

Zuster Barbro kon de schelle, doordringende stem aan de andere kant van de lijn horen. Ze stond op en ging naar de keuken. Ze vond het niet leuk om naar zijn gesprekken met zijn vrouw te luisteren, dat herinnerde haar eraan dat er iemand anders in zijn leven was. En dat ze nog een lange weg te gaan had.

'Dus jullie blijven nog een weekje? Ja, ik snap het... Lieverd, wat vervelend. En ik wilde jullie nog wel op een etentje trakteren.'

Zijn vrouw en kind waren naar Londen. Nu leek het erop dat ze later terug zouden komen. Dan konden Mattson en zij misschien toch wat langer samen zijn? Eindelijk verbrak hij de verbinding. Barbro ging terug naar de slaapkamer en hij ontving haar met open armen.

'Lieverd, ze blijven in Londen. Ik neem een paar dagen vrij, zodat we die tijd samen kunnen doorbrengen.'

'Dat is geweldig. Maar de oudjes dan?'

'We regelen een invaller.'

'Is daar wel geld voor?'

'Lieve schat, De Diamant is een echte geldmachine. Hoe heette die meid die al eens eerder voor jou is ingevallen? Katja. Bel haar maar!'

Hij stak weer zijn handen uit en nu twijfelde ze niet meer. Tevreden kroop ze onder de dekens en sloeg haar armen om hem heen.

Toen inval-bejaardenverzorgster Katja maandagochtend in woonzorgcomplex De Diamant kwam, vond ze het er ongewoon rustig. De oudjes aten zoals altijd hun ontbijt en gingen vervolgens naar de gemeenschappelijke woonkamer, maar de koorleden waren er niet bij. Toen ze bij de lunch nog niet waren opgedoken, ging ze naar hun kamers, waar alles er keurig netjes uitzag. Hun jassen waren wel verdwenen. Ze waren zeker ergens aan het zingen. Ze had hen horen praten over optredens in Strängnäs en Eskilstuna. Zuster Barbro was vast vergeten het tegen haar te zeggen. Katja glimlachte. Misschien gingen ze 'Vermomde God' wel zingen, dat lied hadden ze vaak gerepeteerd. Ze waren dol op zingen en het was ze gegund. Katja was niet langer ongerust. Ze zouden binnenkort wel weer opduiken!

16

Het drupte in de sauna en af en toe ontsnapte er suizend een beetje stoom. Nu de kruiden in de tuit waren gegoten, begon het anders te ruiken. Märtha voelde zich slaperig worden en had moeite haar gedachten op een rijtje te krijgen. Ze gluurde naar de deur. Toen hoorde ze gegrinnik. De man tegenover haar probeerde zijn voet op de steen voor hem te zetten, maar die gleed uit en hij miste. De man begon te lachen. De mensen naast hem schoten ook in de lach. De stemming zat er goed in. Het rook kunstmatig zoet in de sauna en Märtha bedacht dat ze waarschijnlijk te weinig berkentakjes bij zich had. Ze draaide zich om om er wat meer te pakken, maar ineens was ze het vergeten. Ze moest iets doen, maar wat? Ze had het moeten opschrijven, maar zou het er niet verdacht hebben uitgezien als ze ineens in haar geheugensteuntjes ging zitten bladeren in een sauna?

Plotseling hoorde ze Anna-Greta hinniken, gevolgd door een hysterische schaterlach. Stina begon ongecontroleerd te giechelen en even later deed Märtha ook mee. Het licht knipperde, ging uit en ging vervolgens weer aan. Het was niet bijzonder grappig, maar de heren moesten er idioot hard om lachen. Märtha hoorde zichzelf luid giechelen en realiseerde zich dat ze hier niet langer kon blijven. Maar er was iets wat ze nog moest doen, wat was het ook alweer?

Ze hadden iets afgesproken, maar ze kon er echt niet meer op komen wat het was, al zou haar leven ervan afhangen. Pas toen de man tegenover haar zijn hand voor zijn mond deed en begon te gapen, wist ze het weer. Anna-Greta en Stina moesten flauwvallen en dan moest zij naar de receptie lopen. Ze porde haar vriendinnen in hun zij en fluisterde: ‘Het is zover. Ga op de bank liggen.’

‘Echt niet,’ piepte Anna-Greta, die naar de man tegenover haar knipoogde. Vervolgens schoof ze luid hinnikend het ene schouderbandje van haar badpak naar beneden.

'Ga liggen, val flauw, schiet op!' spoorde Märtha haar zo discreet mogelijk aan.

'Niet voor hem, hij is me te oud,' zei Anna-Greta. Ze leek spijt te hebben, hees haar schouderbandje weer op zijn plek en begon zo hard te lachen dat niemand in dat lawaai had kunnen flauwvallen.

'Willen jullie alsjeblieft gaan liggen, dan ga ik hulp halen,' siste Märtha, die zich duizelig voelde. Stina was gewend te gehoorzamen en ging languit op de bank liggen. Anna-Greta, die eindelijk in de gaten had wat er moest gebeuren, ging schaterlachend naast haar liggen. Toen werd het helemaal donker. Märtha liep haastig naar de receptie, waar het licht het nog deed.

'Er zijn twee dames flauwgevallen in de sauna! Help me alsjeblieft!' zei ze.

Het meisje achter de balie verbleekte, stond op en rende achter Märtha aan. Zodra het meisje de deur van de sauna had opengedaan, liep Märtha terug naar de receptie. Oscar stond al voor de stalen kast. Hij had zijn trainingspak aan en probeerde met een loper het slot open te maken.

'Wat is het toch fijn dat zo'n grote, ouderwetse kluis een slot heeft met een gewone sleutel,' fluisterde hij. Hij gaf haar de sporttas met het verzoek die open te houden. Het kostte verbazend weinig moeite om de kluisdeur open te krijgen, maar net toen ze de sieraden in de tas wilden gooien, ging het licht uit.

'Wat gebeurt er?' vroeg Oscar. Ineens herinnerde hij zich de ledlampjes, en hij wilde net zijn pantoffels pakken, toen hij bedacht dat Bertil tegen hem had gezegd dat hij beter zijn trainingspak kon aantrekken. Nu stond hij daar dus op gymschoenen. In het donker. Dat betekende dat hij moest improviseren. Haastig stak hij een hand in de kluis en met één vegende beweging verdween de complete inhoud in de tas. Het licht ging weer aan. Snel deed Oscar de kluisdeur dicht.

'Tot zo,' zei hij tegen Märtha. Hij pakte de tas op en snelde naar de fitnessruimte. Daar zette hij de tas neer en ging op een van de hometrainers zitten. Even later kwam Bertil binnen. Als teken knipoogden ze naar elkaar, Bertil pakte een paar halters en begon met zijn training.

Ondertussen ging Märtha terug naar de sauna. De receptioniste was bezig Stina en Anna-Greta eruit te halen. De twee waren vliegensvlug bijgekomen en zaten nu ongecontroleerd te giechelen. Het geschater was niet van de lucht en twee oudere mannen sloegen zich proestend van het lachen op de knieën. De receptioniste zag er verward uit. Märtha keek haar aan. 'Die hebben vast een champagnelunch gehad. Wat bezielt de mensen tegenwoordig toch,' zei ze.

'Nogal ongepast gedrag voor die leeftijd,' beaamde de receptioniste.

'Ze proberen zich vast jonger voor te doen dan ze zijn,' mompelde Märtha, die Stina en Anna-Greta onder de arm nam en naar de receptie liep.

'Nu gaan we douchen, meisjes,' zei ze, maar het duurde even voor ze haar gedrogeerde vriendinnen de kleedkamer in had gewerkt.

'Dit is het leukste wat ik ooit heb meegemaakt,' piepte Stina verrukt toen ze weer in de dameskleedkamer zaten.

'Kunnen we dit thuis ook een keertje doen?' vroeg Anna-Greta.

'Ssst,' zei Märtha streng, maar daarvan schoten ze alleen maar opnieuw in de lach. Het duurde een hele tijd voor ze in de lounge zaten. Daar moesten ze net doen of ze zaten bij te komen onder het genot van een vers sapje en een krant, zodat het er niet al te verdacht uitzag. Märtha vond het een slecht idee om op de plaats van de misdaad te blijven, maar Oscar had haar verzekerd dat ze op die manier het minst zouden opvallen. Ze lagen echter nog maar net in de ligstoelen, toen ze vanuit de kleedkamer gestommel hoorden. Even later hielden ze het niet langer uit en gingen ze kijken wat er gebeurde. Hoe dichter ze bij de receptie kwamen, hoe lawaaieriger het werd. Er heerste grote opschudding. De deur van de stalen kluis stond wagenwijd open en een groepje bedwelmde gasten stond ernaar te wijzen.

'De kluis is leeg. Alles is weg, kettingen, sieraden en paspoorten,' hikte een dame van middelbare leeftijd slap van het lachen. 'Poef, weg is het!'

De receptioniste zag er ongelukkig uit.

'Mijn gouden armband is ook verdwenen. Floeps!' kwetterde haar grijze vriendin.

'Dat afschuwelijke horloge dat ik van mijn schoonmoeder heb gekregen is ook weg,' schaterde een deftige heer. 'Eindelijk ben ik dat ding kwijt, hihi.'

'Maar het zilver dan? Ik zei toch dat we onze kostbaarheden niet mee moesten nemen,' zeurde zijn vrouw.

'Wees niet boos, lieveling, je had gelijk en dat gebeurt niet iedere dag. Wees daar maar blij om.' Hij moest vervolgens zo hard lachen dat hij bijna omviel.

Märtha pakte haar vriendinnen bij de hand en gezamenlijk verlieten ze deze chaos en liepen naar de lift.

'We kunnen maar beter naar boven gaan,' zei ze. Giechelend gingen ze naar de suite, terwijl Märtha 'De Liereman' in het Skånsk zong.

Het was maar goed dat Bertil niet voor de kruiden verantwoordelijk was geweest, want dan had hij vast veel te zuinig gedaan, dacht Märtha. Om te compenseren voor de effecten van het bilzekruid, had ze het hele zakje cannabis leeggegooid in de stoomtuit.

17

De champagneglazen waren leeggedronken en de olijven opgegeten. Het werd tijd om de sporttas open te maken en het gestolen goed te bekijken. Plechtig keerde Oscar de tas om, zodat de inhoud over de tafel rolde, terwijl de andere vier nieuwbakken boeven als een stel kinderen de berg zagen groeien. Het leek wel kerst. Met glimmende ogen begonnen ze tussen de spullen te rommelen. Toen verstomde het gebabbel.

'Wat is dit?' vroeg Märtha terwijl ze in de berg rommelde. 'Make-up en haarborstels?'

'Ik hoef geen lippenstift,' mopperde Bertil. 'Maar wie had ook alweer het briljante idee om die kluis te kraken? Dit kun je alleen jezelf verwijten. Märtha. Wat had je dan verwacht?'

'Die kerels hebben in ieder geval hun mobiele telefoons in bewaring gegeven. Daar kun je misschien nog wat voor krijgen,' zei Anna-Greta, gravend in de bult. 'Kijk, hier liggen een paar armbanden en horloges.'

'Dit is niet genoeg voor een veroordeling,' zuchtte Märtha.

'Er valt ook niet veel te verdelen,' vond Stina.

'Jawel, deze dikke armband is zeker achttienkaraats en voor dat horloge krijgen we vast wel honderdduizend kroon,' zei Anna-Greta vol overtuiging.

'Hier ligt een vergulde poederdoos,' zei Märtha, die een opzichtig versierd doosje tevoorschijn haalde. Er zat een knipje op, maar het slot was zo klein dat Märtha het niet openkreeg.

'Dat doosje neem ik wel, als niemand anders het wil...' zei Anna-Greta, en ze griste het pijlsnel weg voor iemand kon reageren. Stina keek haar lang aan.

Het werd weer stil en iedereen probeerde iets moois te vinden in de grote hoop. Maar hoe ze ook zochten in de berg, ze vonden er niet veel waardevolle spullen tussen. De diefstal was gelukt, maar de buit stelde niets voor.

'Dit was onze eerste poging. Robin Hood heeft het ook vast een paar keer moeten proberen,' mompelde Stina, en ze keek treurig naar haar nagels, die tijdens het zoeken tussen de spullen op tafel waren gebroken.

'Hij heeft vast nooit haarborstels gepikt,' zei Bertil.

'We hebben onze vrijheid op het spel gezet voor een hoop rotzooi. De volgende keer moeten we het goed aanpakken. Een ontvoering of zoiets,' zei Anna-Greta zwaaiend met haar stok, die inmiddels behoorlijk krom was.

'Ontvoering?' zeiden de anderen ontzet in koor.

'Ja. Je gijzelt iemand en dan eis je losgeld.'

'Daar heb ik wel eens wat over gelezen,' zei Märtha. 'Vaak overrompelen ze hun slachtoffer en ik weet niet of wij dat wel kunnen. Stel je voor dat we zelf klappen krijgen.'

'Kunnen we niet iemand een beetje neerslaan?' vroeg Stina.

'Pootje haken, bedoel je?' zei Bertil smalend.

Niemand lachte, en ondanks de champagne werd de stemming er niet beter op.

'We kunnen bij de receptie vragen of er binnenkort belangrijke gasten naar het hotel komen,' stelde Oscar na een tijdje voor.

'En dan moet jij ze zeker ontvoeren. Clinton of Poetin bijvoorbeeld? Dat wil ik wel eens zien.' Bertil schudde zijn hoofd.

'Ik weet wat. We bestellen een roulettespel en laten het hier afleveren. De suite is zo deftig dat niemand ons zal verdenken van illegale gokpraktijken. Diefstal én zwendel moet genoeg zijn voor gevangenisstraf,' zei Märtha.

'Begin dan gelijk een bordeel als je toch bezig bent. Laten we een beetje realistisch blijven,' zei Anna-Greta.

'Zwendel is wel een goed idee,' vond Oscar. 'Al krijg je er alleen maar een voorwaardelijke straf voor.'

'Precies. We moeten onze misdaad aanpassen aan de gewenste strafmaat. We moeten er bovendien voor zorgen dat we in de beste gevangenis terechtkomen,' zei Märtha, die de smaak van het goede leven te pakken had.

'Wat komt er toch veel bij kijken, alsof een diefstal alleen niet moeilijk genoeg is.' Stina haalde haar nagelvijl tevoorschijn.

'We hebben niet veel tijd meer. We moeten een mooie slag slaan voordat iemand hier in de gaten krijgt dat wij achter de diefstal in de spa zitten,' zei Märtha.

'Of voordat zuster Barbro een opsporingsbericht voor ons laat uitgaan.'

Ze waren allemaal moe van het vele praten en een tijdje later ging iedereen somber naar bed.

'Geef de moed niet op. Morgen bedenken we vast iets,' zei Märtha.

Midden in de nacht schrok ze wakker. Haar hart ging tekeer en het duurde een poos voordat het weer tot bedaren was gekomen. Moeizaam kwam ze overeind. Ze pakte het glas water van het nachtkastje en nam een slok. Toen herinnerde ze zich weer wat ze had gedroomd en er verscheen een grote glimlach op haar gezicht. Geen wonder dat haar hart als een dolle tekeerging. Zoals gewoonlijk hadden haar oude hersens tijdens het slapen hard doorgewerkt en stilletjes een oplossing gevonden voor hun netelige probleem. Nu wist ze het. Ze zouden een ontvoering op poten zetten – maar wel een *moderne*. Märtha kon van enthousiasme die nacht de slaap niet meer vatten.

18

Toen de vijf de volgende ochtend vroeg naar het zwembad wilden, kwamen ze erachter dat de hele afdeling was afgezet. Er hingen meetlinten en er liepen agenten rond met handschoenen aan, die zachtjes met elkaar overlegden.

'Ik geloof dat we maar beter het bad in de suite kunnen gebruiken,' zei Stina en ze draaide zich abrupt om.

'Hmm, ik ben vast vergeten mijn badslippers mee te nemen,' voegde Anna-Greta eraan toe. Ze liep achter Stina aan. Bertil voegde zich bij hen en met z'n drieën namen ze de lift naar de suite. Märtha en Oscar bleven nog een tijdje staan kijken. Märtha bestudeerde de agenten en zag dat ze handschoenen droegen. Ze had wel eens gelezen over vingerafdrukken en DNA. Dat luisterde heel nauw, en zelfs met een duimafdruk kon de politie de grootste boef in de kraag vatten. Daar moest ze eens goed over nadenken.

Na alweer een *continental breakfast* in de Prinses Lilian-suite gingen ze aan de slag. Märtha slikte het laatste stukje van een chocoladekoekje door en vroeg zich af of ze er nog een zou nemen. Maar ze wilde de anderen niet het slechte voorbeeld geven en hield zich in. Tot haar ontzetting merkte ze dat ze al gewend was aan de goede kwaliteit van het hotel (en het heerlijke brood bij het ontbijt) en diep in haar hart vroeg ze zich bezorgd af of haar vrienden en zij nu nog wel zouden kunnen aarden in de gevangenis. Ze zei dat echter niet tegen de anderen. Dat was niet goed voor de moraal. Oscar nam als eerste het woord.

'Hebben jullie naar de radio geluisterd vanochtend?' vroeg hij. 'Is er nog iets gezegd over vermiste bejaarden of zo?'

'Niemand mist een paar bejaarden. Herinner je je dat Vikingverhaal nog van dat klif waar de oudjes vanaf werden gesmeten?' vroeg Stina somber. Ze was nog steeds niet over de teleurstelling heen.

'We moeten niet langer treuren om de magere buit van gisteren, laten we blij zijn dat het ons is gelukt. We zijn ermee weggekomen. Zie het als een oefening,' zei Märtha.

Wat ben jij een lepe tante, dacht Bertil.

'Misschien wordt er nog niet naar ons gezocht en wie weet doet het hotel liever alsof er niets is gebeurd. Dat heeft te maken met "imago" of hoe het maar mag heten,' zei Oscar.

'Maar zou zuster Barbro geen alarm hebben geslagen?' zei Stina, haast beledigd over het feit dat ze nog niet werden gemist.

'Ik durf te wedden dat ze er met directeur Mattson vandoor is. Die rollebollen in het hooi en hebben niet eens in de gaten dat wij zijn verdwenen,' zei Bertil.

'Waarom moet jij toch altijd...' Anna-Greta wees naar hem.

'Hou nou op,' kwam Märtha tussenbeide. 'We moeten onze volgende diefstal voorbereiden, eentje waarbij niemand gewond raakt en die ons veel geld oplevert voor ons Dievenfonds. Ik heb een idee. Een ontvoering hier in de buurt.'

Iedereen hapte naar adem en Bertil zag er oprecht bang uit.

'In het paleis? Ben je helemaal gek geworden?'

'Welnee, gewoon een onschuldige ontvoering waarvoor we twee jaar krijgen. Dan hebben we de mogelijkheid om de gevangenis eens goed te bekijken. Misschien wordt er wel net zo veel misleidende reclame voor gemaakt als voor ons woon-zorgcomplex. Als het er niet zo leuk is als we hadden verwacht, kunnen we gewoon teruggaan naar De Diamant.'

'Nooit van mijn leven,' riepen de anderen in koor.

'We kiezen een beter woon-zorgcomplex, bedoel ik. Na de overval hebben we daar wel geld voor.'

'Dan hebben we het over een grote overval,' zei Anna-Greta, die zich plotseling de acceptgiro herinnerde voor de huur van haar kamer in De Diamant die ze iedere maand betaalde. 'Als we tenminste waar voor ons geld willen.'

Vervolgens brak er een discussie uit over de verschillende tehuizen en de vraag of ze eigenlijk waar kregen voor hun pensioen. Iemand wilde de politici een tijdje mee laten lopen in de tehuizen met de gierigste contracten, maar dat vonden de anderen een te harde straf. Bovendien zouden de volksvertegenwoordigers na acht uur 's avonds opgesloten zitten en dan konden ze niet deelnemen aan de debatprogramma's op tv.

'Nu moeten we ons echt even concentreren,' riep Märtha. Ze wilde graag dat iedereen bij de les bleef. 'Ik denk dat ik de perfecte misdaad heb bedacht.'

Het werd doodstil. Zelfs Bertil luisterde mee.

'Vlak bij het hotel ligt het Rijksmuseum. Daar hangen meer dan tienduizend schilderijen en weten jullie wat?' Ze keek de anderen triomfantelijk aan. 'Ik kan me niet voorstellen dat álle schilderijen met een alarm beveiligd zijn. Als we er een van drie, vier miljoen meenemen, moeten we toch zeker een of twee jaar de gevangenis in gaan.'

Niemand klapte, maar ze zag aan hun ogen dat hun interesse was gewekt.

'Hoe had je gedacht dat te gaan uitvoeren?' vroeg Oscar.

'Niets ingewikkelds. We zorgen voor wat opwinding, een van ons haalt een paar schilderijen van de muur en dan gaan we vliegensvlug naar buiten,' zei Märtha.

'Zo vliegensvlug zijn wij anders niet,' merkte Anna-Greta op.

'Daarom moeten we juist de bewakers afleiden.'

'We kunnen al onze kleren uittrekken en naakt door de zalen huppelen,' stelde Bertil voor.

'Daar moet je wel wat jonger voor zijn, viezerik,' zei Anna-Greta snuivend.

'Roep dat niet te snel. Tegenwoordig moeten we leren hoe we méér aandacht kunnen trekken,' zei Stina. 'Maar ik peins er echt niet over om naakt door een museum te gaan rennen.'

'Welnee, hoe moeten we de gestolen schilderijen verstoppen als we geen kleren aanhebben?' zei Märtha belerend. 'Ik had een ander soort afleidingsmanoeuvre in gedachten.'

'Hou op met je grapjes. Het is niet zo eenvoudig als jij denkt. Wat doen we bijvoorbeeld met de bewakingscamera's?' vroeg Oscar.

'Die schakelen we uit. Vervolgens halen we de schilderijen weg en lopen we langzaam en beheerst naar buiten. We doen net of wij niet de dieven zijn,' zei Märtha. Ze maakte haar buideltasje open en haalde er een zakje Oerwoudkreten uit. Ze mocht eigenlijk niet snoepen, maar eentje kon toch geen kwaad? 'Wie wil er een?' vroeg ze terwijl ze het zakje rond liet gaan. Iedereen schudde zijn hoofd.

'Doen of wij het niet zijn? Dat moet je me even uitleggen,' zei Bertil, die zijn geduld begon te verliezen.

'Als we de schilderijen van de muur hebben gehaald, leggen we ze in mijn rollator en dan doe ik mijn jas eroverheen.'

'Jouw lange jas over een groot schilderij van Bruno Liljefors, terwijl het alarm afgaat?' Bertil rolde met zijn ogen.

'Wees nou eens niet zo pessimistisch,' snauwde Märtha.

'Maar als iemand vraagt wat wij aan het doen zijn, wat zeggen we dan?' vroeg Stina.

'Je hoeft niet overal antwoord op te geven,' zei Märtha.

'Hoe komen we erachter op welke schilderijen een alarm zit?' vroeg Oscar, die al was begonnen na te denken over de manieren waarop hij het alarm kon kortsluiten.

'Ik denk dat je ervan uit mag gaan dat er op een Rembrandt of een Van Gogh een alarm zit,' peinsde Märtha. 'En Paul Gauguin natuurlijk. Maar op het werk van Carl Larsson misschien niet, en daar betalen ze bij veilinghuis Bukowski veel geld voor.'

'Aha, de Bok,' zei Anna-Greta, die dat veilinghuis wel kende. 'Eerst stelen we dus een paar dure schilderijen en vervolgens proberen we ze via Bukowski te verpatsen. Ik dacht het niet. Die schilderijen worden gegarandeerd herkend.'

'Daarom heb ik ook wat anders bedacht,' zei Märtha. 'We gaan ze niet gewoon als de eerste de beste boef stelen. We gaan ze ontvoeren. Alles blijft heel, niemand wordt beroofd en iedereen is blij. De staat, of in dit geval het museum, hoeft ons alleen maar een paar miljoen te betalen en dan krijgen ze de schilderijen terug.'

Er klonk een opgelucht 'ahaaaa' rond de tafel en zelfs Bertil moest toegeven dat Märtha er grondig over had nagedacht.

'Een paar miljoen! Lieve Märtha, jij doet net of het allemaal een fluitje van een cent is,' zei Anna-Greta. 'De overheid doet overal zo verschrikkelijk lang over.'

'Er worden toch donaties gedaan? Ze kunnen het geld bovendien via de Vrienden van het Rijksmuseum snel bij elkaar krijgen. Ik weet zeker dat ze ons betalen. De schilderijen in het museum zijn staatseigendom.'

'Het klinkt allemaal prachtig, maar hoe gaan we het aanpakken?' vroeg Stina. Ze keek de anderen afwachtend aan. Ze had de smaak te pakken gekregen na hun avontuur in de sauna en wilde graag nog een overval plegen.

'Ik stel voor dat we uitzoeken waar de beste schilderijen hangen, waar het alarm zit en waar de bewakingscamera's hangen. Daarna beslissen we hoe we de overval het beste kunnen uitvoeren,' ging Märtha verder. 'Dan kunnen we gelijk het museum verkennen en op zoek gaan naar vluchtmogelijkheden. Oscar, heb jij een notitieblok bij je?'

Bertil deed een paar keer zijn mond open om te protesteren, maar hij wist niet wat hij moest zeggen. Hij besefte dat ze niet voor eeuwig in het hotel konden blijven en zelfs hij wilde het woon-zorgcomplex inruilen voor een goede gevangenis. Hij stak zijn hand in de zak Oerwoudkreten en haalde er een paar uit.

'Hoor eens, ik vind dat we vanavond gezellig samen een film moeten kijken. Dan kunnen we morgen met frisse moed aan de slag,' zei hij.

Märtha wilde eerst protesteren, maar ze realiseerde zich dat het belangrijk was dat de moraal hoog bleef. Een beetje ontspanning kon geen kwaad. Dus haalde ze de nootjes en de pure chocolade tevoorschijn en belde naar de receptie voor twee films. Ze koos *Murder on the Oriënt-Express* en *Ladykillers*.

'Kunnen we wat inspiratie opdoen,' zei ze. Stina keek haar zo verschrikt aan dat Märtha zich gedwongen voelde het uit te leggen. 'Lieve Stina,' zei ze bezwerend. 'Het gaat niet om de moord in de film, maar om de manier waarop ze die hebben voorbereid, dat soort inspiratie.'

De volgende dag slenterden Märtha en Oscar door de drukke zalen in het Rijksmuseum van Stockholm. Ze probeerden te doen of ze echte kunstkenners waren, maar terwijl ze de schilderijen inspecteerden, maakte Oscar driftig aantekeningen in zijn notitieboekje.

'Ik heb het gevoel dat een van de bewakers ons in de gaten houdt,' zei Märtha na een tijdje. Ze keek over haar schouder.

‘Denk je? Als iemand ons wat vraagt, zeggen we gewoon dat we kunstenaars zijn.’

‘Alsof dat alles zegt.’

‘Het verklaart een hoop,’ zei Oscar glimlachend.

Märtha maakte zich zorgen. Het bleek een stuk moeilijker te zijn dan ze hadden gedacht. Overal hingen camera’s en sensoren en in iedere zaal knipperde een rode lamp. Daarnaast doken er iedere keer als ze er het minst op verdacht waren bewakers op. Er stonden zelfs Securitas-mensen in de lift. Deze nieuwe overval vereiste een zeer nauwkeurige voorbereiding.

Terwijl Märtha door de zalen liep, betrapte ze zich erop dat ze probeerde de perfecte overval te bedenken, maar aan de andere kant moesten ze op een gegeven moment ook opgepakt worden. Want hoe moesten ze anders in de gevangenis terechtkomen? Het was alleen zo gezellig in het Grand Hotel dat niemand van de groep zin had daar weg te gaan. Of in ieder geval nu nog niet. De uitdrukking ‘geld maakt niet gelukkig’ kwam bij haar op, en de gedachte dat degene die eenmaal geld heeft, er steeds meer van wil. Waren ze al zo veranderd? Zo dramatisch slecht was hun leven toch niet geweest?

Oscar maakte nog een paar aantekeningen en vervolgens liepen ze verder. De zalen waren hoog en Märtha vroeg zich af waarom dat was, want je kon daarboven toch geen schilderijen ophangen. Op het laatst had ze zo veel en zo lang nagedacht dat ze even moest gaan zitten om uit te rusten. Ze had de schilderijen eigenlijk nog helemaal niet bekeken, alleen gecontroleerd of er een alarm op zat. Toen ze daar zat, voelde ze zich pas echt bedrukt. Overal hingen alarmsystemen, om nog maar te zwijgen van al die bewakers met hun mobieltjes en walkietalkies. Als ze ook maar iets verdachts zagen, zouden ze direct de politie waarschuwen. Natuurlijk moest je rekening houden met de menselijke factor. Die bewakers liepen hier dag in dag uit; vroeg of laat moesten ze toch hun concentratie verliezen? Zouden ze net als iedereen niet af en toe koffiepauze hebben? Oscar kwam naast haar zitten en klopte met zijn hand op zijn buik.

‘Ik denk dat het wel gaat lukken,’ zei hij zachtjes. ‘Ook met de bewakers.’

‘Echt waar?’ vroeg ze hoopvol. ‘Dat vind ik zo fijn aan jou, jij bent altijd positief.’

Hij kneep zacht in haar hand.

‘Jij inspireert mij juist, lieve Märtha. Eén ding beloof ik je: samen kunnen we alles. Ik heb een idee. Ik zal het je laten zien.’

Hij ging staan, hielp Märtha overeind en ze liepen naar de zalen met de tijdelijke tentoonstellingen. Misschien was de bewaking daar minder goed.

19

Katja legde de hoorn neer en staarde naar het display van de telefoon alsof dat haar kon helpen. Ze wist niet meer hoe vaak ze zuster Barbro nu al had gebeld, maar ze nam haar telefoon niet op. De hoofdverpleegster had vaag iets gezegd over een lang weekend en Katja had er tot nu toe niet bij stilgestaan. Bij vorige invalopdrachten had ze zuster Barbro altijd kunnen bellen met vragen, maar nu Katja er het meest behoefte aan had, kon ze haar niet te pakken krijgen. Katja zuchtte en keek naar de gemeenschappelijke huiskamer. Er zat een vrouw te werken aan een quilt, twee mannen speelden een partijtje schaak. Het koor was niet teruggekeerd en daar maakte ze zich ongerust over. Het was een groepje levensgenieters dat de rest van de bewoners altijd kon opvrolijken. Nu was het stil en ronduit saai. Katja moest denken aan Oscar met zijn getimmer. Hij had altijd het idee dat niemand het hoorde, en aan Bertil met zijn zeemansliedjes. Zelfs van het gehinnik van Anna-Greta zou ze nu opvrolijken. Ze had nooit gedacht dat ze hen zo zou missen. Ze dacht aan Bertil en de bloemen op zijn balkon, wat eigenlijk niet mocht, en aan Stina die hem hielp met water geven. Katja had gezien hoe Stina stiekem naar Bertil keek en vermoedde dat het oude dametje verliefd was op hem. Ze zorgde er in ieder geval altijd voor dat ze er netjes uitzag voor ze op zijn deur klopte. Anna-Greta was anders, zij leek vooral kleren aan te hebben om het niet koud te krijgen. Als er meer vrouwen zoals zij waren, zouden de topmodellen zonder werk zitten en waren de Europese modehuizen lang geleden failliet gegaan.

Waar zou dat koor in vredesnaam zijn? Ze liep naar de personeelsruimte en bladerde door de paperassen om te kijken of ze daar een aanwijzing kon vinden. Misschien had zuster Barbro iets voor haar opgeschreven? In het verleden had ze Katja wel geholpen met goede raad, maar nu lag er niets. Als het koor een concert had gegeven in

Strängnäs of Eskilstuna zouden de leden toch al lang terug moeten zijn. Nee, ze kon niet langer wachten, ze moest zelf iets ondernemen. Iets wat helaas een lange zwarte schaduw over de reputatie van De Diamant zou werpen.

Katja ging bij de telefoon zitten maar ze kon zich er niet toe zetten de politie te bellen. In plaats daarvan belde ze alle kerken in de buurt om te vragen of het koor daar was geweest. Wist de diaken misschien of er een ouderenkoor had opgetreden? O, dat was niet het geval? Twee uur later gaf ze het op. Ze was niets wijzer geworden. Hadden Märtha en de anderen misschien alleen maar gefantaseerd over het geven van een concert? Katja werd nu echt ongerust en realiseerde zich dat ze direct alarm had moeten slaan. Met trillende hand pakte ze de telefoon. Ze probeerde kalm te blijven en terwijl de telefoon overging beurde ze zichzelf op bij de gedachte dat het beter was dat er víjf oude mensen verdwenen waren dan alleen een. Dan konden ze elkaar in ieder geval helpen als er iets misging.

'Met de politie.'

Katja haalde een keer diep adem en probeerde zo beheerst mogelijk te vertellen dat er vijf personen waren verdwenen uit een woonzorgcomplex in de stad.

Toen Märtha en Oscar na hun museumbezoek terug in het hotel kwamen, gingen ze eerst een dutje doen. Vervolgens bestelden ze tegen de avond via de roomservice champagne en eten voor iedereen. Ze hadden veel inspiratie opgedaan, en na hun middagdutje waren ze in een prima humeur. Misschien zelfs ronduit melig. Oscar had per ongeluk het bruilofstmenu aangekruist, dat bestond uit een driegangenmenu inclusief bruidstaart, maar Märtha had de bestelling net op tijd onder ogen gekregen en had die veranderd in hun gebruikelijke luxe diner. Even later moest ze aan Freud denken en werd ze knalrood. Stel je voor dat Oscar onbewust iets had gedaan waar hij diep in zijn hart op hoopte? Ze keek voorzichtig in zijn richting en zag dat hij ook naar haar keek.

'Ik zat beneden in de bibliotheek de krant te lezen,' zei Oscar nadat hij voor iedereen champagne had ingeschonken. Hij zette de fles weg. 'Er stond niets over ons in, maar ik zag wel een paar gespierde, gladgeschoren agenten in burger die het personeel ondervroegen.'

Politie? Hun eerste overval had tot dan toe nog het meest op een spelletje geleken, maar nu kreeg alles een serieus tintje. Ze voelden zich slecht op hun gemak, want ze hadden nog steeds veel respect voor de sterke arm der wet. De buit zat in schoenen en sokken in de kledingkast en dat was misschien niet de beste verstopplaats – ze hadden ook zo veel te doen – en alsof het nog niet genoeg was, waren ze inmiddels bezig met de voorbereiding van een tweede overval.

'Oscar en ik hebben vandaag het museum verkend en we hebben een aantal zwakke punten gevonden,' zei Märtha toen het dessert op was. Oscar knipoogde bemoedigend naar haar.

'Dus, tijd voor een nieuwe misdaad?' vroeg Bertil, terwijl hij zijn dessertlepel weglegde. Stina veegde een beetje chocolademousse uit haar mondhoek en Anna-Greta boog zich naar voren.

'Het zit zo. Er wordt binnenkort een nieuwe tentoonstelling geopend in het museum, onder de naam "Last en Lust",' ging Märtha verder. 'We hebben even binnengekeken en het wordt een zeer aanstootgevende tentoonstelling, met een heleboel onfatsoenlijke erotische schilderijen.'

'Daar wil ik wel de wacht houden,' zei Bertil enthousiast.

'Vlak na openingstijd is er nog niet veel publiek in de zalen en het meeste Securitas-personeel schijnt dan bij die tentoonstelling te zijn,' zei Märtha.

De anderen knikten goedkeurend.

'Ik denk dat we dan het beste toe kunnen slaan. We kunnen al die bewakers te slim af zijn als we als een team werken.'

Ook nu was iedereen het met haar eens en Märtha concludeerde stilletjes dat ze al veel geleerd hadden van de eerste overval.

'Anna-Greta, jij krijgt een heel belangrijke rol. Ik wil dat jij met je wandelstok naar de zaal met de Hollandse meesters gaat. Je gaat voor een van de Rembrandt-schilderijen staan, buigt naar voren en wijst met je stok naar het schilderij, zodat de infraroodbescherming wordt doorbroken.'

'Maar mijn wandelstok is krom. Van de sauna, weet je nog?'

'Dat weet ik, maar het is niet anders.'

'Maar dan gaat het alarm toch af?'

'Dat is juist de bedoeling. Luister even, ik ga nu niet alles tot in de kleinste details bespreken. Vandaag houden we ons alleen met de grote lijnen bezig.'

'Een goed idee, anders komt er nooit een einde aan deze vergadering,' zei Stina, die bedacht dat ze was vergeten haar nagels te lakken. Dat moest ze doen voor ze naar bed ging.

'Het alarmsysteem in het museum is extreem gevoelig,' ging Märtha verder. 'Bovendien hangt er in elke zaal een bewakingscamera. Maar ik heb gezien dat er in de zaal met de impressionisten een groot klimaatbeheersingsapparaat onder de camera staat. Het is een kwestie van erop klimmen en de lens van de camera zwart spuiten. Stina, jij bent klein en nauwkeurig, dat wordt jouw taak.'

'Moet het echt?'

'Ja, of wil je liever flauwvallen?'

'Doe dat maar, dat is makkelijker,' zei Bertil, die onder de tafel haar hand vastpakte. 'Ik kan die lens wel zwart spuiten. Het is misschien trouwens nog simpeler om er een cameradop op te zetten.'

'Ik doe het wel,' zei Stina. 'Jij bent nodig voor belangrijker opdrachten.'

'Dan spreken we het zo af,' besliste Märtha. 'Als Anna-Greta het alarm in de Rembrandt-zaal laat afgaan, kan Stina op mijn teken flauwvallen. Oscar knipt de staalkabels van het schilderij door terwijl ik voor een beetje dekking zorg, zodat het niet opvalt. Wat vinden jullie ervan?'

Ze begonnen allemaal door elkaar te praten, en pas na een lange discussie werd er besloten wie wat ging doen. Toen ze uiteindelijk het plan klaar hadden, moesten ze nog een paar belangrijke problemen oplossen.

'Hoe krijgen we de buit het museum uit?' vroeg Oscar. 'We kunnen toch moeilijk naar beneden springen.'

'We nemen de lift. Aangezien die nogal klein is, moeten we ons op de kleine schilderijen concentreren.'

'Kleine schilderijen zonder alarm,' zei Stina, die als een echte boef begon te denken. 'Zo klein dat ze in onze rollator passen.'

'Juist. Op een grote Liljefors of een Rembrandt zijn we niet uit,' zei Märtha.

'En *De Kroning van Gustav III* van Pilo kunnen we ook wel vergeten,' zei Anna-Greta hinnikend. Haar vader, een bekende advocaat, had thuis in Djursholm veel kostbare schilderijen verzameld en als kind al had ze veel geleerd over kunst. Tijdens haar studentenjaren had ze heel wat vernissages en tentoonstellingen bezocht en na haar pensioen had ze haar kennis vergroot door kunstgeschiedenis te studeren aan de universiteit. Het schilderij van Gustav III door Pilo... dat ding was minstens vijf meter breed en twee meter hoog.

'Ik heb gekeken uit wat voor schilderijen we kunnen kiezen,' zei Märtha. 'Er hangen wat kleine werken van Strindberg en Zorn, maar daar zit een ingewikkeld alarm op en ze zijn stevig vastgemaakt aan de muur. Een paar andere worden alleen maar in de gaten gehouden via een bewakingscamera of een bewegingsdetector en er zijn er zelfs een of twee waar waarschijnlijk helemaal geen alarm op zit.'

'Heerlijk, is dat waar?' riep Stina enthousiast, die inmiddels een verlanglijstje aan het maken was. Ze had de neiging haar nagellak en lippenstift overal te laten slingeren en had dringend een beautycase nodig, een Titan in een lekker kleurtje bijvoorbeeld.

Na het diner volgde er een zanguurtje bij de piano en toen ze een tijdje hadden uitgerust, kwamen de speelkaarten tevoorschijn. Bertil zat met een biertje in zijn hand en vond dat ze bridge moesten gaan spelen om écht geld. Anna-Greta wees hem er fijntjes op dat hij geen geld had, en al zouden ze misschien in de toekomst in het geld zwemmen, daar had hij nu niets aan. Hierna werd zijn voorstel weggestemd. Bertil werd boos en fluisterde Stina wat in haar oor. Stina en hij hadden in hun jeugd samen een aantal vakanties doorgebracht in Finland en ze spraken een beetje Fins. Daar wilde hij nu gebruik van maken. Dus onder het bridgen zong Bertil af en toe een zelfbedacht Fins liedje, waarmee hij Stina hints gaf welke kaarten hij had.

'Ik heb vijf talen geleerd en dan gaan jullie Fins zingen. Kun je geen liedjes zingen in het Turks, Grieks of een van de andere talen die ik ken?' mopperde Oscar.

Stina en Bertil legden uit dat Finse volksliedjes zich niet zomaar lieten vertalen. De hele avond bleven ze zingen en ze wonnen met overmacht. Pas toen Bertil de prijs zag – een zakje pistachenoten dat Anna-Greta in de minibar had gevonden – vond hij dat ze maar beter naar de thuisbioscoop konden gaan. Dat deden ze en ze genoten van de succesvolle Engelse film *Buster*, waarin alles goed afliep voor de boeven. Märtha en Oscar maakten ijverig aantekeningen, maar Anna-Greta begon te snurken. Toen ze net zo hard snurkte als dat ze hinnikte, maakten ze haar wakker en gingen ze allemaal naar bed.

Oscar had zijn hele notitieblok volgekladderd. Hij had verschillende vierkanten getekend en daartussen driftig strepen getrokken, en hij had het geheel opgevuld met een soort sudoku en een kruiswoordraadsel.

'Als de politie dit te zien krijgt, snappen ze er niets van,' zei hij opgewekt met een knipoog naar Märtha. 'Zelfs ik heb geleerd dwaalsporen achter te laten.'

Märtha werd zo warm vanbinnen dat ze begon te lachen.

Een paar uur later werd Oscar wakker. Het ochtendzonnetje piepte tussen de gordijnen door en hij had het koud. Er was iets met Bertil. Oscar kon hem horen praten.

Inderdaad, zijn vriend stond buiten voor Oscars deur te bulderen. Oscar deed de deur open.

'Ik vries dood,' zei Bertil, en hij vroeg om een warme deken en een glas grog. Toen Oscar een borrel voor hem had in geschonken vertelde Bertil wat er was gebeurd. Hij had met het raam open geslapen, zei hij. Toen het kouder werd, was hij steeds dieper onder de dekens gekropen om het warm te krijgen. Daarom had hij niet in de gaten gehad dat de kamertemperatuur onder nul was gedoken. Rond middernacht waren de verwarmingsleidingen bevroren. Een uur later begonnen ze te lekken en toen hij wakker werd stond er een laagje water op de vloer.

'"We zinken, we zinken, alle hens aan dek," riep ik in paniek en ik vloog naar de deur,' zei Bertil en hij dronk zijn glas leeg.

'Tjonge jonge,' zei Oscar.

'Het is echt waar! Ik belde de receptie, maar het personeel geloofde mij niet – net als jij. Maar je had hun gezichten moeten zien toen ze al het water zagen.'

'Geloof je het zelf?' vroeg Oscar gapend.

Bertil hield zijn glas omhoog.

'Wil je me niet nog een glaasje inschenken en me een paar warme sokken lenen?'

'Niks ervan. Nu is het genoeg. We moeten slapen.'

Bertil stond bekend om zijn sterke verhalen.

'Je weet toch dat de waarheid soms de fictie overtreft,' zei Bertil, die nog steeds zijn glas omhooghield. 'Nog ééntje?'

Oscar schudde zijn hoofd. 'Ik zie je morgen wel. Zorg ervoor dat je uitgerust bent. Er zijn hier meer mensen bij betrokken dan alleen jij.'

'Dat weet ik toch. Daarom kon ik ook niet slapen. Maar dat verhaal met de verwarming was toch niet slecht? Dat is wel een borreltje waard, lijkt me.'

'Bertil, ga nou naar bed!'

'Excuses voor het storen. Ik dacht dat jij ook wel wakker zou zijn.'

'Toen niet, nu wel.'

'Ja, ja, sorry hoor, maar dat verwarmingsverhaal is waar. Het schijnt in de achttiende eeuw te zijn gebeurd.'

'Bertil, slapen!'

Oscar keek Bertil lang na. Lid zijn van een dievengilde viel niet mee. Al deed je zelf alles goed, anderen konden het in het honderd laten lopen. Hij maakte zich al zorgen over Stina en nu moest hij ook Bertil nog in de gaten houden.

20

Wat een prachtig gebouw! Het Rijksmuseum torende imponerend boven hen uit. Märtha keek naar de trap en voelde zich heel klein. Binnen hingen *De rouwprocessie van Karl XII* en de bekende schilderijen van Carl Larsson, buiten stond kleine Märtha. De zenuwen gierden door haar keel, omdat ze mee zou doen aan de grootste kunstroof van het decennium. Ze was per slot van rekening in haar werkzame leven gymnastieklerares geweest, geen misdadiger. Het maakte niet uit dat ze de schilderijenroof keer op keer hadden doorgenomen en elk moment tot in de puntjes hadden geregeld, een klein detail kon alles in de soep laten lopen. Märtha hield moed door te denken hoe vaak ze in de suite het roven van de schilderijen hadden geoefend. Nu was het een kwestie van goed onthouden wat ze hadden geoefend en rustig blijven. Ze ging naar de kassa en kocht entreekaartjes. Het museum was nog maar net open en ze hadden unaniem besloten dat ze de klus op dit tijdstip van de dag ongestoord konden uitvoeren. Ze gingen ervan uit dat de bewakers nog niet 'bij de pinken waren' zoals Stina het had gezegd.

'Welkom mevrouw, hebt u het koud?' vroeg de kassière toen ze zag dat Märtha haar handschoenen niet uitdeed.

'Reumatiek,' zei Märtha glimlachend. Ze liep terug naar de anderen. Ze wierp nogmaals een blik op de trap. Wat waren de treden verschrikkelijk hoog. Waarom moesten de schilderijen nou op de bovenste verdiepingen hangen? Was het niet genoeg dat ze meters boven de grond hingen? Ze gaf haar vrienden een kaartje. Nadat ze de kaartjes door zo'n merkwaardige lezer hadden gehaald, konden ze de lift nemen.

'Ik vraag me af of we in één keer mee omhoog kunnen,' zei Oscar.

'Laten degenen met een rollator maar eerst gaan,' vond Märtha, die de toestand boven graag wilde aanschouwen. Het was een trage lift en het duurde een eeuwigheid voor het ding twee verdiepingen naar boven was gekropen. Ze liepen naar buiten en stuurden de lift naar beneden. Märtha voelde hoe de spanning steeg en hoopte maar dat Bertil eraan zou denken beneden het bordje BUITEN GEBRUIK op te hangen. Oscar had de tekst op de computer getikt, geprint en op een stuk karton gelijmd. Vervolgens had hij twee gaten in het karton gemaakt voor het touwtje waaraan het kon worden opgehangen. Het was nogal amateuristisch, maar het zou zeker werken.

Märtha was trots dat ze aan dat soort details hadden gedacht. Bijvoorbeeld het feit dat Bertil beneden de wacht zou houden bij de lift. Daar was hij niet blij mee geweest. Pas toen Märtha hem had uitgelegd dat het succes van de roof van hem afhankelijk was, had hij ingebonden en was hij akkoord gegaan.

Toen Stina en Anna-Greta boven waren, gingen ze meteen de schilderijen bekijken. De volgende dag zou de veelbesproken tentoonstelling 'Last en Lust' worden geopend in de zaal voor tijdelijke exposities en Märtha was ervan uitgegaan dat het meeste Securitas-personeel zich in die zaal zou bevinden. De bewakers zouden er wel voor zorgen dat ze in alle rust een kijkje konden nemen voor de tentoonstelling openging voor het publiek. Of heette die expositie nou 'Lust en Last'? Ze wist het niet meer. Onfatsoenlijk was het in ieder geval.

Ze liepen in de richting van de grote zalen. Zoals verwacht was daar nog niemand, maar over niet al te lange tijd zouden de bezoekers de tweede verdieping bereiken. Daarom moesten ze direct aan de slag. Steunend op haar kromme wandelstok sloeg Anna-Greta links af naar de zaal met Hollandse meesters, terwijl de anderen naar de zaal met de Franse schilderijen uit de negentiende eeuw gingen. Ze probeerden zo rustig en beheerst mogelijk te lopen. Oscar had voor de zekerheid de rollators gesmeerd met zijn zelfgemaakte raapolie. Toen ze er een tijdje hadden rondgelopen, bleef Stina staan.

'Ik ben mijn medicijnen vergeten,' zei ze.

'Toch geen medicijnen die je nu nodig hebt?' Märtha keek haar ongerust aan.

'Het zijn mijn bloeddrukpillen,' zei Stina, boos op zichzelf dat ze zo stom was geweest.

'Dan hoef je je geen zorgen te maken. We zijn zo klaar en voor je het weet zijn we terug in het hotel,' zei Oscar geruststellend. 'Bovendien móét je flauwvallen.'

Märtha liep schuin achter Oscar langs en wierp af en toe een blik op zijn rollator. Ze herinnerde zich dat ze zich had verbaasd over de stevige constructie ervan en dat ze hem had gevraagd waarom de metalen buizen aan de zijkant zo breed waren. Vanwege mijn gereedschap, had hij veelbetekenend geantwoord. Er paste precies een kabelschaar in. Even later kwamen ze bij de impressionisten en de andere Franse schilders uit de negentiende eeuw. Heel even vergat Märtha de reden van hun bezoek, want haar interesse voor kunst was gewekt. Ze had vooral een zwak voor Cézanne, Monet en Degas en had graag een van de danseressen van Degas meegesmokkeld om die aan Oscar te geven. Maar helaas was zo'n beeld veel te zwaar. Ze liepen verder en kwamen langs de erotische expositie 'Lust en Last' (of heette het nou 'Lust en Schoonheid'? Ze kon de naam maar niet onthouden). Vanuit de zaal klonk geroep en gelach en Märtha vroeg zich af wat er zo grappig was aan een naaktschilderij. Maar wat maakte het uit als ze zo op een sluwe manier van de bewakers afkwamen.

Märtha en Oscar wisselden haastig een paar blikken en liepen vastbesloten op twee kleine, gesigneerde schilderijen van Monet en Renoir af. Ze deden alsof ze de Franse impressionisten nauwkeurig bestudeerden, maar hun blik gleed discreet naar de staaldraad. Die had geen plastic coating, maar was wel dik. Märtha legde haar winterjas over de rollatormand en ging rechts van Oscar staan, terwijl Stina onopvallend aan zijn linkerkant plaatsnam. Haastig draaide hij de bovenkant van zijn rollator los en haalde de kabelschaar eruit.

'Stina, wil je alsjeblieft een stap naar voren doen,' fluisterde hij.

'Wacht even, eerst de cameralens,' zei ze. Haastig liep ze naar de bewakingscamera, maar ze zag dat het klimaatbeheersingsapparaat verdwenen was. Ze kon dus nergens opklimmen. Gelukkig viel haar blik op het snoer in het stopcontact. Vlug trok ze het eruit en ging terug naar Oscar en Märtha, waar ze weer naast Oscar ging staan. Ze maakte zich zo breed ze kon.

'Nu moeten we wachten tot Anna-Greta het alarm af laat gaan bij de Hollanders,' fluisterde Märtha. Stina en Oscar waren er klaar voor, maar het was moeilijk stil te blijven staan. Ze bevochtigden hun lippen en pulkten aan hun nagels. Wachten. Eindelijk loeide het alarm. Oscar zette de schaar op de draad. Op dat moment viel Stina flauw en haar handtas viel op de grond.

'Lieve help, moet ze net nú flauwvallen?' zei Märtha ontzet. 'Het was de bedoeling dat ze het zicht aan de camera onttrok.'

'Til haar op, dat helpt vaak,' zei Oscar terwijl hij de eerste kabel doorknipte.

'Maar ik moet toch voor de andere bewakingscamera gaan staan,' zei Märtha, die voor de zekerheid Stina toch maar omhooghees. Ze hoorde een paar knipjes en Renoirs *Conversatie, een momentopname uit Parijs* viel bijna op de grond. Ternauwernood lukte het hun het schilderij te pakken en het onder Märtha's jas te verstoppen. Het alarm in de andere zaal ging flink tekeer en Märtha was blij dat het er hier bij de impressionisten rustiger aan toeging. In deze zaal hing een stil alarm, met een rechtstreekse verbinding naar de politie, iets wat Märtha tijdens hun verkenningsbezoek had genoteerd. Dat gaf hun de extra minuten die ze nodig hadden. Haastig hing Oscar op de plaats van het schilderij een bordje, dat ze ook op de hotelcomputer hadden gemaakt en op een stuk karton hadden gelijmd. I.V.M. INVENTARISATIE TIJDELIJK AFWEZIG stond erop.

De klus met de Renoir was geklaard en nu was het prachtige schilderij *De Schelde* van Monet aan de beurt. Ze liepen naar rechts en Märtha zag hoe Oscar lang met de twee kabels vocht voordat het hem lukte ook die door te knippen. Snel haalde ze nog een bordje tevoorschijn en hing het op de plaats van het schilderij. Oscar was gestrest en wilde graag weg, en Märtha voelde zich net zo, maar ze wist dat ze zich moesten beheersen. Ze had namelijk gezien dat de deuren opengingen en dat de Securitas-bewakers op weg waren naar de zalen. Het lukte haar nog net om het schilderij onder haar winterjas te verstoppen voor een van de bewakers hen in het oog kreeg. Snel boog Märtha zich over Stina heen, die eigenlijk nu pas had moeten flauwvallen. Het leek er echter op dat ze niet deed alsof.

'Wakker worden,' gilde Märtha, terwijl ze de benen van haar vriendin in de lucht hield. De bewaker rende naar hen toe.

'Help ons! Een of andere vent probeerde haar tas te stelen. Hij ging die kant op,' zei Märtha, en ze wees naar de Hollandse zaal. De bewaker wist niet goed wat hij moest doen, maar toen Märtha aanstalten maakte om haar flauwgevallen vriendin op te tillen, hielp hij haar. Samen hesen ze Stina overeind en brachten haar naar Märtha's rollator. Hij raapte ook haar handtas van de vloer en gaf die aan Märtha. Langzaam kwam Stina bij.

'Is het nu voorbij?' vroeg ze.

'Achter hem aan, achter hem aan, hij ging die kant op!' riep Märtha schril. Ze probeerde Stina te overstemmen. 'Hij had een baard, lang bruin haar en hij stonk.' Märtha wees weer. Haar rollator boog ontzettend door en ze verwachtte dat het ding elk ogenblik in tweeën zou breken. Oscar had uitgerekend hoe zwaar haar rollator belast kon worden, maar nu lag er zestig kilo extra op in de vorm van Stina. Ze keek in Oscars richting en hij knikte.

'Ik let wel op haar,' zei Oscar tegen de bewaker. 'Het is mijn vrouw. Ik had me niet om moeten draaien. Wat zal ze geschrokken zijn.'

De Securitas-bewaker knikte verward en rende achter de anderen aan. Toen hij uit het zicht was, wierp Märtha een laatste blik op de plaats waar de Monet had gehangen. Ze keek, sloot haar ogen en deed ze weer open. In plaats van I.V.M. INVENTARISATIE TIJDELIJK AFWEZIG hing er een handgeschreven briefje. Märtha zette haar bril goed op haar neus. BEN ZO TERUG las ze.

'Lieve hemel, dat is het briefje dat Stina altijd ophing als ze even een boodschap ging doen,' riep Märtha uit. Ze wilde het briefje net weghalen, toen er een paar bezoekers de zaal binnenkwamen.

'We hebben geen keuze, we moeten naar de lift,' snauwde Oscar.

'Maar het briefje dan...'

'Niemand weet wie het daar heeft neergehangen. Kom nou!'

Märtha slikte, haalde diep adem en deed alsof ze niets in de gaten had. Langzaam en statig liepen Oscar en Märtha met hun rollator naar de lift, op de voet gevolgd door Stina. Märtha had haar een toffee gegeven en toen ze bij de lift kwamen, had ze al weer wat kleur op de wangen. Märtha knikte haar bemoedigend toe. De deur van de lift gleed open en gezamenlijk gingen ze met de rollators en de schilderijen naar binnen. Ze drukte op BEGANE GROND. Nu was het alleen nog wachten op Anna-Greta.

Op de begane grond hoorde Bertil dat de lift eraan kwam. Hij haalde het bordje BUITEN GEBRUIK weg en deed een stap opzij toen de liftdeuren opengingen.

'Wacht even,' zei hij toen Stina als laatste naar buiten was gekomen. Hij stapte de lift in en de deuren gleden achter hem dicht. Volgens hun plan zou hij de schilderijen van Märtha's rollator naar de zijne verplaatsen, maar dat deed hij niet; dat zou te veel tijd kosten. In plaats daarvan legde hij zijn jas boven op de twee gestolen schilderijen in de mand van Märtha's rollator en legde Märtha's winterjas op de rollator die weer naar boven gestuurd zou worden. Zenuwachtig drukte hij op het knopje DEUR OPEN en toen Stina het teken gaf dat de kust veilig was, verliet hij de lift met de buit.

'Ziezo,' mompelde hij terwijl hij het bordje BUITEN GEBRUIK weer op de deur hing. Hij knipoogde naar Stina, haalde zijn kam tevoorschijn en kamde zijn haar in een mooie scheiding.

'Dan gaan we maar,' zei hij, en samen met Stina wandelde hij rustig het museum uit, steunend op Märtha's ietwat slingerende rollator, die overbelast was vanwege de kostbare kunstwerken.

Wat een afschuwelijk lawaai! Het geluid van het alarm was oorverdovend en Anna-Greta wilde dat ze meteen de zaal uit had kunnen sprinten. Ze had nooit gedacht dat het zou klinken als een ouderwetse wekker. Ze had zich alleen maar ietsje voorovergebogen om naar Rembrandts *Het meisje aan het venster* te wijzen. Vervolgens was de hel losgebroken. Ze schrok er zo van dat het alarm door de zaal schelde dat ze bijna vergat op de vloer te gaan liggen, zoals ze hadden afgesproken. Haastig plofte ze op de grond en riep een paar keer: O nee, o nee. Het werd er niet beter op toen een horde bewakers op haar afstormde om de dief te overmeesteren. Ze wilden zich net op haar werpen, toen ze in de gaten kregen wie daar lag.

'Stop, dat is een oude mevrouw!' De Securitas-bewaker die als eerste de zaal was binnengekomen, hield de anderen tegen.

'Neem me niet kwalijk, ik weet niet wat er is gebeurd. Ik denk dat ik met mijn wandelstok per ongeluk te dicht in de buurt van het schilderij ben gekomen toen ik mijn evenwicht verloor,' schreeuwde Anna-Greta in een poging het alarm te overstemmen, terwijl ze probeerde overeind te komen.

Een van de bewakers hielp haar en gaf haar de wandelstok. 'Tjonge, was is dat ding krom, zeg,' zei hij.

'Dan is dat de reden dat ik ben gevallen,' schreeuwde Anna-Greta terug. 'Het spijt me echt verschrikkelijk.'

Ondertussen liepen de andere bewakers kriskras door elkaar op zoek naar de onbekende man.

'Het alarm!' zei Anna-Greta, die haar handen voor haar oren hield. Een van de bewakers rende haastig weg om het uit te zetten terwijl de anderen in de zaal bleven. Anna-Greta veegde haar kleren schoon.

'Hebt u een man met een baard en lang bruin haar voorbij zien komen?' vroeg een van de bewakers.

'Jazeker. Er rende een tijdje terug een jongeman met een baard door de zaal. Hij zag er heel vriendelijk uit. Helaas weet ik niet welke kant hij op gelopen is. Ik ben immers gevallen.'

De glimlach verdween van het gezicht van de bewaker.

'Jong en vriendelijk?'

'Inderdaad, ik zou willen dat dat mijn zoon was.'

'O. Laten we maar teruggaan,' zeiden de anderen mompelend.

'Was het een dief?' vroeg Anna-Greta.

'Voor zover wij weten is er niets gestolen,' zei de bewaker.

'Gelukkig maar,' zei Anna-Greta glimlachend, steunend op haar wandelstok. Die gleed weer weg, en als de bewaker haar niet had opgevangen, was ze zeker weer onderuitgegaan. 'Ik kan maar beter een nieuwe wandelstok kopen, vindt u niet? Dit ding is gevaarlijk.'

'Goed idee, mevrouw, past u nu maar goed op,' zei de bewaker, die haar een arm gaf. 'Voelt u zich al beter?'

Anna-Greta knikte.

'Zo, alles is weer in orde, maar als u die man met de baard weer ziet, wilt u ons dan waarschuwen? U kunt ons daar vinden,' zei hij terwijl hij naar de zaal voor tijdelijke exposities wees.

'Aha, daar zitten jullie dus, goed om te weten,' ratelde Anna-Greta. Ze bedankte hem voor zijn hulp en strompelde naar de lift. Ze liep zo snel ze kon zonder op te vallen en hoopte vurig dat ze nu niet ineens staande gehouden zou worden. Toen ze bij de lift aankwam, zag ze tot haar opluchting dat Märtha en Oscar op haar stonden te wachten. Märtha had Bertils rollator met haar winterjas eroverheen bij zich en alles leek goed te zijn gegaan.

'Schiet op!' spoorde Märtha haar aan, en toen ze alle drie in de lift stonden, gingen ze snel naar beneden. Op de begane grond aangekomen, bleven ze behoedzaam wachten tot er geen bezoekers in de buurt waren voor ze onopgemerkt uitstapten. Oscar haalde vlug het bordje BUITEN GEBRUIK weg, maar bedacht zich vervolgens en hing het terug. Ze liepen bedaard naar de uitgang. Terwijl Märtha haar jas aandeed, kwamen de eerste agenten aangerend. Märtha, Oscar en Stina gingen mopperend aan de kant om de agenten binnen te laten voor ze zelf door de deur naar buiten liepen. Op straat sloegen ze rechts af in de richting van het Grand Hotel.

De agenten in de tweede politieauto zagen de oudjes ook in het voorbijgaan, voor ze de auto uit vlogen en het gebouw binnenrenden. Daar bleven ze staan. Aangezien de lift buiten werking was, moesten ze de trap nemen.

21

De champagne was op en de schaaltjes met aardbeien en gesuikerde frambozensnoepjes waren leeg. De vijf bejaarden babbelden er nog lustig op los en zwaaiden met hun champagneglazen. Af en toe liepen ze naar binnen om de schilderijen te bewonderen.

'Ongelooflijk dat we een echte Renoir in ons bezit hebben,' verzuchtte Anna-Greta verrukt terwijl ze voorzichtig met haar hand over de schilderijlijst aaide. 'Dat had ik nooit durven dromen.'

Ze hadden een groot deel van de dag gediscussieerd welk schilderij nu het beste was, zonder dat ze het eens waren geworden. Märtha was het meest gecharmeerd van de Monet en bedacht dat er meer schilderijen van hem in het museum hingen. Even overwoog ze of ze die misschien ook moesten gaan stelen, maar toen herinnerde ze zich wat ze in verscheidene detectives had gelezen: het was onverstandig om twee keer achter elkaar op dezelfde plek een diefstal te plegen. Dan kon je gemakkelijk in de kraag gevat worden, en ze moesten immers eerst het losgeld voor deze twee schilderijen innen. Ze sprak zichzelf vermanend toe en stapte het balkon op, waar haar medemisdadigers stonden. Tevreden keken ze uit over de chaos op straat.

'Dat wij dat allemaal hebben veroorzaakt,' zei Stina. Een groot gedeelte van het plein voor het Rijksmuseum was afgezet, journalisten renden heen en weer, het was een komen en gaan van politieauto's en een aantal tv-zenders was bezig opnamen te maken. Achter de versperring stond een grote menigte toe te kijken.

'Het Rijksmuseum zou toch niet bestolen zijn?' vroeg Anna-Greta. Ze barstte in zo'n paardengehinnik uit dat niemand zijn gezicht in de plooi kon houden. Ze schaterlachten allemaal en deden zelfs een dansje op het balkon. Toen de politie was weggereden, was de lol er echter gauw af en ze gingen weer naar binnen. Oscar en Bertil wilden voor het avondeten nog even naar de sauna in de badkamer van de suite. De vrouwen bleven op de bank van het uitzicht over Stockholm genieten. Stina maakte een aquarel van het koninklijk paleis en Anna-Greta was bezig met een sudoku. Märtha zat toe te kijken. Ze benijdde haar vriendinnen om de rust die ze uitstraalden. Zelf kon ze zich helemaal niet ontspannen, want er was haar ineens wat te binnen geschoten: waar moesten ze de schilderijen verstoppen zolang ze het losgeld nog niet hadden ontvangen? Toen ze nog jong was had ze potdorie verschillende dingen tegelijk kunnen regelen en had ze altijd wel iets aan haar hoofd gehad. Dit probleem had ze op haar oude dag helemaal over het hoofd gezien.

Ze stond op en ging naar de slaapkamer, waar de schilderijen op bed tegen het hoofeinde stonden. Misschien zou er haar iets te binnen schieten als ze maar lang genoeg naar de schilderijen keek? Maar hoe langer ze daar stond, hoe ongeruster ze werd. Deze overval was immers haar idee geweest en zij had de anderen meegetrokken, dus zij moest met een listige oplossing komen. Wat moesten ze in vredesnaam met de schilderijen doen? Ze hadden gezien hoe de agenten de hele dag de deur hadden platgelopen bij het museum en het zou niet lang meer duren voor ze in het hotel op zoek gingen naar getuigen. Stel je voor dat ze een huiszoeking mochten doen... Ze wist niet zeker of dat zomaar kon, want Engelse detectives waren per slot van rekening geen studieboeken. Nu ze daar zo stond, schoot haar nog iets anders te binnen. Bij de receptie hadden ze het nummer van hun betaalpassen genoteerd toen ze incheckten. In dit hotel wist men dus niet alleen wie er in de Prinses Lilian-suite verbleef, maar via de betaalpas had men ook informatie kunnen inwinnen over hun kredietwaardigheid. Als er plotseling een paar miljoen zou worden gestort op de rekening waar ook maandelijks het pensioen op werd uitbetaald, zou dat ongetwijfeld opvallen. Märtha moest ervan zuchten. Er zaten meer haken en ogen aan het leven van een misdadiger dan ze had gedacht.

'Heeft iemand er al over nagedacht welke bankrekening we moeten opgeven voor het losgeld?' vroeg ze.

'Heb jij dat dan niet gedaan?' vroeg Anna-Greta, die verwonderd opkeek van haar sudoku. 'Jij hebt toch alles onder controle? Daar heb je ons immers zo fijntjes op gewezen.'

Märtha probeerde zich te beheersen. 'Ze hebben het nummer van onze betaalpassen opgeschreven toen we hebben ingecheckt. Op die rekening kan het museum toch moeilijk het losgeld storten?'

'Dan vragen we gewoon om een zak met geld, net als in de goeie ouwe tijd,' zei Anna-Greta.

'Eerst moeten we de schilderijen verstoppen,' viel Stina haar in de rede. Ze vond dat ze de dingen in de juiste volgorde moesten doen.

'Ik heb een mooi plekje gezien onder het bed.'

'Dat is veel te veel in het zicht. Stel je voor dat ze daar gaan stofzuigen,' zei Märtha.

'Dat doen ze nooit in hotels.'

'Natuurlijk wel,' antwoordde Märtha. 'Nee, we moeten wat anders verzinnen. Iets wat zo voor de hand ligt, dat niemand eraan zal denken.'

Dat klonk Anna-Greta wat te abstract in de oren. Ze schudde haar hoofd. Stina kauwde op haar penseel.

'Hoor het gebed van vrome lippen,' mompelde ze.

'Pardon?'

'Almqvist, Carl Jonas Love Almqvist,' antwoordde Stina.

Märtha zuchtte en ijsbeerde verder door de suite. Ze keek naar de keuken, slenterde door de bibliotheek, wandelde langs de slaapkamers en eindigde weer in de woonkamer. Ze had geen enkele ingeving gekregen. Een hele tijd bleef ze voor het raam naar het koninklijk paleis en de parlementsgebouwen staan kijken voor ze zich weer omdraaide.

'Hebben jullie je wel gerealiseerd dat wij anders zijn dan andere boeven? Wij behoren tot de zeldzame groep misdadigers die niet bang is om naar de gevangenis te gaan, we willen het alleen nog even uitstellen. Wij kunnen dus grotere risico's nemen. Ik stel voor dat we de schilderijen onder de neus van de politie verstoppen. Op een plek waar ze niet zullen kijken, zodat wij op ons gemak het losgeld kunnen innen.'

'Ik weet wat. In het museum!' riep Anna-Greta.

'Even serieus graag,' zei Märtha.

'Nu we de schilderijen in ons bezit hebben, kunnen we er net zo goed van genieten,' vond Stina. Ze legde haar penseel weg. Haar aquarel van het koninklijk paleis was nog niet klaar, maar leek nog het meest op een prentje zoals je die in een tweedehandswinkel kon kopen. Zuchtend borg ze de penselen en de verf op in haar grote tas.

'Ervan genieten?' De anderen keken haar vragend aan.

'Ja. Ik weet een veilige plek waar niemand zal zoeken. Geef me een paar minuten, dan zal ik het laten zien.' Märtha en Anna-Greta keken haar na toen ze de kamer uit liep met de tas om haar schouder.

'Laat haar maar schuiven,' zei Märtha. 'Ze kan zelfs een gordiaanse knoop ontwarren.'

'Wat zeg je?' vroeg Anna-Greta met een hand achter haar oor.

'Een gordiaanse knoop,' riep Märtha.

'Ach, díé knoop,' zei Anna-Greta.

22

Bertil en Oscar zaten in de sauna naar exotische trommelmuziek te luisteren. Het groene licht knipperde en de stoom kwam uit de stenen omhoog. Hij pakte de waterlepel en keek Oscar vragend aan. 'Nog een beetje erbij?'

Oscar gromde en Bertil nam aan dat dat ja betekende. Hij goot nog een plens water over de stenen en leunde met een tevreden zucht achterover. Hij was zo blij met alle lof die hij had gekregen. Na zijn nachtelijke bezoek aan Oscar was hij uiteindelijk toch in slaap gevallen, maar hij was wakker geworden met knallende hoofdpijn. Hij had toen getwijfeld of hij überhaupt wel mee kon doen aan de schilderijenroof, maar na een ijskoude douche had hij zich een stuk beter gevoeld. Tijdens hun feestje in de suite had Märtha gezegd dat de roof dankzij hem was gelukt. Eigenlijk was dat ook zo. De meeste druk had zonder meer op zijn schouders gelegen, en als hij er niet was geweest, hadden ze de schilderijen nooit het museum uit gekregen. Er klonk muziek uit *Jungle Book* uit de luidsprekers en hij neuriede mee. Maar zo warm als in de jungle was het hier niet.

'We gooien er nog maar wat op, of niet?' Hij reikte naar de waterlepel.

'Nee, dan wordt het me veel te heet. Dit is toch geen wereldkampioenschap saunazitten,' zei Oscar.

'Maak je niet druk. We zijn niet in Finland, we moeten alleen goed schoon worden,' zei Bertil lachend en hij goot meer water over de stenen. 'Dit doet mij trouwens denken aan de sauna in de spa beneden,' ging hij verder. Hij hield beschermend zijn handen voor zijn gezicht tegen de warme stoom. 'En de kluis.'

'De kluis? Die overval ben ik alweer vergeten. Beter dan het stelen van een Renoir en een Monet wordt het niet,' zei Oscar, die zijn biertje pakte. 'En allemaal zonder gebruik te maken van een machinegeweer of brand te stichten. Proost, ouwe schilderijendief!'

De mannen klonken zo hard met hun bierblikjes dat het bier eruit spoot. Bertil vond dit de beste tijd van zijn leven. Ze waren drie dagen geleden uit het woon-zorgcomplex ontsnapt en hij had in die tijd meer meegemaakt dan in alle jaren daarvoor. Door een harde bons op de deur schrok hij op van zijn mijmeringen.

'Zeg, kom er eens uit. Ik moet jullie iets laten zien,' riep Märtha. Bertil zwaaide met zijn hand, waardoor het bier alle kanten op vloog.

'Dat jij het volhoudt met al dat gecommandeer van haar.'

'Dat vind ik nou juist zo fijn, Bertil. Ze past op ons. Zonder haar waren we hier nooit geweest.'

Bertil gaf geen antwoord, want daar hij nog niet aan gedacht.

'Ik heb liever Stina. Ze is rustiger en maakt niet zo veel heisa. Ze is lief, elegant.'

'Het is een leuke vrouw, maar jij weet ook dat smaken verschillen.'

'Inderdaad, je had erbij moeten zijn toen ik naar de Filippijnen voer, wat een wijven! Eentje had zulke tie...' begon Bertil, maar hij werd onderbroken door nieuw gebons op de deur.

'Vertel het me later maar,' zei Oscar terwijl hij opstond. 'Eerst gaan we kijken wat er aan de hand is.'

De mannen wikkelden de handdoeken om hun lijf, namen hun biertjes mee en deden de deur open. Heel even voelde Oscar kriebels in zijn buik. Zou de politie hun nu al op het spoor zijn? Maar het enige wat hij zag was Märtha's vastberaden blik.

'Hebben jullie er al over nagedacht waar we de schilderijen moeten laten terwijl we op het losgeld wachten?' vroeg ze.

Oscar en Bertil keken elkaar vragend aan en friemelden aan hun blikjes bier. 'Nee, eigenlijk niet.'

'Wij ook niet. Maar Stina heeft ze verstopt. Ik wil dat jullie ze gaan zoeken.'

'Jeetje, wat kinderachtig,' zei Bertil.

'Nee, leuk,' zei Oscar.

Slechts gekleed in een handdoek liepen ze door de Prinses Liliansuite, op zoek naar twee gestolen schilderijen met een gezamenlijke waarde van dertig miljoen kroon. Maar hoe ze ook zochten, ze konden ze niet vinden.

23

Inspecteur Arne Lönnberg was gebeld door een ongeruste jonge vrouw die werkte in woon-zorgcomplex De Diamant. Vijf inwoners waren op onverklaarbare wijze uit het hermetisch afgesloten gebouw verdwenen. Hij bladerde in zijn notitieblok. Zou het waar zijn? Er verdwenen toch niet zomaar vijf mensen, zeker niet als ze allemaal vijfenzeventig jaar of ouder waren. Niet de jongsten dus. De bejaardenverzorgster had nogal bang geklonken en ze had hem op het hart gedrukt discreet te werk te gaan. Als de verdwijning uitlekte, zou het woon-zorgcomplex cliënten verliezen, had ze gezegd. Cliënten? Hij snoof. Je koost er toch zeker zelf voor ergens cliënt te worden. Vaak dumpten de kinderen en kleinkinderen iemand in een woon-zorgcomplex; dan kon je de betreffende persoon vervolgens toch geen cliënt noemen? Wat was hij blij dat hij alleenstaand was; hij zou niet worden geconfronteerd met goedbedoelende kinderen die zich op zijn oude dag met zijn huisvesting bemoeiden.

Hij keek nog eens vluchtig zijn aantekeningen door en vroeg zich af hoe hij dit zou aanpakken. Die oudjes zouden in theorie het woon-zorgcomplex op elk willekeurig moment kunnen hebben verlaten en hij had geen zin, geen manschappen en geen reden om hen te gaan zoeken. Hij zou ze weliswaar in het opsporingsregister kunnen laten opnemen, maar dat hielp alleen als ze het land wilden verlaten. Zolang geen enkel familielid hen miste en ze niet iets crimineels hadden gedaan, was het geen zaak voor de politie. Inspecteur Lönnberg leunde achterover in zijn stoel. Hij hoopte dat die oudjes leuke dingen deden. Misschien hadden ze stiekem een cruise geboekt of verstopten ze zich voor een stel inhalige familieleden. Er waren voorbeelden genoeg van bejaarden die constant werden lastiggevallen door hun kinderen omdat die hun deel van de erfenis opeisten.

Hij pakte zijn notitieblok en schreef de naam en het telefoonnummer op van de bejaardenverzorgster van het woon-zorgcomplex, voor het geval ze weer belde. Even later bedacht hij zich. Hij frommelde het papier op en gooide het in de prullenmand. Als het woon-zorgcomplex weer contact met hem opnam, zou hij de oudjes in het register laten opnemen. Een paar dagen vrijheid was ze wel gegund voor ze weer zouden worden opgesloten in het woon-zorgcomplex.

De mannen hadden de suite nu een paar keer doorzocht. De Prinses Lilian-suite was zo groot als een vijfkamerappartement en er waren heel wat verstopplekken. Ze vonden niets. Uiteindelijk gingen ze terug naar de badkamer, namen een douche en kleedden zich aan. Ze waren nog maar net klaar toen ze Stina's blijde stem hoorden.

'Jullie mogen niet opgeven, blijf proberen!' Haar ogen straalden.

'Niet eeuwig zal de Zweedse Bertil werken – in zijn handdoek,' zong ze vrij naar Atterbom en iedereen begreep dat ze in een heel goed humeur was. Normaal gezien waren haar klassiekers heilig.

Aangezien niemand de schilderijen kon vinden, stelde Stina voor dat ze er een spelletje van maakten. Degene die de schilderijen vond, kreeg een grote schaal bonbons. Anna-Greta perste haar lippen op elkaar, Oscar fronste zijn wenkbrauwen en Bertil lachte stilletjes. Märtha was blij dat haar vriendin opgewekt was en vol ideeën zat. Het had vast met hun vertrek uit De Diamant te maken, en met het feit dat ze het zo naar haar zin had met Bertil. Misschien was ze zelfs wel verliefd op hem geworden?

'Aangezien het stelen van die schilderijen al een hele klus was, hoop ik niet dat je ze zo goed verstopt hebt dat we ze niet meer kunnen vinden,' zei Bertil.

'Welnee. Maar jij hebt zo veel gereisd dat je genoeg fantasie moet hebben om ze te vinden,' antwoordde Stina.

Bertil rechtte zijn rug en keek met een kennersblik om zich heen. Hij wilde graag dat Stina tegen hem opkeek en daarom moest hij de schilderijen vinden. Hij was weliswaar geen groot kunstkenner, maar in zijn tijd als zeeman had hij bij het aandoen van de havens vaak musea bezocht. Hij onderwierp alle schilderijen in de suite aan een nader onderzoek: hij bekeek ze van heel dichtbij, tilde ze op en inspecteerde de achterkant. Ineens bleef hij staan. Boven de piano hingen een paar schilderijen die hem bekend voorkwamen. Op het ene was een pratend stel in een café afgebeeld, op het andere zeilden een paar oude zeilboten over een rivier. Alleen had de man op het schilderij dat verdacht veel op de Renoir leek een vreemde hoed op en had hij lang haar en een bril. Op de nep-Monet voer er een modern zeilbootje over de Schelde. Ineens begreep hij het: Stina had de schilderijen op haar geheel eigen, speciale manier verstopt. Hij kreeg het er warm van. Die ondeugd had doodeenvoudig de schilderijen veranderd met hier en daar een likje aquarelverf – genoeg om de toeschouwer op het verkeerde been te zetten. Zelfs de handtekeningen had ze vervalst. Hij tuurde naar de rechterhoek. In plaats van Renoirs handtekening las hij Rene Ihre. Monet had ze omgedoopt tot Mona Ed.

24

Een dag na de grote rollatorcoup zaten de vijf in de bibliotheek van het Grand Hotel de krant te lezen. Af en toe hoorde je geritsel, gemompel of zacht gegiechel, maar verder was het stil. Niemand wilde worden gestoord tijdens het lezen van de heerlijke berichten en ze genoten van ieder woord. Uiteindelijk kon Märtha zich niet langer inhouden.

'Hebben jullie dit gezien? Hier staat dat het een van de best uitgevoerde kunstroven ooit is.' Haar ogen glommen. 'Veel beter dan de vorige keer dat het museum is beroofd. Toen hadden de dieven machinegeweren, staken ze auto's in brand en gingen ze er met de schilderijen vandoor in een gestolen boot. Helemaal verkeerd. Je moet niet te veel opvallen.'

'Inderdaad,' zei Bertil met een vlugge blik op Märtha's rollator. Oscar had de schroeven weer aangedraaid. Als ze nou dat buideltasje ook eens afdeed...

'Ze denken dat een man met een baard en lang bruin haar de schilderijen heeft geroofd,' ging Märtha verder.

Uit Stina's mond ontsnapte een laag hikkend geluid en Anna-Greta leek bijna te ontploffen van vreugde. Zij had het dwaalspoor bedacht.

'Die man met de baard zou er vriendelijk uitzien,' las Märtha verder.

'Ja, dat heb ik gezegd om het zo realistisch mogelijk te laten lijken. Dat zou een echte boef nooit hebben gezegd,' zei Anna-Greta, die uitbarstte in een zo hard paardengelach dat Bertil zijn handen voor zijn oren hield. Anna-Greta was nooit getrouwd en dat verbaasde hem niets. Misschien had ze in haar jeugd wel vrijers gehad, maar die had ze vast dood gelachen – als ze tenminste niet waren weggewaaid door de luchtverplaatsing van het gehinnik.

‘Hebben jullie dit al gehoord?’ vroeg Märtha, die opkeek uit de krant. ‘Het staat in *Expressen*, bladzijde zeven. De verslaggever vraagt zich af wat de tekst “BEN ZO TERUG” betekent. Hij denkt dat het gaat om een religieuze sekte die gelooft in de terugkomst van Jezus op aarde. Of terroristen die een nieuwe aanslag voorbereiden. De politie is in ieder geval in de hoogste staat van paraatheid.’

‘Allemaal vanwege een paar ontsnapte bejaarden,’ zei Oscar lachend.

‘En een bordje “BEN ZO TERUG”,’ giechelde Stina, en ze pakte haar nagelvijl. Om die opmerking moesten ze met z’n allen zo hard lachen dat het bij de receptie te horen was. Märtha kreeg het in de gaten en maande de anderen tot stilte.

‘Wel jammer dat het handgeschreven was. Dat kan ons de kop kosten,’ zei ze.

‘Je bent toch nog niet vergeten waarom we dit doen?’ vroeg Oscar haar.

‘Natuurlijk niet, maar de gevangenis kan wel wachten.’

De anderen mompelden instemmend. Er kwamen een paar hotelgasten langs, die doorliepen naar restaurant De Veranda. Märtha boog zich naar voren.

‘Zelfs als ze andere boeven verdenken, moeten we waakzaam blijven,’ zei ze. ‘Je weet immers maar nooit wanneer ze op zoek gaan naar ons en vergeet niet dat zuster Barbro...’

‘Het allerbelangrijkste is dat wij het geld krijgen,’ onderbrak Anna-Greta haar. ‘Waarom maken we vandaag niet in de pers bekend wat onze losgeldeisen zijn?’

‘We kunnen een fax sturen, dat is wel zo snel,’ vond Stina.

‘Dat is nogal achterhaald, aangezien er ook computers zijn,’ bracht Oscar ertegen in.

‘Je snapt toch wel dat ze de gegevens op die dingen kunnen traceren,’ zei Stina, die bij gebrek aan haar geliefde klassiekers een van Märtha’s detectives met de titel *Stille sporen in cyberspace* had geleend.

‘Nou, dan doen we het op de ouderwetse manier, net als op school,’ zei Bertil nadat hij een tijdje had nagedacht. ‘We kopen een krant en knippen daar de letters uit die we nodig hebben. Die plakken we op een stuk papier, stoppen dat in een envelop en doen die op de bus.'

De anderen moesten even over dit voorstel nadenken.

'Maar de post is tegenwoordig zo langzaam,' zei Anna-Greta uiteindelijk. 'Erg veilig klinkt het niet.'

'Dan heb ik een beter idee,' zei Bertil. 'We bellen. Ik ben heel goed in stemmetjes.'

'Nee, laat mij maar bellen,' zei Anna-Greta, maar dat vond niemand een goed idee. Geen van allen wilden ze het risico lopen dat Anna-Greta per ongeluk in lachen zou uitbarsten. Na een verhitte discussie besloten ze om toch een briefje met krantenletters te gaan maken. Natuurlijk moesten ze allemaal handschoenen aan, om geen vingerafdrukken achter te laten.

'Dan is er nog een probleem,' zei Märtha. 'Hoe willen we het losgeld ontvangen?'

'We vragen ze om het geld in een koffer achter te laten op een van de veerboten naar Finland. Dan maken we gelijk een uitstapje naar Helsinki,' stelde Oscar voor.

'Wat een prachtig idee,' zei Märtha, die graag met hem op reis wilde. Er was een danszaal op de boot en misschien kon ze hem mee de dansvloer op krijgen.

'Een cruise, waarom niet. Wel leuk om weer even op zee te zijn,' zei Bertil. 'Op de boot naar Australië waren de golven ooit zo hoog, dat kun je je haast niet voorstellen. Het zat namelijk...'

'Is het niet beter om de koffer op de luchthaven te laten neerzetten?' vroeg Anna-Greta. 'Dan denken ze misschien dat we een internationale bende zijn.'

'Stel je voor dat ze ons aanzien voor terroristen en op ons beginnen te schieten,' zei Stina, die altijd van het ergste uitging. De anderen waren het niet met haar eens, maar om iedereen tevreden te stellen, werd het de boottocht. Ze voelden zich het veiligst op een boot naar Finland.

'We doen de brief vandaag op de post en geven het museum een week de tijd om het geld bij elkaar te krijgen,' zei Märtha. 'Allereerst gaan we kranten kopen om de losgeldbrief in elkaar te draaien.'

'Goed idee. Hoeveel vinden jullie dat we moeten vragen?' vroeg Oscar.

'Tien miljoen,' stelde Bertil voor.

'Nou...' Anna-Greta zag er ineens bezorgd uit. 'Dat zijn wel heel veel bankbiljetten. Kijk, duizend biljetten van duizend kroon is samen een miljoen kroon; tienduizend biljetten van duizend kroon is samen tien miljoen. En dat allemaal in één koffer? Nee, dat gaat niet. Wat mij betreft laten we het geld gewoon overmaken, dat klinkt mij beter in de oren.'

Het bleef doodstil, want over dat detail had niemand nagedacht.

'Bankbiljetten van duizend kroon vallen te veel op. We kunnen beter om uitbetaling in biljetten van vijfhonderd kroon vragen,' zei Oscar peinzend.

'Waarom geen biljetten van twintig, die met Selma Lagerlöf erop. Die zijn zo mooi. Dan wordt het gelijk een beetje cultureel.'

'Kun je niet rekenen? Hoeveel biljetten denk je dat er dan nodig zijn? Nee, luister. Een biljet van vijfhonderd kroon weegt ongeveer een halve gram. Dat wordt dus in totaal zeven kilo aan bankbiljetten,' zei Anna-Greta nadat ze het snel had nagerekend in haar hoofd. 'Maar bankbiljetten nemen veel plaats in. Als we twintigduizend biljetten van vijfhonderd op elkaar leggen, wordt het een stapel van vier meter hoog,' zei ze.

'Dan kunnen we beter boodschappentrolleys gebruiken,' zei Märtha. 'Die vier meter aan bankbiljetten stoppen we in twee stevige trolleys. Urbanista verkoopt een boodschappentrolley in het roze, Pink Panther heet die. Die heeft een inhoud van vijfenvijftig liter.'

'Een roze boodschappentrolley? Nu ga je wel wat ver,' mompelde Bertil.

'Ze hebben ook een zwarte en een mannelijke bruine variant, met uitschuifbare trekstang,' ging Märtha verder. 'Ze zijn heel smal en vrij hoog, dus het museum moet er makkelijk een flinke stapel bankbiljetten in kwijt kunnen.'

'Praten jullie maar verder, ik ga wel even kranten kopen in de hotelwinkel,' zei Bertil, die de discussie zat was. Hij wilde iets constructiefs doen.

'Ik moet ook nodig wat spulletjes kopen. Ik loop al drie dagen in dezelfde kleren,' mompelde Stina. Ze stopte haar nagelvijl in haar tas en stond ook op.

'Stina, waarom moet jij naar een winkel als er ook postorderbedrijven bestaan?' vroeg Anna-Greta.

'Ik wil de kleren graag kunnen passen.'

'Dat is heus geen voordeel op onze leeftijd,' zei Anna-Greta, maar Stina en Bertil waren al weggelopen.

Een half uur later was de hele groep terug in de suite. Stina had een nieuwe trui aan in dezelfde rode kleur als haar nieuwe nagellak en de nieuwe sjaal die ze om haar hals droeg. Om haar pols glom een nieuwe, zilveren armband.

'Die staat je goed,' zei Märtha.

'We zijn toch in het Grand Hotel,' zei Stina verontschuldigend. 'Ik heb het op onze rekening laten zetten.'

Anna-Greta keek Stina lang aan. Niet alleen had Stina bakken met geld uitgegeven, ze sloofde zich ook nog eens uit voor Bertil! Anna-Greta liet zich ook door hem graag het hof maken en ze begreep niet waarom hij zo veel belangstelling had voor Stina. Anna-Greta vond dat zij veel intelligenter en beter opgeleid was dan Stina en ze had bovendien in een villa aan Strandvägen in Djursholm gewoond. Maar dat maakte kennelijk niet uit. Ze had graag willen trouwen met een geschikte kandidaat, maar het probleem was dat de juiste man haar nooit een aanzoek had gedaan. Haar grote liefde uit haar studententijd kwam uit een arbeidersgezin. Haar vader was tegen de relatie geweest en had haar verboden nog langer met de knaap om te gaan. Ze moest trouwen met een goedopgeleide man of in ieder geval een met geld op zak, had hij gezegd. Het einde van het liedje was geweest dat het er nooit van was gekomen. Ze had ooit bijna een contactadvertentie in de krant geplaatst, maar toen puntje bij paaltje kwam, had ze het niet gedaan. Ze zuchtte en kreeg medelijden met zichzelf. Ineens moest ze aan de cruise naar Finland denken. Misschien vond ze aan boord een geschikte weduwnaar...

'Zit niet zo te dromen, Anna-Greta, kom eens helpen met de brief,' zei Märtha.

De vijf gingen aan tafel zitten. De champagnefles kwam tevoorschijn, net als de aardbeien, en vervolgens begonnen ze met het samenstellen van de meest gelikte tekst die ze konden bedenken. Al ging het maar om een paar zinnen, het duurde toch lang, en pas toen de champagnefles helemaal leeg was hadden ze een brief gemaakt waarover iedereen tevreden was. Terwijl Anna-Greta 'Als ik toch eens rijk was' neuriede, knipten ze voorzichtig de goede woorden uit en plakten ze op een A4'tje.

Wij hebben Renoirs Conversatie en Monets De Schelde in ons bezit. Voor slechts tien miljoen kroon krijgen jullie de schilderijen terug. Het geld moet op 27 maart, uiterlijk om 16.00 uur, in twee zwarte boodschappentrolleys van het merk Urbanista aan boord worden gebracht van de Silja Serenade van rederij Silja Line. Nadere instructies volgen. Zodra wij het geld hebben ontvangen, zullen de schilderijen aan het museum worden overgedragen. PS: als jullie de politie waarschuwen, vernietigen wij de schilderijen.

Stina wilde bijna met haar eigen naam ondertekenen, maar de anderen konden haar nog net tegenhouden. Ze namen de brief mompelend door. Anna-Greta was erg trots op het feit dat zij de zinsnede 'slechts tien miljoen' had bedacht. De directie van het museum zou inzien dat het een goede deal was, andere boeven zouden veel meer geld hebben geëist. Märtha was niet helemaal tevreden.

'Klinkt het niet een beetje te aardig voor doorgewinterde criminelen?' vroeg ze. 'Geven kunstrovers zelf de schilderijen terug, of moeten de werken ergens worden achtergelaten? Ik bedoel, moeten we het niet een beetje aanscherpen? Ze moeten niet het idee krijgen dat we een stelletje amateurs zijn.'

'Als we vriendelijk blijven, zullen ze misschien eerder geneigd zijn te betalen,' zei Stina.

Dat vond iedereen een prima argument en uiteindelijk werden ze het er toch over eens dat ze de brief zonder wijzigingen zouden posten. Ze waren allemaal huiverig om het briefpapier en de enveloppen van het Grand Hotel te gebruiken, dus plakten ze het A4'tje gewoon dicht, schreven het adres van het Rijksmuseum op de buitenkant en plakten er een postzegel op. Alles met handschoenen aan.

‘Eigenlijk hadden we de brief net zo goed kunnen brengen, dat scheelt weer een postzegel,’ zei Anna-Greta, maar ze werd onmiddellijk uitgejouwd door de anderen.

Märtha bracht de brief naar een brievenbus in de buurt van de metro. Ze keek lang naar de sleuf voor ze de envelop erin liet vallen. Vervolgens sloeg ze een paar keer op de bus, en pas toen realiseerde ze zich hoe zenuwachtig ze was. Dit was niet langer een onbeduidend vergrijp. Ze hadden het boevenpad gekozen en nu was er geen weg meer terug. Ze waren criminelen. Onderweg naar het hotel bleef ze het woord herhalen. Crimineel... wat klonk dat spannend! Ze ging er haast van dansen, zo oud als ze was, en ineens voelde ze zich weer zo enthousiast als toen ze jong was. Haar leven had weer zin gekregen en ze verheugde zich op het geld in de twee boodschappentrolleys. Het was veel ingewikkelder geweest als ze een rekening hadden moeten openen waarop via allerlei omwegen het geld moest worden gestort. Binnenkort gingen ze gezellig een minicruise maken, waarbij ze tegelijkertijd moesten proberen het losgeld onopgemerkt mee te krijgen. Hoeveel mensen van haar leeftijd zouden aan zo’n avontuur willen meedoen?

25

Inspecteur Petterson begreep er niets van. Onbekende daders hadden twee kostbare schilderijen uit het Rijksmuseum gestolen en ondanks het feit dat de politie wegversperringen had geplaatst, alle trein- en vliegreizigers had gecontroleerd en contact had opgenomen met verscheidene autoverhuurbedrijven, ontbrak van de dieven ieder spoor. Niemand had de dief of dieven het museum zien verlaten met de schilderijen. Natuurlijk klopte er iets niet. De daders konden toch niet zomaar in rook zijn opgegaan. Ze waren er natuurlijk vandoor gegaan met een auto voordat het museumpersoneel in de gaten had dat de schilderijen waren verdwenen. Hij had gehoord dat die museummensen niet altijd wisten welke stukken er in de collectie zaten; dat het alarm was afgegaan, had ook niet geholpen. Inspecteur Petterson was een man van middelbare leeftijd, een man in zijn beste jaren met een pessimistische inslag. De zaak zag er hopeloos uit. Hij had geen idee hoe hij de kunstroof kon oplossen. Hij wist alles van wapens, patronen, achtervolgingen en chantagepogingen, maar dit? De verklikkers met wie ze contact hadden opgenomen, hadden gemompeld en gehakkeld dat ze nog niets hadden gehoord, maar natuurlijk zouden ze het melden als er informatie opdook.

'Die overval moet vele jaren voorbereiding hebben gevergd,' zei zijn collega Rolf Strömbeck, een man van in de vijftig met een baard. Hij rommelde in zijn papieren. 'Dat ze hebben kunnen vluchten zonder bandensporen of andere aanwijzingen achter te laten. We hebben geen vingerafdrukken, we hebben zelfs geen verdachten gevonden op de beelden van de bewakingscamera's. Ik snap er niets van.'

'De camera die de zaal met Franse impressionisten besloeg, deed het niet. Als ze nu de lens gewoon zwart gespoten hadden, dan hadden we ze kunnen opsporen; maar ze hebben de stekker uit het stopcontact getrokken,' zei Petterson zuchtend. 'Ach wat, we gaan koffie halen.'

De twee mannen stonden op en liepen naar de automaat. Voor inspecteur Petterson werd het zijn zesde kop. De koffie was heet en smaakte naar oud plastic, maar nu had hij tenminste even pauze. Er waren vast en zeker sporen achtergelaten, ze moesten alleen nog gevonden worden. Ineens schoten hem de museumbezoekers te binnen.

'Het wordt tijd dat we in kaart brengen wie er die dag in het museum waren, zodat we hen kunnen verhoren. Er moeten toch nog anderen zijn geweest dan die verwarde oudjes over wie de Securitasmensen het hadden.'

'Die oudjes hadden het over een man met bruin haar, en een van de dametjes vond hem heel aardig. Ze wilde dat het haar zoon was geweest,' verzuchtte zijn collega.

'Maar dat andere dametje zei dat hij haar wilde beroven. Hij had geprobeerd haar handtas af te pakken. Die arme vijfenzestigplussers zullen zich wel dood geschrokken zijn van het alarm.'

Petterson zweeg en peinsde over ouder worden. Dat je zo in de war kon raken, dacht hij. Hij vroeg zich af hoe hij zelf oud zou worden. Voortaan moest hij meer groente en fruit gaan eten, hij had gehoord dat dat goed was voor je hersenen. Hij pakte een appel van de fruitschaal en knikte naar zijn collega.

'Zullen we die bordjes nog eens bekijken? Dat is de enige aanwijzing die we hebben.'

'Alsof we daar iets wijzer van kunnen worden.'

Ze liepen terug naar de onderzoekskamer en gingen aan tafel zitten. Daar lagen de drie bordjes die ze in het museum hadden gevonden: BUITEN GEBRUIK, I.V.M. INVENTARISATIE TIJDELIJK AFWEZIG en BEN ZO TERUG.

Inspecteur Petterson probeerde zich voor de geest te halen wat er was gebeurd.

Het eerste bordje had het politiewerk vertraagd, omdat ze er pas na een paar uur achter kwamen dat de lift helemaal niet buiten gebruik was. Dan bleven die twee andere bordjes over. Die hadden tot gevolg gehad dat de onderzoeksleiding dacht dat alles in orde was. Dus hadden ze gezocht naar gestolen schilderijen in een van de andere zalen. De agenten hadden zich vooral opgehouden in de zaal met de tijdelijke expositie 'Lust en Last', waar elk schilderij aan een nauwkeurig onderzoek werd onderworpen. Pas toen een van de curatoren vertelde dat er daar geen schilderijen waren verdwenen, hadden ze het onderzoek uitgebreid naar de andere afdelingen. De twee bordjes in de zaal met impressionisten werden nader bekeken. I.V.M. INVENTARISATIE TIJDELIJK AFWEZIG...

Petterson had een groep agenten naar het magazijn gestuurd om na te gaan of de schilderijen daar waren, terwijl de technische dienst de digitale registers bekeek. Er werd veel tijd en mankracht in de zoektocht gestoken en toen bleek dat er een Renoir en een Monet ontbraken, begreep men dat die schilderijen waren gestolen. Het waren niet de eerste de beste schilderijen. Claude Monets *De Schelde* en dan dat kunstwerk van Renoir dat ongelooflijk genoeg nu al voor de tweede keer was gestolen.

'Slimme criminelen,' zei Petterson. Hij wees naar het bordje I.V.M. INVENTARISATIE TIJDELIJK AFWEZIG. 'Uitstekend dwaalspoor!'

Rolf Strömbeck bekeek het bordje, nam een beetje snuiftabak en knikte. 'Dat we daarin gestonken zijn. Zo eenvoudig en toch zo verdomde doortrapt,' zei hij.

'En dan dat bordje BEN ZO TERUG. Begrijp jij die boodschap?'

'In al mijn jaren bij de politie heb ik nog nooit zoiets meegemaakt,' zei Strömbeck. 'Wie heeft dat bordje opgehangen en waarom?'

'Het is geschreven in blokletters, terwijl de teksten op de andere bordjes op een gewone computer zijn gemaakt. We hebben dus een handschrift.'

'Maar is dat BEN ZO TERUG-bordje misschien geschreven door iemand die de roof heeft gezien en die is weggegaan om de politie te waarschuwen? In dat geval moeten we zo snel mogelijk in contact zien te komen met die persoon.' Hij beet nadenkend op zijn pen. 'We moeten een oproep doen, de vraag is alleen hoe we die formuleren.'

Inspecteur Petterson liep in gedachten diverse mogelijkheden langs, maar hij kon niets goeds verzinnen.

'Als we vragen wie het bordje met de tekst BEN ZO TERUG heeft geschreven, krijgen we uit heel Zweden antwoord. Daar zal de dader gegarandeerd niet tussen zitten. Een professionele misdadiger laat niet zo'n duidelijk spoor achter. De andere bordjes zijn helemaal schoon, maar op dit zijn duidelijke vingerafdrukken achtergelaten. Zie je die duimafdrukken in de hoekjes? De zwarte verf heeft kennelijk afgegeven.' Petterson schoof het bordje naar zijn collega toe.

'Weet je, we kunnen er niets mee. Ik zie maar één mogelijkheid voor dit bordje.' Strömbeck stond op, deed de deur open en hing het bordje BEN ZO TERUG aan de buitenkant aan de klink. 'Nu gaan we een eindje wandelen en een hapje eten in de stad. Dan hebben we tenminste even rust.'

26

Op de dag dat het losgeld zou worden betaald, namen de vijf een taxi naar de terminal van rederij Vikingline, waar ze een ticket kochten (Anna-Greta betaalde uiteraard contant). Vervolgens namen ze plaats in de wachtkamer. Ze hadden deze keer niet hun eigen rollators bij zich; ze maakten gebruik van die van de rederij. Eigenlijk had geen van de vijf nog zo'n ding nodig, maar het zag er wat onschuldiger uit. Ze gingen aan boord van de veerboot. Ze zetten de rollators en wat kleine spulletjes in hun hutten, liepen discreet de gang op, de trap af naar het autodek en wandelden vervolgens het schip af. Als iemand hen schaduwde, dan hadden ze die mooi beet. De vijf gingen namelijk met een heel andere cruise mee.

Eenmaal aangekomen op Stadsgården haalden ze hun Urbanista-boodschappentrolleys op en namen een taxi naar de haven van de Siljarederij in Värtahamnen. Bij de veerbootterminal legde Silja Serenade net aan. Märtha was erg trots op de dwaalsporen die ze achterlieten. De schijnbewegingen van de Grijze Brigade noemde ze het. Nu konden de politie en anderen zich een ongeluk zoeken op Mariella van Vikingline, terwijl zij in alle rust aan de slag konden gaan op het vlaggenschip van de Silja Line, Silja Serenade. Bertil had Märtha gevraagd wat de bedoeling was van die extra rit en ze had hem uitgelegd dat ze in heel veel detectives had gelezen hoe de misdadigers de politie in de luren legden. Dat deden ze om tijd te winnen. Hadden ze met z'n vijven niet afgesproken dat ze de bloemetjes eens flink buiten zouden zetten voordat ze naar de gevangenis moesten?

Ze grapten vrolijk over overvallen en diefstallen toen ze een tijdje later op de Silja Serenade in de rij stonden bij de receptie. De passagiers om hen heen keken glimlachend en geamuseerd naar de zorgeloze bejaarden. Misschien was oud worden toch niet zo eng. Toen

Märtha en de anderen hun plastic keycard hadden gekregen, liepen ze niet direct naar hun hut. Ze sleepten de boodschappentrolleys achter zich aan naar de lift en gingen naar het autodek. Eenmaal tussen de vrachtwagens, de bestelbussen en de personenauto's vielen ze niet op en ze konden zonder probleem bij de boegdeur komen. Onderweg bekeken ze elk tussenschot en iedere uitsparing op zoek naar een geschikte verstopplek. Hier en daar lagen plasjes water en het stonk er naar diesel, maar daar gaven ze niets om. Ze waren uiterst geconcentreerd bezig met het uitvoeren van de opdracht. In de buurt van de boegdeur viel hun oog op een tussenschot waar plaats was voor laarzen en regenpakken. Op de grond stond een houten kist en lagen twee plunjezakken.

'Hier!' riep Märtha triomfantelijk. Voorzichtig zetten ze de boodschappentrolleys naast de regenpakken. Ze keken even over hun schouder om er zeker van te zijn dat niemand hen had gezien en maakten dat ze wegkwamen. Weliswaar zouden ze het losgeld niet kunnen ophalen voor ze terugkeerden naar Stockholm, maar ze wilden graag weten of de trolleys hier rustig konden blijven staan zonder dat de politie hen in de val liet lopen.

Het ochtendzonnetje weerkaatste op de piano en de vloerbedekking van de Prinses Lilian-suite. Kamermeisje Petra Strand legde de kussens op de bank recht en keek uit het raam. Ze had de suite gezogen, de badkamer schoongemaakt en alle meubels met een vochtige doek afgenomen. Ze rekte zich uit en haalde een hand door haar rode, pasgewassen haar. De suite was helemaal schoon, nu begon het leuke werk. Ze wilde de inrichting van elke kamer in de suite langsgaan om te kijken of er nog iets aan kon worden verbeterd. Ze was nu nog kamermeisje, maar als de hoteldirectie erachter kwam dat ze kunstgeschiedenis studeerde, wilde ze vast haar mening horen over kleur en inrichting van de hotelkamers. Tot nu toe boekten vooral oudere mensen een kamer in het Grand Hotel, maar door de digitale revolutie bezochten ook steeds meer jonge multimiljonairs het. De directie wilde vast en zeker dat deze nieuwe clientèle zich hier ook thuis voelde.

Ze wierp een blik op het zonovergoten koninklijk paleis, legde haar stofdoek in haar kar en liep nog een keer de suite door. Terwijl ze de accessoires, vloerkleden en stoffering bestudeerde, vroeg ze zich af wat er zou kunnen worden veranderd. De hoofdkleuren in de suite waren grijs, wit en zwart en vooral de dikke zilverkleurige vloerbedekking vond ze erg mooi. De turkooizen dekbedovertrekken en de grijstinten pasten perfect bij het grootse uitzicht, en zelfs de kamers die een wat lichtere kleurstelling hadden, waren stijlvol ingericht. Maar er ontbrak iets, er moest iets veranderen aan de suite van driehonderddertig vierkante meter. Misschien een paar nieuwe schilderijen?

Ze vond de werken aan de muur nogal saai, ze gaf de voorkeur aan iets met meer kleur. Er hing een groot doek met een zeilboot in een van de slaapkamers, een kopergravure in de gang naar de keuken en twee kleinere stillevens verfraaiden de wanden van de bibliotheek. Ze bleef staan voor de twee olieverfschilderijen boven de piano. Die zagen er weliswaar fatsoenlijk uit, maar ook niet meer dan dat. Op het ene schilderij waren een paar schepen en vissersboten op een rivier afgebeeld, op het andere zaten een man en een vrouw in een soort Parijs café. Het rivierschilderij bestond vooral uit bruine, vaalgrijze tinten en er voeren naar verhouding te veel schepen over het water. Het andere werk was niet veel beter. Alleen de achterkant van de vrouw in het café was te zien; ze droeg een donkere haarband. De man zag er raar uit met dat lange haar, zijn enorme snor en ouderwetse hoed. Het was te veel van het goede, het was genoeg geweest als alleen de vrouw iets op haar hoofd droeg. Toch kwam het doek haar bekend voor. Ze bestudeerde het schilderij nog eens goed. Het deed haar denken aan een werk van Renoir. De grote meesters werden vaak gekopieerd, maar meestal was het resultaat niet om over naar huis te schrijven. Dit schilderij was vast van zo'n mislukte kunstenaar. Hoe dan ook, de schilderijen hingen hier helemaal verkeerd. Ze vond dat er beter een groot, modern werk kon hangen. Waarom niet een Ola Billgren, een Cecilia Edefalk of een Picasso? Snel haalde ze de schilderijen weg, legde ze op de schoonmaakkar en nam de lift naar het bijgebouw.

Daar waren ze bezig met een verbouwing, en in een van de leegstaande kamers stond een aantal schilderijen die daar vanwege de renovatie tijdelijk waren opgeslagen. Ze bekeek elk schilderij nauwkeurig. Een had veel weg van een echte Chagall. Een grote, Matisseachtige aquarel zou pas echt goed boven de piano passen.

Ze liet de doeken uit de Lilian-suite op haar schoonmaakkar staan, nam de andere twee onder haar arm en ging ermee naar boven. Opgewonden hing ze beide schilderijen boven de piano en deed vol verwachting een paar stappen naar achteren. Haar ogen glommen. Zo zag het er veel beter uit! Ze haalde haar snuiftabaksdoosje uit haar broekzak en nam een snufje. Wat zou de directie blij zijn!

27

Toen de vijf een dutje hadden gedaan in hun hut, kleedden ze zich om en gingen ze naar de eetzaal. Märtha keek de hele tijd om zich heen om na te gaan of ze in de gaten werden gehouden. Het eisen van losgeld bracht gevaar met zich mee, maar tegelijkertijd was het ook geweldig spannend.

'Kaart of buffet?' vroeg Märtha toen ze in de eetzaal waren.

'Buffet natuurlijk,' zeiden de anderen in koor. Ze gingen in de rij staan. Bertil en Stina stonden te praten en Märtha, Oscar en Anna-Greta hielden elkaar gezelschap. Vlak voordat ze naar de eetzaal zouden gaan, had Anna-Greta Märtha een rare vraag gesteld. Het was vooral merkwaardig omdat ze wel iets belangrijkers hadden om zich op te concentreren.

'Waarom interesseren mannen zich meer voor de ene vrouw dan voor een andere?' vroeg ze.

Märtha had geprobeerd er een grapje van te maken, maar besefte toen dat Anna-Greta het serieus meende.

'Een vrouw moet goed gekleed, opgewekt en eerlijk zijn,' zei ze met een blik op Anna-Greta's kleding. Haar grijsbruine rok met hier en daar een groenig vlekje, had nog het meest weg van een camouflage-uitrusting. Het enige voordeel van de rok was het feit dat die nauwelijks opviel.

'Goed gekleed? Dat begrijp ik niet,' zei Anna-Greta, met een blik op Märtha's buideltasje.

'Nou, je moet aandacht besteden aan je kleding, make-up dragen en een beetje flirten,' zei Märtha.

'Daar ben jij wel mee bezig, vind je?'

'Ik niet, maar vrouwen in het algemeen,' zei Märtha ontwijkend. Ze dacht dat het goed zou zijn als Anna-Greta iemand zou ontmoeten, want ze voelde zich duidelijk buitengesloten. Stina en Bertil leken iets met elkaar te hebben en zelf ging Märtha veel met Oscar om.

'Weet je wat zo fijn is aan het leven?' zei ze vervolgens. 'Je weet nooit wat er gebeurt. Je moet de hoop niet opgeven.'

'Heb je nog meer clichés?' snoof Anna-Greta, waarmee ze Märtha de mond snoerde. Ze wilde Anna-Greta alleen maar opvrolijken. Ze kon toch moeilijk zeggen dat zij te stijfjes en rechtlijnig was, zich saai kleedde en lachte als een paard.

Toen ze na een stukje taart als dessert de eetzaal uit liepen, klaarde het humeur van Anna-Greta gelukkig op en na twee glazen wijn babbelde en lachte ze weer als vanouds. Märtha keek haar opgelucht aan en bedacht dat ze zich meer om haar moesten bekommeren. Naar buiten toe leek Anna-Greta altijd zo gereserveerd, maar dat wilde niet zeggen dat ze geen behoefte had aan een beetje aandacht van een man.

Ze zetten de avond voort in de karaokebar. Door de wijn waren ze wat nonchalanter geworden en ze hadden zin om te zingen. Ze zaten niet voor niets in een koor! Märtha beet het spits af met 'Yesterday', terwijl Bertil zoals gewoonlijk zijn versie van 'Naar zee' ten beste gaf. Zelfs Anna-Greta waagde een poging en zong een zeer persoonlijke interpretatie van 'My Way', compleet met gebaren. Ze kreeg een beleefd applaus, maar toen ze vervolgens ook nog het volkslied wilde gaan zingen, stelde Märtha voor om ergens anders heen te gaan. Anna-Greta protesteerde hevig, en pas toen Märtha haar vertelde dat er vast veel weduwnaars in de bar zaten, ging ze mee. Ze namen de lift naar het volgende dek.

Zuster Barbro had warme wangen en ze zweette behoorlijk na het verblijf van een paar uur in de hut met directeur Mattson. Ze had verwacht dat hij haar mee zou nemen op een meerdaagse stedentrip naar een Europese stad, maar in plaats daarvan maakten ze met de Silja Serenade hun gebruikelijke tripje naar Helsinki. Ze voelde zich beetgenomen, maar toen hij het haar uitlegde, begreep ze het.

'Het zit zo, mijn dropje. Op zo'n lijnvlucht lopen we grote kans dat we een van mijn collega's tegen het lijf lopen. Op deze boot vallen we minder op en hebben we alle tijd voor elkaar.'

Met die woorden had ze zich laten vermurwen. Ze voelde zich zo gelukkig nu ze wist dat ze belangrijk voor hem was. Hij wilde ongetwijfeld binnenkort met haar trouwen. Over niet al te lange tijd had ze haar doel bereikt. Ja, hij was compleet bezeten van haar. Toen ze tegen half vijf 's middags aan boord gingen, liepen ze regelrecht naar hun hut en ze had niet eens gemerkt dat de Silja Serenade de haven had verlaten.

'Wat denk je, zullen we wat gaan drinken in de bar en daarna een hapje eten?' zei ze, nu ze merkte dat ze honger had.

'Dan moeten we wel snel zijn,' zei hij, terwijl hij haar tegen zich aan drukte. 'Mijn lieve, lieve schat.'

Ze voelde hoe de woorden die ze zo lang voor zich had gehouden omhoogborrelden. Ga bij je vrouw weg en trouw met mij! wilde ze schreeuwen, maar ze hield zich in. Ze moest het juiste moment kiezen. Misschien na een paar drankjes in de bar.

De vijf ontsnapte bejaarden stonden ieder met een drankje in de hand te kijken naar de dansvloer. Er zwierden al verscheidene paren rond en Märtha vroeg zich af of zij een dansje zou wagen, want na al de fitnesssessies voelde ze zich sterk genoeg. Ze hoorde haar vrienden lachen en realiseerde zich hoe ze veranderd waren. Een paar maanden geleden waren ze nog moe en uitgeblust geweest; nu hadden ze plezier en zelfs Anna-Greta leek in een uitstekend humeur te zijn. Af en toe schalde haar oorverdovende lach boven het geroezemoes uit, maar ze klonk gelukkig en dat was het belangrijkste. Märtha dacht terug aan hun gesprek van eerder op de avond.

'Anna-Greta, begrijp me niet verkeerd, maar toen je me vroeg over mannen...'

'Ja?'

'Praat eens wat zachter en probeer niet te veel te schaterlachen. Mannen horen liever zichzelf praten.'

Märtha verbaasde zich erover dat ze zo recht door zee had durven gaan, maar ze zei het met de beste bedoelingen. Vervolgens had ze Anna-Greta mee naar het damestoilet genomen. Daar had ze haar een lippenstift gegeven en had ze Anna-Greta's haar fatsoenlijk gekamd. Ze had de knot in haar nek losgemaakt, en met het lange haar schuin over haar voorhoofd gekamd zag Anna-Greta er veel aantrekkelijker uit. De rok en de blouse die Märtha haar had geleend, stonden haar goed. Naderhand had Anna-Greta weer net zo gedaan als altijd. Ze had een praatje aangeknoopt met een oudere heer en in haar enthousiasme begon ze steeds harder te praten. Märtha schudde haar hoofd. Hij zou het wel gauw voor gezien houden. Maar de tijd verstreek en de man maakte geen aanstalten om te gaan. In plaats daarvan stonden ze met de hoofden dicht bij elkaar te praten, en toen Anna-Greta in haar klassieke paardenlach uitbarstte, week hij niet eens achteruit. Zou Anna-Greta eindelijk een zielsverwant hebben gevonden? Wat er wel niet kon gebeuren als je de geïsoleerde omgeving van het woon-zorgcomplex verliet. Märtha bedacht hoeveel ze hadden gedaan in de afgelopen dagen en wenste dat meer bewoners van het woon-zorgcomplex dit konden meemaken. Er was echter wel iets mis als je eerst crimineel moest worden om op je oude dag een beetje vertier te kunnen hebben.

Daar klonk Anna-Greta's gehinnik weer, maar de man had een hand op haar schouder gelegd. Lieve hemel, het leek erop dat hij haar ten dans vroeg... Ja hoor, hij draaide zich om, gaf Anna-Greta een arm en liep met haar de dansvloer op. Nu zag Märtha dat Anna-Greta inderdaad de juiste man had ontmoet. Hij had een gehoorapparaat in. Vermoedelijk had hij het ding uitgezet.

Een nieuw lied werd ingezet en Märtha vroeg zich juist af of ze een dansje zou wagen, toen Oscar naar haar toe kwam. Aangezien ze erg op hem gesteld was, hoopte ze dat hij haar ten dans kwam vragen. Maar hij had haar nauwelijks de dansvloer op geleid toen hij zich naar voren boog en in haar oor fluisterde: 'Zuster Barbro is aan boord. Wat moeten we nu doen?'

28

De dag na de verdwijning van de groep kwam de geruchtenmachine in het woon-zorgcomplex goed op gang. Waar was het koor heen gegaan? Niemand had de vijf gezien en Katja had wederom geprobeerd zuster Barbro aan de lijn te krijgen, maar zonder resultaat. Toen ze de politie belde, werd het er niet beter op. Inspecteur Lönnberg nam ook deze keer op en herhaalde alleen maar dat het voor de politie onmogelijk was haar te helpen.

'Die bevoegdheid hebben wij helaas niet, begrijpt u,' had hij gezegd. 'Als de vijfenzestigplussers uit eigen beweging zijn vertrokken, dan kunnen wij ons er niet in mengen. U moet maar denken dat ze in ieder geval elkaar hebben. U hoeft zich echt geen zorgen te maken.'

'Maar ik maak me wél zorgen,' riep ze gefrustreerd.

'De wet is de wet, begrijpt u wel,' hield hij vol, waarna Katja het gesprek had beëindigd. Ze verspilde haar tijd door met hem te praten, maar wat moest ze anders doen? Ze durfde er niet aan te denken wat zuster Barbro zou zeggen als ze hoorde wat er was gebeurd. Katja zette haar koffiekopje weg en ging naar de gemeenschappelijke woonkamer. Daar was het rustig. In een hoek van de kamer stond de tv aan zonder geluid, en de twee schakers zaten te slapen. Een bewoonster las een boek en haar vriendin zat uit het raam te kijken. Het was niet gewoon stil, het was saai. Ze wilde net naar huis gaan, toen de deur openging en een van de bewoners haar riep. 'Er is bezoek.'

'Bezoek?' Katja had niets in de agenda zien staan.

'Iemand vraagt naar zuster Barbro en jij bent haar invaller.'

Katja knikte, trok haar jurk recht en liep naar de bezoekerskamer. Daar stond een man van middelbare leeftijd, met stekeltjeshaar en een baard. Hij had een ringetje in zijn oor, een leren jack aan en tatoeages op zijn pols. Hij ging staan toen ze binnenkwam. 'Ik ben Nisse Engström, ik kom mijn vader bezoeken.'

'Vader...?'

'Ja, Bertil Engström, weet u wel.'

'O, natuurlijk. Kan ik iets aan hem doorgeven?'

'Nee, ik wil hem potdorie zien.'

'Zijn kamer is die kant op, maar...'

'Ik heb hem beloofd dat ik hem zou bezoeken zodra we in de haven lagen en ik ben van plan die belofte na te komen.'

Voor ze hem kon tegenhouden, was hij al op weg naar de kamer van zijn vader. Haastig liep ze achter hem aan, maar ze kon niet voorkomen dat hij de deur opentrok.

'Wat is dit? Waar is hij?'

'Ik weet het niet, maar...'

'Dus jij weet niet waar hij is. Wat voeren jullie hier in vredesnaam uit?'

Katja werd rood.

'Bertil en de rest van het koor zijn vast ergens aan het optreden.'

'Op die manier,' zei de man gekalmeerd. Hij plofte in een stoel. 'Verdomde jammer dat we elkaar mislopen. Ik kom niet zo vaak hier, het lukt niet altijd om van boord te gaan.'

'U vaart dus?'

'Ja, net als mijn vader. We woonden in Göteborg. Vanuit ons huis kon je de rivier zien liggen, en alle aangemeerde boten. Vader vertelde altijd over zijn tochten en nam mij mee naar het Scheepvaartmuseum.'

'En uw moeder?'

'Ach, zo lang zijn ze niet getrouwd geweest. Mijn vader was geen gemakkelijke man. Dat was niet leuk voor haar, ze verdiende beter. Ze is nooit hertrouwd. Ik denk dat ze haar hele leven van mijn vader heeft gehouden.'

'Bertil is in het woon-zorgcomplex ook erg geliefd,' zei Katja.

'Mijn vader is een koppige man met het hart op de juiste plaats. We gingen vaak vissen in de oude slotgracht. Hij gooide de lijn uit en dan praatten we over de zee terwijl we de dobber in de gaten hielden. Logisch dus dat ik ging varen.'

Katja glimlachte.

'We vingen snoek en paling en soms zelfs zalm. Maar na een tijd raakte het water te vervuild en toen was het uit met de pret. Jammer genoeg.' Hij stond op. 'Nou, dan ga ik maar. We varen morgen uit. Doe hem de groeten van mij.'

Katja liep met de man naar de deur. Daar stond Henrik, drieënnegentig jaar, steunend op zijn wandelstok. 'Het is hier erg rustig, moet je weten,' zei hij. 'Het koor is sinds zondag spoorloos.'

'Wat bazel je nou?' Nisse keek naar Katja. 'Sinds zondag spoorloos? Daar heb jij niets over gezegd.'

'Ik heb geprobeerd de politie te waarschuwen, maar ze willen niet luisteren. Het spijt me verschrikkelijk. Het is vast een goed idee als er een familielid belt,' zei Katja.

'Het wordt verdomme tijd dat er een opsporingsbericht uitgaat.'

Bertils zoon Nisse haalde zijn mobieltje uit zijn zak en toetste 112 in.

29

'Is zuster Barbro aan boord? Dat meen je niet. Grutjes nog aan toe,' riep Märtha, zo hard dat ze bijna de muziek overstemde. Zonder erbij na te denken trok ze Oscar achter zich aan terug naar de bar. Daar waarschuwde ze de anderen.

'We gaan,' zei Bertil, maar toen ontdekte hij dat de zuster in het gezelschap was van directeur Mattson. 'Wacht eens even. Die twee hebben alleen maar oog voor elkaar.'

De vijf bleven gespannen staan kijken en probeerden zo min mogelijk op te vallen.

'Misschien heeft ze ons niet gezien,' zei Stina toen het stel na een tijdje terugging naar het huttendek.

'Ze hebben niets gezien. Ze hebben niet eens wat te drinken gehaald,' zei Oscar.

'Daarvoor zijn ze ook niet hier,' zei Bertil.

'Ze was net zo bang om gesnapt te worden als wij. Nu weten we zeker dat ze een verhouding hebben,' zei Märtha.

'Die zijn hier gewoon om te rampetampen. Mooie vangst,' zei Bertil bewonderend.

'Moet jij nou altijd...' begon Anna-Greta, maar ze werd door Märtha onderbroken.

'Barbro mag ons niet zien. Dan loopt alles in het honderd.'

'Laten we haar vragen wat ze hier doet met directeur Mattson,' zei Bertil met een grijns.

Ze hielden de moed erin, maar de feestelijke stemming was verdwenen. De enige die zich nergens druk om maakte was Anna-Greta. Vanuit haar ooghoeken zag Märtha dat de bejaarde heer haar weer de dansvloer op leidde. Märtha was blij voor haar vriendin, maar hoopte dat het niet in een ramp zou eindigen. Anna-Greta's heup had een flinke knauw gekregen na de flauwvalactie in het Rijksmuseum. Ze was verkeerd terechtgekomen.

'Nou ja, laten we maar naar bed gaan. Ik ben eigenlijk ook wel moe. We zien elkaar bij het ontbijt,' zei Märtha, die zich nu al zorgen maakte over hoe het de volgende ochtend zou gaan en daarom graag wilde gaan slapen. De anderen knikten en liepen met haar mee naar het huttendek, behalve Anna-Greta. Die bleef op de dansvloer. Stel je voor dat zuster Barbro terugkwam... Maar haar vriendin leek het heel gezellig te hebben met haar vrijer, en Märtha wilde Anna-Greta's plezier niet vergallen. Ze redde zich wel.

De volgende ochtend kon Anna-Greta maar moeilijk uit bed komen. Märtha vroeg nieuwsgierig wanneer ze was gaan slapen.

'Alsof ik op de tijd heb gelet,' bromde Anna-Greta met glimmende ogen. Meer liet ze niet los. Pas na de ochtendvergadering in de hut volgde tekst en uitleg.

'We hebben een nieuwe afspraak gemaakt,' zei ze blozend terwijl de stem van de kapitein uit de luidsprekers schetterde. Anna-Greta zweeg en de anderen keken elkaar aan.

Märtha klapte in haar handen. 'Dan zijn we nu in Helsinki, beste mensen. Tijd om naar het autodek te gaan. Vergeet niet goed om je heen te kijken.'

De anderen knikten zwijgend en verlieten de hut. Ze liepen met de stroom passagiers mee naar de liften. Op het moment dat ze bij het tussenschot vlak bij de boegdeur stonden, meerde de veerboot aan. Märtha en Oscar keken vluchtig naar elkaar. De zwarte boodschappentrolleys stonden er nog. De vijf bleven wachten tot de boot had aangelegd en het personeel de auto's naar buiten dirigeerde. Märtha en Oscar pakten hun rollators en liepen de boot af, terwijl de anderen de trolleys achter zich aan sleepten. Niemand riep hen of hield hen tegen. Maar Märtha had iets bedacht voor het geval dat toch zou gebeuren. Ze zou een gesprek met de directie eisen, om te klagen over het feit dat ze zo slecht behandeld werden omdat ze oud waren – en geen enkele rederij wilde een aanklacht aan zijn broek krijgen vanwege ouderendiscriminatie. Of leeftijdsdiscriminatie, zoals het tegenwoordig werd genoemd.

Eenmaal op de kade verdween de spanning. Ze waren ervan overtuigd dat het ophalen van het losgeld zonder problemen zou verlopen. Op de overdekte markt Saluhallen kochten ze rookworst, ham en Finse kaas. Daarna namen ze de tram naar het centrum. Bij Fazers Konditorie lunchten ze uitgebreid met een menu bestaande uit koffie, smörrebröd en gebak, waarna ze als afsluiting van hun Helsinkireisje drop, toffees en een flinke hoeveelheid bramenlikeur insloegen.

'Moeten we het losgeld nu ophalen? Kunnen we het misschien nog even uitstellen?' vroeg Stina nerveus. Ze zouden het geld op de terugreis ophalen en daarmee zou de toetreding tot het dievengilde een feit zijn.

'Ik heb wel vaker gezegd dat op onze leeftijd "later" niet bestaat. Die tijd is voorbij,' zei Märtha. Ze wist dat ze nu streng moest zijn. De neuzen moesten dezelfde kant op wijzen. 'Ik heb trouwens gezien dat ze aan boord Belgische bonbons hebben. Zullen we die gaan kopen?'

Dat hoefde ze geen twee keer tegen Stina te zeggen.

Ze gingen weer aan boord. Märtha gaf haar vriendin een arm en liep met haar naar het winkeltje. Daar kocht Märtha vijf dozen Belgische bonbons voor Stina. Terwijl ze in de rij voor de kassa stonden, nam Märtha hun plan in gedachten nog een laatste keer door. Als de veerboot in Stockholm aanmeerde, zouden er twee precies dezelfde trolleys achter het tussenschot moeten staan. Die twee moesten ze dan omruilen met die van hen... Het enige verschil tussen de twee paar trolleys was het gaatje dat Oscar in het handvat had geboord: een piepklein gaatje waarvan niemand anders het bestaan wist.

'Neem de bonbons mee naar je hut en ga een dutje doen. Dan zien we elkaar over een uur in mijn hut en nemen we een aperitiefje,' zei Märtha terwijl ze Stina de tas gaf. Stina drukte het cadeau tegen haar borst, bedankte Märtha en ging naar haar hut.

Een poosje later slopen Märtha en Oscar naar het tussenschot op het autodek. Märtha wilde graag Oscars hand pakken voor een beetje steun, maar ze vermande zich. Ze hadden immers beiden zowel een boodschappentrolley als een paraplu bij zich en hadden hun handen dus vol. Langzaam en voorzichtig liepen ze naar het gedeelte bij de boegdeur. Toen ze er bijna waren, staken ze hun paraplu op (Oscar had gezegd dat er vast bewakingscamera's hingen). Bij het tussenschot bleven ze staan en haalden een paar keer diep adem. Märtha durfde haast niet te kijken... Daar lagen de regenpakken, de laarzen en... inderdaad, in de ene hoek stonden twee nieuwe Urbanista-boodschappentrolleys, die als twee druppels water op die van hen leken... Nu was het alleen nog de vraag of het museum er daadwerkelijk tien miljoen kroon in had gestopt... Een flinke aanvulling op hun pensioen, zoals Märtha het noemde.

Het liefst had ze gelijk de twee trolleys meegenomen, maar als ze die meenam naar haar hut, zou de hele groep opgespoord kunnen worden. Ze moest dus iets omzichtiger te werk gaan. De trolleys bleven staan tot ze in Stockholm van boord gingen. Maar toch... Ze zou ze eigenlijk open moeten maken om te controleren of ze niet beetgenomen werden. Misschien kon ze even in het zijvak voelen? De eerste keer prikte ze er voorzichtig in, daarna porde ze wat dapperder in de stof. Ze hoorde geritsel en dacht bankbiljetten te horen. Ze maakte een paar danspasjes van geluk. Oscar gebaarde dat ze moest ophouden, maar ze zag dat hij ook blij was. Het liefste had ze hem flink geknuffeld, maar dat moest wachten. Pas toen ze hun eigen trolleys naast de andere twee hadden gezet en weer in de lift stonden, smeten ze de paraplu's aan de kant en omhelsden ze elkaar innig.

Eenmaal weer in de hut brachten Märtha en Oscar verslag uit, en vervolgens ging iedereen rusten. Märtha haalde haar breiwerk tevoorschijn en ging met een paar dikke, zachte kussens in haar rug op bed zitten. Het museum zou twee trolleys vol krantenpapier krijgen en zij hun tien miljoen. Geen gekke ruil. Maar zou het goed komen? Eigenlijk, peinsde ze, verliep het wel erg gladjes. Maar verder kwam ze niet, want ze viel in slaap met het breiwerk op schoot en werd pas wakker toen Oscar op haar deur klopte. Het was tijd voor het diner.

In de eetzaal waren ze nog steeds in hun nopjes, en ze keken goed of zuster Barbro er ook was. Ze tuurden alle kanten op, maar zuster Barbro was er niet.

'Zij en Mattson liggen zeker...' begon Bertil, maar nu was Anna-Greta hem voor.

'Niet weer, hè,' snauwde ze, terwijl ze hem streng aankeek.

'Alles duidt erop dat ze op haar rug in een hut ligt,' zei Bertil koppig. Hij stonk naar knoflook en had een groot glas bier in zijn handen. Anna-Greta keek hem afkeurend aan. Stina legde een hand op de zijne om hem te kalmeren. Ineens ontspande Anna-Greta zich en de rimpel tussen haar wenkbrauwen verdween.

'Weet je wat, Bertil, wat maakt het uit als zuster Barbro verliefd is op directeur Mattson. Voor mijn part naaien ze erop los!'

30

Inspecteur Petterson keek hoe de straatverlichting op de natte straten weerkaatste. Hij werkte alweer over, want die schilderijenroof liet hem niet met rust. Hij probeerde tussen de beelden van de bewakingscamera's van het Rijksmuseum aanwijzingen te vinden. De camera in de impressionistenzaal was door de misdadigers weliswaar onklaar gemaakt, de camera's in de andere zalen hadden wel gewerkt. Er zou beeldmateriaal moeten zijn van iedereen die op de ongeluksdag het museum had bezocht, en daar moest hij de dief of dieven toch tussenuit kunnen pikken. Hij had al het materiaal nauwkeurig doorgenomen zonder iets verdachts te vinden. Op de eerste verdieping met moderne kunst liepen drie oudere mannen en een gezin met twee kinderen doelloos rond. In één hoek van de zaal bekeken twee vrouwen van in de dertig een vitrine met gekleurd glas en een vrouw van middelbare leeftijd bestudeerde objecten van Gustavsberg. Geen van hen zag eruit als de dief. De bezoekers slenterden langzaam en geïnteresseerd langs de vitrines.

Op de trap naar de tweede verdieping waren twee jonge meiden op hoge hakken te zien. Hij zoomde in. Er hingen geen schilderijen, maar wat een misdadig korte rokjes droegen die twee. Een eindje verderop waren drie echtparen van rond de vijftig op weg naar de zaal met renaissance-schilderkunst en bij de deur naar de zaal met de Franse impressionisten zag hij een bejaarde dame met een rollator, een oude man en een tenger, klein vrouwtje. Ook niet interessant, al leken ze het wel koud te hebben, want ze droegen handschoenen. Dat was het vervelende van ouder worden, een slechte bloedsomloop kon echt een probleem vormen.

In de zaal met Hollandse en Vlaamse meesters dan? Daar hing een kostbare Rembrandt, maar de zaal was leeg op een oudere dame met een wandelstok na. Op geen enkele opname zag hij Securitas-personeel, wat hem bevreemdde. De museumcollectie moest immers vele miljoenen waard zijn. Iets anders wat hem opviel was dat hij nergens een glimp opving van die jongeling met de baard over wie de oudjes het hadden gehad. De Securitas-mannen hadden in hun verhoor gezegd dat twee oude dames de man met de baard in het museum hadden gezien. Maar hoe kwam het dan dat die persoon op geen enkele camera te zien was?

Inspecteur Petterson stond op om het raam open te zetten. Hij moest het beeldmateriaal met een stofkam doorzoeken en niet steeds doorspoelen, zei hij streng tegen zichzelf. Hij moest alles nog een keer rustig doornemen. Hij haalde een cappuccino uit de koffieautomaat en ademde met diepe teugen de frisse lucht in. Vervolgens kroop hij achter de computer en begon weer van voren af aan.

Wat hij zag, was niet bijster spannend en hij had moeite zijn hoofd erbij te houden. Toen hij bij de camera's in de Rembrandt-zaal kwam, begreep hij er niets meer van. Op de beelden was een bejaarde vrouw te zien die naar een van de Rembrandts wandelde. Ze ging veel te dicht bij het schilderij staan en zwaaide driftig met haar scheve wandelstok. Zijn eigen moeder was ook al oud en hij wist dat ouderen eigenaardig konden doen, maar dit zag er wel heel merkwaardig uit. Nu hij de beelden eens goed bekeek, viel hem nog iets op. De vrouw zwaaide niet langer met haar stok; ze keek omzichtig om zich heen en ging vervolgens langzaam op de vloer liggen. Hij spoelde terug om te kijken of ze misschien was gevallen, maar het leek erop dat ze expres ging liggen! Dat kon toch niet waar zijn? Nee, even later kroop ze steunend op haar elleboog in de richting van het schilderij. Ze probeerde vast overeind te komen. Maar vervolgens legde ze de stok naast zich neer, zodat het eruitzag alsof ze was gevallen. Even later kwamen de bewakers aanrennen, die haar hielpen. Het waren dezelfde bewakers die beweerden dat die oude dame een jongeman met baard voorbij had zien komen.

Over die Securitas-mensen gesproken. Waarom waren ze niet in de expositiezalen? Het was nogal verdacht dat er op geen enkele camera beelden te zien waren van de dief die ervandoor ging met een paar schilderijen. Geen enkele bezoeker had gerept over een tas of koffer waarin de schilderijen verstopt konden zitten... Het enige waarin iets vervoerd kon worden, waren de rollators van een bejaarde dame en een kromgebogen oude man. Maar de man verliet het museum in het gezelschap van een andere vrouw en de eerste dame kon met geen mogelijkheid betrokken zijn bij de kunstroof. Ze hing haar jas over de rollator toen ze het museum in ging en haalde hem er weer af toen ze vertrok. En er lag helemaal niets in de rollatormand, zelfs geen boek of bril. Nee, deze schilderijenroof moest door mensen van het museum zelf zijn gepleegd, de curatoren of het bewakingspersoneel. Dat met die oude dame en die wandelstok was natuurlijk vreemd, maar aan de andere kant zag ze er zo mager en kwetsbaar uit dat ze vast ook niet veel kon hebben. Inspecteur Petterson leunde achterover en haalde een hand door zijn haar. De Securitasbewakers waren niet in de zalen geweest omdat ze de roof aan het voorbereiden waren. Hij floot tevreden. Dat hij daar niet eerder op was gekomen. Het werd tijd om die bewakers eens flink aan de tand te voelen.

31

Op het moment dat ze Suomenlinna passeerden, voelde Märtha dat de wind vat kreeg op de scheepsromp, maar ze maakte zich niet ongerust. Moderne schepen waren voorzien van stabilisatoren. De anderen leken er ook geen last van te hebben, want ze aten vrolijk lachend van het buffet.

'De restaurants zijn niet slecht, maar de hut haalt het niet bij de Prinses Lilian-suite,' zei Märtha.

'We zijn godzijdank gauw terug in ons mooie, luxe hotel,' zei Stina. 'Dat niet schommelt.'

'Ongelooflijk hoe snel je ergens aan went. We hebben luxe hutten geboekt, maar in vergelijking met de suite zijn het net kledingkasten,' beaamde Märtha.

'Nou ja, binnenkort kunnen we de grootste kunstroof van de eeuw achter ons laten en nieuwe kraken voorbereiden,' zei Bertil terwijl hij een arm om Stina's schouder sloeg. 'Waarom blijven we niet nog een tijdje in het hotel? Als het niet anders kan, betalen we de rekening.'

'Maar dat zouden we juist niet doen,' protesteerde Anna-Greta. 'Jullie zijn toch niet vergeten dat we naar de gevangenis wilden?'

'Ho, ho, die datum wordt in overleg met de politie geprikt,' zei Oscar.

'We zullen gauw merken of het museum de politie erbij heeft gehaald, maar volgens mij doen ze dat niet als ze onze PS serieus nemen: *als jullie de politie erbij halen, vernietigen wij de schilderijen,*' zei Märtha. 'Niet dat we dat echt zullen doen, maar we hebben er wel mee gedreigd.'

'We moeten hoe dan ook op onze tellen passen,' zei Anna-Greta belerend. 'Dat geld hebben we binnen, maar wat doen we nu, Märtha? Waar laten we het zolang? Het past immers niet in een bankkluis.'

Er viel een pijnlijke stilte, want daar hadden ze geen van allen aan gedacht. Het bleef lastig om ver vooruit te denken. Nu waren ze dít weer vergeten. Märtha kreunde. Dit was Brantevik niet, waar je gewoon je spullen in het schuurtje gooide. Gestolen goederen uit de grote stad waren een heel ander verhaal.

'We hoeven ons geen zorgen te maken zolang er matrassen bestaan,' zei ze benepen.

'Matrassen? Dat meen je toch niet?' riepen de anderen. Er volgde een levendige discussie over de plek waar ze het geld konden verstoppen. Ze konden het niet eens worden, en toen de deining heviger werd, gingen ze terug naar hun hutten. Het was belangrijk dat ze fit waren als ze de volgende dag de trolleys gingen ophalen.

Net voor Märtha in slaap viel, nam ze alles nog een keer door om te controleren of ze niets over het hoofd hadden gezien. Ze moest denken aan de tweede brief, die ze een dag na de eerste hadden verstuurd:

Stop de tien miljoen kroon in twee zwarte boodschappentrolleys van het merk Urbanista. Zet de trolleys op het autodek van de Silja Serenade vlak bij de boegdeur.
Geen geintjes. Geen politie. Doe wat we zeggen, dan gebeurt er niets met jullie kostbare schilderijen.

Märtha herinnerde zich hoe tevreden ze was geweest met de draai aan het einde, maar de anderen hadden hun twijfels gehad.

'Het klinkt als een dreigement,' had Stina gezegd.

'Ach, het is wel goed. Je moet ook niet te schijterig doen,' vond Anna-Greta.

'Kunnen we de laatste twee zinnen niet weglaten en de brief signeren met "Bandidos"?' vroeg Stina. 'Dat zegt immers wel genoeg.'

Ze hadden lang over de juiste formulering nagedacht en uiteindelijk waren ze tot een vergelijk gekomen: de brief werd niet ondertekend met Bandidos, al vonden ze het een interessant voorstel. De onheilspellende boodschap aan het einde bleef staan. Bij nader inzien vond Märtha het toch niet zo'n goed idee; het klonk zo onverantwoordelijk. Maar ze was hoe dan ook naar de brievenbus gelopen om de brief te posten.

Het geschommel werd nog heviger en er sloeg een flinke golf over de boeg. Nu lag ze wakker van haar gepieker én van de deining. Ze liep de brief in gedachten nog eens door en vroeg zich af of het het museum gelukt was om in zo'n korte tijd tien miljoen kroon bij elkaar te krijgen. Misschien hadden ze wel speelgoedgeld in de trolleys gestopt... Musea konden niet eens geld voor kluisjes en handdrogers krijgen als ze daar een aanvraag voor indienden. Ze trok de dekens tot onder haar kin en besloot zich er niet langer zorgen over te maken. De waarde van een Renoir en een Monet was niet in geld uit te drukken. Die tien miljoen was een schijntje.

In de loop van de nacht ging het stormen en tegen de ochtend stond er nog een stevige wind. Tussen de vele eilandjes langs de Finse kust waren ze nog aardig beschut tegen weer en wind, maar tussen Mariehamn en Stockholm ging de veerboot flink heen en weer. De vijf lagen in hun hut en hielden zich goed vast. Märtha werd zeeziek. Ze hoopte oprecht dat de anderen zich beter voelden dan zij, want ze voelde zich ellendig. Gelukkig werd het in de buurt van Stockholm rustiger en toen de wekker om zeven uur ging, lukte het haar ondanks alles om zich aan te kleden en naar het restaurant te gaan. De anderen zagen er net zo beroerd uit als zij en niemand nam meer dan een kop koffie en een geroosterde boterham als ontbijt. Toen de kapitein een uur later via de luidsprekers liet omroepen dat de bestuurders naar hun auto mochten gaan, stond de groep al bij de lift te wachten. Snel gingen ze naar het autodek.

Aanvankelijk hadden ze niet de indruk dat het er beneden anders uitzag, al leek er wel meer rotzooi te liggen dan eerst. Maar toen ze dichter bij de boegdeur kwamen, viel het Märtha op dat er iets niet klopte. In plaats van vier trolleys stond er nog maar één!

'Oscar, heb je dat gezien?' fluisterde ze. Ze was zo geschrokken dat ze helemaal vergat haar paraplu op te steken. Oscar bleef rustig, deed zijn paraplu en die van Märtha open en liep voorzichtig naar de trolley toe. Hij keek om zich heen.

'Als we op zoek gaan naar de andere trolleys vallen we te veel op.

Als deze vol zit, zijn we in ieder geval vijf miljoen kroon rijker. Ik denk dat we daar genoegen mee moeten nemen.'

'Je hebt gelijk. In detectives gaan dieven er altijd vandoor als ze voldoende hebben buitgemaakt. Als we deze trolley meenemen en de boot verlaten alsof er niets is gebeurd, denken de douaniers dat we een stel onschuldige vijfenzestigplussers zijn.'

'Het enige wat kan gebeuren is dat we worden veroordeeld tot het terugbetalen van de verdwenen miljoenen,' zei Oscar.

'Ach, we vragen Anna-Greta straks of ze daar iets op weet.'

Ze glimlachten naar elkaar. Oscar keek snel of er een gaatje in het handvat zat, maar hij kon niets vinden. Dit was een van de museumtrolleys.

Ze pakten de trolley zonder op of om te kijken, zwaaiden twee keer met de paraplu als teken voor de anderen en wandelden vervolgens in de richting van de boegdeur. Ondanks de tegenslag was Märtha niet bang voor de douane. De douaniers controleerden nooit een Zweed, en vijf kleine vijfenzestigplussertjes zouden ze helemaal niet aankijken. Maar toen ze aan de beurt waren, werden ze ineens door twee douaniers tegengehouden.

'We hebben geen drank bij ons,' zei Bertil vlug.

'En ook geen drugs,' voegde Stina er tussen het niezen door aan toe. Ze was weer verkouden.

'Wat zit er dan in de boodschappentrolley?' vroeg de ene douanier. Hij gebaarde dat Oscar hem moest openmaken.

'Die zit vol bankbiljetten. Losgeld voor de twee schilderijen die we uit het Rijksmuseum hebben gestolen,' zei Märtha met een uitgestreken gezicht. Ze was ervan overtuigd dat als ze de waarheid sprak niemand haar zou geloven.

'Nee, dat is het geld dat ik met roulette heb gewonnen,' zei Anna-Greta haastig. 'Ik ga het op mijn bankrekening storten.'

Geïrriteerd keek Märtha haar aan. Je moet nooit te veel zeggen, en die opmerking van Anna-Greta zouden de douaniers alleen maar interessant vinden. En inderdaad.

'Roulette? Zo zo. Wilt u de trolley even openmaken, alstublieft,' zei de douanier. Hij wees naar de rits.

Ineens viel Stina flauw. Dat hadden ze niet afgesproken, maar aangezien Stina zeeziek was geweest en had overgegeven, had ze alle bloeddrukpillen uitgespuugd en nu was haar bloeddruk veel te laag. Märtha snelde naar haar toe en tilde zoals gebruikelijk Stina's benen op, terwijl de anderen probeerden haar bij te brengen.

'Hebt u misschien een toffee?' vroeg Märtha aan de douanier en toen hij niet snel genoeg reageerde, porde ze hem met haar wandelstok in zijn buik.

'Nu gaat u vliegensvlug deze dame helpen. Anders sterft ze misschien,' snauwde ze ijzig, waardoor de douanier onmiddellijk deed wat ze zei. Terwijl de man zich om Stina bekommerde, vormde er zich een lange rij passagiers. Toen Stina eindelijk weer bij haar positieven was, was het geduld van de douaniers op.

'Loop maar door,' commandeerden ze en dat liet het koor zich geen twee keer zeggen. De douaniers durfden niemand meer tegen te houden en gingen terug naar het werkkamertje voor een kop koffie. Zodoende werd er in één dag meer Stockholm binnengesmokkeld dan er anders in een week werd onderschept.

32

Zuster Barbro zette haar handen in haar zij en staarde Katja met open mond aan. Wat bazelde dat kind toch? Waren er tijdens haar afwezigheid vijf bejaarden uit het woon-zorgcomplex ontsnapt? Dat kon toch niet waar zijn! Wat zou Ingmar zeggen? Barbro was zo geschokt dat het leek of ze haar tong was verloren. Ze kon geen woord uitbrengen. Als het niet zo lawaaiig was geweest in een van de kamers, had ze ongetwijfeld het meisje bij de schouders gepakt om haar eens flink door elkaar te schudden. Zuster Barbro vloekte hardop. Als zij er was geweest, was er natuurlijk niets gebeurd. Je kon ook nooit eens iets aan een ander overlaten. Als die oudjes er ook tijdens haar dienst vandoor waren gegaan? Dan had ze uiteraard die zingende lijken allang weer teruggevonden. Ja, zuster Barbro was in een verschrikkelijk slecht humeur. Ingmar had haar niet ten huwelijk gevraagd, en als hij erachter kwam wat er was gebeurd, zou hij uit zijn vel springen. Dan kon ze het wel vergeten. Maar ze gaf het nog niet op. Ze was al zo ver gekomen, ze bleef volhouden tot ze in de directie zat. Ze wilde niet de rest van haar leven als slecht betaalde verpleegster blijven werken, ze wilde geld en aanzien! Ze haalde een keer diep adem, liet haar schouders zakken en beheerste zich. Ze moest dit zelf oplossen.

'De politie neemt ze op in het vermistepersonenregister. Zodra ze hun bankpas gebruiken of het land verlaten, laat de politie het ons weten,' zei Katja in een poging Barbro te troosten.

'Maak je maar geen zorgen. Zulke dingen gebeuren nu eenmaal. Het komt allemaal wel op zijn pootjes terecht,' zei zuster Barbro gemaakt vriendelijk. Ze was kotsmisselijk. Ze moest het ontsnapte koor zo spoedig mogelijk vinden, voordat iemand bij de directie ging klikken. Waar moest ze in vredesnaam gaan zoeken? Ze verborg haar gezicht in haar handen en begon te snikken.

Toen iedereen van boord was gegaan, spoten bootsman Janson en zijn maat het autodek schoon voordat de volgende groep passagiers zijn opwachting maakte. De twee deden al tien jaar dit soort werk voor Silja Line, maar daar werd het niet leuker van. Door de storm was het een puinhoop op het dek en ze hadden het erg druk. Janson liep naar stuurboord en keek zuchtend naar de rommel. Dodelijk verveeld begon hij dozen, glas en andere rotzooi op te ruimen. Aan bakboord was een houten kist losgeraakt. De klep was open en overal lagen spijkers en gereedschap. Reddingsvesten, regenpakken en boeien lagen op een grote hoop. Hij richtte de waterstraal op de regenpakken en spoot ze in een hoek waar al een aantal tassen lagen. Een stukje verderop lag een skibox. Dat geen enkele bestuurder in de gaten had dat hij iets had achtergelaten! Van reizen werden mensen vergeetachtig en na een storm was het nog veel erger. Hij zette de kraan uit en liep naar de stapel aan stuurboord. Naast de skibox vond hij nog een paar reddingsvesten, boodschappentrolleys en een paar verbrijzelde drankflessen. De trolleys waren kletsnat, maar verder zagen ze er nog goed uit. Hij probeerde er een open te maken, maar zag dat de trolley met een hangslotje op slot zat. Hij probeerde een andere, maar die zat ook op slot. Hij wilde net zijn mes tevoorschijn halen om de trolley open te snijden, maar zijn maat hield hem tegen.

'Wacht effe. Zo veel flessen sterkedrank. Dat niemand dat heeft meegenomen.'

'Domme mensen, wat anders.'

'Maar toch. Urbanista-trolleys en een skibox.'

'Dat gaat gewoon naar Gevonden Voorwerpen.'

De mannen maakten het dek in orde, hingen de kar achter hun auto en gooiden hun spullen erin. Jansen had de auto al gestart toen hij iets bedacht.

'Weet je, als er flessen in die kist liggen, zit er misschien ook wel iets interessants in de skibox en die trolleys.'

'Goed, we nemen het mee.'

Jansen startte de auto weer en reed naar de boegdeur. Ze hadden altijd een open kar bij zich, zodat niemand hen ergens van kon beschuldigen. Ze groetten de douaniers toen ze langsreden. Het was hun gelukt. Niemand had hen nog staande gehouden. Ze moesten opschieten; de volgende lichting passagiers zou over niet al te lange tijd aan boord gaan.

33

Bij terugkomst in het Grand Hotel vroeg het personeel vriendelijk hoe lang Märtha en haar vrienden nog dachten te blijven. De receptioniste bladerde door de rekeningen voor de champagne, verrassingspakketten, luxe diners, chocolade en diverse aankopen in de hotelshop.

'Tot het einde van de week,' zei Märtha beleefd. 'Heeft iemand anders de suite gereserveerd? Moeten wij plaats maken voor de president van de Verenigde Staten?'

Anna-Greta barstte in zulk gehinnik uit dat de receptioniste breed begon te glimlachen. Ze wenste hun nog een fijne dag.

Eenmaal in de suite maakten ze vlug de trolley open. Bij het zien van de biljetten wisten ze niet hoe ze het hadden. Vervolgens staken ze opgewonden hun handen in de bult biljetten van vijfhonderd kroon; ze konden er maar geen genoeg van krijgen. Na een tijdje ging de trolley weer dicht. Hij werd in de kledingkast gezet en de champagne kwam tevoorschijn. Märtha keek naar de anderen en zag hoe blij ze waren. Hun avontuur had hen dichter bij elkaar gebracht en ze hadden nog nooit zo veel plezier gehad. In het woon-zorgcomplex kwam wel eens iemand optreden, er werd gezamenlijk koffiegedronken en af en toe was er een kerkdienst. Maar dat waren passieve bezigheden, de crux zat hem in het zélf iets ondernemen, en daar hoefde je niet per se het dievenpad voor op te gaan. Zelf had ze het idee dat ze tien jaar jonger was geworden sinds ze het woon-zorgcomplex had verlaten. En dat terwijl ze bijna iedere dag had gewerkt. Twee beroovingen in minder dan een week was meer dan veel professionele criminelen klaarspeelden. Na een kleine rustpauze hadden ze bovendien een spannende reis naar Helsinki gemaakt. Zelfs Anna-Greta was opgebloeid.

Märtha bedacht hoe de ouderen vroeger bij hun kinderen bleven wonen om te helpen op de boerderij. Dan voelden ze zich nuttig.

Maar nu? Wat was het voor leven als je het idee had dat je anderen tot last was? Wat een treurnis. Met de berovingen hadden ze in ieder geval laten zien tot hoeveel oude mensen nog in staat waren. De oudjes staan hun mannetje, dacht ze. Ze hadden het goede voorbeeld gegeven. Tevreden haalde ze de champagneglazen uit de keuken en zette ze op tafel. Neuriënd schonk ze de glazen vol.

'Een paar hapjes hebben we wel verdiend,' zei Stina. Märtha ging naar de keuken. Ze liep door de woonkamer terug en toen ze langs de piano kwam, had ze het gevoel dat er iets niet klopte. Ze bleef staan, keek, schudde haar hoofd en keek nog eens.

Zuster Barbro stak nog een sigaret op en inhaleerde diep. Die godvergeten koppige bejaarden! De politie had ze weliswaar opgespoord tot aan de Mariella, de veerboot van Vikingline die naar Helsinki voer, maar toen de boot weer in Stadsgården aanlegde, waren ze niet meer aan boord geweest. Ze zag voor zich hoe ze ergens in Finland of Rusland ronddwaalden. Een vriendelijke inspecteur, Lönnberg genaamd, had geprobeerd haar gerust te stellen door te zeggen dat ze vroeg of laat wel weer boven water zouden komen, maar er was al een week verstreken.

'Vergeet niet dat het vijf volwassenen zijn die op elkaar passen. Er is vast niets aan de hand, juffrouw. Zodra we ze hebben gevonden, laat ik wat van me horen.'

Ze wilde niet gaan zitten wachten tot het allemaal uitlekte. Ze moest iets doen. Bertils zoon had zelf een zoektocht georganiseerd en in het woon-zorgcomplex werd over niets anders meer gepraat, maar als Barbro op de afdeling navraag deed, kreeg ze nul op het rekest.

'Niemand kan er zomaar vandoor gaan,' zei een oud wijf met een loszittend kunstgebit.

'De kerstversiering was de druppel,' zeurde een ander.

'Je moet nooit gierig doen. Dat gaat zich tegen je keren. Wanneer krijgen we trouwens weer een koekje bij de koffie?'

'Als we niets lekkers bij de koffie krijgen, knijpen wij er misschien ook wel tussenuit,' gaf de negentigjarige Elsa met een listige grijns te kennen. 'Waarom krijgen we geen luxe broodjes? Ik wil er een met room en spijs.'

Zuster Barbro begreep er niets van. Eerder was het zo rustig en gezellig geweest, toen had iedereen in zijn stoel tv zitten kijken. Nu deden ze niets anders dan zeuren. Ze maakte zich nog het meest zorgen over Märtha, Bertil en de rest. Ze begreep niet hoe het hun gelukt was het woon-zorgcomplex te verlaten. Ze hadden vast hulp van buiten gehad, misschien van de kinderen. Hun kinderen. Bertils zoon had haar vanaf zijn schip op het Kattegat gebeld en helemaal stijf gescholden, dus op hem hoefde ze niet te rekenen. Zouden Stina's kinderen haar misschien willen helpen? Zuster Barbro besloot hen te bellen. Dit kon ze niet langer alleen opknappen.

34

Dat kon niet waar zijn! Märtha boog zich over de piano heen, gaf een gil, schudde haar hoofd en keek weer omhoog. Die reis was veel te vermoeiend geweest. Als ze wat eten in haar maag had, zou ze zich vast beter voelen. Een lekkere lamskotelet en een glaasje wijn zouden wonderen doen. Het was heerlijk dat ze weer kon eten zonder dat alles heen en weer schommelde. Ze probeerde zichzelf te overtuigen, maar diep in haar hart wist ze dat er iets vreselijk mis was, dat er iets... Nee, ze wilde het niet geloven. Ze schudde haar hoofd en ging zonder een woord te zeggen terug naar de anderen.

Tijdens de lunch in het restaurant jammerden de anderen over het verlies van de helft van het losgeld. Märtha zat er zwijgend bij. Uiteindelijk concludeerden ze dat ze blij moesten zijn met wat ze hadden, omdat ze nog nooit zo veel geld hadden gehad. De enige die mopperde, was Anna-Greta.

'Hoe krijgen we de andere helft nu?' vroeg ze. 'Het geld is immers van ons.'

'Niet zo hard,' zei Bertil en hij legde een vinger tegen zijn lippen. 'Je hebt ons en ons...'

'Als we het geld niet gaan zoeken, wat doen we hier dan nog? Moeten we niet naar de gevang...'

Bertil schopte haar tegen de schenen.

'Niet alles verloopt altijd volgens plan,' zei Märtha, met de verdwenen schilderijen in haar achterhoofd. Ze had de anderen er nog niet over durven vertellen.

'Ik ben het met Anna-Greta eens. Het wordt tijd om te vertrekken,' zei Bertil. 'Altijd maar hetzelfde luxe eten met rare sausjes. Ik wil wel weer eens een gewone gehaktbal.'

'Ja, of ouderwetse stamppot. Ik weet nog wat ze in de gevangenis op tv te eten kregen, volgens de schijf van vijf: vlees, vis en sla,' viel Stina hem bij.

Märtha at het laatste beetje aardbeienijs op, schoof het bordje van zich af en veegde grondig haar mond af met het linnen servet. Maar voor ze iets kon zeggen, nam Anna-Greta het woord.

'Ik snap niet wat jullie bezielt. We zouden hier maar een paar dagen, maximaal een week, blijven. Nu is het al 1 april en zijn er al weer twee weken voorbijgevlogen. Het idee was immers dat we De Diamant voor de gevang...'

'Stil!' snauwde Bertil.

'Ik bedoel dat we een beter permanent verblijf...'

Anna-Greta zweeg. Märtha keek haar steels aan. Ze had gelijk. Hoe leuk het hele avontuur ook was, ze konden niet eeuwig in het hotel blijven. Bovendien hadden ze nu geld, waarmee ze een beter bestaan konden opbouwen als ze uit de gevangenis kwamen. Alleen de politie had zich niet aan de afspraak gehouden. Dat het zo had kunnen lopen. De politie verdacht hen niet eens ergens van en er was ook niemand van het woon-zorgcomplex naar hen op zoek. Daar kwam de onaangename verrassing van de schilderijen dan nog bij. Märtha schraapte haar keel. 'We hebben een probleempje.'

'Märtha gaat weer een toespraak houden,' zei Bertil.

'Laten we naar de suite gaan,' zei Märtha.

Ze had het in het Skånsk dialect gezegd, waardoor Oscar in de gaten kreeg dat ze heel moe was. In de lift tikte hij haar bemoedigend op haar hand. Het liefst had ze haar hoofd even op zijn schouder gelegd om getroost te worden, maar ze beheerste zich.

'Is het jullie al opgevallen dat het er hier anders uitziet?' vroeg ze toen iedereen met een kop koffie en een koekje op de bank zat (met uitzondering van Bertil, die in een stoel ging zitten omdat hij alweer onaangenaam kennisgemaakt had met Märtha's breiwerk).

'Alles is nog hetzelfde,' zei Bertil vlug.

'Misschien moet je eerst eens om je heen kijken,' mompelde Märtha.

'Natuurlijk ziet het er anders uit, de schoonmaakster is geweest,' zei hij terwijl hij opstond en naar de piano liep.

'Zullen we wat zingen? "Naar zee"?' vroeg hij. Opeens werd hij onderbroken door een ijselijke kreet.

'Mijn schilderijen zijn verdwenen!' riep Stina.

'Je hebt jouw en jouw,' bromde Oscar.

'Grote goedheid,' riep Anna-Greta met de handen voor haar gezicht. 'Nu moeten we misschien dertig miljoen kroon terugbetalen.'

'Ja, jullie zien het zelf,' zei Märtha. 'We moeten nu niet alleen een schuilplaats voor het geld vinden, we moeten ook de schilderijen opsporen.'

'Wat zullen mijn kinderen wel niet zeggen? Die zijn heus niet trots op mij. Robin Hood raakte nooit zijn buit kwijt,' snufte Stina. Ze snoot haar neus.

'Realiseer jij je wel dat we een paar van de meest waardevolle schilderijen uit heel Zweden zijn kwijtgeraakt? We hebben een echte kunstschat verkwanseld!' zei Anna-Greta streng tegen Märtha. 'Dit hoort zéker niet bij het plan!'

'Hou nou op, dit is toch niet Märtha's schuld. We waren er allemaal bij,' zei Oscar. 'Die schilderijen vinden we wel terug.'

'Maar we kunnen toch niet aan iedereen gaan vragen of ze een Monet en een Renoir hebben gezien?' zei Stina.

'Ik denk dat we ons bij de politie moeten melden,' zei Märtha. 'Het wordt tijd. De politie lijkt ons niet op het spoor te zijn. Als we onszelf aangeven, krijgen we misschien minder straf.'

'En hulp bij het zoeken naar de schilderijen,' zei Oscar. 'Niet slecht!'

Het bleef een tijdje stil. Märtha pakte de fles champagne om de boel wat op te vrolijken, maar niemand wilde een glaasje.

'Volgende halte: de gevangenis. Zullen we een glas water nemen, zodat we alvast kunnen wennen?' zei Bertil. 'Ik heb mijn buik vol van champagne.'

'Ik ook. Hebben jullie gezien dat er in het hotel geen snert op de kaart staat? Een heerlijk bord dikke snert met veel vlees, daar heb ik zin in,' zei Oscar, die zich om de lippen likte.

'Dat eten is niet belangrijk, denk eens aan dat mozaïekbad. Dat is veel te laag voor mijn heup. Dat hebben ze in de gevangenis vast niet,' zei Anna-Greta.

'De thuisbioscoop is veel kleiner dan een gewone bioscoop. En de beste films hebben we al gezien. In de gevangenis hebben ze vast en zeker rolprenten voor echte kerels,' zei Bertil met een knipoog.

Stina keek hem argwanend aan. 'Wat bedoel je?'

Voordat hij antwoord kon geven, nam Märtha het woord. 'Laten we erover stemmen. Wie wil er naar de gevangenis?'

Er klonk veel gemompel, maar niemand stak zijn hand op.

'Heeft iemand een ander idee?'

Ze bespraken allerlei voorstellen, maar uiteindelijk concludeerden ze dat het het beste was dat ze zichzelf aangaven. Het laatste wat ze wilden was dat de politie de suite kwam binnenvallen en hen geboeid afvoerde. Nee, het was veel beter om de koffers en rollators mee te nemen en bij de autoriteiten aan te kloppen. Maar de boodschappentrolley kon niet mee.

'Waar laten we het geld tot we het kunnen ophalen?' vroeg Bertil. Märtha keek de anderen aan en wachtte tot zij met een voorstel kwamen. Maar niemand zei iets.

'Oscar, jij had toch zo'n mooie schuur...'

Hij wreef een paar keer over zijn kin. 'Ja, ik heb wel een ideetje, maar het is zo bizar dat ik niet weet of jullie het ermee eens zullen zijn.'

'Wat heb je in gedachten?' vroeg Märtha.

Oscar haalde de trolley op en demonstreerde het. Ze waren allemaal opgelucht, want ze hadden zich zorgen gemaakt over het vinden van een schuilplaats voor het geld, en het waanzinnige idee van Oscar was perfect. In ieder geval in theorie. Behalve Anna-Greta stemde iedereen vóór Oscars plan, maar omdat ze zelf geen beter voorstel had, kreeg Oscar groen licht. Tot slot stemden ze ook over het voorstel om zelf naar de politie te gaan, maar aangezien de stemmen staakten, besloten ze die beslissing uit te stellen. Over een paar dagen zouden ze écht naar de politie gaan, dacht Märtha. Eerst moesten ze het geld verstoppen. Oscar keek op de klok.

'We kunnen het vandaag nog regelen,' zei hij. 'Haal er eerst zo veel geld uit als jullie nodig hebben. Vergeet niet dat we steeds minder pensioen krijgen.'

Daar waren de anderen het mee eens en Märtha, Stina, Anna-Greta en Bertil haalden hun aandeel uit de trolley. Stina vroeg zich nog even af of ze een deel van het geld aan Emma en Anders moest geven, maar die waren al volwassen en konden zichzelf wel redden.

Toen iedereen klaar was, vroeg Oscar of Märtha hem wilde helpen met het uitzoeken van foto's op internet. Oscar tikte de websites van verschillende parachuteverenigingen in en koos de vrolijkste en meest kleurrijke parachutes uit die hij kon vinden. Märtha begreep wat hij van plan was en ging op haar beurt op zoek naar teksten over gouden handdrukken en bonussen. Toen alles was geprint, knipte Märtha de woorden uit en legde ze boven in de trolley. Ze vonden een geschikte naam, die ze printten en op een stuk karton plakten.

Het liep inmiddels tegen vieren en het Museum voor Moderne Kunst sloot om vijf uur de deuren, dus ze moesten opschieten.

'Heb je eraan gedacht dat de mensen misschien denken dat het een grap is en geen echt kunstwerk?' zei Oscar, die begon te twijfelen. 'Het is wel 1 april vandaag.'

'Nee, mijn gedachten zijn meer bij de twee schilderijen die we zijn kwijtgeraakt, om nog maar te zwijgen van de helft van het losgeld. Het zou niet best zijn als we ook dit laatste beetje nog zouden verliezen.'

'Maar het was wel leuk, of niet?'

'Ja, dat is een ding dat zeker is,' zei Märtha blozend.

Ze wandelden over de brug en het duurde even voor ze boven op de steile heuvel voor de hoofdingang van het museum stonden. Toen ze het museum binnengingen, hield een bewaker hen tegen, maar Märtha zei dat haar rollator kapot was en dat ze haar trolley als steun gebruikte. Hij liet hen door en nadat ze hun jassen hadden opgehangen, liepen ze naar de expositiezalen. Ze slenterden wat rond en na een tijdje viel hun oog op een podium waar een houten sculptuur stond die een man met een uitgestoken hand moest voorstellen.

'Oscar? Denk jij wat ik denk?'

'Lijkt me wel.' Hij lachte fijntjes. Toen er geen andere mensen meer in de zaal waren, tilden ze de zwarte boodschappentrolley op en zetten hem voor de uitgestoken hand op het podium. Het zag er zo bespottelijk uit dat Märtha haar best moest doen om niet in lachen uit te barsten. Ze sprak zichzelf streng toe en deed vervolgens de klep van de trolley open zodat alle foto's van de parachutes en de bankbiljetten zichtbaar werden. Ze plakte er een artikel over de graaicultuur naast en Oscar zette er tot slot hun zelfgemaakte bordje bij.

DE GIERIGAARD VAN GRAVIN STINA ADELSHÖG stond er in sierlijke gouden blokletters. Nu was het kunstwerk klaar. Dat de fictieve kunstenaar naar Stina was vernoemd hadden Oscar en Märtha niet meer dan normaal gevonden, aangezien hun vriendin zo verdrietig was dat de schilderijen waren verdwenen en ze haar graag wilden opvrolijken. Ze deden een paar stappen achteruit en bekeken hun werk.

'Denk je echt dat het blijft staan?' vroeg Märtha peinzend.

'Niemand haalt zomaar een kunstwerk weg. Zeker niet als het door een gravin is gemaakt.'

'Ja, dat is ook wel zo,' mompelde Märtha zonder overtuiging.

Ze liepen door de zaal om hun kunstwerk van alle kanten te kunnen bekijken en kwamen tot de conclusie dat het er erg professioneel uitzag. De klus was geklaard. Ze haalden hun jassen en wilden net naar buiten lopen toen iemand hen riep.

'Wilt u even hier komen?' Ze draaiden zich om en zagen dat er een bewaker naar hen toe snelde. Hij had de trolley bij zich. 'Wat bezielt jullie?'

Märtha voelde hoe haar maag omdraaide. Oscar slikte moeizaam en trok zijn pet verder over zijn ogen.

'Neem ons niet kwalijk, wij oudjes wilden een grapje uithalen,' zei hij. 'We vonden dat het er beter uitzag met dat ding.'

'Bent u helemaal gek geworden? U moet met uw vingers van de kunstwerken afblijven!'

'Maar het zag er toch mooi uit?' hield Märtha vol.

'Eén april, kikker in je bil...' Oscar lachte gemaakt. Voor het eerst in zijn leven had hij er veel voor overgehad om nu Anna-Greta's gehinnik te horen.

'Eén april? Nou, die grappen zijn meestal leuker,' gromde de bewaker, die hun de trolley teruggaf. 'Ga nu maar voor ik de directie erbij roep.'

Märtha verloor haar geduld. 'Als u denkt dat alleen jongelui grappig zijn, dan hebt u het mis. Wij oude mensen houden ook van een geintje!' Ze pakte de trolley, deed de klep dicht en stak haar hand uit. 'Dat bordje willen we ook graag terug, alstublieft.'

Hij haalde het bordje en ze liepen teleurgesteld terug naar het hotel. De anderen wisten niet wat ze moesten zeggen toen ze de trolley zagen.

'Laten we een glaasje nemen, dan schiet ons wel iets te binnen,' zei Bertil troostend. Hij leefde met hen mee, want hij wist hoe het voelde als er iets mislukte. Hoe vaak had hij niet iets verkeerd gedaan en hoe vaak was hij niet betrokken geweest bij iets wat verkeerd afliep? Uiteindelijk kwam alles weer op zijn pootjes terecht. Hij haalde glazen en een cocktailshaker en stelde voor om naar het balkon te gaan. De zon scheen nog en met een jas aan was het goed uit te houden. Terwijl de zon achter Strömmen zakte, namen ze, in gedachten verzonken, kleine slokjes van hun cocktail. Bertil dronk zijn glas leeg en sloeg zijn arm om Stina heen.

'We vinden wel een oplossing, lieve schat, maak je maar geen zorgen,' zei hij.

'Ik heb het koud, ik ga een dikkere panty aantrekken,' zei ze. Ineens bleef ze staan. 'Bertil, kijk eens!' riep ze opgetogen. Ze wees naar de regenpijp naast het balkon. Bertil keek langs haar wijsvinger naar beneden, maar zag alleen het dak en de brede, zwarte regenpijp. Pas toen ze haar jurk optilde om haar benen te laten zien, begreep hij wat ze bedoelde.

'Ophouden met kniezen, Stina en ik hebben een idee,' zei hij. 'We kunnen het geld in de regenpijp verstoppen. Dames, mogen wij jullie panty's lenen?'

'Ik heb alleen maar van die dunne,' zei Märtha.

'Ik heb een moderne fantasiepanty,' zei Stina.

'Die van mij zijn niet echt modern, maar ze hebben wel een verstevigde hiel,' zei Anna-Greta.

'We hebben nog ongeveer negenhonderd biljetten van vijfhonderd kroon over, als ik het goed heb. We stoppen het geld in de panty's, doen er plastic omheen en binden er een touw aan vast,' zei Bertil.

De stemming steeg en de champagnefles werd tevoorschijn gehaald. Ze belden roomservice voor een driegangenmenu en frambozensnoepjes. De avond werd afgesloten met het zingen van 'Vermomde God', waarbij Bertil hen op de piano begeleidde. Alles komt in orde, dacht Märtha. Zo gaat het altijd.

De volgende ochtend kocht Märtha zwarte vuilniszakken en Bertil ging naar de buitensportwinkel voor geteerd touw – of marlijn, zoals hij het in zeemanstaal noemde. Stina kocht op haar beurt drie doosjes panty's in de hotelshop. Anna-Greta griste snel een bijzonder mooie uit Märtha's handen. Haar oude was ook goed genoeg voor het geld, vond Anna-Greta. Ze deden de deur naar de suite zorgvuldig op slot en stopten al het geld in de panty's. Aangezien Anna-Greta de langste benen had, propten ze eerst haar panty vol. Toen bleek dat ze maar twee panty's nodig hadden. Bertil knoopte de kousen met een professionele zeemansknoop dicht en Oscar stopte de buit in twee zwarte vuilniszakken. Vervolgens bond Bertil alles dicht met de heerlijk naar teer ruikende marlijn, wat goed uitkwam, want Anna-Greta's oude panty stonk naar zweet.

'Dat was dat,' zei Oscar met een ondeugende blik in zijn ogen. 'Je weet zeker dat het touw houdt?' vroeg hij aan Bertil.

'Het is nog nooit verkeerd gegaan en bovendien heb ik alles gezekerd met twee touwen, dubbele knopen en een paalsteek,' antwoordde hij.

Dat klonk geruststellend, en toen de heren zoals gewoonlijk de volgende ochtend tegen vijf uur wakker werden om hun blaas te legen, kleedden ze zich aan en klopten bij de dames op de deur. Ze gingen vlug aan de slag. Terwijl Bertil de touwen vasthield, lieten ze de zwarte, worstachtige slang vanaf het balkon in de regenpijp zakken. Aangezien ze de bankbiljetten in kleine stapels hadden verdeeld, nam de twee meter lange slang niet veel plaats in in de regenpijp. Het regenwater zou wel wat stagneren, maar het zou niet opvallen, had Oscar uitgerekend. Het geheel werd met een van Bertils speciale knopen stevig vastgemaakt. Aangezien de marlijn net zo zwart was als de regenpijp, kon je er vanbovenaf niets van zien en zelfs een helderziende zou niet in de gaten hebben dat er bijna vijf miljoen kroon in de buurt te vinden was.

Toen de twee mannen een uur later klaar waren, kwam het verkeer op de Skeppsbro langzaam op gang. Terwijl de zon steeds hoger klom, zaten de vijf tevreden aan het ontbijt. Deze keer hielden ze zich niet in, maar bestelden ze een champagneontbijt. Het werk zat erop en het enige wat nog aan de kunstroof herinnerde, was de zwarte, lege Urbanista-trolley. Helaas zat die onder het DNA van de Grijze Brigade.

35

De dag die ze steeds voor zich uit geschoven hadden, de dag dat ze zich zouden melden bij de politie, was aangebroken. Märtha had bedacht dat ze naar een gezellig klein politiebureau zouden gaan, waar ze in alle rust met een vriendelijke brigadier konden praten. Maar het politiebureau in Gamla Stan – met de mooie rode lantaarn voor de deur – was opgeheven. Het werd dus Kronoberg, de kolos op Kungsholmen, met arrestantencellen en wat niet meer. Ze wierp een blik op het grote rode bakstenen gebouw en rilde. Het geheel gaf haar het gevoel dat ze een echte schurk was, en tot haar ergernis moest ze erkennen dat ze dat was. Met de boodschappentrolley en haar vrienden in haar kielzog liep ze naar de balie, keek de baliemedewerker strak aan en zei: 'Ik wil graag aangifte doen van een misdaad.'

'Bent u beroofd?'

'Nee, het betreft een ontvoering.'

'Ontvoering?' Het meisje achter de balie verbleekte en toetste snel een nummer in op haar telefoon. Märtha kon niet verstaan wat ze zei, maar ineens stond er een lange, stevige politieagent voor haar. Hij zag er niet zo vriendelijk uit als ze zich had voorgesteld, en toen ze knikte leek hij erg verbaasd. 'Deze kant op,' zei hij.

'En mijn vrienden dan?' protesteerde ze.

'Jullie willen toch niet allemaal aangifte doen?'

'Jawel, voor dezelfde misdaad,' zei Märtha, en ze hoorde zelf hoe idioot het klonk.

'Laten we maar met één beginnen,' stelde de brigadier voor. Hij nam haar mee naar een verhoorkamer en ging achter de computer zitten.

'En?'

'Nou, ik wilde aangifte doen van diefstal,' zei ze blozend.

'Goed, nog iets anders?'

‘Eigenlijk is het een ontvoering.’

‘Dat moet u me even uitleggen.’

‘Die kunstroof uit het Rijksmuseum, weet u wel? Dat hebben wij gedaan. Mijn vrienden en ik.’

‘Dus u beweert twee van de bekendste schilderijen uit de geschiedenis van de kunst te hebben gestolen?’ zei hij zuur. ‘Zonder een spoor achter te laten?’

‘Inderdaad, niemand heeft ons gesnapt.’

‘Nee, dat begrijp ik,’ zei de brigadier met een blik op de klok. ‘U had het ook over een ontvoering. Om wie gaat het precies?’

‘Niet om iemand. Wij hebben de schilderijen uit het Rijksmuseum ontvóérd.’

‘Tjonge jonge. Hoe hebt u dat gedaan?’

‘We hebben ze van de muur gehaald en ze in mijn rollator verstopt.’

‘Zo zo. Dus u hebt ze naar buiten gerold. Wilt u nog meer misdaden bekennen?’

Märtha moest even nadenken. Zou ze dat van die kluis ook nog vertellen? Het had immers niet veel opgeleverd, dus de strafmaat zou er niet door beïnvloed worden. Maar ze was er wel trots op. Hoe vaak werd er nou een overval gepleegd door een stel boeven in de witte badjassen van het Grand Hotel?

‘Eigenlijk zijn we geen groentjes in het inbrekersgilde,’ zei ze. ‘Voordat we de schilderijen hebben gestolen, hebben we de kluis in het Grand Hotel gekraakt.’

‘Het houdt maar niet op. Hoe hebt u dat gedaan?’

‘We hebben kortsluiting veroorzaakt in de kluisjes in de kleedkamers en vervolgens hebben we iedereen verdoofd met cannabis en bilzekruid.’

‘Op die manier, ik begrijp het,’ zei de brigadier, die nog helemaal niets opgeschreven had. ‘Wat hebt u daarna gedaan?’

‘De buit verdeeld, natuurlijk.’

‘Dat snap ik. Hebt u dat thuis gedaan?’

‘Nee, we wonen eigenlijk in De Diamant, maar we zijn ervandoor gegaan. Nu verblijven we in het Grand Hotel, dus hebben we het daar geregeld.’

'Aha. U bent ervandoor gegaan?'

'Ja, ze serveerden vies eten in het woon-zorgcomplex en sloten ons op. Toen hebben we een taxi genomen.'

'Oké,' zei de brigadier. Hij streek met een hand over zijn voorhoofd. 'Toen ze u opsloten, nam u een taxi...'

'Naar het Grand Hotel. Daar hebben we de schilderijenroof voorbereid. Helaas verliep het niet helemaal volgens plan,' ging Märtha verder. Ze schaamde zich dat ze moest toegeven hoe absurd het allemaal was verlopen. 'Toen we het losgeld voor de schilderijen gingen ophalen, stak er zo'n storm op dat al het geld overboord sloeg. Op het autodek dus.'

'Dat is me ook wat,' zei de brigadier, die moeite had om zijn gezicht in de plooi te houden. 'Dus het geld verdween van het autodek? Was dat soms in de buurt van de receptie?'

Märtha luisterde niet naar hem, ze ging helemaal in haar eigen verhaal op. 'Misschien was het Het Lot, weet u. Dat heb je nooit in de hand. Dat we een deel van het losgeld misliepen was nog niet zo erg, maar ik maak me wel zorgen over de schilderijen. Die zijn verdwenen.'

'Welke schilderijen?'

'Die we hebben gestolen, weet u nog? We hadden ze in onze suite aan de muur gehangen toen we het losgeld gingen halen en toen we terugkwamen, waren ze verdwenen.' Märtha keek hem ongelukkig aan.

De brigadier zuchtte. 'Wat waren dat voor schilderijen?'

'De Monet en de Renoir, leest u geen kranten?'

'Jawel, ik wilde alleen zeker weten of we het over dezelfde schilderijen hadden,' zei de brigadier verontschuldigend.

'Ik ben zo bang dat niemand inziet hoe waardevol de schilderijen zijn,' ging Märtha verder.

'Iedereen weet toch wat een Renoir of een Monet oplevert.'

'Het probleem is dat we aan de Monet een paar zeilboten hebben toegevoegd.'

'Dus u hebt zeilboten op het doek geschilderd?'

'Inderdaad, en we hebben aan de Renoir een hoed en een grote snor toegevoegd.'

‘Is dat waar? Nou nou. Dat hoor je ook niet iedere dag,’ zei de brigadier, die de computer uitzette.

‘Ik ben nog niet klaar,’ zei Märtha. ‘Hoe kan iemand nou zien wat die schilderijen waard zijn? We wilden ze teruggeven aan het museum zodra we het losgeld hadden gekregen. U moet ons helpen zoeken. Ze maken deel uit van ons cultureel erfgoed.’

‘Dus de schilderijen die u hebt ontvoerd, zijn verdwenen, net als het losgeld? U hebt ook niet veel mazzel gehad,’ zei de brigadier. ‘Weet u wat? Als u dat wilt, kan ik iemand vragen u en uw vrienden terug te brengen naar het woon-zorgcomplex.’

‘Maar wij zijn toch zeker misdadigers,’ zei Märtha verontwaardigd.

‘Dat weet ik, maar helaas komen niet alle criminelen automatisch in de gevangenis terecht. Ik bel een auto.’

Op dat moment besefte Märtha dat hij haar niet geloofde. Helemaal niet. Het enige bewijs voor hun betrokkenheid bij de roof was het geld in de regenpijp – maar dat hadden ze nodig als ze hun straf hadden uitgezeten. Ze aarzelde even, haalde een keer diep adem, deed haar portemonnee open en haalde er een bankbiljet uit.

‘Bekijk dit biljet van vijfhonderd kroon eens goed. U hebt toch de nummers op de bankbiljetten van het losgeld genoteerd? Controleer het maar. Dan zult u eindelijk inzien dat wij de daders zijn.’ Ze smeet het bankbiljet op tafel. ‘Dat het losgeld overboord is geslagen is niet onze fout. Het stormde. Het geld zat in een boodschappentrolley en we hebben maar een klein deel kunnen redden. Meer is er niet. Kijk zelf maar.’

Ze stond op, pakte de trolley en deed de klep open, zodat de agent het ook kon zien. Ze trilde van verontwaardiging. De hele tijd had ze gedacht dat ze een handige crimineel was geweest die bijna de perfecte misdaad had gepleegd, en nu geloofden ze haar niet.

‘Als u mijn bekentenis niet serieus neemt, geef ik u aan voor dienstverzuim,’ zei ze streng. ‘Ik blijf hier wachten tot u het nummer op het bankbiljet hebt gecontroleerd. Tot die tijd weigeren mijn vrienden en ik het gebouw te verlaten.’ Ze balde haar vuist, en pas toen pakte de brigadier de telefoon om een aantal afdelingen te bellen. Nadat hij het nummer extra goed had laten controleren, keek hij haar verbaasd aan. ‘U hebt gelijk. Maar hoe hebt u in vredesnaam dat biljet van vijfhonderd kroon in handen gekregen? Wij dachten dat we deze kunstroof nooit zouden oplossen. Het was de perfecte misdaad.'

'Meent u dat?' vroeg Märtha verrukt. 'De perfecte misdaad?' Ineens voelde ze zich dolgelukkig.

36

'Uw moeder zit in Kronoberg. Gelukkig. Ik heb de politie gesproken.'

De twee volwassen kinderen van Stina waren bij zuster Barbro, en aan hun gezichten kon ze zien dat ze vreselijk geschrokken waren.

'Mama is vast aan het dementeren,' verzuchtte Emma van tweeënveertig. Net als haar moeder was ze blond en slank, maar in plaats van ronde, helderblauwe ogen had ze ovale en lichtgroene.

'Ze is verdomme zoals gewoonlijk weer achter de anderen aan gehobbeld,' zei Anders, die zeven jaar ouder was. Hij had veel te lange krullen en hij haalde zijn schouders op alsof hij daarmee wilde aangeven dat hij vond dat hij niet verantwoordelijk was voor zijn moeders doen en laten.

'Of het is in een vlaag van verstandsverbijstering gebeurd,' zei Emma.

'Uw moeder was mentaal in orde de laatste keer dat ik haar heb gezien. Ik weet ook niet meer dan wat er hier staat.' Zuster Barbro schoof de twee avondkranten naar hen toe. De kunstroof in het Rijksmuseum stond op de voorpagina van *Aftonbladet.*

'"Grote kunstroof – schilderijen verdwenen"' las Anders hardop. Hij schudde zijn hoofd. 'Ik kan me niet voorstellen dat mama hierbij betrokken is.'

'Kijk maar eens naar deze foto's,' zei Emma, die *Expressen* omhooghield.

Zuster Barbro bekeek de ietwat verouderde pasfoto's van Märtha, Stina, Anna-Greta, Bertil en Oscar. Op een of andere merkwaardige manier had ze het gevoel dat ze haar uitlachten. De krantenkop kende ze uit haar hoofd.

'Daders grote kunstroof' stond er in koeienletters. Maar het ergste van het hele artikel was dat hun echte namen onder de foto's stonden, met de opmerking dat ze in een woon-zorgcomplex woonden. Gelukkig werd De Diamant nergens vermeld, maar als dat uitkwam, wist zuster Barbro wat de gevolgen zouden zijn. Ingmar zou haar incompetent vinden en zou nooit met haar trouwen. Naar een aandeel in het bedrijf kon ze dan ook wel fluiten. Hij zou haar misschien zelfs de laan uit sturen. Ze ging naar haar werkkamer om een pakje sigaretten te halen.

'Ik dacht nog wel dat mama een bangerik was,' giechelde Emma toen ze het artikel had gelezen. 'Er zit duidelijk meer pit in haar dan ik in de gaten had.'

'*Girl power*,' zei haar broer, die verder bladerde. 'Moet je dit horen: de schilderijen en het losgeld zijn nog niet teruggevonden.' Opeens klonk hij blij en ontroerd.

'Die moeder van ons is zo gek nog niet. Dat ze ook nog losgeld hebben gekregen. Wat een kunstrovers!' Emma klonk opgetogen.

'De Grijze Brigade,' zei Anders lachend. 'Mama beweert dat het losgeld is verdwenen op een van de veerboten naar Finland. Dat het overboord is geslagen. Daar geloof ik geen barst van.'

'Welnee, ze hebben het verstopt. Mama's aandeel is wel ergens, daar ben ik van overtuigd.'

'Je zit toch niet aan onze erfenis te denken, hoop ik?'

'Eigenlijk wel. Wij hebben er ook recht op. Er is een paar miljoen kroon verdwenen – als je de kranten mag geloven.'

'Mama schijnt minstens twee jaar te krijgen,' ging Anders verder. Hij wees naar het artikel in *Aftonbladet*. 'Weet je wat, we gaan bij haar op bezoek als ze in de gevangenis zit en dan vragen we waar het geld is gebleven. We zeggen dat we een voorschot op de erfenis willen.'

'Wacht even, Anders, dit zaakje stinkt. Waarom hebben ze zichzelf aangegeven? Ze werden niet verdacht. Eerst plegen ze de perfecte inbraak en vervolgens gaan ze naar het politiebureau om een bekentenis af te leggen. Alsof ze wíllen worden opgesloten.'

'Wordt er hier wel goed voor de bewoners gezorgd?' vroeg Anders toen Barbro terug was. 'Niemand gaat toch vrijwillig de gevangenis in?'

'Oude mensen doen soms vreemde dingen,' zei Barbro ontwijkend. 'Je weet het maar nooit met ze. Wilt u koffie? Er is een koffieautomaat.'

'Graag,' zei Emma.

'Hebt u vijf kroon voor mij?' Zuster Barbro hield haar hand op.

Emma en Anders gaven haar ieder vijf kroon. Terwijl Barbro koffie haalde, lazen ze verder in de ochtendbladen. Ook daar was de kunstroof voorpaginanieuws.

'Ik voel me best schuldig, we hadden vaker bij mama op bezoek moeten gaan,' zei Emma. Ze legde *Dagens Nyheter* weg.

'Ja, dan was er misschien niets gebeurd,' gaf Anders toe. Hij zweeg toen zuster Barbro terugkwam met de koffie. 'Hebt u er ook een broodje bij? We hebben nog niet geluncht.'

'Het spijt me...'

'Een koekje dan?'

'Helaas...'

Emma keek naar de stapel kranten op de bank. Ernaast lagen twee exemplaren van de *Expressen* van de dag ervoor. Ze zette haar kopje op tafel en pakte een van de twee kranten.

'We zijn vergeten gisteren een krant te kopen. Mogen we deze meenemen?'

'Helaas, die zijn van het woon-zorgcomplex,' antwoordde zuster Barbro.

Daar moest Anders hard om lachen.

'Kom Emma, we gaan.' Hij stond op en liep naar de deur.

'We hebben het nog niet over haar kamer gehad,' zei zuster Barbro.

'Die houden we voorlopig aan. Mama is nog niet veroordeeld en zolang ze niet terug is, kunt u op de koffie besparen.'

Zuster Barbro was geschokt. Ze had de kinderen van Stina ingelicht zodat ze haar konden helpen met de oudjes, en dan werd ze zo behandeld. Misschien had ze hun toch een kopje koffie moeten aanbieden.

'Dat is dan geregeld. Nog één ding...' Barbro wreef in haar handen. Ze wist niet goed hoe ze het moest zeggen. 'Over ons gesprek. Ik stel het zeer op prijs als u het niet verder zou vertellen. Ik zou het vreselijk vinden als De Diamant wordt geassocieerd met criminele activiteiten.'

'Met andere woorden, u wilt niet dat het bekend wordt dat onze moeder hier woont?'

Zuster Barbro knikte. Ze stond op.

'Weet u wat ik denk?' zei Anders. 'Als zij en de anderen het hier naar hun zin hadden gehad, was dit allemaal niet gebeurd. U moet uw protocollen eens tegen het licht houden.'

Ze liepen naar de uitgang. Emma bleef in de deuropening staan. 'Als ik u was, zou ik maar goed voor de achterblijvers zorgen, voordat zij er ook vandoor gaan,' zei ze.

Buiten bleven ze staan. Anders moest naar zijn werk bij het UWV, Emma ging boodschappen doen op weg naar huis. Nu ze zwanger was, werkte ze parttime.

'Het is vast wennen geweest voor mama, aangezien ze bijna haar hele leven in een groot huis in Östermalm heeft gewoond. Knap dat ze ertussenuit is geknepen,' zei Emma.

'Ik ben trots op haar. Ze was altijd heel timide. Ze durfde nooit nee te zeggen tegen papa. De arme ziel moest steeds maar etentjes organiseren en pootjes geven. Ze heeft het niet makkelijk gehad. Het was goed dat ze uit elkaar gingen, en nu... nu is ze ontsnapt!'

'Eindelijk is ze in opstand gekomen. Vroeger wilde ze het iedereen naar de zin maken. Ze behoort tot de generatie vrouwen die in God moest geloven, naar de huishoudschool ging en voor man en kinderen zorgde. Dat papa niet zag hoe ze daaronder gebukt ging.'

'Die dacht alleen maar aan zichzelf. Maar nu komt ze voor zichzelf op. Weet je, ik begin dit steeds leuker te vinden.' Anders stak zijn handen in zijn broekzakken.

'Mama doet me denken aan een springveer in een oud matras. Eentje die heel lang in elkaar gedrukt heeft gezeten en die dan ineens omhoogspringt. Je kunt hem niet meer op zijn plaats drukken.' Emma lachte.

'Ik had nooit gedacht dat ze crimineel zou worden. Aan de andere kant: heb je gezien wat er in de krant stond? "Een van de grootste kunstroven in de Zweedse geschiedenis!" Ik ben verdomde trots op mama. Ze heeft geprobeerd meer uit het leven te halen, terwijl ik gewoon in een sleur leef. Hoe hard ik ook werk, het wordt er niet beter op.'

'Dat geldt toch voor iedereen,' zei Emma.

'Klopt, maar mijn loon is niet meer toereikend. Na de renovatie hebben ze de huur verdriedubbeld, dus nu moeten we wel verhuizen.

Maar ik verdom het om in een buitenwijk te gaan wonen.'

'Dan moet je ook maar het boevenpad op, of om een voorschot op je erfenis vragen,' zei Emma.

'Ik geloof niet dat dat gaat, mama kan nog wel twintig jaar mee.'

'Je hebt gelijk. Eigenlijk moeten we die erfenis verdíénen, vind je niet?' Emma stak een sigaret op en bekeek het grijze gebouw waar haar moeder de afgelopen drie jaar had gewoond. Ze inhaleerde diep en blies de rook uit. 'Als ze naar de gevangenis gaat, moeten we wat vaker bij haar langsgaan. Voor haar zorgen. Of we moeten ergens anders geld vandaan halen.'

'Je begint al aardig als een crimineel te klinken.'

'Ach, zo erg is het toch niet,' zei Emma. 'Maar ik krijg er wel nieuwe ideeën van.'

Toen kamermeisje Petra haar wagentje in het bijgebouw wilde gaan halen, wachtte haar een vervelende verrassing. Haar rubberen handschoenen waren verdwenen en de schilderijen die ze had meegenomen uit de Prinses Lilian-suite stonden niet langer tegen de muur. Zelfs de allesreiniger was verdwenen en de fles met vloerreiniger was ook bijna leeg. Ze mopperde op zichzelf. Ze was van plan geweest de wagen in de bergruimte te zetten, om daarna de schilderijen uit de Lilian-suite op te halen uit het bijgebouw. Maar net toen ze wilde beginnen, had haar vriend gebeld. Hij had haar met een onbekende kerel in een café gezien en eiste een verklaring. Het had veel tijd gekost hem te overtuigen dat die jongen en zij niet meer dan collega's waren. Het gesprek had haar zo aangegrepen dat ze haar wagentje compleet was vergeten, en pas in de metro naar huis waren haar de schilderijen te binnen geschoten. Nu was het te laat. Iemand anders had haar wagen gebruikt en de schilderijen waren in rook opgegaan. Ze begon tussen de andere schilderijen te zoeken, maar daar stonden ze niet. Even overwoog ze of ze het met de directie moest bespreken, maar ze was bang dat ze iets had gedaan wat niet mocht. Ze had immers op eigen houtje gehandeld en dat kon haar haar baan kosten. Als het nog niemand was opgevallen, hoefde ze er ook niet over te beginnen. Die schilderijen zouden wel weer boven water komen.

Ze zette een nieuwe fles allesreiniger en een fles vloerreiniger in haar wagentje, pakte een paar rubberen handschoenen en liep naar de lift. Zoals gewoonlijk had ze veel te doen.

37

Bootsman Janson reed naar de schuren in Värtahamnen, hield stil voor het hek en drukte op de afstandsbediening, waarna het hek opengingen. De kade lag er verlaten bij. Afgezien van een dokwerker die op een pallet lag te dommelen, zag hij niemand. Hij reed verder en bleef voor hal 4 staan. Allanson stapte uit de auto, maakte de deur open en dirigeerde geroutineerd zijn kameraad naar binnen, achteruit met de kar. Janson zette de motor uit en sprong uit de auto.

Ze huurden de schuur nog maar negen maanden, maar hij begon al aardig vol te raken. Langs de ene wand stonden pallets, een compressor en autobanden en aan de andere kant stonden rekken vol met allerlei spullen. Auto-onderdelen, smokkelwaar, koperen buizen en andere rotzooi. De fietsen namen nog de meeste ruimte in beslag. Eigenlijk hadden ze die gelijk naar Estland willen brengen, maar de politie had een tip gekregen, waardoor ze gedwongen waren zich een tijdje gedeisd te houden.

'Benieuwd wat de buit deze keer is,' zei Janson met een blik op de aanhanger.

'Een doos Koskenkorv-wodka is niet mis.'

'En wie weet wat er in de skibox zit.'

Ze probeerden hem open te maken. Allanson pakte een schroevendraaier en wrikte tot het slot opensprong.

'Weet je nog die keer met die skibox die vol met smokkelwaar zat?'

Janson grijnsde en maakte hem open. Er lagen een kattenreismand, kattenvoer, een paar dekbedden en blikjes in. Onderin lagen twee paar ski's en een stuk of wat skistokken.

'Verdomme nog aan toe!'

'Dat gaat naar Gevonden Voorwerpen,' zei Allanson.

'Welnee, we gooien die troep weg!'

'Die boodschappentrolleys dan?' Allanson knipte het hangslot kapot en maakte de rits open. 'Wel heb ik ooit! Papier... Wie stopt nou in vredesnaam een hele trolley vol met krantenpapier?'

'Er ligt vast Chinees porselein of zoiets onderin.' Janson begon haastig het papier uit de trolley te trekken, maar hij vond niets. Allanson fronste zijn wenkbrauwen en bekeek de trolley eens goed.

'Misschien zitten er drugs in het handvat. We kunnen maar beter voorzichtig zijn. Heb je dat gaatje bovenin gezien? Ze hebben er vast iets verdachts in verstopt. Daar wil ik niets mee te maken hebben.'

'Ik ook niet. We dumpen hem. Die andere twee trolleys ook?'

'Zal wel hetzelfde zijn,' zei Janson, maar hij knipte het slot toch open om te kijken. Hij kreunde. 'Hier zit ook krantenpapier in.'

'Zit er een gaatje in het handvat?'

Janson voelde met zijn vinger.

'Yep, hier.'

'En de laatste?' Janson schopte tegen de overgebleven trolley.

'Hm, geen gaatje, maar het knispert. Ik snap er niets van, drie trolleys met krantenpapier erin. Laten we ze allemaal maar dumpen.' Allanson smeet de drie trolleys in de aanhanger en keek om zich heen. 'Het wordt tijd dat we die daar aan de man brengen.' Hij knikte in de richting van de fietsen. Drie weken eerder hadden ze in het centrum een flinke slag geslagen. Ze hadden zo veel fietsen gestolen dat ze een paar keer heen en weer hadden moeten rijden.

'Volgende week misschien. Ik heb een datum voorgesteld aan de Esten en gevraagd of ze in euro's wilden betalen,' zei Janson.

'Goed. Laten we maar gaan.'

Janson kroop weer achter het stuur en reed naar buiten. Toen Allanson de deur op slot had gedaan, sprong ook hij in de auto. Hij pakte een sigaret, stak hem aan en draaide het raampje naar beneden. Een paar regendruppels belandden op zijn gezicht.

'Getver, het gaat regenen. Rijden maar!' zei hij.

'Die trolleys zijn waterdicht, wist je dat? Laten we ze houden,' zei Janson.

'Die rotzooi? Niks ervan.'

'Eentje dan?' drong Janson aan. Hij was de gaatjes in de handvatten al vergeten.

'Je bent toch niet van plan als een oud wijf met zo'n boodschappentrolley te gaan rondlopen?' zei Allanson hatelijk.

Janson gaf geen antwoord. Hij stapte uit de auto en pakte een van de trolleys van de aanhanger. Hij maakte de schuur open en zette het ding op een pallet vlak achter de deur. Toen hij klaar was en alles weer grondig had afgesloten, regende het pijpenstelen.

'Zo'n trolley is hartstikke handig. Voor als er iets niet nat mag worden. Vroeg of laat hebben we zo'n ding een keer nodig.'

'Oké, maar als je met een paraplu en een bloemetjeshoed gaat rondlopen, mag je op zoek naar een ander, makker.'

Ze reden naar de container een eindje verderop op de kade en gooiden de vuilniszakken en de twee andere trolleys erin. De skibox en een paar kleine dingetjes brachten ze naar Gevonden Voorwerpen. Dat deden ze altijd en daardoor hadden ze de reputatie gekregen betrouwbare, degelijke kerels te zijn.

De zon scheen de werkkamer in en inspecteur Petterson zweette als een otter. Hij stond op en deed het raam open, maar sloot het net zo vlug weer toen een windvlaag zijn papieren op de grond blies. Mopperend raapte hij ze op en deed zijn jasje uit. Hij ging weer zitten, veegde zijn gezicht droog met een zakdoek en pakte het bovenste document van de stapel. Wat was het een enorm onderzoek geworden! Het team bestond uit zes man, zes door de wol geverfde rechercheurs die probeerden de schilderijen en het losgeld op te sporen. Hij zuchtte. Het was een vreemde strafzaak, met vijf verdachten, maar de buit was spoorloos. Zoiets had hij nog nooit meegemaakt. Het feit dat die bemoeizuchtige oude dame met een van de verdwenen bankbiljetten had gezwaaid, was niet genoeg voor een veroordeling. Die oudjes waren immers in staat fantasie en werkelijkheid door elkaar te halen en dat geld kon ze overal vandaan hebben gehaald. De openbare aanklager had in ieder geval besloten dat de oudjes langer vastgehouden mochten worden, zodat de politie tijd kreeg meer bewijs te verzamelen. Tot dusver hadden Petterson en zijn collega's nog niets belangrijks gevonden, maar de vingerafdrukken en DNA-monsters waren voor onderzoek naar Linköping gestuurd. Misschien zou dat wat opleveren. Petterson keek naar zijn collega. 'Zeg Strömbeck, we moeten vandaag het hotel doorzoeken.'

'Weet ik, ik heb al gebeld. Die oudjes hebben kennelijk in de Prinses Lilian-suite gelogeerd. Als filmsterren. Niet slim!'

'Klink goed. Tot zover klopt hun verhaal in ieder geval. Maar dat ze twee schilderijen met een gezamenlijke waarde van dertig miljoen kroon in hun kamer hebben opgehangen, daar geloof ik geen barst van,' zei Petterson.

'De schilderijen zijn verdwenen toen die vijf op weg naar Finland waren,' zei Strömbeck. 'Ze kunnen alles wel verzonnen hebben. Hoe moeten wij ooit het bewijs vinden als dat is verdwenen?'

'Dat is het 'm nou juist. Bovendien beweert dat oudje dat ze met de Silja Serenade naar Helsinki zijn gevaren,' zei Petterson. 'Maar volgens de papieren zijn ze aan boord gegaan van de Mariella van Vikingline. Een deel van hun bezittingen is daar ook gevonden.'

'Misschien noemden zíj die boot alleen maar Silja Serenade,' peinsde Strömbeck, die veel ingewikkelde zaken had opgelost en wist dat het belangrijk was af en toe een grapje te maken als de zaak vastliep.

'Tjonge, zelfs dat van die boot klopt niet,' verzuchtte Petterson.

'Misschien vinden we iets op hun kamers in het woon-zorgcomplex,' deed hun rustige collega Lönnberg van bureau Norrmalm een duit in het zakje. Hij had het personeel van De Diamant gesproken en keek met een frisse blik naar de zaak.

'Deze overvallen zijn nauwkeurig voorbereid. Er liggen vast ergens aantekeningen in een laatje verstopt.'

'Je hebt gelijk. Neem twee man mee die kant op,' bromde Petterson.

De inspecteur knikte, stond op en pakte zijn jas. Het was zonnig, maar er stond een koude wind.

'Huiszoeking in een woon-zorgcomplex,' zuchtte Lönnberg, die in de deuropening bleef staan. 'Dit werk zit vol verrassingen.'

'Vergeet niet in de koektrommel te kijken,' zei Strömbeck geërgerd. 'En als je toch bezig bent, kijk dan ook even onder het matras.'

'We moeten deze zaak wel serieus blijven onderzoeken,' zei Petterson streng. 'We kunnen het feit dat vijf mensen een bekentenis afleggen over dezelfde overval niet zomaar negeren.'

'Maar dat vijf bejaarden een kunstroof zouden hebben gepleegd, iets wat geen enkele beroepscrimineel ooit is gelukt, nee, nee... Eerlijk gezegd denk ik dat ze ons beetnemen,' zei Lönnberg.

'Dat ligt inderdaad voor de hand, want ondanks het feit dat de schilderijen en het losgeld onvindbaar zijn, blijven die oudjes maar dooremmeren over de perfecte misdaad,' zuchtte Petterson.

De drie agenten grijnsden als boeren met kiespijn.

'Ze hebben verteld dat ze het losgeld zouden ontvangen in twee boodschappentrolleys, die ze zouden omruilen met twee dezelfde trolleys gevuld met krantenpapier. Maar toen... Wacht even,' zei Petterson. 'Ze zeggen dat al het geld overboord moet zijn gewaaid.'

'Tien miljoen kroon waait niet zomaar overboord, en boodschappentrolleys ook niet,' zei Strömbeck. 'Wat is er op de bewakingscamera's te zien?'

'Niet veel. De bootsmannen spuiten het dek schoon en de lens van de camera zit onder de smerige zoutvlekken. Ik begrijp niet waarom ze die camera's daar überhaupt hebben hangen. Als je de beelden nodig hebt, is er niets op te zien. Ik heb alles doorgenomen. Het is een grote brij. Op sommige stukjes kon ik een paar donkere gedaanten met paraplu's onderscheiden, alsof de automobilisten met een paraplu over het autodek zouden wandelen. Maar goed. Die Janson en Allanson is ook niets opgevallen – geen bejaarden en geen trolleys.'

'Ik durf te wedden dat het geld in de koektrommel zit,' zei Strömbeck met een vette grijns.

'Goed, we gaan naar het hotel,' zei Petterson. Hij stond op. 'Onthoud goed dat we naar een bewérkte Renoir zoeken, eentje met een hoed en een snor erop geschilderd.'

'Natuurlijk, bewerkt, niet vergeten,' zei Strömbeck. Hij stond ook op. De mannen trokken hun jassen aan en namen de lift naar de garage. De Volvo startte bij de derde poging, en door het drukke stadsverkeer reden ze in slakkengang naar het Grand Hotel. Discreet lieten ze hun legitimatie zien en vroegen of ze mochten kijken waar de vijf bejaarden hadden gelogeerd.

'Zoekt u de vijfenzestigplussers uit de Prinses Lilian-suite?' vroeg de receptioniste met een vriendelijke glimlach. 'Waarom?'

'Dat kunnen we niet zeggen.'

'Ze waren zo aardig. Maar ze hebben helaas uitgecheckt. Er verblijft nu een popster in die suite.'

'We zouden er graag een kijkje willen nemen.'

'Dat gaat niet. Hotelbeleid.'

Petterson en Strömbeck zwaaiden opzichtig met hun ID-kaarten. De receptioniste moest even nadenken, pleegde een telefoontje en even later verscheen het hoofd Huishoudelijke Dienst. Petterson legde het doel van hun bezoek uit. De vrouw knikte en ging hun voor naar de suite. Ze klopte aan. Er werd niet opengedaan, dus liet ze zichzelf en de agenten binnen.

'Lieve hemel,' kon ze nog uitbrengen voor de agenten haar voorbijstormden. Er stonden flessen en volle asbakken op de salontafel, er lag een T-shirt op de bank en op de piano lag iets wat op een rode onderbroek leek. Op de eettafel stonden vier lege champagneflessen en op een van de stoelen stond een stapel borden vol etensresten en vieze servetten.

'We hebben nog geen tijd gehad om de suite schoon te maken,' zei de vrouw.

Inspecteur Petterson zag dat er een gitaar tegen de bank geleund stond, maar wat deed die rode onderbroek op de piano? De slaapkamer zag er niet veel beter uit. Het schilderij boven de onopgemaakte bedden hing scheef, overal lagen kledingstukken en Strömbeck bleef met zijn voet in een beha hangen. In de badkamer stonk het naar aftershave en op de badkamervloer lag een stapel wasgoed. In de linkerbenedenhoek van de spiegel had iemand lippenstiftkusjes achtergelaten en op de plank naast het scheerapparaat lag een haarborstel vol blonde haren.

'Rod Stewart?' vroeg Strömbeck.

'Wij zijn heel discreet,' zei het hoofd Huishoudelijke Dienst.

Ze bleven bij de piano staan en inspecteur Petterson herinnerde zich wat Märtha had verteld tijdens het verhoor. De Renoir en de Monet hadden daar gehangen. Nu hingen er twee kleurrijke schilderijen in de stijl van Matisse en Chagall.

'Hoe lang hangen die schilderijen daar al?' vroeg Strömbeck.

'We hebben ze in 1952 aangekocht, maar zo lang bestaat deze suite nog niet. Even denken, de suite is een paar jaar geleden in gebruik genomen...'

'En sindsdien hangen deze twee schilderijen hier?'

'Daar ga ik wel van uit.'

'U hebt hier nooit een Renoir of een Monet gezien?'

'Lieve hemel, iedereen moet toch van echte kunst kunnen genieten. Daarom hebben we musea. Als u naar het Rijksmuseum gaat, hier om de hoek, dan kunt u kunstwerken van die schilders en nog veel meer bewonderen.'

Strömbeck keek zijn collega wanhopig aan en fluisterde: 'Wat doen we hier eigenlijk?'

'We zijn op zoek naar een Renoir, een Monet en tien miljoen kroon. Meer niet,' mompelde Petterson.

Ze snuffelden nog even rond, maar gaven het uiteindelijk op. In de lift op weg naar beneden stapte een oudere schoonmaakster in. Er hing een natte poetsdoek over de wagen en een vuilniszak, een fles allesreiniger en wat dweilen. Onderop stonden een paar schilderijen.

'Wat is dat precies?' vroeg inspecteur Petterson. Hij wees naar de schilderijen.

'Die gaan naar het Leger des Heils.'

'Leger des Heils?'

'Ja, het zijn slechte reproducties. We hebben hier echte kunst aan de muur, geen oude zooi,' zei de schoonmaakster terwijl ze de schilderijen met haar natte doek afnam.

'Dat snap ik,' zei Petterson. 'Waar bewaart het hotel de echte kunst eigenlijk?'

'In een depot. Daar staan ook wat beeldhouwwerken. In het bijgebouw staat ook nog het een en ander, vanwege de renovatie.'

Even later ging een van de beveiligingsmensen met Petterson en Strömbeck mee naar het depot. Samen bekeken ze alle kunstwerken, en ook die in het bijgebouw, maar ze troffen er geen Renoir of Monet aan. Zelfs geen reproductie met een snor erop geschilderd. Teleurgesteld keerden ze terug naar het politiebureau.

Ook de huiszoeking in het woon-zorgcomplex had niets opgeleverd. Inspecteur Lönnberg had een zware dag achter de rug. Een zekere zuster Barbro had hem overal op de voet gevolgd en gezeurd over discretie, terwijl ze tegelijkertijd de oudjes in het woon-zorgcomplex achter de vodden had gezeten. Er moest ook nog een kerkdienst worden gehouden en hij had niets te eten aangeboden gekregen. Niet eens een fatsoenlijk kopje koffie met een koekje. De kamers van de bejaarden waren in ieder geval schoon en makkelijk te doorzoeken, en behalve ouderwetse kleding, orthopedische schoenen en pillendoosjes was er niet veel te vinden. Een van de kamers leek meer op een werkplaats: het lag er vol met gereedschap, schroeven, motoren en ledlampjes, maar niets wat in verband kon worden gebracht met de overval. Lönnberg had overal gezocht maar niets gevonden wat van belang kon zijn voor het onderzoek. Als er nu maar één persoon had bekend de kunstroof van de eeuw te hebben gepleegd, maar ze hadden er vijf. De inspecteur kreunde en bij gebrek aan beter nam hij hun haarborstels mee. Hun DNA kon de politie sowieso gebruiken, al vroeg het laboratorium in Linnköping absurd veel geld voor die testen.

Toen de drie mannen terug waren op het bureau om elkaar bij te praten, waren ze uitgeput. Ze hadden zin de pijp aan Maarten te geven. Inspecteur Petterson sloeg met zijn handen op tafel. 'Zoals jullie weten, zijn zowel de schilderijen als het geld verdwenen en hebben vijf mensen een bekentenis voor de kunstroof afgelegd. Zelfs al hebben we de oudjes nog nergens op kunnen vastpinnen, de openbaar aanklager wil toch met de rechtszaak beginnen. Want we hebben het hier over schilderijen met een waarde van dertig miljoen kroon en we hebben geen andere aanknopingspunten.'

Strömbeck strekte zijn benen onder de tafel en staarde voor zich uit.

'Zien jullie de krantenkoppen al voor je: "Vrijheidsberoving voor vijf bejaarden; politie heeft geen bewijs voor misdaad."'

Ze zuchtten in koor en werden het er vervolgens over eens dat het beter was om naar huis te gaan. Ze hadden niet alleen een ingewikkelde kunstroof om zich mee bezig te houden, ze moesten die vijf bejaarden ook ergens kwijt.

38

De Volvo reed langs het metrostation en bleef staan voor het huis van bewaring in Sollentuna. De chauffeur, Kalle Ström, en twee cipiers hielpen Märtha met uitstappen en zorgden ervoor dat ze haar buideltas, wandelstok en rollator meekreeg.

'Wat een merkwaardig stukje techniek is dat,' zei Kalle, wijzend naar Märtha's reflectorbordje.

'Ik wil niet graag omvergekegeld worden,' legde ze uit. 'Liever een rollator en een kunstgebit dan een heupprothese.'

Kalle grinnikte. Hij had heel wat criminelen vervoerd, maar deze dame vond hij bijzonder aardig. Ze leek gefascineerd door gevangenissen en had de hele weg van Kronoborg naar het huis van bewaring 'Vermomde God' geneuried.

Märtha bedankte hem voor de lift, boog zich over haar rollator en keek om zich heen. Ze schudde haar hoofd toen ze de hoge, grijze flats in het centrum van Sollentuna zag. 'Kijk die wolkenkrabbers daar eens, jongens. Spuuglelijk. De verantwoordelijken daarvoor moeten de gevangenis in – niet ik.'

'Maar dat gebouw daar is toch niet slecht?' wierp Kalle tegen. Hij wees naar het huis van bewaring. Märtha hield haar hoofd schuin en keek naar de gevel. Het hoge gebouw torende boven de grijze gebouwen die eromheen stonden uit en schitterde in het zonlicht. Zeker, interessant om naar te kijken – alleen vervelend dat ze vanaf nu aan de verkeerde kant van het glas zat.

'Deze kant op,' zei een van de bewakers, en hij wees naar de ingang van de gevangenis. Ze moest haar eigendommen inleveren, waarna ze kon doorlopen naar de inschrijving. Ineens werd ze zich bewust van de ernst van de zaak. Ze herinnerde zich de schok toen de brigadier op bureau Kronoberg naar voren had geleund en met samengeknepen ogen had gezegd: 'We plaatsen mannen en vrouwen niet in dezelfde gevangenis.'

Märtha dacht dat ze flauw zou vallen. Hoe had ze zoiets over het hoofd kunnen zien? Ze werd boos op zichzelf. Als ze werden veroordeeld, moesten Stina en zij het gedwongen een heel jáár zonder hun kerels stellen. Had ze dat van tevoren geweten, dan hadden ze er misschien de voorkeur aan gegeven om in het woon-zorgcomplex te blijven – maar dan hadden ze niet zo veel meegemaakt. Zoals gewoonlijk moest je voor alles in dit leven een prijs betalen. Helaas zou ze zelfs niet bij Stina en Anna-Greta worden opgesloten.

'Volwassenen worden altijd uit elkaar gehaald,' had de inspecteur gezegd.

'Volwassenen?' had Stina gevraagd.

'Als meerdere personen betrokken zijn bij dezelfde misdaad, moeten wij ze scheiden.'

'Dat kunt u niet maken,' protesteerde Märtha. 'Wij zijn bijna familie van elkaar en moeten samenblijven.'

'Dat willen we nu juist voorkomen. De schilderijen en het geld zijn nog niet boven water en jullie mogen niet de kans krijgen met elkaar te praten.'

De vijf keken de inspecteur hulpeloos aan en vergaten helemaal trots te zijn op de reputatie die ze kennelijk nu al hadden. Er viel een pijnlijke stilte en iedereen keek naar Märtha.

'Jij ook met je gezeur dat we beter af zouden zijn in de gevangenis,' zei Anna-Greta bitter. 'Dit is in de verste verte niet wat we hebben afgesproken.'

'Het spijt me, ik had niet kunnen dromen dat...' Märtha slikte. Ze kreeg tranen in haar ogen. Oscar moest het hebben zien aankomen, want hij sloeg zijn armen om haar heen.

'Lieve schat, we kunnen ons allemaal vergissen. Niet huilen. We zijn zo weer op vrije voeten.'

Dat was voor Märtha de laatste druppel. Ze legde haar hoofd tegen zijn borst en begon luid te snikken.

'Stel je eens voor, Bertil mag niet eens op bezoek komen,' zei Stina huilerig. Bertil legde een arm om haar heen.

'Weet je, als zeeman was ik lange tijd van huis,' zei hij. 'De gevangenis is in ieder geval aan land en ze hebben coulante bezoekregelingen. Voor je het weet, zien we elkaar weer.' Hij streek een lok haar uit haar gezicht en kuste haar op de wang.

Bertil schraapte zijn keel en Oscar veegde een paar keer met zijn hand langs zijn neus. Ze zagen er allemaal erg ongelukkig uit en Märtha kreeg pijn in haar buik als ze dacht aan alles wat ze had georganiseerd. Het was allemaal anders verlopen dan ze zich had voorgesteld. Nadat ze hun bekentenis hadden afgelegd, kregen Stina en Bertil spijt. Plotseling wilden ze in het hotel blijven. Hetzelfde gold voor Anna-Greta, die weer was gaan dromen van Gunnar, de man die ze op de boot naar Finland had ontmoet. Van de ene op de andere dag wilden ze niet meer naar de gevangenis, terwijl ze het er eerder roerend over eens waren geweest.

'Je had het allemaal beter moeten uitzoeken,' zei Stina, die treurde over het feit dat ze van Bertil zou worden gescheiden. Maar ze maakte zich ook zorgen over haar kinderen en over wat haar oude vrienden uit het kerkkoor in Jönköping zouden zeggen.

'O ja? Jullie hadden dat ook kunnen doen,' zei Märtha. 'Ik had het al druk genoeg met het voorbereiden van de overvallen.'

'Jij misdadig monster,' beet Bertil haar toe en Märtha, die net was opgehouden met huilen, begon weer te jammeren.

'Het spijt me zo verschrikkelijk,' snikte ze. 'De volgende keer zal ik geen fouten meer maken.'

'De volgende keer?' merkte de inspecteur op. 'Is het zo erg? Jullie hebben nog niet eens in de gevangenis gezeten of je bent al bezig met het voorbereiden van nieuwe misdaden.'

'Nee, nee, ik bedoel in het leven,' legde Märtha uit. 'Voortaan zal ik eerst nadenken en dan pas doen.'

'Veel geluk ermee,' bromde Bertil.

Omdat iedereen zat te huilen, vond er pas vlak voordat ze naar hun cel moesten een verzoening plaats. Ze omhelsden elkaar innig en Märtha probeerde er een positieve draai aan te geven. 'De tijd vliegt voorbij. We zullen snel worden doorgestuurd naar een open instelling of we krijgen zo'n leuke enkelband. In een vloek en een zucht zijn we weer vrij,' zei ze. Ze liet haar stem dalen zodat niemand anders het kon horen. 'Luister goed. Vergeet niet om bezoek van de dominee te vragen. God is niet de enige die tegen hem praat,' zei ze met een raadselachtige knipoog. Vervolgens drukte ze hun drie keer snel de hand, een teken voor haar vrienden dat ze iets had bedacht.

39

Het rook nieuw en fris in Sollentuna. Het was beter dan het ouderwetse Kronoberg. En indrukwekkender. Märtha liep met opgeheven hoofd door de zalen en probeerde er ontspannen en beheerst uit te zien, maar eigenlijk ergerde ze zich verschrikkelijk. Ze begreep totaal niet waarom de agenten van Kronoberg zo onbeleefd hadden gedaan. De vijf waren toch juist naar hen toe gegaan om de overval te bekennen? Maar in plaats van dankbaar te zijn hadden die geüniformeerde snotapen neerbuigend gedaan, ja, bijna hatelijk. Die lui hadden geen respect voor de ouderen! Toen Anna-Greta in tranen was uitgebarsten vanwege de verdwenen schilderijen en Stina had verteld hoe ze die schilderijen had vermomd, leek de inspecteur het zat te zijn. Hij belde de openbaar aanklager en eiste dat ze allemaal formeel in staat van beschuldiging zouden worden gesteld. Vervolgens werden ze nog een paar keer verhoord en kort daarna werd hun eindelijk de misdaad die ze nota bene al hadden bekend ten laste gelegd.

'Meekomen!' Märtha kreeg een duw in haar zij en haar begeleider bracht haar naar Inschrijvingen. Ze ging een steriele kamer binnen, waar het naar plastic en hout rook. Märtha moest op een stoel plaatsnemen in een klein, koud gangetje voor een brede glazen wand, met de mededeling dat ze daar moest wachten. Na een tijdje zag ze een paar mensen in donkerblauwe T-shirts aan de andere kant van het raam. Ze wuifde naar hen. Dat waren vast de cipiers. Ze herhaalde mompelend een paar keer het woord 'oppasser', want ze had gehoord dat de gedetineerden de bewaarders zo noemden. Ze had helemaal geen zin om op te vallen nu ze in de gevangenis was beland, ze wilde zo snel mogelijk in de massa opgaan. Er ging een luik open en een van de cipiers keek naar buiten.

'Welkom,' zei de oppasser. Märtha vond het raar klinken, alsof de mensen aan de andere kant van het raam wilden dat je hen kwam begroeten. Er volgde een gesprek waarin de man vroeg hoe het met haar ging, of ze medicijnen gebruikte, of ze een speciaal dieet volgde en wat ze van haar aanstaande hechtenis vond. Ze moest haar horloge, portemonnee, ringen, armbanden en andere eigendommen afgeven, waarna ze haar eigen kleren moest inruilen voor het gevangenistenue. De oppassers wilden de schurken van de niet-schurken kunnen onderscheiden en daar kon ze wel in komen, al vond ze het in haar geval lastig te accepteren. Dat ze een boef was kon je van de buitenkant niet direct zien, in ieder geval niet als ze haar rollator gebruikte.

Toen het inschrijvingsritueel achter de rug was, werd ze naar haar cel gebracht. Het was er een in een lange rij op een lange, brede, grijze gang met flikkerend tl-licht. Märtha bleef staan en haalde diep adem. Het zag er precies zo uit als in de film.

'Hier is het,' zei de oppasser, die de deur van cel 12 opendeed. Toen ze naar binnen liep, had ze hetzelfde gevoel als op de veerboot naar Finland, met een groot verschil: ze was helaas ingedeeld in de tweede klas. De ruimte besloeg niet meer dan tien vierkante meter, misschien zelfs minder, maar zes of zeven. Er waren weliswaar een toilet en een douche, maar verder was er alleen nog plaats voor een bed, een bureau dat aan de vloer zat vastgeklonken, een plank en een paar broze plastic haakjes om kleren aan op te hangen. Het onaangename gevoel dat ze opgesloten zat bekroop Märtha meteen. Eerder had ze nog het idee gehad dat het spannende vakantie was, maar nu begon ze zich plotseling gestraft te voelen.

De oppasser sloot de deur en een toenemend gevoel van onbehagen maakte zich van haar meester. Ze keek om zich heen en ontdekte dat de planken schuin hingen en de kledingkast doorboog. Niets in de cel zat los, zelfs de wc-bril en de hangertjes niet. Dat was om te voorkomen dat iemand zichzelf zou verwonden of zich ergens aan zou verhangen. Märtha voelde zich onzeker. Als het er zo uitzag in een modern huis van bewaring, dan kon het in de gevangenis nauwelijks beter zijn... Ze keek naar de scheve planken en de doorgebogen kledingkast. Op de veerboot naar Finland bleef het meubilair recht staan, terwijl zij heen en weer schudde. Hier leek alles schots en scheef en stond zij stil. Zoals zo vaak het geval was in het leven, was niet alles perfect.

Ze troostte zich met de gedachte dat ze hier moest blijven tot ze veroordeeld was en dan zou ze worden doorgestuurd. Maar niet naar Oscar. Ze plofte op de brits neer en had medelijden met zichzelf. Ze miste hem en durfde er niet aan te denken hoe beroerd Stina zich moest voelen. Anna-Greta had het vast ook niet gemakkelijk, nu ze zo naar haar Gunnar verlangde. Märtha zuchtte diep. Nee, hier was het niet veel beter dan in het woon-zorgcomplex, en voor het eerst sinds ze het woon-zorgcomplex hadden verlaten, wilde ze ervandoor gaan. Ze kreeg immers verlof... Ze hoefden alleen maar het geld uit de regenpijp te halen en op reis te gaan. Ze zag voor zich hoe ze met het koor naar Florida vloog of ergens anders waar het warm en mooi was. Daar zouden ze in een luxe hotel verblijven, het casino bezoeken en zich te goed doen aan lekker eten. Er moest natuurlijk wel het een en ander geregeld worden, dus daar moest ze maar eens mee beginnen. Als ik het nu voorbereid, dacht ze, dan heb ik misschien een perfect plan tegen de tijd dat ik voor het eerst met verlof mag.

De volgende ochtend riep ze de oppasser bij zich. Ze zei dat ze de hele nacht wakker had gelegen omdat iets haar verschrikkelijk dwarszat. Om zielenrust te krijgen, moest ze gewoon met een dominee praten. Anders, zei ze, bestond er een kans dat een oude vrouw als zij de voorlopige hechtenis niet zou overleven. De oppasser belde direct de zielenhoeder.

40

De beroemde popster in de Prinses Lilian-suite zwalkte naar de bar en haalde er nog een fles whisky uit. Zijn halflange, blonde haar was ongekamd en zijn spijkerbroek zakte af. Hij boerde, wierp een blik op het etiket en pakte een andere fles. Een Macallan van 1952. Beneden in de hotelbar kostte één glas 1199 kroon, dus het zou wel een goede zijn. Hij trok de kurk eruit en nam een paar grote slokken voor hij terugliep naar de slaapkamer, waar hij de fles samen met twee glazen op de grond zette. Het meisje sliep nog en hij wist even niet wat hij moest doen. Toen stak hij een sigaret op. Zijn blik viel op het nachtkastje met de whiskyfles van gisteren. Er zat nog een bodempje in. Dat zou prima samengaan met zijn Marlboro.

Hij liep het balkon op en zoog de zwoele lucht in zijn longen. Stockholm werd wakker, de zon kwam op en de hemel werd lichter. Op het water bij het parlement was een man bezig netten uit te gooien. Hij verbaasde zich erover dat dit midden in een grote stad mocht. Hij was dol op Stockholm. Hier was je midden in de stad en toch ook op het platteland. Het was geweldig om in Stockholm op te treden. De Zweden waren goed opgevoed en juichten hem toe, in tegenstelling tot mensen in landen als Italië en Frankrijk, waar je zo uitgejouwd werd. In Stockholm kreeg hij staande ovaties en wat hij ook deed, het publiek vond het geweldig. Geen wonder dat hij de avond ervoor flink gefeest had. Zijn blik viel op de whiskyflessen die hij en de andere bandleden over het balkon hadden gegooid. Een paar lege flessen waren op de rand van het platte dak blijven liggen en twee waren tegen de regenpijp aan gerold. Hij had niet tot diep in de nacht moeten doorhijsen, want hij moest later die avond immers een concert geven in Oslo en dan moest hij in vorm zijn. Maar hij had zijn zinnen gezet op dat meisje in de Cadierbar en ze hadden samen het ene na het andere glas achterovergeslagen. Daarna was ze uiteraard met hem mee naar boven gegaan. Ze was heel bijzonder. Met de whiskyfles in de hand viste hij zijn aansteker uit zijn broekzak. Katterig schudde hij het ding een paar keer voor hij er zijn sigaret mee aanstak. Het was een prachtige gouden aansteker met zijn naam erin gegraveerd. Hij hield de sigaret in het vlammetje, stak hem aan en inhaleerde diep.

Hij rookte zwijgend, terwijl hij de golvende rookslierten met zijn ogen volgde tot ze verdwenen. Na een tijdje doofde hij de sigaret, dronk het laatste beetje whisky uit de fles en gooide die over de balustrade. Rinkelend viel hij tegen de twee andere aan. Ineens zag hij dat een van de flessen nog vol was. Wel alle... Hij barstte in rochelend gelach uit. Vroeger had hij boven op daken gelopen en zelfs een keer een feestje op een dak gehouden. Nu was hij helaas wat ouder en helemaal nuchter was hij ook niet. Maar wat kon het hem schelen... Hij moest die whisky redden en dan kon hij gelijk die andere flessen in de regenpijp schuiven. De opening van de regenpijp zat net onder de rand van het balkon, en als hij ging liggen en zijn hand uitstak, dan... Hij kon net bij de lege flessen en zou er juist één een duwtje geven, toen hij een zwart stuk touw zag dat in de regenpijp hing. Stel je voor dat iemand er een goede fles champagne in had gehangen voor een volgend bezoek? Of wie weet had een vermogende gast diamanten verstopt als aanbetaling voor drugs, een autodealer of zo. Zijn fantasie sloeg op hol. Hij werd dapperder. Zonder zich met een touw te zekeren, kroop hij over de balustrade en verder naar de rand. Het touw rook naar teer. Dan hing het er dus nog niet zo lang. Hij werd nieuwsgierig, pakte het touw vast en begon te trekken. In de regenpijp ritselde iets, maar algauw bleef het haken. Hij wilde nu graag weten wat het was, dus hij trok zo hard hij kon. Het ding in de regenpijp gaf mee en hij haalde iets naar boven wat op een zwarte vuilniszak leek. Hij trok de zak verder omhoog, maar die bleef weer ergens achter vastzitten. Nijdig gaf hij een flinke ruk, waardoor het touw van de zak glipte. Hij hoorde hoe het zware ding verder naar beneden gleed, waar het bleef hangen. Verdomme! Hij vloekte zachtjes en gooide de twee lege flessen achter de zwarte zak aan. De volle fles stopte hij in zijn T-shirt en voorzichtig kroop hij achteruit in de richting van het balkon. Daar zette hij eerst de fles weg voor hij zichzelf het balkon op hees. Hij stond op, veegde zijn T-shirt schoon en inspecteerde zijn buit. Het was geen whisky van drieduizend kroon per glas, maar een Lord Calvert van honderdtwintig pegels! Luid vloekend smeet hij de fles in de regenpijp en liep de suite weer in. Op dat moment hoorde hij geluid uit de slaapkamer komen. Het meisje was wakker. Op slag herinnerde hij zich weer hoe heerlijk ze was en hij haastte zich naar de slaapkamer.

41

Oscar was boven in Sollentuna terechtgekomen tussen de overvallers, moordenaars en milieuactivisten. Hij was gewend zijn vrienden van het woon-zorgcomplex om zich heen te hebben en hij voelde zich in zijn nieuwe verblijf niet op zijn gemak. Maar, zo sprak hij zichzelf moed in, je moest niemand veroordelen. Ieder mens had iets goeds in zich en had iets belangrijks te vertellen. Het was zaak positief te blijven, zelfs al zou een aantal van de ruigere types hem eenvoudig tegen de grond kunnen werken. Het was niet erg gezellig; in het woon-zorgcomplex was het ook een stuk veiliger geweest. Zijn cel was bovendien zo klein dat hij zich nauwelijks kon bewegen en hij had zijn gereedschap niet bij zich. Hij dacht aan Märtha. Dat moppie had heel wat te stellen gehad. Ze had natuurlijk gehoopt dat ze het naar hun zin zouden hebben, maar momenteel zag het er niet best uit. Ach, het zou in de gevangenis wel beter worden, aangezien ze daar een werkplaats hadden. Dan hoefde hij niet langer schoenveters te sorteren, zoals hier. Dodelijk verveeld ging hij op zijn brits liggen om een dutje te doen, toen er werd aangeklopt. Er kwam een cipier binnen.

'Er zit een dominee op je te wachten in de bezoekersruimte.'

'Dominee?' Oscar schudde zijn hoofd en wilde net vragen wat die vent in vredesnaam van hem moest, toen hij zich herinnerde wat Märtha had gezegd. *Vraag of de dominee op bezoek mag komen. God is niet de enige die met hem praat...*

'O ja, de dominee...' zei Oscar. Hij stond op en liep achter de cipier aan naar de bezoekersruimte. Hier zat Märtha ongetwijfeld achter, wat betekende dat ze iets belangrijks te melden had. Hij lachte zachtjes en begroette de zielenhoeder hartelijk. De cipier trok zich terug en Oscar en de dominee gingen op de bezoekersbank zitten. De man in het zwart haalde iets uit zijn zak.

'Ik heb een gedicht bij me. Een vrouw die ik ook heb bezocht wilde het aan u geven. Ze hoopte dat u het licht zou vinden.'

'Het licht?'

'Inderdaad. Ze heet Märtha Anderson en is erg ijverig. Ze schrijft iedere dag gedichten en dit is volgens mij een van de beste. Ze wilde dat ú het kreeg.' De dominee reikte Oscar een wit vel papier aan. Hij herkende Märtha's handschrift direct, en hij vouwde het papier open en begon te lezen.

Hij de Hoogste
strekt uit Zijn hand
Geeft jou leven
als water in een regenpijp
Overvloed aan vrijheid
krijgen wij samen
Ver weg
vergeet mij nooit.

Verward vouwde hij het papier dubbel. 'Ik begrijp niet veel van dit soort dingen,' zei hij. 'Moet een gedicht niet rijmen?'

Hij gaf het aan de dominee terug, die het zwijgend doorlas en een paar keer met zijn hand over het witte papier streek.

'Ik denk dat deze vrouw van u houdt,' zei hij na een tijdje. 'Kijk hier maar eens, *krijgen wij samen* en *vergeet mij nooit*. Dat is heel mooi.' Hij gaf het gedicht aan Oscar.

'Dus u denkt dat ze van mij houdt? Waarom zegt ze dat dan niet gewoon, in plaats van dat ik het moet ontcijferen.' Oscar las het gedicht nog een keer.

'Iedereen drukt zich anders uit. Dit is misschien haar manier om haar gevoelens onder woorden te brengen.'

Blozend stopte Oscar het papier in zijn jas. Nu Märtha niet bij hem was, voelde hij zich aan zijn lot overgelaten en had hij nergens meer plezier in. Maar wat een gedicht! Hij keek naar de dominee.

'Het is een prachtvrouw, moet u weten. We dachten dat we samen in de gevangenis zouden komen, maar dat was niet zo. Nu hoop ik dat we gauw op vrije voeten worden gesteld. Mijn goede vriend Bertil mist zijn vriendin ook.'

'Hij krijgt toch wel bezoek?'

'Nee, zijn Stina mag hem niet bezoeken. Zij zit ook vast.'

'Wat verschrikkelijk. Hebt u met z'n vieren een misdaad gepleegd?'

'Nee, met z'n vijven. Anna-Greta uit ons koor hoort er ook nog bij.'

'Vijf zondige zielen, dat is niet mis...' Discreet haalde de dominee zijn bijbel tevoorschijn. 'Zullen we samen een stukje lezen?'

'Heel graag, maar eerst wil ik graag de mooie woorden van mijn Märtha beantwoorden. Kunt u haar een groet van mij overbrengen?'

'Wat had u in gedachten?'

'Ik weet het niet zo goed.'

'Een citaat uit de Bijbel misschien?'

'Dat klinkt goed, iets over Mozes in de woestijn. Ik zou ook zelf een gedicht kunnen schrijven. Dan begrijpt ze dat ik mijn best doe voor haar.'

'Dat is een mooie gedachte.' De dominee pakte een pen en scheurde een blaadje uit zijn agenda. 'Alstublieft,' zei hij terwijl hij Oscar het papier gaf. Oscar piekerde lang over de formulering. De dominee zat zwijgend naast hem en wilde hem niet storen. Met veel moeite schreef hij een gedicht.

Märtha, pak mijn hand beet
Zodat ik mijn liefste niet vergeet
Ik verwelkom het licht samen met jou
En ik blijf je eeuwig trouw
Samen lopen we naar het voorjaar
Ver weg of dichtbij, je zegt het maar.

Het was zo cryptisch dat de dominee er waarschijnlijk niets van begreep. Maar Märtha zou het wel snappen. Dat hij doorhad dat ze over het geld in de regenpijp had geschreven. Met het geld zouden ze een nieuw leven beginnen op de dag dat ze werden vrijgelaten. Maar daarnaast had er een geheime boodschap in het gedicht verstopt gezeten. *Overvloed aan vrijheid krijgen wij samen.* Ze was iets van plan...

'Zoals ik al zei, ben ik niet zo goed in rijmen,' bekende Oscar toen hij de dominee zijn gedicht gaf. 'Maar denkt u niet dat ze dit zal waarderen?'

De dominee las vluchtig het gedicht door en glimlachte bemoedigend. 'U hebt het mooi verwoord. Het ontroert me.'

Toen de dominee afscheid nam, was Oscar in een stralend humeur. Märtha en hij hadden een vorm van communicatie gevonden en vroeg of laat zou hij te weten komen wat die geweldige vrouw van plan was.

42

Toen de dagen langer werden en de bomen groener, werd Märtha overgebracht naar de Hinseberg-gevangenis. Ze liep naar buiten en zag dat de auto er al stond. Voor ze instapte wierp ze nog een blik op Sollentuna. Zoals gewoonlijk werd de lucht weerspiegeld in de ramen. De zon scheen vrolijk, maar het was binnen natuurlijk niet allemaal zonneschijn geweest. Nu wachtte er godzijdank een echte gevangenis, al was het jammer dat er alleen maar vrouwen zaten. Ze zou het er weliswaar prettiger vinden dan in Sollentuna, maar het zou wel moeilijk worden. Ze had ontdekt hoe *opgesloten* het was. In het woon-zorgcomplex werden ze ook opgesloten, maar zuster Barbro had desondanks geen tralies voor de ramen gezet. Maar over de veroordeling wilde Märtha niet klagen. Aangezien zij het brein achter het project was geweest, kon ze moeilijk op het laatste nippertje terugkrabbelen. Het was bijna niet eens tot een veroordeling gekomen. De rechter had namelijk overwogen hen vrij te laten. De biljetten van vijfhonderd kroon en de boodschappentrolley waren niet genoeg bewijs, al stemden hun DNA-monsters overeen met wat er elders was gevonden. De politie had de mobieltjes, haarborstels en een paar gouden armbanden in de kledingkast in het Grand Hotel gevonden, maar... Nee, deze bejaarde dames en heren waren gewoon in de war geweest. Het was ook nog steeds niet helemaal duidelijk wat zich in het Rijksmuseum had afgespeeld. De kromme wandelstok stelde velen voor een raadsel, en in de politiereconstructie waren ze er niet achter gekomen wat voor rol die stok had gespeeld bij de feitelijke kunstroof. De rechter had geoordeeld dat ze moesten worden vrijgelaten in plaats van gevangengezet en dat het niet gepast was een jaar gevangenisstraf op te leggen aan een stel senioren die niets op hun kerfstok hadden. De lekenrechters vonden dat de vijf een flinke straf hadden verdiend. De kranten waren wekenlang tekeergegaan over gewetenloze senioren, die met hun fikken van het cultureel erfgoed van Zweden moesten afblijven en die zich schilderijen van dertig miljoen kroon hadden toegeëigend, plus losgeld voor een recordbedrag van tien miljoen. In het ene redactionele commentaar na het andere werd dit grove economische delict aangehaald, waarbij de vijf werden vergeleken met graaiende bankmanagers. De lekenrechters hadden dit uiteraard ook gelezen, al zeiden ze er niet door beïnvloed te worden. Märtha had gezegd dat ze van plan waren geweest de schilderijen aan het museum terug te geven en dat de tien miljoen kroon aan liefdadigheid zou worden geschonken, maar niemand had haar geloofd. Toen de straf werd uitgesproken, besloten de vijf echter niet in hoger beroep te gaan. Dat zou alleen maar tijd kosten en bovendien hadden ze hun buik vol van alle toestanden. Als ze zich goed gedroegen, zouden ze over een half jaar worden vrijgelaten en dan hadden ze tijd genoeg gehad om te testen hoe het er in een echte gevangenis aan toeging. Märtha was nieuwsgierig naar haar nieuwe verblijf en vond het een spannend vooruitzicht elke dag in het gezelschap van echte criminelen door te brengen. Ze was nog nooit in een gevangenis geweest en ze was altijd in voor wat nieuws. Bovendien kon het niet erger zijn dan het huis van bewaring.

Het was daar zo krap en donker geweest en het luchten was ook niet zo prettig als ze zich had voorgesteld. De oppassers hadden haar naar een steriel binnenplein gebracht dat was omheind met de hoogste muren die ze ooit in haar leven had gezien. Geen gezellige, wuivende korenvelden zoals in Österlen, maar beton. Zelfs als er vier gevangenen op elkaars schouders waren geklommen, met haar bovenop, had ze nog niet over de rand kunnen kijken. Terwijl ze teleurgesteld over het grijze, vieze beton van de binnenplaats had geslenterd, hoorde ze vogels, de forensentrein en het dagelijkse leven aan de andere kant van de muur – maar het enige wat ze had kunnen zien, was het grauwe traliewerk en een klein stukje van de lucht. Ze voelde zich opgesloten achter die bakstenen. Het verschil met de Prinses Lilian-suite was erg groot en het verblijf in Sollentuna duurde zo lang dat ze haast terugverlangde naar het gepiep van de magnetron als Bertil 's nachts een hapje voor zichzelf klaarmaakte en Anna-Greta's hinnikende lach. Als de dominee niet af en toe op bezoek was gekomen met een groet van Oscar, had ze het vast niet volgehouden. Maar dankzij de gedichten kreeg ze nieuwe moed. Dan had ze wat omhanden. Het Nieuwe Plan.

'Schiet eens op. Wilt u nog mee of...?' zei de chauffeur ongeduldig. De man van de dienst Vervoer en Ondersteuning wilde het drukke vrijdagmiddagverkeer voor zijn. Maar Märtha liep niet zo snel met de handboeien om en het duurde ook even voor de rollator was opgevouwen. De oppassers hielpen wel, maar ze wisten niet wat ze aan moesten met de reflector. Het lukte haar uiteindelijk toch hun de juiste instructies te geven en uitgeput ging ze tussen hen in op de achterbank zitten. De auto startte, de hekken gingen open en ze reden weg. De rit naar Örebro was bijzonder saai. Terwijl de auto door het landschap zoefde, vroeg Märtha zich af hoe het met haar koorvrienden zou zijn. Anna-Greta en Stina gingen ook naar de Hinseberg-gevangenis en Märtha verheugde zich op het weerzien. Dan kon ze hen gelijk inwijden in haar nieuwe plannen. Op dit moment was het misschien verstandiger om het over 'ideeën' te hebben. Ze moest hen eerst overtuigen.

Na een tijdje sloeg de chauffeur af en zag Märtha een wit gebouw, omheind met hekken en prikkeldraad. Nadat ze de cipier bij het hek waren gepasseerd, reed de auto het plein op. Ze keek naar buiten, want ze had gehoord dat Hinseberg een geschiedenis had die terugging tot de middeleeuwen en dat het eigendom was geweest van een adellijke familie. Niet slecht om gevangengezet te worden in een voormalig adellijk huis, dacht ze, zelfs al was een deel van de oude gebouwen gesloopt. Op de achtergrond zag ze de zon in het meertje schitteren. Hier waren geen hoge muren en je kon gewoon door de tralies en het prikkeldraad heen kijken. Ze stapte uit, bedankte de chauffeur voor de rit en begroette de nieuwe oppassers. Een magere vrouw van middelbare leeftijd met lang, blond haar begeleidde haar naar binnen.

'Märtha Anderson?' vroeg de magere lat terwijl ze haar papieren controleerde.

'In hoogsteigen persoon,' antwoordde Märtha met uitgestoken hand. Ze vroeg zich af of haar komst was aangekondigd, want ze had gehoord dat dat gebeurde. Geen van de tachtig gedetineerden zou hebben geloofd dat ze een misdadiger van negenenzeventig jaar in hun midden zouden krijgen. Maar wat zei leeftijd nou eigenlijk? Negentigjarigen gedroegen zich soms als meisjes van zeventien en er waren ook vijfenzeventigjarigen die het gevoel hadden dat ze bijna honderd waren. Märtha voelde zich nog steeds prima, aangezien ze tijdens haar voorlopige hechtenis vaak in de fitnessruimte was geweest. De rollator was ze niet van plan te gebruiken hier, ze wilde wachten tot haar plan meer vorm had gekregen. Ze had begrepen dat de meeste gedetineerden tussen de dertig en veertig jaar waren, maar dat maakte haar niet uit. Integendeel, ze vond jongeren leuk, er zat vaak meer pit in dan in mensen van haar eigen leeftijd.

Toen de blonde oppasser met de paardenstaart klaar was met haar papieren, nam ze Märtha mee naar de registratie. Nu moest Märtha zich helaas uitkleden voor een visitatie. Ze voelde zich natuurlijk opgelaten dat ze dat moest doen waar vreemde mensen bij waren, want ze zag er niet meer uit zoals in haar roemruchte verleden, maar ze besloot niet kleinzielig te doen. De oppassers moesten nu eenmaal controleren of je niet iets verbodens bij je had.

'Snapt u nou waarom je met het klimmen der jaren zo rimpelig wordt?' vroeg Märtha terwijl ze naar haar buik en kin wees. 'Waar is dat nou goed voor?'

De paardenstaart keek haar aan, maar zei niets.

'Je kunt natuurlijk niet je hele lichaam laten liften, dat zou ook wat zijn,' ging Märtha verder. Ze begon altijd te ratelen als ze zich opgelaten voelde.

'Armen omhoog.'

'Prima. Ik kan zomaar iets verstopt hebben in mijn oksels. Maar er is meer plaats onder mijn hangborsten.'

De paardenstaart vertrok geen spier.

'Hangborsten zijn perfect voor gestolen diamanten – al schuren die wel tegen je huid,' ratelde Märtha, die op de twee hangende herinneringen aan betere tijden wees.

'Goud is te zwaar, snapt u, dat rolt naar beneden.'

'Wat zegt u?' vroeg de paardenstaart.

'Wat doen jullie eigenlijk met borstimplantaten? Hebben jullie daar een speciale scanner voor?'

'U kunt zich weer aankleden,' zei de paardenstaart. Märtha kon niet eens een glimp van een lach bij haar onderscheiden. 'Daarna gaan we naar de dokter voor een onderzoek.'

'Ik ben niet ziek.'

'We moeten een lichaamsvisitatie uitvoeren.'

Märtha hoefde niet te vragen wat dat inhield. Ze haalde een keer diep adem en blies uit met een hoorbaar 'nou nou'.

'Weet u, ik ben dol op onverwacht bezoek. Want het is echt heel lang geleden – maar eerlijk gezegd verdoen jullie je tijd. Ik heb de schilderijen daar niet verstopt.'

De paardenstaart wierp haar een dodelijke blik toe en Märtha zweeg abrupt. Dat was geen gezellige tante. Misschien had Märtha het verkeerde moment uitgekozen voor een grapje. Dit is per slot van rekening een gevangenis. Op dat moment realiseerde ze zich wat ze nog voor de boeg had. Opgesloten zitten in Hinseberg zou misschien niet zo'n pretje worden als ze had gedacht.

43

De voorlopige hechtenis zat erop en er wachtte een nieuwe plek. Oscar zat in zijn cel de gedichten te lezen die hij van Märtha had gekregen. Zou hij ze bewaren? Aan de ene kant zouden ze in de gevangenis in beslag kunnen worden genomen voor analyse. Aan de andere kant betwijfelde hij of hij kon onthouden wat ze had geschreven. Hij kon ze maar beter meenemen. In het ergste geval kon hij nog altijd liegen en zeggen dat hij ze zelf had geschreven.

Hij las ze nog één keer door. In het eerste gedicht had ze gerept van het geld in de regenpijp, in het daaropvolgende had ze nuttige voorstellen gedaan met betrekking tot wat er moest gebeuren met de miljoenen. Naast de donaties aan ouderenzorg, cultuur en de armen was ze nogal sentimenteel geworden. Ze gaf te kennen dat ze het eigenlijk treurig vond dat musea zo slecht konden rondkomen en ze stelde voor om een deel van het geld terug te geven aan het Rijksmuseum – bijvoorbeeld onder het mom van een donatie aan de Vrienden van het Museum. *Veel rijkdom, tot de kunst terug is,* of wat ze ook maar had geschreven. Vervolgens had ze het in de volgende gedichten over iets heel anders gehad. *Rust in vrede in Mammons kast in stilstaand levenswater.* Dat interpreteerde hij als een voorstel om het geld ondanks alles in de regenpijp te laten liggen, maar misschien was dit weer een van haar dwaalsporen?

De dominee, die de gedichten stiekem las, raakte steeds meer in de war en Oscar had hem haastig uitgelegd dat het kennelijk niet goed ging met Märtha in voorlopige hechtenis. In de twee laatste gedichten was ze helemaal doorgeslagen.

In een grenzeloos leven
Rijkdom voor iedereen
De zon der aarde verwelkomt
Iedereen wordt gelukkig

Märtha wilde vast dat ze iets aan anderen zouden geven – maar dat ze genoeg geld overhielden om naar een warm land te reizen. Het was dus de bedoeling dat het Dievenfonds actief bleef.

Het hartenfonds van het hemelkoor
Vult het en houdt het in stand
Gods goedheid
Gedeeld door allen

Märtha leek grootse plannen te hebben, maar misschien zag ze het iets te rooskleurig. Want zelfs al hadden ze waardevolle spullen en twee beroemde schilderijen gestolen, ze konden niet zomaar doorgaan. De criminele wereld was hard, gevaarlijk zelfs. Natuurlijk was het interessant geweest om te zien hoe het leven van een crimineel eruitzag, maar als de gevangenis ook maar iets op het huis van bewaring leek, dan had dat tv-progamma het bij het verkeerde eind. Als ze zich met zijn vijven weer op het dievenpad zouden begeven, moest alles perfect verlopen, zodat ze niet wéér vast kwamen te zitten.

Oscar moest denken aan een paar louche types die hij in het huis van bewaring had leren kennen. Juro, een grote, stevige Joegoslaaf had het met andere gedetineerden over een bankoverval gehad. Hij had Kroatisch gesproken, maar Oscar, die veel talen sprak, kon hem prima verstaan. Oscars vader was timmerman geweest in het vroegere Tsjecho-Slowakije en zijn moeder was Italiaans. Toen zijn ouders naar Zweden waren verhuisd en in Sundbyberg waren neergestreken, hadden ze allerlei talen gesproken en Oscar had er veel van opgepikt. Hij had een talenknobbel en luisterde vaak naar buitenlandse radiostations als hij in zijn werkplaats bezig was. Want op die manier leerde je een taal het beste, vond hij. Zelfs Kroatisch had hij onder de knie gekregen.

De Joegoslaaf had Oscar waarschijnlijk uitvindingen zien schetsen, want een paar dagen later had hij hem tijdens het luchten fluisterend in het gebroken Zweeds aangesproken.

'Jij kan heel technisch, wat?'

'Ach, dat valt wel mee. Ik heb als kleine jongen veel met lego gespeeld, dat is alles.'

'Nee, nee, jij bent uitgevonder. Ik weten. Jij is super met slot en alarm.'

Verdorie, dacht Oscar, die graag anoniem had willen blijven.

'Ik heb als knul Polhem bestudeerd en zijn sloten zijn zeker driehonderd jaar oud.'

'Banken, weet je wel,' ging de Joegoslaaf verder. 'Dom, veel dom. Ze pakken geld van staat als slecht gaat, wat, maar ze delen niet uit als goed gaat. Ik zal ze leren, jij helpen...'

'Er zijn heus wel andere mogelijkheden,' onderbrak Oscar hem. 'De overheid kan dividend uitkeren. Daar kun je ook rijk van worden.' Hij probeerde over te komen als een man van de wereld, hij had immers de kranten gevolgd, waarin hij had gelezen dat je van dividend rijk kon worden. Hij was potdomme niet helemaal achterlijk als het over geld ging.

De Joegoslaaf lachte hartelijk en legde een hand op Oscars schouder. 'Jij weet hier in Stockholm, het kantoor van de Handelsbank aan Karlaplan, wat? Vlak bij de Valhallaweg, als je rechtdoor gaat naar Arlanda. Dat slot daar is veel lastig...'

Oscar gebaarde hulpeloos met zijn armen. 'Van dat soort sloten weet ik niets af.'

Hij wilde onder geen beding betrokken raken bij de Joego-maffia. Hij besloot tijdens het luchten niet meer naar buiten te gaan. Maar hij zag dat Juro contact zocht met anderen op de luchtplaats. Onder andere ontfutselde hij informatie aan een voormalig bankmedewerker. De man zat te wachten tot hij moest voorkomen voor een economisch delict; hij had jarenlang verscheidene bankrekeningen geplunderd, tot zijn vrouw hem aangaf.

Een week later verruilde de Joegoslaaf het huis van bewaring voor de gevangenis en haalde Oscar opgelucht adem. Juro had hem de hele tijd in de gaten gehouden en hij had alle zeilen moeten bijzetten om zich dommer voor te doen dan hij was. Wie zwijgt krijgt informatie, wie spreekt verraadt zichzelf, zoals hij vaak zei. Maar één ding snapte hij wel – Juro en zijn vrienden buiten de muren waren van plan een grote bankoverval te plegen.

'Af en toe worden gesnapt, niet probleem. Uitrusten in gevangenis. Dan geld halen,' had de Joegoslaaf uitgelegd.

Oscar piekerde lang over die uitspraak en vroeg zich af of hij niet een andere draai aan die filosofie kon geven. Niemand beroven en tóch rijk worden. Dat zou toch de ultieme oplossing zijn. Maar hij had nog niet bedacht hoe dat dan in zijn werk moest gaan. Hij had Märtha nodig. Samen zouden ze wel iets bedenken.

44

'Waarom zit jij in Hinseberg? Jij hoort in een woon-zorgcomplex.'

Märtha draaide zich om. Ze was in de keuken en had juist een glas melk voor zichzelf ingeschonken, toen er een meid met krullend haar, een smalle mond en een spitse neus binnenkwam. Ze leek een jaar of vijfendertig, kauwde kauwgom met open mond en stond demonstratief met haar handen in haar zij. Wat een welkom, dacht Märtha. Ze kon toch tenminste doen alsóf ze aardig was.

'Een woon-zorgcomplex, ben je mal. Ik ben geen dinosaurus. In dat geval had ik hier niet gestaan en was jij al lang verslonden.'

De vrouw knipperde met haar ogen. 'O, een opschepper. Pas maar op. Vergeet niet dat jij het groentje bent hier. Ik ben al eerder geflipt.'

Eerder geflipt? Märtha dacht na. Dat betekende waarschijnlijk dat die meid hier al vaker was geweest.

'Flip me hier en flip me daar. Het is geen zonde om een nieuwe gedetineerde vriendelijk te verwelkomen,' zei Märtha. Ze nam een flinke slok van haar melk en zette het glas op het aanrecht. 'Ik ben trouwens Märtha Anderson.'

De vrouw kauwde verder op haar kauwgom.

'Waarvoor zit je hier?'

'Overval.'

'Jíj? Drink je daarom soms melk, om krachten te verzamelen voor de volgende coup? Vort, ouwe koe.'

Twee jongere meiden die de keuken waren binnengekomen, begonnen te schaterlachen. Märtha gluurde naar de oppasser die achter een raam stond en vroeg zich af of hij hen kon horen. De blik van de kauwgomvrouw was hard en uitdrukkingsloos. Zij heerste vast over de gedetineerden, dacht Märtha, die al het een en ander had opgevangen over hoe het er bij een verblijf in Hinseberg aan toeging. Bepaalde leidinggevende figuren voerden het commando, had ze gehoord, en de oppassers hadden gezegd dat er ongeschreven regels waren die je maar het beste kon naleven.

'Dus volgens jou ben ik een koe,' zei Märtha.

De kauwgomvrouw knikte.

'Als je me nog een keer koe noemt, rijd ik mijn rollator in je kruis. Dat je het even weet.'

Het bleef stil en na een tijdje begonnen de meiden op de achtergrond te giechelen. De kauwgomvrouw deed dreigend een stap in Märtha's richting.

'Luister goed, seniele oude drugshoer. Je past je aan of je gaat een reisje maken naar de sauna!'

'Sauna?' Märtha begreep er niets van en dat bleek kennelijk uit haar gezichtsuitdrukking.

'Daar wordt afgerekend. Goed geïsoleerd en geen ramen.'

'Op die manier,' zei Märtha, die nu begreep waar de vrouw het over had. Ze gooide het over een andere boeg en probeerde een vriendschappelijker benadering.

'Wil je ook?' vroeg ze terwijl ze het melkpak omhooghield.

'Je maakt zeker een grapje!'

'Waarom zit jij hier eigenlijk?'

'Roofmoord.'

Märtha verslikte zich in haar melk en begon te hoesten.

'Wie heb jij eigenlijk beroofd?' vroeg de kauwgomvrouw.

'We hebben een paar schilderijen gejat. Uit het Rijksmuseum.' Märtha haalde nonchalant haar schouders op.

'Verdraaid, die kunstroof. Daar heb ik over gelezen. Zijn de schilderijen al gevonden?'

Märtha schudde haar hoofd.

'Dat is het 'm nou juist. Ze zijn verdwenen.'

'Da's balen... Waar hebben jullie ze verstopt? Ik zal je niet verlinken.'

'Wij kunnen ze niet vinden en de politie ook niet.'

'Daar geloof ik niks van. Zeg op. Hier staan we aan dezelfde kant. Als je niet deelt, dan...' De vrouw pakte het glas van Märtha af en gooide het leeg in de gootsteen.

'De overval is gelukt, maar daarna... Je kunt niet alles hebben,' zei

Märtha terwijl ze haar glas weer volschonk.

'Je bent een koppig wijf. Er zitten hier veel bejaardenovervallers, moet je weten. Meiden die gespecialiseerd zijn in het beroven van zo iemand als jij. Luister naar mijn advies. Dim een beetje.' De kauwgomvrouw gooide nog een keer Märtha's glas leeg. 'Nog één ding. Aangezien je overjarig bent, willen we je niet in de werkplaats. Jij mag in de keuken helpen. We beginnen om acht uur, dus het ontbijt moet om zeven uur op tafel staan.'

'Daar ga jij niet over, maar de oppassers,' zei Märtha.

'Je hoort bij ons of je hoort bij hen. Degene die naar het oppashok gaat om te klikken, hoort hier niet thuis. Begrepen? Jij kunt nu al een reisje naar de sauna gebruiken.'

'Jij bent verdomme niet goed snik,' mompelde Märtha.

'Zelfs van een kadaver kan ik niet alles door de vingers zien.' De blik van de kauwgomvrouw was ijskoud.

Märtha schraapte haar keel. 'Prima, morgenochtend, zeven uur, ontbijt. Tot dan.'

Ze liep met geheven hoofd de keuken uit en vanuit haar ooghoeken zag ze hoe de vrouw hatelijk lachte. Nu was het voor Märtha wel duidelijk dat de werkelijkheid heel anders was dan wat ze op tv had gezien, of had gelezen in misdaadromans. Hier was het zaak om op het scherp van de snede te balanceren.

45

'Zo zie ik het graag. Opgeruimd,' zei Allanson de bootsman. Hij maakte nog een laatste ronde door de schuur. Er stonden een groot anker en een krat op de grond en op de planken lagen een paar netten, wat boeien en een stuk of wat hengels – verder was het er leeg. De fietsen waren weg, net als de brommers en de twee sneeuwscooters.

'Wie had ooit gedacht dat we in euro's betaald zouden krijgen zoals we hebben geëist. Die kinderfietsen en de fietsen met tien versnellingen waren gelijk weg. Die Esten waren dolgelukkig,' zei Janson.

'De brommers hebben we ook voor een goede prijs kunnen verkopen,' voegde Allanson eraan toe.

'Nu hebben we weer ruimte. Wat zeg je van een nieuwe ronde? Fietsen en brommers bijvoorbeeld.'

'Verdomd goed plan. Zaterdag?'

'Ik ben het weekend vrij, al moet ik wel naar mijn moeder in het woon-zorgcomplex. Ze is jarig. Maar daarna kan ik.'

'De fase dat je haar om vier uur 's nachts moet toezingen is voorbij, of niet soms?' grijnsde Janson.

'Ho, ho.' Allanson keek naar de vloer. Hij werd regelmatig geplaagd met het feit dat hij zo vaak bij zijn moeder langsging. Maar hij was erg aan haar gehecht en ze was altijd zo blij als hij op bezoek kwam – al was ze het de dag erop meestal weer vergeten.

'Ik blijf niet lang en daarna pik ik jou op. Maar ik moet haar wel iets geven. Chocolade of bloemen zijn zo gewoontjes.'

'Bloemen? Die krijgt ze toch wel. Neem deze maar mee. Die ziet er nog als nieuw uit en staat hier toch maar in de weg.' Janson gaf een schop tegen de zwarte boodschappentrolley op de pallet.

'Die trolley? Maar ze is veel te oud om boodschappen te doen.'

'Snap je het dan niet? Je moet haar laten geloven dat ze het nog wel kan. Dan voelen die oudjes zich ineens stukken jonger. Je kunt er ook andere dingen dan boodschappen in stoppen.'

Allanson gluurde argwanend naar de boodschappentrolley, maar na een tijdje klaarde zijn gezicht op.

'Ze heeft een enorme hoop dekens die ze overal mee naartoe sleept. Het personeel klaagt er steen en been over. Straks kan ze de dekens in de trolley stoppen.'

'Precies. Vergeet niet eerst het krantenpapier eruit te halen.'

'Goed, maar ik wil haar ook nog iets anders geven,' zei Allanson.

'Je zei toch dat ze de broodjes en de koekjes hadden geschrapt? Koop een paar lekkere taartjes voor alle inwoners. Dan kun je meteen iets lekkers meenemen voor ons.'

Allanson keek hem dankbaar aan.

'Jij zit ook altijd vol goede ideeën.'

Janson lachte en deed de schuur op slot. Ze stapten in de auto en maakten hun gebruikelijke ritje langs de container en Gevonden Voorwerpen.

46

Toen de wekker om half zeven ging, was Märtha met een ruk wakker. Veel oude mensen werden vroeg wakker, zij niet. In haar wereld was dit een onchristelijk tijdstip, alleen geschikt voor vogels, boeven en ongeschoren jongeren die waren doorgezakt. Ze stond met tegenzin op, ging douchen en kleedde zich aan. Toen de oppassers haar deur om zeven uur openmaakten, slofte ze naar de keuken. Er stond hier geen hip kookeiland. Waarschijnlijk maar goed ook, anders was ze vast in de war geraakt. Ze pakte de melk en het beleg uit de koelkast en de havermout en de muesli uit de kast. De kopjes en borden stonden op een plank en het bestek lag in de la onder het aanrecht. Gapend kookte ze eieren, maakte havermoutpap in een steelpan, net zoals vroeger, zette brood, kaas, ham en jam op tafel. Toen ze klaar was, plofte ze op een stoel met een kop koffie in haar hand. Ze had niet voor Liza, de kauwgomvrouw, gedekt. Haar plaats aan het hoofd van de tafel was leeg.

Even later kwamen de andere vrouwen de keuken binnen en Märtha stelde zich aan hen voor. Ze groetten haar, gingen zitten en begonnen te eten. Iedereen at in alle rust haar ontbijt en toen Liza na een tijdje met veel bombarie binnenkwam, keken ze allemaal op. Het was al van veraf zichtbaar dat ze een ochtendhumeur had en het werd er niet beter op toen ze in de gaten kreeg dat er niet voor haar was gedekt.

'Waar is mijn kopje?'

'In de kast, denk ik,' zei Märtha.

'Haal het dan,' zei Liza.

'De borden staan op de bovenste plank en op de onderste staan de koffiekopjes. De glazen staan op het aanrecht.'

De vrouwen hielden op met eten en het werd doodstil.

Märtha at van haar havermoutpap en roerde bedaard in haar koffie. Het kon niemand zijn ontgaan dat de sfeer in de keuken gespannen was, maar Märtha was te oud om zich er druk om te maken.

'Pak een kopje voor me en een bord!' gromde Liza.

'Misschien dat ik morgen de tafel voor je dek, maar dat hangt ervan af. Ik ben erg gevoelig.'

Liza sloeg zo hard tegen Märtha's kopje dat de koffie over de tafel vloog. Märtha, die al met zoiets rekening had gehouden, schonk rustig haar kopje weer vol en ging verder met haar pap. Ze wendde zich tot de vrouw naast haar. 'Is ze altijd zo humeurig 's ochtends?'

Geen antwoord. Er werd wat gehoest, er rinkelde een lepel tegen een schoteltje en de vrouwen wierpen elkaar zwijgend blikken toe. Opeens voelde Märtha hoe iemand haar stoel achteruitschoof, haar blouse vastgreep en haar omhoogtrok.

'Mijn koffie!' krijste Liza.

'Er is ook thee,' zei Märtha bedaard terwijl ze Liza's handen van haar kraag haalde. De vrouwen hapten naar adem, maar begonnen vervolgens gesmoord te giechelen. Het gegiechel verspreidde zich en algauw lachte iedereen. Liza staarde haar woedend aan, maar Märtha wist dat ze niets kon beginnen. Die meid had de andere vrouwen onder de duim gehouden met dreigementen over een reisje naar de sauna, maar met Märtha was het anders. Als ze een bijna tachtigjarige vrouw meenam naar de sauna om haar een lesje te leren, dan zou ze zelf verliezen. Dat besefte ze wel, en alle andere vrouwen in de keuken ook.

'Eet je ontbijt op, dan was ik later wel af,' zei Märtha.

Liza deed of ze het niet had gehoord, maar haalde een kopje, schonk koffie in en ging weer aan het hoofd van de tafel zitten. Zonder een woord te zeggen belegde ze een boterham met kaas en toen ze klaar was, stond ze op en liep de keuken uit. Märtha keek haar na en vroeg zich af hoe en wanneer Liza wraak zou nemen.

47

Petra had zitten knikkebollen in de metro toen haar oog ineens op het artikel over de grote kunstroof in het Rijksmuseum viel. Een paar jaar eerder was er ook een overval op het museum gepleegd en ze vroeg zich af of dezelfde bende misschien weer had toegeslagen. Maar er stond nauwelijks iets over in de krant. De politie liet niet veel los; om te beginnen wilden ze niet eens bekendmaken welke schilderijen er gestolen waren. Destijds had Petra het niet zo goed gevolgd, want het was in haar tentamenperiode gebeurd. Bovendien had ze knallende ruzie gehad met haar vriend. Het Grand Hotel en het schoonmaken moesten maar wachten. Pas na het tentamen pakte ze de draad van haar leven weer op en ging ze langs bij haar vriend. Ze praatten alles uit en besloten de relatie weer op te pakken. Om dat te vieren boekten ze een lastminutereis naar Egypte. Toen ze uitgerust thuiskwam, met een mooi bruin kleurtje, ging ze ook weer aan de slag als kamermeisje in het Grand Hotel.

Daar had ze pas in de gaten gekregen dat de twee gestolen schilderijen een Renoir en een Monet waren. Ze zat in de bibliotheek van het Grand Hotel in een paar oude kranten te bladeren toen ze de foto's zag. Ze hapte naar adem. Wat leek die Renoir op dat schilderij met de hoed en de snor dat ze uit de Prinses Lilian-suite had meegenomen, en hetzelfde gold voor de Monet met de zeilboten op de Schelde. Ze was ervan uitgegaan dat het heel slechte reproducties waren, maar stel je eens voor dat dat niet het geval was... Natuurlijk was het wel vreemd dat de boeven de schilderijen op een paar honderd meter van het Rijksmuseum in een hotelkamer hadden achtergelaten. De kunstwerken waren vast al lang en breed het land uit. Toch liet het idee haar niet met rust, want nu ze langer over de zaak nadacht, besefte ze dat die reproducties in wel heel mooie lijsten hadden gezeten. Maar zo ging dat waarschijnlijk vaak. Met een mooie lijst zag zelfs de lelijkste reproductie er bijna professioneel uit.

Petra beet op haar nagels en kon zich niet langer concentreren. De schilderijen hadden niet meer op haar schoonmaakkar gestaan, maar misschien stonden ze nog ergens in het bijgebouw? Het liefst had ze haar collega's ernaar gevraagd, maar ze aarzelde. Als het de echte kunstwerken waren, zou het haar in de problemen kunnen brengen, omdat ze ze op eigen houtje had verwisseld. Doeken met een waarde van dertig miljoen... Ze keek om zich heen. Er zaten mensen in de bar te kletsen en in restaurant De Veranda zaten hotelgasten te eten. Als ze naar het Rijksmuseum ging om te vragen of ze daar posters van de Monet en de Renoir hadden, kon ze kijken of die haar deden denken aan de schilderijen uit de suite. Ze moest lachen om haar eigen onnozelheid. Ze kon toch gewoon op de website van het museum kijken! Ze stond op en ging naar de computerruimte op de begane grond.

Vlug zocht ze de website van het Rijksmuseum op en klikte op de verschillende collecties. Ze hoefde niet lang te zoeken voor ze de twee schilderijen had gevonden. De kleurenprinter van het hotel stond naast de computer. Ze printte de plaatjes en stopte de kopieën in haar handtas. Vervolgens verwijderde ze haar gegevens uit 'vorige zoekopdrachten'. Met het papier in haar handtas maakte ze dat ze in het bijgebouw kwam. Ze moest erachter komen wat voor schilderijen ze van de muur in de suite had gehaald, en dat betekende dat ze er nog een keer goed naar moest zoeken. Ergens moesten ze toch staan, want ze kon zich niet voorstellen dat ze zomaar waren verdwenen. Als niemand ze tenminste had ontdekt en zich had gerealiseerd dat het geen waardeloze reproducties waren, maar schilderijen met een gezamenlijke waarde van dertig miljoen kroon...

48

Toen Allanson De Diamant binnenging met de boodschappentrolley, lag zijn moeder Dolores op haar kamer te rusten. Hij bleef een tijdje in de gemeenschappelijke woonkamer wachten, maar het duurde hem te lang, dus hij ging haar wakker maken. Zijn moeder lag met ongeborsteld, dun wit haar op het kussen en ze leek in de war, maar toen ze zag wie er de kamer binnengekomen was, klaarde haar gezicht op.

'Ach, lieve jongen, wat fijn dat je er bent!'

'Gefeliciteerd met je verjaardag.' Allanson liep naar haar toe en gaf haar een knuffel.

'Nou nou. Iemand feliciteren omdat ze ouder is geworden, toe maar. Het zou eigenlijk andersom moeten zijn. Je zou de vlag halfstok moeten hangen als ik jarig ben om me te beklagen.'

Allanson pakte de doos met taart. 'Ik heb iets lekkers voor bij de koffie meegenomen en ook nog een verrassing. Wat zeg je van deze boodschappentrolley?'

'Om de taart in te stoppen?'

'Nee, voor je bolletjes wol en je dekens en dat soort dingen.'

'Daar is hij wel geschikt voor. Zet maar in de hoek, dan gaan we koffiedrinken.'

'Ik wil eerst het krantenpapier er nog even uit halen.'

'Daar hebben we geen tijd voor. Ik vraag straks zuster Barbro wel of ze wil helpen. De koffiekopjes staan hier, maar wil jij koffie halen?'

Allanson deed wat zijn moeder hem vroeg. Dat had hij altijd gedaan en dat beviel prima. Hij pakte de kopjes en voor het gemak ging hij naar de automaat in de gemeenschappelijke woonkamer voor koffie. Terug op de kamer van zijn moeder maakte hij de taartdoos open en haalde de gebakjes eruit. Zijn moeder ging op de bank zitten en gebaarde dat hij in de leunstoel mocht plaatsnemen.

'Weet je nog, toen je nog een klein jongetje was en bessen had geplukt?'

Allanson knikte. Vandaag leek zijn moeder het verhaal te willen vertellen over de keer dat ze in het bos wolvensporen hadden gezien. Het was een lang en gedetailleerd verhaal, dus ze was voorlopig nog niet klaar. Hij zette de gebakjes op tafel en schonk koffie in. Van zoetigheid werd zijn moeder moe, dus ze zou wel gauw in slaap vallen. Hoeveel hij ook van haar hield, het was een beproeving om iedere keer naar hetzelfde verhaal te moeten luisteren. Hij leunde achterover in de stoel. Over een uurtje of twee zou ze lekker liggen slapen en dan kon hij naar Janson gaan.

De bouwvakkers waren al naar huis en het bijgebouw was verlaten. Petra liep naar het prikbord om te kijken wie de dag nadat ze de schilderijen had weggehaald de kar had gebruikt. Helaas was er al een nieuw schoonmaakrooster opgehangen. Ze liep door het bijgebouw in de hoop de twee vermiste schilderijen zo terug te vinden. Ze zocht overal, maar zonder resultaat. Verwijtend mopperde ze op zichzelf dat ze zo onnozel was geweest om de schilderijen op de schoonmaakkar te laten staan. Vanaf nu zou ze elk schilderij aandachtig bestuderen. Je kon immers nooit weten welke kunstenaar het had gemaakt. Ze zocht verder in de kelder en het magazijn en keerde uiteindelijk uitgeput terug in het bijgebouw. Met trillende handen wilde ze een sigaret opsteken. Wat had ze eigenlijk met de rest van de spullen gedaan?

Ze pakte haar aansteker, maar bedacht dat er een rookverbod gold in het bijgebouw. Maar ze had geen zin om naar de bar te gaan. Ze kon doen zoals ze op school had gedaan: een peukje roken op het toilet. Ze liep erheen en keek onder het roken bewonderend naar het pleisterwerk op het plafond en naar de prachtige wastafels. Hier waren de hoofdkleuren blauw en zilver en de kunstig gevormde kranen leken wel afkomstig uit een kasteel. Jammer dat de bouwvakkers hier hun spullen bewaarden. Ze hadden er verfbussen, kwasten, schuurpapier en een heleboel andere rotzooi neergegooid. Zelfs als het bijgebouw niet werd gebruikt, konden ze het toilet toch wel een beetje netjes houden. Ze rookte verder en doofde de peuk onder de kraan.

Vervolgens ruimde ze een paar vuilniszakken en verfbussen op die in de weg stonden. Ze had een hekel aan troep en moest altijd opruimen, ook als ze niet aan het werk was. Achter de schildersladder stond een doos met spullen, gemerkt 'Leger des Heils'. Ineens bleef ze staan. Helemaal onder in de doos zag ze twee schilderijen liggen.

49

Petra haalde de spullen uit de doos en pakte met trillende handen de schilderijen eruit. Het waren inderdaad de twee die ze in de Prinses Lilian-suite van de muur had gehaald. Ze keek om zich heen op zoek naar een plek waar ze de schilderijen kon neerleggen. Daar, een kaptafel. Gespannen zette ze de schilderijen erop, deed haar handtas open en haalde de kleurenkopieën eruit. Inderdaad, als je de hoed en die veel te borstelige snor op de Renoir en al die zeilboten op de Monet wegdacht, waren deze schilderijen en haar kopieën precies hetzelfde. Ze draaide de schilderijen om en bekeek de achterkant. Er stond een registratienummer op en ze zag dat er canvas was gebruikt. Beide kunstwerken hadden een vergulde lijst. Ze bedacht dat de schilderijen in de andere hotelsuites niet in zulke lijsten aan de muur hingen. Beter kon ze ze niet bekijken, want ze hoorde voetstappen en stemmen bij de deur van het bijgebouw. Het waren de barkeeper en de nieuwe receptioniste.

Petra kroop achteruit zodat ze haar niet zouden zien. Een eind verder in de gang was een tijdelijke opslagruimte voor meubels uit de kamers die werden gerenoveerd. Misschien gingen ze die kant op. Ze wachtte tot de voetstappen waren weggestorven en pakte vervolgens de Renoir op om hem weer in de doos te stoppen. Tot haar verbazing zag ze dat er verf op haar ene duim zat. Iemand had vast per ongeluk op de schilderijen geknoeid. Een van de bouwvakkers natuurlijk, of misschien die lawaaierige popster... Maar toen hij kwam had ze de schilderijen al weggehaald. Vóór hem hadden die bejaarden in de suite gezeten... Ze pakte haar zakdoek, maakte die vochtig en veegde er voorzichtig mee over de Renoir. Toen ze bij de hoed van de man kwam, werd haar zakdoek zwart en er kwam steeds meer van het haar van de man tevoorschijn. Ze deed hetzelfde met de Monet. Een zeilboot verdween zonder dat ze er hard over hoefde te wrijven. Dus die aardige, oude mensjes in de Prinses Lilian-suite... Petra proestte het bijna uit. Het complete Zweedse politiekorps was hiervoor ingeschakeld, zonder dat ze de schilderijen hadden gevonden. De senioren in de Prinses Lilian-suite hadden iedereen bij de neus genomen. In een opwelling wilde ze naar de receptie rennen om te vertellen wat ze had ontdekt, maar ineens hoorde ze geroep, gevolgd door gesteun en gelach. De barkeeper en zijn meisje. Haastig legde ze de schilderijen terug in de doos waar ze ze had gevonden. Ze kon maar beter gaan. Ze dacht na. Als er zo verwoed naar die schilderijen werd gezocht, zou de politie vroeg of laat wel een beloning uitloven... Ze kreeg geen studiefinanciering meer en ze had ook geen zin om meer te gaan schoonmaken. Een beloning zou haar uit de brand kunnen helpen. Als ze de schilderijen mee naar huis nam om ze daar een tijdje te verbergen, kon ze immers gewoon zeggen dat ze te goeder trouw had gehandeld. Ze had ze per slot van rekening niet gestolen, maar gevonden tussen het bouwafval en de vuilniszakken op een toilet. Ze had ze alleen maar meegenomen totdat ze er een andere plek in het hotel voor had gevonden... Dat kon ze wel zeggen, dat klonk goed. En dat ze zich vervolgens had gerealiseerd welke schilderijen het waren, dus toen had ze meteen het museum of de politie gebeld, of wie er ook maar die beloning uitloofde. De overheid gaf immers ook geld aan amateurarcheologen als zij kostbaarheden opgroeven. Dan moest ze toch zeker een beloning krijgen omdat ze een paar waardevolle kunstwerken had gered, vond ze. Tegen de pers kon ze zeggen hoe blij ze was dat ze die twee dierbare schilderijen voor het nageslacht had kunnen redden. Het scenario was waterdicht.

Er ging een deur open en verderop in de gang hoorde ze voetstappen. Ze kwamen dichterbij. De barkeeper en die meid! Die twee liepen hardop pratend en knuffelend door de gang en namen niet eens de moeite zachtjes te doen. Ze verstopte zich nog een keer op het toilet, deed de bril naar beneden en probeerde te verzinnen wat ze zou zeggen als ze haar ontdekten. Maar ineens bedacht ze dat de meeste mensen er gauw vandoor gingen als ze iemand op een toilet zagen zitten. Ze zag hoe ze voorbijliepen en op het liftknopje drukten, maar ze durfde zich niet te verroeren voor ze de liftdeuren hoorde dichtgaan. Ze bleef nog even zitten, terwijl ze die twee stilletjes bedankte. In het donker had ze de tijd gehad om na te denken. Nu wist ze precies wat ze met de schilderijen moest doen.

50

Hinseberg, wat een plek om je zomer door te brengen! Geen Cadierbar of restaurant De Veranda. Geen gans of dure taartjes te krijgen. Märtha woelde in haar bed, ze kon niet slapen. Het was warm en helaas kon ze het raam niet wagenwijd openzetten. Ze zat godbetert in de gevangenis. Ze gooide de dekens van zich af, klopte haar kussen op en ging weer liggen. Af en toe dommelde ze weg, maar de gedachte aan Liza maakte haar steeds weer wakker. Misschien was het niet verstandig zo tegen haar in te gaan, maar vanaf hun eerste ontmoeting had Märtha een grondige hekel aan die meid. Nou ja, gedane zaken namen geen keer. Morgenochtend zou ze voor iedereen de tafel dekken.

Toen Liza de volgende dag de keuken binnenliep, deed ze alsof ze het kopje en het bord niet zag. Ze ging zitten en begon te eten. Zoals gewoonlijk zei ze niet veel, ze groette Märtha niet eens. Met haar handen om het koffiekopje wierp ze af en toe een blik uit het raam. Märtha vroeg zich af wat er aan de hand was, want het was van veraf al te zien dat ze ergens mee zat. Haar gezicht was gespannen, haar huid zag grauw en haar blik dwaalde af. Als iemand iets tegen haar zei, mompelde ze wat of gaf helemaal geen antwoord.

Toen ze na het ontbijt in de fitnessruimte waren, besloot Märtha een praatje met haar aan te knopen.

'Hallo,' zei Märtha.

'Wel heb ik ooit, jij ook hier.'

'Zelfs een dinosaurus moet aan haar conditie werken.'

Een paar meiden kwamen binnen en liepen naar de apparaten. Liza negeerde hen. Ze legde een mat op de grond en begon sit-ups te doen.

'Je krijgt binnenkort verlof, heb ik gehoord,' zei Märtha toen Liza even pauzeerde.

Ze kreeg een grom als antwoord.

'Heb je daar geen zin in?'

Liza draaide zich om voor een serie push-ups. Märtha haalde haar schouders op en pakte een paar halters. 'Weet je, als ik verlof krijg, kan ik nergens heen,' zei ze na een tijdje om het gesprek weer op gang te krijgen. 'Ik ben weggelopen uit het woon-zorgcomplex en nu mag de hemel weten...'

Liza, die onderweg was naar de hometrainers, bleef staan.

'Welkom in de echte wereld. Als wij achter de tralies verdwijnen, wordt ons appartement ook doodleuk aan een ander verhuurd. In de werkplaats krijgen we zakgeld voor snoep en sigaretten, maar meer ook niet. Zonder ouders of een vent buiten, die onze financiën regelen, stort alles in. En dan vraagt de overheid zich af waarom we weer het criminele pad op gaan.'

Daar had Märtha nog niet aan gedacht. Hoe kon je je normale leven terugkrijgen als je je straf had uitgezeten?

'Jij hebt dus al het een en ander meegemaakt, begrijp ik?' vroeg ze.

'Ik wil er niet over praten.'

'Maar...'

Liza stond op en liep de fitnessruimte uit.

De daaropvolgende dagen heerste Liza over haar koninkrijk zoals ze gewend was. Märtha deed of ze het niet doorhad. De situatie werd zo ondraaglijk dat Märtha blij was toen ze hoorde dat Liza verlof had gekregen. De dag voor Liza's verlof kwamen ze elkaar in de wasruimte tegen. Märtha schrok ervan.

'Is dat even schrikken,' zei Liza toen ze Märtha zag. Liza stond in een hoek te wachten tot de centrifuge klaar was. Ze glipte langs Märtha heen en ging in de deuropening staan, zodat ze de doorgang blokkeerde. 'Het moet verdomme niet gekker worden. Durf jij je hier alleen in mijn gebied te vertonen?'

Het rook er naar wasmiddel en wasverzachter, en aan het plafond hing een peertje. De vloer was nat en er lag een wasmand op z'n kop in een hoekje. Märtha probeerde niets te laten merken, al ging haar hart als een bezetene tekeer. Ze was naar de wasruimte gegaan om te zien of ze een wasmachine aan de praat kon krijgen zonder hulp te hoeven inroepen. Ze had er niet op gerekend dat ze Liza tegen het lijf zou lopen.

'Is die een beetje goed?' vroeg Märtha met een knik naar de dichtstbijzijnde wasmachine. Ze hoopte dat haar stem natuurlijk klonk.

'Kijk zelf maar. Stop je hoofd in de trommel, dan zet ik hem aan,' antwoordde Liza, die een sigaret opstak.

Märtha deed of ze het grapje niet hoorde, schraapte haar keel en begon te hoesten van de rook. 'Is dat jouw was?' vroeg ze, wijzend naar een machine die aanstond.

'Ja, en ik wacht net zo lang tot het klaar is.'

Märtha maakte aanstalten om te gaan, maar Liza hield haar tegen.

'Hinseberg is een aquarium, heb je daar al eens aan gedacht? De oppassers houden je overal in de gaten. Overal, behalve hier. Hier niet en in de sauna. Zitten.' Ze wees naar de bank naast de wasmachines.

'Ik wilde eigenlijk gaan. Ik wacht wel tot je klaar bent.'

'Nee, zitten.'

Märtha aarzelde even, maar ging vervolgens toch zitten.

'Dat met die schilderijen. Ik heb daar eens over nagedacht,' zei Liza, die een beetje tabak van haar tong plukte. 'Een Renoir en een Monet, die zijn een bom duiten waard.'

'Als je ze tenminste kunt vinden.'

'Zeg op. Waar heb je ze verstopt?'

'Ik weet het niet. Het is ons gelukt om een paar van de meest waardevolle schilderijen in Zweden te stelen, die vervolgens zijn verdwenen toen we het losgeld gingen ophalen. Ik vraag me af of er een verband bestaat tussen die twee dingen. Of iemand is ons op het spoor gekomen en is de suite binnengedrongen toen wij er niet waren.'

Liza deed een stap naar voren zodat ze heel dichtbij stond. Veel te dichtbij, vond Märtha.

'Het kan wel zijn dat je een groentje bent, maar je hebt het niet begrepen, geloof ik. Hier vormen we een blok. Voor de dag ermee. Waar zijn die schilderijen?'

'Ze hingen nog in de suite in het Grand toen we die cruise gingen maken en ze waren verdwenen toen we terugkwamen. Meer weet ik niet.'

'Welke suite?'

'Dat ga ik jou niet aan je neus hangen. Jij vertelt me ook niet waar jullie je kauwgom vandaan hebben. Mij houd je niet voor de gek,' zei Märtha. 'Bovendien zijn de schilderijen toch weg.'

'Wat maakt het dan nog uit?'

'Daar zeg je wat.' Märtha dacht na. 'Ja, ik vraag me eigenlijk ook wel af wat er is gebeurd. Wie is de Prinses Lilian-suite binnengegaan om de schilderijen te stelen? Het moet een bekwame persoon zijn geweest, want we hadden ze aangepast.'

'Aangepast?'

'Inderdaad. Je had moeten zien hoe ze eruitzagen,' zei Märtha lachend. 'We hebben er een hoed, zeilboten en nog een paar kleine dingetjes aan toegevoegd, zodat niemand ze zou herkennen. En toch zijn ze verdwenen.'

Liza tipte haar sigaret af en inhaleerde diep.

'Iemand kan de schilderijen herkend hebben en ze hebben doorverkocht.'

'Maar wie? We waren maar vierentwintig uur weg.'

'Het hotelpersoneel of een van de andere gasten natuurlijk. Als de schilderijen tenminste niet gewoon zijn omgewisseld.'

'Er hingen inderdaad twee andere schilderijen toen we terugkwamen,' zei Märtha peinzend.

'Zie je wel, ik heb gelijk.'

'Maar de politie heeft het hele hotel binnenstebuiten gekeerd en niets gevonden. We zouden de schilderijen trouwens teruggeven als we het losgeld hadden gekregen.'

'Hebben jullie het gekregen?'

'Het geld is verdwenen.' Hier permitteerde Märtha zich een leugentje om bestwil, omdat ze geen zin had te vertellen dat ze een deel van het losgeld wel hadden gekregen en dat het in een regenpijp op hen lag te wachten.

'Het wordt wel een zootje zo langzamerhand. Jullie plegen de beste kunstroof van de wereld, maar verliezen zowel de buit als het losgeld?'

'Zo eenvoudig was het allemaal niet. Eerste keer, weet je wel. Maar ik vind dat met de schilderijen wel erg.'

Liza deed nog een stap naar voren en boog zich over Märtha heen. Even vroeg ze zich af of Liza de sigaret in haar gezicht wilde doven.

‘Heeft de politie het schoonmaakpersoneel ook ondervraagd?’

‘Weet ik veel. De politie heeft iedereen vermoedelijk ondervraagd.’

‘Een personeelslid zou de schilderijen kunnen hebben meegenomen. Met een beetje geld krijgen we ze wel aan de praat.’

‘Maar ik zit hier nog zeker een jaar.’

‘Ik heb morgen verlof. Ik kan je helpen, maar dan wil ik tien procent van het losgeld.’

‘Ik heb toch al gezegd dat het geld weg is.’

‘Luister goed, schoonheid. Het kan toch niet zomaar allemaal floeps verdwenen zijn. Dat een deel van het geld weg is, kan ik nog begrijpen, maar niet alles. Die schilderijen zijn ook wel ergens. Of ze zijn doorverkocht en dan is er niets aan te doen, of iemand houdt ze achter. Iedereen in het hotel kan ze herkend hebben, en nu zitten ze te wachten tot de politie een beloning uitlooft.’

‘Je hebt gelijk. Daar had ik nog niet aan gedacht.’

‘Crimineel zijn is een beroep. Je hebt hulp nodig. Je bent misschien wel zo oud als de duivel, dom ben je zeker niet.’ Liza nam Märtha van top tot teen op. ‘Ik maak een rondje om mijn contacten in te lichten. Als ik de schilderijen vind, krijg ik mijn tien procent. Dan verdienen we er allebei aan.’

‘Ik weet het niet, er zijn meer mensen bij betrokken. Ik kan dit niet alleen beslissen,’ zei Märtha.

‘Eigenlijk maakt het niets uit, weet je. Je hebt al zo veel losgelaten dat ik dit wel alleen kan opknappen. Je dacht toch zeker niet dat ik met iemand ga delen? Les één in de gevangenis: klap nooit te veel uit de school. En vertrouw niemand.’

‘Maar...’

‘Sorry.’ Liza liep naar de wasmachine en haalde haar wasgoed eruit. ‘Je kunt je gang gaan, ouwe koe.’

Die nacht kreeg Liza plotseling buikgriep. De volgende twee dagen lag ze op bed en kon ze niet op begeleid verlof. De oorzaak werd niet achterhaald, maar Märtha wist wat er was gebeurd. Zij had nog steeds een deel van Bertils kruiden; niemand had de rollator doorzocht.

51

Het duurde lang voor Petra had bedacht hoe ze het zou aanpakken. Zodra ze aan het einde van de dag alleen in het bijgebouw was, ging ze aan het werk. De bouwvakkers hadden isolatiemateriaal, een rol noppenfolie, vuilniszakken en een heleboel andere spullen laten liggen. Vlug pakte ze beide schilderijen in in het plastic en stopte ze in een bruine vuilniszak met wat isolatiemateriaal, oude kranten en andere rotzooi. Vervolgens stouwde ze alles in het toilet. Het vuilnis werd pas vrijdag opgehaald, dus tot die tijd hoefde ze zich niet ongerust te maken. Ze had vierentwintig uur om de schilderijen het Grand Hotel uit te smokkelen.

Op weg naar huis groette ze zoals gewoonlijk de twee receptionistes en maakte een praatje met de portiers. Vervolgens nam ze de metro naar huis. Ze zat de hele weg naar de universiteit op hete kolen. Ze bedacht dat er van alles fout kon gaan, maar ze sprak zichzelf streng toe en zei dat het allemaal wel los zou lopen. Ze moest denken aan haar ouders, die zulke hoge verwachtingen van haar hadden. 'Mijn keurige, kleine meid,' zei haar moeder altijd. Haar vader schepte altijd over haar op. Ze moesten eens weten wat ze had gedaan. Als het fout ging, moest ze zichzelf maar zien te redden. Haar ouders hadden in het verleden ook nooit voor haar klaargestaan en dat zouden ze nu zeker niet doen. Haar moeder wilde wel, maar ze was vaak ziek en had zich niet veel met Petra's opvoeding bemoeid, en haar vader leek een kind te hebben aangeschaft om mee kunnen pronken. Hij had in een elektronicazaak gewerkt en als hij niet een grote erfenis had gekregen, zouden ze nooit het geld hebben gehad om naar Stockholm te verhuizen. Ze was de eerste in de familie die ging studeren aan de universiteit. Als hij erachter kwam dat ze twee schilderijen ter waarde van dertig miljoen kroon had verstopt, zou hij flauwvallen. Nee, hij zou een hartstilstand krijgen.

De volgende dag haastte ze zich in haar lunchpauze naar het koninklijk paleis, waar ze een kaartje kocht voor de Wapenkamer, maar de tentoonstelling interesseerde haar niets. Ze bleef een tijdje hangen in de museumwinkel, waar ze alle ansichtkaarten en posters van het koninklijk paar bekeek. Uiteindelijk viel haar keuze op een poster van de koning in uniform en een van de koning en de koningin samen. Ze kocht de posters en voor de zekerheid liet ze ze in een koker verpakken voor ze weer naar het hotel ging.

Die middag ging Petra een paar keer naar het bijgebouw om te controleren of alles er nog stond. Toen ze klaar was met schoonmaken, moest ze nog een half uur wachten voor de bouwvakkers naar huis waren gegaan. Ze nam de lift naar het bijgebouw, deed voorzichtig de deur open en bleef lang staan luisteren, tot ze zich ervan had verzekerd dat ze alleen was. De barkeeper zou pas over twee uur beginnen, dus ze had tijd genoeg. Nu ze wist dat ze alleen was, haalde ze de schilderijen uit het toilet en legde Monets meesterwerk op de kaptafel. Het was geen eenvoudige klus om het doek uit de lijst te krijgen, en er moest gereedschap aan te pas komen voor het haar lukte. Ze legde de poster van de koning op het schilderij van de Schelde en niette het eraan vast. Vervolgens deed ze de lijst er weer om, zette het schilderij tegen de muur en bekeek het geheel van een afstandje. De koning zag er erg knap uit in zijn grijze uniform met een enorme rij medailles op zijn borst. De steek zat mooi op zijn hoofd en verborg zijn dunner wordende haar. Hij ziet er veel eleganter uit dan die vette politici die iedere dag op tv zijn, dacht ze. Misschien moest ze niet meer op de socialisten stemmen, want ze was immers koningsgezind. Hoe kon je dat nou niet zijn? Als je een koning afzette, moest hij immers worden vervangen door een ander staatshoofd, en werd het daar nou zo veel beter van?

Ze ging verder met de Renoir. De grote vergulde lijst was perfect voor een poster van de koning en de koningin. Vlug verwijderde ze de zware lijst, legde de poster op het schilderij en niette ook die vast. Vervolgens kreeg ze met een beetje moeite de lijst er weer om. Ze streek het haar uit haar gezicht en beoordeelde haar werk. Het zag er nogal statig uit, maar het was per slot van rekening het koninklijk paar. Die twee vertegenwoordigden Zweden in het buitenland, wat de socialisten er ook van zeiden. Wel jammer dat koningin Sylvia naar de botox had gegrepen. Een van de mooiste vrouwen ter wereld vindt zichzelf niet mooi genoeg. Het was een ramp voor de vrouwenbeweging en een grote nederlaag voor de vrouw, vond Petra. Ze onderzocht de twee schilderijen nauwkeurig. De posters pasten precies en de lijsten zaten er redelijk goed omheen. Misschien was de vergulde lijst met de poster van het koninklijk paar iets te veel van het goede, dus Petra smeerde de lijst met bouwstof in tot het schilderij er echt kitscherig uitzag. Alleen als de schilderijen werden opgetild, zou de persoon ontdekken hoe zwaar ze waren, anders zou hij denken dat er plastic lijsten om zaten.

Ze legde het gereedschap terug, verstopte de vuilniszak tussen het andere vuilnis en controleerde of er niets meer op de grond lag. Vervolgens pakte ze de schilderijen weer in in het noppenfolie, stopte ze in twee zwarte plastic zakken en legde ze in haar koffer. Voor ze de koffer dichtdeed, keek ze nog er even goed naar. Ze pakte het handvat vast en rolde de tas naar de lift. Ze stal niets, ze wilde de schilderijen alleen even lenen. Zodra ze de beloning had geïnd, konden ze terug naar het museum.

Niemand hield haar tegen toen ze het hotel uit liep en in de metro was ze een van de vele reizigers met bagage. Thuisgekomen deed ze de deur van haar kamer op slot en haalde opgelucht adem. Haar schilderijenexpeditie was gelukt. Als zij zich niet om de kunstwerken had bekommerd, waren ze misschien voor altijd verloren gegaan. Ze was trots op wat ze had gedaan. Nu waren de schilderijen veilig. Ze zette thee en at een broodje voor ze verderging. Ze keek om zich heen en besloot ze boven de bank te hangen. Vervolgens deed ze een paar passen achteruit en keek tevreden naar de vriendelijk lachende koning en de koningin in de vergulde lijsten. Niemand, absoluut niemand zou op het idee komen om in een studentenkamer naar een Renoir en een Monet te zoeken.

52

De dag dat Anna-Greta en Stina bij Hinseberg aankwamen, was het zwaarbewolkt en dreigde er onweer. Toen de hekken opengingen en Märtha haar vriendinnen zag, kreeg ze een warm gevoel vanbinnen. Eindelijk zou ze haar oude kompanen weer zien en daar verheugde ze zich op, want de laatste paar dagen waren vreselijk geweest.

Toen Liza weer was opgeknapt, bleek namelijk dat ze pas over een paar weken met verlof kon; er was geen begeleider beschikbaar en het was binnenkort ook vakantie. Het zou nog wel even duren voor ze toestemming kreeg. Liza gluurde nijdig naar Märtha alsof ze haar ergens van verdacht. Märtha wist dat iemand zoals Liza op wraak zou zinnen.

Het duurde ontzettend lang voor Stina en Anna-Greta de visitering achter de rug hadden, een cel toegewezen hadden gekregen en de eerste rondleiding hadden gehad. Het ging echter allemaal goed, want een paar uur later klonk er schetterende blaasmuziek uit de cel van Anna-Greta. Volgens het reglement mochten ze maar vijf kledingstukken, wat bloempotten, boeken, cassettebandjes en cd's meenemen, maar Anna-Greta leek een arme oppasser ervan te hebben overtuigd dat ze niet kon leven zonder haar langspeelplaten. De oppassers waren vast blootgesteld aan de paardenlach. Met Märtha was het anders geweest, zij mocht niet eens haar breiwerk meenemen. Na de lunch was het weer opgeklaard en Märtha ging naar het park. De drie zouden elkaar voor het eerst sinds Kronoberg weer zien en ze maakte zich een beetje zorgen. Zouden ze op haar gaan mopperen nu ze erachter waren gekomen hoe het er in een echte gevangenis aan toeging? Toen de deur openging en de vriendinnen naar buiten kwamen, haalde ze een paar keer diep adem voor ze hen ging begroeten. Het was een milde dag. De zon scheen, de vogelkers en de sering roken heerlijk en de kersenboom bloeide.

'Ik hoop dat jullie niet boos zijn dat ik jullie hierin heb meegetrokken,' zei Märtha toen ze elkaar hadden begroet. Ze liepen over De Straat, de oude hoofdweg van het voormalig landgoed. De vogels floten en iedereen behalve Anna-Greta hoorde de wind in de bomen suizen.

'Boos? Lieve hemel! Ik heb het niet meer zo naar mijn zin gehad sinds de feesten op de bank!' riep Anna-Greta, die met haar aansteker worstelde en vervolgens een cigarillo opstak. Stina en Märtha keken elkaar verbaasd aan. Hun vriendin inhaleerde diep, hoestte en ging verder: 'Kijk dan toch hoe mooi het hier is. Heel anders dan de gemeenschappelijke woonkamer in De Diamant.'

Stina was het met haar eens. 'Waarom zouden we treuren? Dit was wat we wilden. Een mooie woning met de mogelijkheid om van het buitenleven te genieten. Bovendien krijgen we fatsoenlijk te eten. Natuurlijk is het jammer van de jongens, maar we mogen in onze handen knijpen als je ziet hoe goed het verder gaat.'

'In onze handen knijpen?' vroeg Märtha.

'Ja, zonder Bertil en Oscar moeten we ons tevredenstellen met de oppassers. Ik heb er al een stuk of wat gezien. Knappe kerels, jong, flink, zonder bierbuik. Goed gespierd en vol zelfvertrouwen. Die bakkebaarden zijn ook niet slecht.'

'Nou, nou, Stina. Wat zal Bertil daarvan zeggen?' vroeg Märtha.

Anna-Greta staarde in de verte. 'Wisten jullie dat Gunnar bij mij op bezoek is geweest in het huis van bewaring?'

'Gunnar? Hoe dat zo?' vroeg Stina.

'Hij is zo verlegen. Toen hij me eindelijk durfde te bezoeken in het Grand Hotel, zat ik al achter de tralies. Maar hij is doorgegaan met zoeken tot hij me had gevonden.'

'Niet slecht! Ben je dankzij hem cigarillo's gaan roken?' vroeg Märtha.

'Ja. Willen jullie er een? Ik kan de cipiers vragen of ze jullie er ook een willen geven. Maar dan moet ik dat 's ochtends al melden.'

'Dank je, we redden het wel zonder,' zeiden Stina en Märtha in koor, terwijl ze uit de rook stapten.

'Weet je, Gunnar verwijt mij helemaal niets, integendeel juist,' ging

Anna-Greta verder. 'Hij had over de kunstroof gelezen en vond het fantastisch hoe wij zowel het Rijksmuseum als de politie ertussen hadden genomen. Alle vrouwen die hij tot nu toe had ontmoet, waren altijd zo saai, zei hij. In vergelijking met hen was ik een wonderbaarlijke wervelstorm.'

'Wervelstorm?' Märtha herhaalde de uitdrukking. Geen 'frisse wind' maar een complete wervelstorm. Als hij het over de stem en het gelach van Anna-Greta had, sloeg hij de spijker op z'n kop.

'Hij heeft beloofd me hier ook te bezoeken.'

'Wat aardig,' zei Märtha.

'Zal ik jullie eens wat vertellen,' ging Anna-Greta verder. 'Gunnar heeft een grote verzameling langspeelplaten, waarvan hij me drie dozen heeft meegegeven. Het mooiste is dat hij van gewijde muziek houdt en hij heeft een aantal platen van Lapp-Lisa. Zijn lievelingslied van haar is "Kinderliefde".'

'Jackpot,' mompelde Märtha.

'Het is hier trouwens prachtig,' zei Stina, die over het grasveld uitkeek. 'Het lijkt wel een grote tuin.'

'Nou en of,' beaamde Märtha. 'Vroeger verbleven de gevangenen hier in mooie, oude houten huizen, maar...'

'Gedetineerden,' onderbrak Anna-Greta haar, die vond dat alles bij zijn juiste naam moest worden genoemd.

'Maar erg veel comfort was er niet en je moest vragen of je naar het toilet mocht. De huizen zijn een paar jaar geleden gesloopt en daar is dit park voor in de plaats gekomen.'

'Een adellijk huis, het zou zo het Grand Hotel kunnen zijn,' riep Stina. Ze gebaarde erbij alsof ze de hele wereld wilde omarmen.

'Grand Hotel? Dat moet je dan wel ruim zien,' snoof Anna-Greta. 'De villa's in Djursholm zijn mijlenver weg, en heb je de hekwerken gezien? Die zijn vier meter hoog. We hoeven niet te betalen voor de kamers, dat scheelt. Toen ze in het Grand het geld van mijn rekening afschreven, ging er drie jaar sparen in rook op. Dat geld wil ik wel terug, trouwens.'

'Natuurlijk!' zeiden Märtha en Stina in koor.

'Maar wat een mooi zwembad hadden ze daar. We hebben het er wel naar onze zin gehad, dacht ik,' zei Stina. 'In De Diamant zaten we maar wat te loeren naar de lelijke huurhuizen aan de overkant van de straat.'

'Het is hier ook mooi en er is een fitnessruimte,' voegde Märtha eraan toe.

'Prima. Ik ben spieren aan het kweken, of hoe het ook mag heten,' zei Anna-Greta. 'Gunnar houdt van mooie dingen, heeft hij gezegd. Is hier trouwens ook een spa?' Ze nam nog een trekje van haar cigarillo, gooide de peuk op de grond en drukte hem uit met de hak van haar schoen.

'Nee, maar er is wel een sauna,' zei Märtha. 'En een kiosk. We mogen bezoek ontvangen, als de personen tenminste niet in het politieregister staan. Wel jammer voor Bertil en Oscar. Alleen jij kunt je vrijer zien, Anna-Greta.'

'Hiiiiiiiiiii.' De paardenlach klonk harder en opgewekter dan gewoonlijk.

De drie dames hadden veel te bepraten, en toen ze een vrij bankje zagen bij de muur, gingen ze daar zitten. Ze genoten van de geuren en al het lentegroen. Een paar meiden waren de bloembedden aan het schoffelen en een eindje verderop was iemand gras aan het maaien. Stina lachte dromerig.

'Emma en Anders hebben me in het huis van bewaring bezocht. Ze waren trots op mij vanwege de kunstroof en vroegen zich af of ik nog meer van plan was. Alsof je vanuit de gevangenis iets kunt stelen. Ik was zo blij dat ze me kwamen opzoeken. Ik hoop dat ze ook hierheen komen, zodat ik mijn nieuwe kleinkind kan bewonderen,' babbelde Stina. 'Nu heb ik al drie kleinkinderen!'

Märtha, die geen kinderen had, deed alsof ze geïnteresseerd was. 'Is alles goed gegaan?'

'Emma wilde graag thuis bevallen, maar haar man vond het geen goed idee om zowel het leven van het kind als dat van haar op het spel te zetten.'

'Foei, wat een moderne flauwekul,' zei Anna-Greta.

'Toen wilde Emma een onderwaterbevalling, net als in de jaren zeventig.'

'Aha,' zei Märtha, die daar ooit iets over had gelezen. 'Het kan verkeren.'

'Hoe is dat gegaan?' vroeg Anna-Greta nieuwsgierig.

'Het kind was er al voor ze het bad konden laten vollopen.'

Anna-Greta lachte zo hard dat als ze de cigarillo nog in haar hand had gehad, ze die op haar schoot zou hebben laten vallen. Märtha en Stina werden door haar gelach aangestoken en schaterden het uit, net toen Liza voorbijliep.

'Jullie moeten trouwens oppassen voor die meid met dat krulletjeshaar,' zei Märtha met een hoofdknik in Liza's richting. 'Ze is niet voor de poes. Ze heeft me uitgehoord over de schilderijenroof.'

'Nee maar! Wat heb je gezegd?' riep Anna-Greta.

'Helaas heb ik verteld dat de schilderijen zijn verdwenen. Toen wilde ze me helpen met zoeken in ruil voor een deel van het losgeld.'

'Nogal brutaal,' vond Stina.

'Ze heeft het geprobeerd, maar we moeten er niet meer mensen bij betrekken, dan raken we de controle kwijt,' zei Märtha.

'Het lijkt erop dat dat al is gebeurd,' zei Anna-Greta belerend.

'Ach wat, het komt wel goed. Maar voordat we weer iets onwettigs gaan doen, moeten we eerst de schilderijen vinden en ze teruggeven aan het museum.'

'Zeker, maar hoe pakken we dat aan?' vroeg Stina, die steeds meer als een crimineel begon te denken. Nu ze de pocketdetectives had ontdekt, las ze nog maar zelden Selma Lagerlöf en Heidenstam. In het huis van bewaring had ze aandachtig geluisterd als iemand het over overvallen had gehad.

'Gunnar kan misschien helpen,' zei Anna-Greta.

'We wilden er toch juist niet meer mensen bij betrekken,' wees Stina haar terecht.

'Liza had het over vindersloon,' zei Märtha, en ze liet haar stem dalen. 'Geen slecht plan. Als we een beloning van een miljoen uitloven voor degene die de schilderijen terugbrengt, komen ze misschien weer boven water. Er ligt een miljoen of vier, vijf in de regenpijp.'

'Moeten we een miljoen weggeven?' Anna-Greta zette grote ogen op. 'Honderdduizend kroon moet toch ook genoeg zijn.'

'Het museum móét de schilderijen terugkrijgen. Zelfs een boef heeft beroepseer,' zei Märtha.

'Als we maar niet naar de gevangenis hoeven,' piepte Stina.

‘Volgens mij zijn we daar al,’ zei Anna-Greta fijntjes.

‘Ik heb een idee,’ zei Stina, en ze keek peinzend naar een paar mussen die een eindje verderop in de bosjes waren neergestreken. ‘We zetten zo snel mogelijk een advertentie in de krant over de beloning die we uitloven en als we antwoord krijgen, vragen we of we met verlof mogen en...’

‘Maar dan zitten we met de begeleiders,’ protesteerde Anna-Greta. ‘Misschien kunnen we beter wachten tot we een enkelband krijgen en naar huis mogen.’

‘Kun je met een enkelband in het Grand Hotel verblijven?’ vroeg Stina.

‘Nee. De oppassers volgen ons waarschijnlijk via een of andere computer. Die zien precies wat we doen en dan verraden wij dat het geld in de regenpijp zit,’ zei Märtha.

‘Kunnen we die enkelbanden niet losmaken en om de benen van de paradepaarden bij het koninklijk paleis binden?’ vroeg Anna-Greta. Ooit had ze paardrijden als hobby gehad. Märtha en Stina keken elkaar vragend aan, alsof ze niet zeker wisten of ze het goed hadden gehoord. Anna-Greta maakte bijna nooit grapjes. Gunnar had een wonder tot stand gebracht.

‘We moeten hier nog maar eens goed over nadenken,’ zei Märtha uiteindelijk. ‘We hebben een plan nodig en we moeten om verlof vragen om de boel te verkennen.’

De andere twee leken tevreden met dit voorstel. Maar Märtha was helemaal niet tevreden, want ze maakte zich ongerust over Liza. Stel je toch voor dat dat takkewijf de schilderijen eerder vond dan zij.

53

Achter de wolken schijnt de zon en je mag nooit opgeven, dacht zuster Barbro terwijl ze door de documenten op haar bureau bladerde. Liefde is als politiek. Of als de aandelenbeurs. Het is onvoorspelbaar. Ze had haar kaarten op Ingmar gezet en er moest binnenkort iets gebeuren. Ze haalde een witte zakdoek uit haar zak en veegde het zweet uit haar decolleté. In de gemeenschappelijke woonkamer zaten twee mannen te dommelen en Dolores zat te knikkebollen op de bank. Barbro keek naar hen maar zag hen niet. In haar hoofd was alleen plaats voor Ingmar. Hij had problemen gekregen met zijn vrouw. Ze was met de kinderen teruggekomen, maar een week later was ze alweer vertrokken naar Engeland. In het begin had hij nauwelijks over zijn huwelijk gepraat, maar hij werd steeds stiller. Toen ze hem uiteindelijk had gevraagd wat er aan de hand was, had hij verteld dat zijn vrouw verliefd was geworden op een Engelse zakenman in Londen. Geen man vindt het leuk om aan de kant gezet te worden, dus ze begreep dat hij moest worden getroost. Ze bleef die nacht bij hem en inmiddels had ze haar kleding en schoenen in zijn kledingkast staan. Ze had het gevoel dat ze een voet tussen de deur had en langzaam maar zeker haar plek in zijn leven kon innemen.

'Lieve Ingmar, wat gaat er nu gebeuren?' vroeg ze hem een paar weken later.

'Mijn vrouw en ik hebben het een en ander te regelen, maar daarna, lieveling, daarna!'

Hij en Zij. Dat hij het serieus meende, werd haar duidelijk toen hij haar aan de kinderen voorstelde.

'Dit is mijn collega Barbro. Ik hoop dat jullie het goed met elkaar kunnen vinden,' had hij gezegd, waarna hij zich had verontschuldigd dat hij het zo druk had. 'Het is vervelend dat ik zo veel moet overwerken, liefste, maar we kunnen de avonden en de nachten samen doorbrengen.'

'Ik kan je wel helpen,' had ze opgewekt gezegd en ze werkte verder aan haar plan om onmisbaar te worden.

Nu brachten ze iedere dag samen door, en ze kon haar werkdag niet snel genoeg afsluiten om naar huis te gaan en voor hem te koken. Alsof zij en Ingmar al echt getrouwd waren. Ze wist dat ze haar doel bijna bereikt had. Binnenkort, dacht ze. Binnenkort!

Nog een geluk dat het tussen haar en Ingmar goed ging, want op het werk had ze het behoorlijk moeilijk. Sinds de schilderijenroof in het Rijksmuseum was niets bij het oude gebleven.

'Waarom moeten we hier zitten? Ik wil amusement,' zei Sven van vierentachtig jaar.

'Ik wil een tochtje maken op het Mälarenmeer,' zeurde zijn vriendin Selma van drieëntachtig.

'Kunnen we niet met z'n allen een reisje maken en een beetje shoppen?' vroeg de zesentachtigjarige Gertrud, terwijl ze zuster Barbro een arm gaf. 'Van nieuwe kleren fleurt iedereen op.'

Ja, zo bleven de oudjes maar zeuren en als het de spuigaten uitliep, ging zuster Barbro naarstig op zoek naar de rode pilletjes. Maar hoe ze ook zocht, ze kon ze niet vinden en het werd er niet beter op toen ze naar de apotheek ging.

'De productie was niet rendabel, dus die hebben we stilgelegd,' zeiden ze. Het alternatief was aanmerkelijk duurder. Barbro vroeg Ingmar wat ze moesten doen.

'Lieve hemel, voor zulke dure pillen hebben we geen geld,' antwoordde hij. 'Dan zul je de oudjes moeten afmatten,' zei hij lachend, terwijl hij haar tegen zich aan drukte.

In het woon-zorgcomplex ging het van kwaad tot erger. Niemand in De Diamant ging zoals afgesproken om acht uur naar bed en ze weigerden te eten wat hun werd voorgezet. De drieënnegentigjarige Dolores was het irritantst. Ze liep rond met een boodschappentrolley vol dekens en krantenpapier en beweerde dat er geld in de trolley zat.

'Ik heb miljoenen gekregen,' zei ze iedere dag, terwijl ze vergenoegd naar de trolley wees. 'Mijn zoon is zo gul. Wat heb ik het toch goed.'

Barbro lachte en speelde het spelletje mee, want je kon maar het beste meelachen met die oudjes en ze gelijk geven. Dat had ze op cursus geleerd. Dolores neuriede zachtjes en klopte glimlachend op de trolley. 'Mijn miljoenen,' zei ze giechelend.

'Geweldig,' vonden alle bewoners en ze gaven Dolores een stuk marsepeintaart, haar lievelingsgebak. Een week later had Dolores het handvat hemelsblauw geverfd. Want, zo zei ze, het geld was een geschenk uit de hemel.

Er kwam steeds meer stress bij kijken op Barbro's werk. Ze had eigenlijk meer hulp nodig in De Diamant, maar iedere keer dat ze het onderwerp aansneed, zei Ingmar verontschuldigend dat ze niet te veel geld moesten uitgeven.

'Je begrijpt toch wel, mijn liefste,' legde hij uit, 'dat als De Diamant nog winstgevender wordt, wij meer bejaardentehuizen kunnen openen. En dan, mijn goudklompje, word ik rijk.'

Wíj worden rijk, dacht ze, maar ze zei het niet hardop. In plaats daarvan kwam ze met bezuinigingsvoorstellen om hem blij te maken. Voor één plan schaamde ze zich nogal.

'Als we het huidige personeel ontslaan vanwege contractbreuk en in hun plaats immigranten aannemen, kunnen we hun een lager loon geven. Ze zullen niet gauw klagen, ze zijn allang blij dat ze werk hebben,' had ze aarzelend voorgesteld, bang voor zijn reactie.

'Lieve schat, je bent fantastisch,' had hij geantwoord en sinds die dag bekeek hij haar met andere ogen. Ze merkte dat hij haar respecteerde en ze voelde zich niet langer zijn minnares maar zijn rechterhand.

Ze ruimde de documenten op haar bureau op, controleerde of er nog iets was binnengekomen en stond op. Ze trok haar jas aan en liep naar de deur. Een dag eerder had Ingmar gezegd dat ze misschien de leiding over het concern konden delen. Ze glimlachte. Ze was bijna bij de eindstreep en alles was veel sneller gegaan dan ze had durven hopen.

54

'We zullen wel gauw met verlof mogen, denken jullie niet?' vroeg Märtha op een dag toen ze na de lunch de afwas deed. Het regende niet langer en de vriendinnen wilden graag gaan wandelen. Het was de natste zomer in decennia geweest en af en toe dacht Märtha ongerust aan het geld in de regenpijp. Als Bertil de zakken maar zo goed had dichtgeknoopt als hij beweerde en als de touwen het maar hielden. Niemand had het kunnen controleren, aangezien ze nog niet met verlof waren geweest en ze nog meer dan een half jaar te gaan hadden.

'Deze week wordt het zeker niet. Maar maak je niet ongerust, Märtha. Het geld ligt op ons te wachten als we vrijkomen,' zei Anna-Greta, die een vies dienblad op het aanrecht zette. Märtha gooide wat nieuw afwasmiddel in het water en tijdens het schoonboenen van het dienblad bedacht ze hoe rustig Anna-Greta was geworden. Zij maakte zich ongerust over de toekomst, terwijl Anna-Greta platen draaide of met de anderen in het naaiatelier kleding naaide voor instellingen.

In korte tijd was ze erg populair geworden onder de gedetineerden. Niet in de laatste plaats omdat ze met de naald in de hand vertelde over verschillende soorten bankrekeningen en hoe je het beste geld kon overmaken.

'Ik vind het hier leuk, want de meisjes hebben respect voor mijn kennis,' zei Anna-Greta. 'Ze luisteren veel beter naar mij dan de mensen vroeger bij de bank.'

Dat wil ik graag geloven, dacht Märtha, maar ze zei het niet hardop.

Stina was ook tevreden. Ze bracht veel tijd door in de werkplaats, waar ze T-shirts bedrukte. Iedere dag vertelde ze over een nieuwe slogan die een trendy reclamefirma had bedacht.

'Geen gesnater, kom wonen in Säter,' zei ze op een dag hard giechelend. Een week later kwam ze met: 'Voor leven in de brouwerij neem je een huis in Hjo erbij.' Märtha vond het rijmelarij van de bovenste plank en vroeg zich af of dat echt op de T-shirts werd gedrukt. Toen bekende Stina dat het er had kúnnen staan, maar dat ze die slogans zelf had bedacht. Ze bleef maar doorgaan met die flauwe rijmpjes, het was niet om uit te houden. Het hield pas op toen de werkplaats een grote order van een Russische firma kreeg. Met die letters kon ze niets aanvangen.

Zelfs Märtha had haar draai gevonden, al bleef het af en toe wel raar om omringd te worden door zo veel criminelen. Geen van de gedetineerden gaf toe terecht veroordeeld te zijn, maar een beetje onbetrouwbaar waren ze wel. Het ergste was dat de zwaarste criminelen heersten over de rest. Die Liza bijvoorbeeld.

Märtha ontwaakte uit haar gedachten toen het dienblad in de afwasbak viel. 'Ik heb geen rust voor we die schilderijen hebben teruggegeven en het geld hebben opgehaald,' verzuchtte ze terwijl ze met de afwasborstel het dienblad schrobde.

'Märtha, het geld in de regenpijp gaat nergens naartoe,' zei Stina troostend.

'Het kan wegspoelen.'

'Het heeft geen haast. Ik heb het hier prima naar mijn zin,' ging Stina verder. 'T-shirts drukken is leuk en ik hoef niet naar de fitnessruimte.'

'Precies,' viel Anna-Greta haar bij. 'Ik mag zo vaak ik wil naar Lapp-Lisa en Jokkmokks-Jokke luisteren. Dan is het toch niet zo vreemd, dames, dat senioren ook meer vertier willen, als gevangenen het zo goed hebben?'

'Dat lijkt me duidelijk.'

'In het buitenland hebben de mensen veel meer respect voor ouderen. Daar kun je zelfs op zeventigjarige leeftijd nog president worden,' zei Märtha.

'Hier voeren ze je af zodra je vijftig bent,' zei Anna-Greta. 'We worden niet op waarde geschat. In het journaal klaagden een stuk of wat senioren gisteren dat ze niet eens een straat over konden steken voordat het voetgangerslicht op rood was gesprongen. Toen zei de verantwoordelijke ambtenaar dat dat niet mogelijk was, want de gemeente had de juiste berekeningen gemaakt.'

'Laat die kerel maar eens hier komen, dan zal ik mijn rollator in zijn kruis parkeren,' zei Märtha. 'Ach, dat gaat niet. Daar heb ik een complete rolstoel voor nodig.'

'Ik heb een idee,' zei Anna-Greta ineens. 'We draaien het om. We maken van alle bejaardentehuizen gevangenissen en omgekeerd.'

'Is dat niet een beetje sneu voor de gevangenen?' zei Stina.

Ze deden er een hele tijd het zwijgen toe terwijl ze nadachten. Märtha legde de afwasborstel weg en keek naar de anderen.

'Luister eens. We hebben iets aan onze eigen situatie gedaan, of niet soms? Dan wordt het de hoogste tijd dat we andere mensen gaan helpen.'

'Maar met die miljoenen in de regenpijp komen we niet ver,' zei Anna-Greta.

'Gisteren was de dominee hier met een nieuw gedicht van Oscar. Het was een soort filosofische uitweiding over een overval. Het idee was dat je die niet zelf moet plegen, maar naderhand het geld moet opstrijken.'

'Cashen, dat vind ik wel wat,' zei Anna-Greta.

'Nee, niet meer criminele activiteiten,' protesteerde Stina. 'Ik wil Bertil.'

'Maar wíj doen helemaal niets, Stina. We pikken alleen naderhánd het geld in,' zei Märtha.

'Een gat in de markt,' zei Anna-Greta waarderend. 'Gestolen geld stelen...'

'Bega een misdaad waar je wel bij vaart,' giechelde Stina.

'Inderdaad, we moeten groot denken, anders komt er niet genoeg geld binnen om te investeren in de bejaardentehuizen in ons land,' zei Märtha. 'Oscar zegt daar iets over in zijn nieuwe gedicht. Hij is iets van plan.'

'Wat zeggen de oppassers er eigenlijk van?' vroeg Anna-Greta.

'Ach wat, bij alles wat hij schrijft moet je tussen de regels door lezen. Het gaat om een bankoverval, meisjes. Niet de perfécte, maar de ultíéme misdaad.'

'Als we het maar niet weer zonder onze kerels moeten doen,' zei Stina.

'Of het geld,' voegde Anna-Greta eraan toe.

Märtha trok de stop uit de gootsteen en hing de afwasborstel op. 'We hebben toch wel iets opgestoken van de vorige keer?'

Dat waren de andere twee met haar eens, en toen Märtha het aanrecht had afgedroogd, haalden ze hun jassen en liepen naar De Straat. Tijdens de wandeling praatten ze enthousiast over de toekomst. Een van de geheimen van een gelukkig leven was dat je iets moest hebben om naar uit te kijken, vonden ze alle drie. En wat was er nou beter dan de ultieme misdaad?

Maar toen ze zich de volgende ochtend tijdens het ontbijt weer verheugden op een dag vol gebeurtenissen, zagen ze dat Liza's plaats leeg bleef.

'Komt Liza niet?' vroeg Märtha.

'Hebben jullie het niet meegekregen?' antwoordde een van de meiden. 'Ze was gisteren met verlof en heeft zich niet meer gemeld. Ze is ervandoor.'

Märtha's hart stond stil. Haar handen trilden en zonder het te merken had ze pap op tafel geknoeid.

55

‘Ken jij een meisje met krullen dat kauwgom kauwt?’ vroeg de barkeeper van het Grand Hotel aan Petra toen ze met haar schoonmaakwagen op weg was naar de lift. Ze moest alleen nog de vloer in de Vlagsuite schoonmaken. Ze bleef staan. Een meisje met krullen?

‘Klinkt niet als een van mijn vriendinnen.’

‘Een vrouw van ongeveer vijfendertig. Ze had het over schoonmaken en vroeg zich af of er ook werk was. Ik heb haar naar het hoofd Huishoudelijke Dienst verwezen.’

‘Waarom is ze daar niet direct heen gegaan?’

‘Veel mensen komen eerst naar de bar. Ze vroeg hoe het was om hier te werken en of ik wist wie er kamermeisje was.’

‘Ze stelt wel veel vragen.’

‘Ze wilde graag in contact komen met iemand van het schoonmaakpersoneel, dus ik vroeg me af of jij...’

‘Vergeet het maar. Ik heb binnenkort tentamen. Ze gaat maar met een ander praten.’

‘Het was misschien onverstandig, maar ik heb haar jouw naam gegeven. Jij zorgt altijd zo goed voor nieuwelingen.’

‘Zoals ik al zei: je kunt beter iemand anders vragen. Sorry.’

Petra liep naar de lift en op weg naar de Vlagsuite vroeg ze zich af wie die vrouw met krullen kon zijn. Ze haalde haar schouders op, duwde de wagen de suite in en pakte de stofzuiger. Een tijdje later was ze het hele gesprek alweer vergeten.

Liza liep haastig de metro uit en keek om zich heen. Bij de lichtblauwe universiteitsgebouwen sloeg ze af in de richting van de studentenflats. De afgelopen dagen had ze alle kamermeisjes van het Grand Hotel bespied, maar ze had nog geen schilderijen gevonden. Ze had het bijna opgegeven toen de barkeeper had verteld dat een van de parttimers kunstgeschiedenis studeerde.

'Hoe kan ik haar vinden? Misschien kunnen we een fulltimebaan delen,' had ze gevraagd.

De barkeeper had gezegd dat hij geen namen mocht doorgeven, maar ze had al in de gaten wat hij wilde. Het gebruikelijke. Hij had meer naar haar decolleté gekeken dan naar haar gezicht. Zonder te aarzelen vroeg ze om een sigaret en liep heupwiegend naar hem toe.

'Is er hier in de buurt een niet al te duur hotel?' vroeg ze.

De barkeeper poetste voor de tweede keer hetzelfde glas.

'Je hebt Af Chapman, de jeugdherberg, en dan is er nog een goedkoop hotel buiten het centrum.'

'Maar in de jeugdherberg is geen plaats en een hotel buiten het centrum... vind je dat echt een goed idee?' vroeg ze terwijl ze op een van de barkrukken ging zitten. Omzichtig sloeg ze het ene been over het andere en trok haar rok een stukje op, zodat die bleef haken aan de rand van de kruk.

'Wacht, ik help je even,' zei de barkeeper, die het glas wegzette. Hij was lang bezig de rok los te peuteren. 'Ik kan misschien wat goedkoops voor je regelen in het bijgebouw. Maar dan moet je weg zijn voor de bouwvakkers om zeven uur 's ochtends beginnen.'

'Als het maar niet te duur is.'

'Voor niets gaat de zon op,' zei hij met een knipoog.

Na zijn avonddienst kwam hij bij haar in het bijgebouw en de volgende ochtend wist ze de namen van alle kamermeisjes van het hotel. Een paar dagen later had ze de naam van de parttimer uit de wijk Frescati, die momenteel in de Koninklijke Bibliotheek zat te blokken. Petra Strand zat daar tot sluitingstijd en kwam niet thuis voor een uur of zes. Liza keek op haar horloge. Het was half vijf, dus ze had tijd genoeg. Na een poosje had ze de juiste flat gevonden, en ze zag dat het meisje op de eerste verdieping aan de linkerkant woonde. Toen ze boven was, keek ze vlug om zich heen om te controleren of ze alleen was. Vervolgens haastte ze zich naar de deur, stak de steel van haar kam in het slot en wrikte de deur open. Even later kon ze zo naar binnen lopen.

56

Liza sloop een kamertje binnen dat niet veel groter was dan haar cel in Hinseberg. Er stonden een stoel en een onopgemaakt bed en aan de linkerkant een tafel met een stapel boeken erop. Voor de bank stond een kleine salontafel, met ertegenover twee leunstoelen. Boven de bank hingen twee schilderijen van het koninklijk paar en twee kleine reproducties van oude nimfen en engelen. Aan de rechtermuur hing een prikbord met een heleboel briefjes erop en een affiche voor een jaarlijkse carnavalsoptocht. Ze pakte een van de boeken van tafel en begon erin te bladeren. Kunstgeschiedenis. Juist ja. Precies wat die barkeeper had gezegd, dat meisje studeerde kunstgeschiedenis. Liza deed de deur van de kledingkast open. Er hingen broeken, blouses en rokken in en op de vloer voor de kast lag een hoop schoenen en laarzen. Achter in de kast stonden een paar schilderijen. Enthousiast haalde ze ze eruit. Het waren reproducties, maar zo modern dat ze geen idee had wat ze moesten voorstellen. Ze schudde haar hoofd en zette ze terug in de kast. Geen Claude Monet of Auguste Renoir te zien, alleen commerciële rotzooi. Ze deed de kledingkast dicht en begon het bureau te doorzoeken. In de bovenste lade lagen brieven, pennen, een gum, paperclips en een schaar. In de volgende lade lagen foto's en een stapeltje ansichtkaarten. Ze bladerde er vluchtig doorheen. Een paar kaarten van Stockholm, het Vasa-schip, het koninklijk paleis, het Grand Hotel en een stuk of wat met kunst erop. Die kunstkaarten bekeek ze een voor een. Op de laatste twee in de stapel stonden de verdwenen schilderijen. Waar had die meid die twee gelaten? Liza keek naar de muur en besloot de achterkant van de kunstwerken die daar hingen te bekijken. Ze liep naar het schilderij met het koninklijk paar en draaide het voorzichtig om. Toen hoorde ze voetstappen op de gang. De deur naar het toilet stond open en ze kon hem nog net achter zich dichttrekken voordat een groep jongeren de kamer binnenstormde. Het was heel even stil, maar vervolgens werd er aan de deurkruk gerammeld.

'Petra, we weten dat je daar zit!'

Er werd gelachen en geroepen en ineens begonnen ze te zingen: 'Lang zal ze leven, lang zal ze leven.'

Liza stond doodstil voor de spiegel.

'Lang zal ze leven in de gloria. Hieperdepiep, hoera!'

Er klonk gejuich en gefluister en toen trok iemand de deur open. Liza boog voorover.

'Wie ben jij nou weer?' Het voorste meisje, met de taart in haar handen, deinsde terug en de hele groep achter haar week achteruit.

'Ik wilde haar graag verrassen op haar verjaardag,' zei Liza terwijl ze een lippenstift in haar handtas stopte. 'Ik ben haar nicht.'

'Echt waar? Cool!'

'Ik heb een idee. Als jullie hier op Petra wachten, dan vang ik haar op in de portiek,' zei ze, terwijl ze zich snel naar buiten wurmde, voor iemand iets kon zeggen. Op weg naar beneden zag ze een roodharig meisje met een rugzak over haar schouder de trap op komen. Misschien was zij de jarige, maar Liza durfde niet te blijven staan om erachter te komen. Het was al erg genoeg dat ze was gezien.

Toen ze wat van de schrik was bekomen en in de metro naar het centrum zat, begon ze weer te piekeren over de schilderijen. Misschien was ze te optimistisch geweest in haar veronderstelling dat ze ze wel zou vinden. Maar als ze niet in het hotel waren en als niemand van het personeel ze had, waren ze waarschijnlijk al in het buitenland. Ze zouden ook nog ergens opgeslagen kunnen liggen, in een kelder of op een zolder, maar daarvan was ze niet echt overtuigd. Het zou te gevaarlijk zijn ze daar te verstoppen. Jammer van die Petra. Liza had gehoopt dat ze had ingezien hoe waardevol de schilderijen waren en dat ze ze daarom had meegenomen, maar ze had gewoonweg een slechte smaak. Dat ze een schilderij van de koning in zo'n opzichtige vergulde lijst had gedaan, was echt je reinste kitsch. De lijsten waren bovendien veel te groot. Nee, een echte kunstkenner was ze niet, dacht Liza ineengedoken op haar kuipstoeltje. Opeens schoot het haar te binnen dat het schilderij met die merkwaardig grote lijst relatief zwaar was geweest toen ze het van de muur wilde halen. Er klopte iets niet.

57

Balen. Er was geen ander woord voor. Wekenlang had Oscar geprobeerd uit te vogelen hoe hij de enkelband kon afdoen en weer omdoen zonder dat hij werd gesnapt. Maar net toen hij dacht dat hij het had gevonden, kreeg hij te horen dat hij geen enkelband zou krijgen. Op een vroege herfstochtend ging de deur van zijn cel in de gevangenis in Täby open.

'Opstaan. Je wordt overgeplaatst,' zei de cipier.

Oscar, die had liggen lezen, kwam overeind. 'Hoezo, "overgeplaatst"?'

'Je tijd hier zit erop en nu ga je naar een open instelling. En daarna naar huis, naar moeder de vrouw.'

Zijn hersens kraakten. Wie? Märtha en zuster Barbro kwamen bij hem op, want hij had immers niet echt een thuis meer. Zijn vrouw was hertrouwd met een rijke kerel en woonde nu in Göteborg, terwijl zijn zoon een paar jaar geleden na een mislukt huwelijk naar het buitenland was verhuisd. Hij werkte voor het Rode Kruis in Tanzania en Oscar had hem al drie jaar niet gezien. Oscar had zijn werkplaats in Sundbyberg aangehouden, aangezien hij hoopte dat zijn zoon die op een mooie dag van hem zou overnemen. Maar daar kon hij niet wonen. Oscar wreef met zijn vinger onder zijn neus en zette de mogelijkheden op een rijtje. Als hij niet terug kon naar De Diamant, wat zou er dan gebeuren?

'Gaat Bertil ook verkassen?' vroeg Oscar.

'Zodra het door de commissie is goedgekeurd.'

Oscar pulkte aan zijn neus en probeerde zich voor te stellen hoe zijn nieuwe leven eruit zou zien. Maar het enige wat hij voor zich zag was Märtha en het geld in de regenpijp.

'In de Asptuna-gevangenis kun je wennen aan wat meer vrijheid, zodat je je later beter thuis zult voelen in de maatschappij,' zei de oppasser.

‘Ik ben bijna tachtig. Beter laat dan nooit,’ zei Oscar.

‘We hebben de dienst Vervoer en Ondersteuning al gewaarschuwd. Je wordt zo opgehaald.’

Het duizelde hem een beetje. Oscar had het goed naar zijn zin gehad en als Märtha en de anderen er niet waren geweest, zou hij graag zijn gebleven. Het was in Täby weliswaar gehorig en vochtig, maar hier maakte hij ergens deel van uit en mocht hij zelf koken. Het was heerlijk om weer in een echte werkplaats te werken. Bovendien was het prettig om met mensen van verschillende leeftijden kennis te maken. Niet meer te hoeven praten over kwaaltjes en de tijd die voorbijvloog. Nu ging het om wat er op dit moment gebeurde. De gevangenen hadden ook zulke interessante toekomstplannen. Hij luisterde vaak naar hen tijdens de pauzes. De gedachte aan de ultieme misdaad wilde hem maar niet loslaten. Want daarbij was het van belang om níét gepakt te worden.

Zelfs Bertil had het naar zijn zin, want hij had een stukje grond toegewezen gekregen. Hij was dol op alles wat groeide en bloeide en had sla, kool en radijsjes gezaaid. Bovendien had hij rozen en meerjarige bloemen geplant. Hij was wel strammer geworden, dus Oscar had een hark en een spade met telescoophendel voor hem gefabriceerd. Daarnaast had Oscar een gereedschapsrek en een klapstoel voor hem gemaakt die hij eenvoudig kon opruimen. Het was prachtig om te zien hoe blij Bertil was en hij zong vrolijk het ene zeemanslied na het andere terwijl hij in zijn tuintje rommelde. Maar hij vond het maar niets om om acht uur ’s avonds opgesloten te worden, dus als troost had hij een kalender met halfnaakte vrouwen aan de muur gehangen. In plaats van Stina, zei hij, maar Oscar liet zich niet voor de gek houden. Bertil had altijd oog gehad voor mooie vrouwen.

Het duurde een paar dagen, maar toen was ook Bertil klaar voor vertrek. De vrienden pakten hun schamele eigendommen bij elkaar en op een vroege maandagochtend gingen ze op weg naar Asptuna. Geen van beiden werd als vluchtgevaarlijk of als veiligheidsrisico beschouwd, dus elektronische bewaking was niet nodig. Of zoals een van de oppassers zei: ‘Enkelbanden en rollators gaan niet echt samen.’

Een paar dagen later hadden ze hun plek gevonden in de nieuwe gevangenis. Tot hun verbazing hadden ze een cel zonder douche of toilet gekregen, met bovendien maar weinig plaats voor al hun persoonlijke spullen. Het aantal zware misdadigers dat er rondliep, was buitengewoon angstaanjagend. Daar wennen we wel aan, dacht Oscar, we zullen wel moeten. Een mens kan overal aan wennen. Meteen de eerste dag vroeg hij of hij in de werkplaats aan het werk mocht, en hij bedacht dat hij wel wat aan zijn conditie kon gaan werken. Nu Märtha hem niet langer achter de broek zat, was hij wat lui geworden, maar hij wilde fit zijn als hij haar weer zag.

'Ik wil graag naar de fitnessruimte,' zei hij tegen de oppassers.

'Goed idee, ik ga met je mee,' zei Bertil, die ook weer in vorm wilde komen. Stina had het immers over gespierde mannen gehad. Hij nam een beetje snuiftabak en lachte toen hij bedacht dat hij haar binnenkort weer zou zien. Maar waar? Hij had immers geen huis. 'Zeg Oscar,' zei hij. 'Als we worden vrijgelaten, wat gebeurt er dan? We kunnen immers niet terug naar het Grand Hotel.'

'Dan wordt het waarschijnlijk De Diamant totdat we iets anders hebben gevonden,' zei Oscar.

'Nooit van mijn leven!'

'Je zoon heeft je kamer voor je aangehouden, weet je, onze spullen staan daar en de meiden zijn er ook.'

'De meiden, ja natuurlijk,' zei Bertil, die een warm gevoel vanbinnen kreeg.

Ze bespraken in de daaropvolgende weken verschillende tehuizen en hotels, maar voor ze een goede oplossing hadden gevonden, vroeg iets anders hun aandacht. Op een namiddag gingen de hekken open en werden er twee nieuwe gevangenen gebracht. Oscar hapte naar adem. In de bus zat iemand die hij al eerder had gezien. Juro, de Joegoslaaf.

58

'Jij daar!'

De volgende dag tijdens het middageten, toen Oscar juist aan tafel was gaan zitten, voelde hij dat er iemand achter hem stond.

'Hallo!'

Juro gaf hem een klap op zijn rug en kwam naast hem zitten met een grote berg spaghetti op zijn bord. Oscar staarde naar zijn stevige schouders en bovenarmen. Lieve help. Geen grammetje vet, alleen maar spieren. De Joegoslaaf zag eruit alsof hij met blote handen een hoefijzer kon rechtbuigen. En die benen, zo dik als boomstammen.

'Waar heb je gezeten?' vroeg Oscar. Hij hoopte dat het ontspannen genoeg klonk.

'Isolatie. Had daar vanaf het begin moeten zitten, maar er was iets mis met papieren.'

'Balen,' zei Oscar in een poging als een echte crimineel te klinken.

'Balen? Helemaal niet, verdorie.'

'Zo bedoelde ik het niet.' Oscar werd knalrood.

'Ik hou me een tijdje gedeisd.' Juro trok zijn broekspijp omhoog en wees naar de enkelband. 'Zie je, met sokken eronder zodat het niet schuurt. Veel belangrijker, jij weet hoe elektronisch kortsluiten?' Hij nam een grote hap spaghetti, genoeg om een container mee te vullen. Het hele bord was in één hap bijna leeg.

'Mmmm,' bromde Oscar. 'Nou die voetboei van je, die...' Hij maakte zijn zin niet af. Het was beter als Juro zich gedeisd moest houden. Anders zou hij weer proberen hem te rekruteren. Oscar kreeg nauwelijks de tijd om er verder over na te denken, want Juro liet zijn stem dalen.

'Jij de Handelsbank niet vergeten, hè? Nu hebben we tijd voor plan.'

De Joegoslaaf leek iets groots van plan te zijn. Oscar voelde kriebels in zijn maag. Hij zou zich er niet mee moeten bemoeien, maar...

De volgende ochtend stond Juro in de werkplaats op hem te wachten. We moeten praten, gebaarde de Joegoslaaf. Oscar draaide zijn stuk hout vast in de bankschroef en zette de draaibank aan. Hij was bezig met een schaaltje voor Bertil. Oscar had de schaal al vorm gegeven en nu restte alleen nog het fijne schuurwerk. Bertil moest zijn snuiftabak ergens neer kunnen leggen. Juro wierp een blik op het stuk hout. 'Potverdorie. Jij zoiets maken?'

'Af en toe wel...'

Juro wierp een blik over zijn schouder om zich ervan te verzekeren dat er niemand stond mee te luisteren.

'Luister. Meeste is klaar, maar, verdomde slot...'

'Aha,' mompelde Oscar. 'Van de kluis?'

Hij knikte.

Oscar overlegde met zichzelf. Aan de ene kant wilde hij alles weten over die geplande bankoverval en de plek waar ze de buit wilden verstoppen – aan de andere kant wilde hij zo ver hij kon bij de Joego-maffia uit de buurt blijven. Seniorenmisdaden en de maffia gingen niet samen. Maar bij de ultieme misdaad ging het er juist om dat iemand anders het werk deed terwijl de vijf er met de buit vandoor gingen. Dus moest hij weten wat er met de buit ging gebeuren. Hij zette de draaibank uit.

'Dus jullie zijn al bezig?' Oscar keek vanuit zijn ooghoeken naar Juro. Hij had een tatoeage op zijn arm van een brandende fakkel, een mes en een zwaard. Boven op zijn schouder grijnsde een doodshoofd.

'Moet die boei kwijt,' zei Juro.

Oscar zuchtte inwendig. Weer die enkelband. Moest hij iets zeggen? Nee, misschien niet.

'Er kleven te veel risico's aan een bankoverval. Bovendien hebben de banken tegenwoordig maar weinig contant geld meer in huis. Waarom overvallen jullie niet een waardetransport?'

De ogen van de Joegoslaaf begonnen te glimmen. 'Te veel geschiet.'

'Welnee, je moet alleen weten welke auto's er worden gebruikt. Die hebben ook wel eens een servicebeurt nodig. Dan staan jouw automonteurs klaar om het te regelen.'

Juro fronste zijn wenkbrauwen, haalde zijn schouders op en wachtte tot Oscar verderging. Maar Oscar zette de draaibank weer aan, omdat hij wilde nadenken.

In de pauze wilde hij een nieuwe hengel testen, maar daar kwam niet veel van. Juro volgde hem naar de brug.

'Wat is dit, verdorie?' vroeg hij, wijzend naar de uitklapbare hengel met weerhaken op de lijn. Oscar had bedacht dat hij er in de toekomst gebruik van kon maken – misschien bij de regenpijp.

'Heb je wel eens geteld hoe vaak een vis van de haak valt? Nu blijft hij hieraan vastzitten,' zei Oscar. Hij liet een stukje lijn met de weerhaakjes zien.

'Maar hoe... Dat doet toch pijn, niet?'

'Welnee. Je gebruikt beschermkapjes die oplossen in water.'

'Ah, zo,' zei de maffiabaas verward. Hij ging zitten. 'Dat waardetransport. Automonteur regelt het en dan?'

'Dan moet ik eerst meer over het hele zaakje weten,' antwoordde Oscar, die Juro's blik ontweek.

'We houden auto tegen. Spijkers en machinegeweer. Deur openblazen en naar Djursholm rijden met buit.'

'Laat die machinegeweren maar weg,' zei Oscar. 'De jongens op het waardetransport zijn ongewapend. Maak gewoon het slot onklaar. Meer is niet nodig.'

'Waardetransport – geen fietsslot, grote slot...' Juro gebaarde met zijn kolenschoppen van handen. Oscar deed de viskist met de dobbers, haken en blinkers open en wees naar het slot. Vervolgens haalde hij de kauwgom uit zijn mond, stopte die tussen de schoot en de sluitkom en deed de kist weer dicht.

'Nu lijkt het of ik hem weer op slot heb gedaan, maar dat is niet zo. Niet helemaal, in ieder geval.' Hij gaf een stevige ruk aan de deksel, en zonder de sleutel te gebruiken kreeg hij de kist open. 'Het moeilijkste is om het eenvoudig te houden, snap je?'

Juro staarde hem aan.

'Als de auto's voor onderhoud naar de garage moeten, onderscheppen jouw automonteurs ze. Ze rommelen wat met de sluitkom door er onopvallend ijzervijlsel en hars in te gooien. De deuren vallen weer in het slot en alles lijkt in orde. Maar ze zijn zo weer open, dat garandeer ik je.'

'Hars? Ik word verdomme uitgelachen.'

Oscar lachte. 'Ik zei toch dat ik geen expert was. Maar die auto's halen de valuta bij de banken in de stad. Postzakken die naar het buitenland moeten. Verwissel de zakken met dezelfde soort, maar dan gevuld met vals geld. Die worden afgeleverd op vliegveld Arlanda. Kan niet mislukken. Dat er vals geld in zit, wordt pas ontdekt als het in Londen is en dan kunnen de smerissen zoeken wat ze willen.'

'Jij bent niet achterlijk,' zei de Joegoslaaf.

'Af en toe wordt er veel geld vervoerd tijdens een waardetransport. Grote hoeveelheden die wachten om gestolen te worden,' ging Oscar verder. Vervolgens hield hij een betoog over de overvallen op waardetransporten in Hallunda, Gustavsberg en een paar andere plekken en wat de criminelen daar anders hadden moeten doen. Hij leukte de verhalen op met details die hij in Täby had opgepikt. Hij hoopte dat het deskundig genoeg klonk, zodat Juro met hem over de overval wil blijven praten. Want dan zou hij misschien laten doorschemeren waar hij het geld wilde verstoppen.

'Als je dat idee met het slot niets vindt, heb ik nog wel een ander voorstel,' zei Oscar. 'Waarom zet je niet een politiecontrole op? Verkleed je als agent. Als de auto stopt en de bestuurder het raampje naar beneden heeft gedraaid, gooien jullie iets slaapverwekkends naar binnen. Ether bijvoorbeeld, weet ik veel. Als de bewakers buiten westen zijn, hebben jullie tijd genoeg om het geld mee te nemen.'

'Verdomde goed. Jij doet verdorie mee,' zei Juro.

'Nee, ik bemoei me er niet mee,' zei Oscar. 'De gevangenis is niets voor mij. Ik ben te oud. Dit wordt mijn laatste reis. Een cipier zal mij nooit meer opsluiten en bepalen wanneer ik moet eten en slapen. Ik wil de resterende jaren van mijn leven in alle rust doorbrengen. Dat zul jij pas begrijpen als je zo oud bent als ik.'

'Maar...'

'En ik heb een slecht hart,' ging Oscar verder. Hij legde zijn magere, geaderde hand op zijn borstkas. Hij wilde Juro laten geloven dat hij zijn criminele leven achter zich had gelaten, terwijl zijn misdaadcarrière op het punt van beginnen stond... 'Oud worden valt niet mee, hoor. Als de overval achter de rug is... waar laten jullie de buit dan?' vroeg hij zo nonchalant mogelijk.

'Op nummer elf.'

'Elf?'

'Ja, in de wijnkelder van mijn schoonmoeder op de Skandiaväg. Ze heeft daar bouwval staan, een kasteel, weet je wel, met hoog hek. Daarna met auto naar Dubrovnik en...'

Juro hield op met praten toen een van de oppassers hen naderde en Oscar gooide snel de lijn in het water. Hij staarde naar de dobber. Juro had meer losgelaten dan Oscar had durven hopen. Als die Joegoslaven daadwerkelijk de buit van de overval in die wijnkelder verborgen, dan zouden de vijf een kans maken. Nu moest hij alleen nog achter het tijdstip van de overval zien te komen zonder dat Juro argwaan kreeg. Maar dat was niet zo eenvoudig. Ze moesten niet alleen de politie afschudden. De Grijze Brigade moest ook de maffia te slim af zijn.

Die avond haalde Oscar pen en papier tevoorschijn om een gedicht voor Märtha te schrijven. Deze keer was hij nog cryptischer dan gewoonlijk en hij vroeg zich af of Märtha het gedicht wel zou begrijpen. Maar hij durfde niet te veel in detail te treden, want stelen van de Joego-maffia deed je niet ongestraft.

59

Märtha's eerste verlof verliep niet zoals ze had verwacht. Ze had zich voorgenomen in een niet te opzichtige vermomming de Prinses Lilian-suite in te lopen om te controleren of alles in orde was met de regenpijp. Maar in plaats van dat ze een paar uur alleen kon doorbrengen, werd ze gedwongen twee begeleiders op sleeptouw te nemen. Een van hen was de Paardenstaart, de cipier die haar had gevisiteerd toen ze in Hinseberg aankwam. Dat humorloze schepsel verloor haar gevangene geen moment uit het oog en volgde Märtha van zo dichtbij dat ze de hele tijd bijna tegen haar aan botste met haar rollator.

'Pas toch op,' snauwde Märtha spinnijdig, maar ze besefte dat ze zich moest beheersen. De Paardenstaart zou met plezier haar gevangenisstraf laten verlengen. Hoe meer tijd Märtha achter de tralies moest doorbrengen, hoe leuker zij het vond. Zulke mensen bestonden nu eenmaal. Eigenlijk zou Märtha voor het eerste verlof naar Örebro gaan, maar ze had gevraagd of ze ook naar Stockholm mocht. Ze had iets gezegd over ouderdom en geklaagd dat ze last had van duizeligheid en problemen met haar evenwicht. Daarom wilde ze voor de laatste keer in haar leven het koninklijk paleis zien.

'Vanuit het Grand Hotel heb je het beste uitzicht,' zei ze toen ze in de buurt van Norrbro waren.

'Eerst gaan we je pensioen regelen en een bezoek brengen aan De Diamant,' zei de Paardenstaart.

'Alsjeblieft, het Paleis is zoooo mooi.' Märtha ging door met zeuren tot ze haar zin kreeg. Het duurde een hele tijd voor ze er waren, want Märtha deed alsof ze heel zwak was. Het was niet nodig te laten zien hoe fit ze was. Terwijl ze over straat strompelde, piekerde ze over het geld in de regenpijp. Stel je voor dat Anna-Greta's panty's te oud waren geweest of dat Bertil een belangrijke lus in zijn zeemansknopen had vergeten? De bezorgdheid bleef aan haar knagen en Märtha wilde zo snel mogelijk naar de Prinses Lilian-suite. Ze richtte zich tot de Paardenstaart.

'Toen ik in het Grand Hotel logeerde, ben ik de gouden armband verloren die ik van mijn moeder heb gekregen. Ik wil graag bij de receptie vragen of ze hem hebben gevonden,' zei ze terwijl ze in de richting van het hotel liep.

'Nu? Daar hebben we geen tijd voor,' antwoordde de Paardenstaart.

'Het hotel heeft een speciale invalideningang, dus ik ben zo bij de receptie. Het duurt niet lang. Dat beloof ik.'

De twee begeleiders keken elkaar aan en knikten.

'Oké, we gaan erheen.'

Märtha haalde opgelucht adem, en algauw duwde ze de rollator over het bekende blauwe tapijt met de gouden kroontjes. Het was weliswaar gênant om terug te keren als crimineel, maar het was niet anders. Bij de receptie vertelde ze haar verhaal.

'Het zou zo fijn zijn als jullie die armband hadden gevonden,' zei ze tot slot.

'Uw naam?'

'Märtha Anderson.' Ze bloosde, want ze begreep dat ze haar echte naam moest opgeven om de suite te kunnen bezoeken.

'Märtha Anderson, ja. U bent hier in maart van dit jaar geweest?'

'Eind maart.'

'Märtha Anderson, ik heb het gevonden.' Het meisje klikte met de muis en keek snel naar de lijst op het scherm. 'U had met twee anderen de Lilian-suite geboekt?'

Märtha knikte.

'We hebben helaas geen armband gevonden.'

'Maar ik weet zeker dat hij er ligt. Als ik even snel...'

'Het spijt me. De suite is niet beschikbaar.' Haar stem klonk plotseling stuurs en terughoudend. 'Er zijn ook geen andere kamers beschikbaar. Niet voor u,' zei het meisje na een keer diep adem te hebben gehaald.

Märtha voelde zich misselijk. De receptioniste had begrepen wie ze was, maar daarom hoefde ze nog niet zo onbeleefd te doen. Ineens schoot haar iets te binnen. Ze hadden de suite verlaten zonder te betalen en het hotel had het bedrag zelf van Anna-Greta's bankrekening afgeschreven. Märtha gaf het nog niet op.

'Ik heb de armband van mijn moeder gekregen en hij betekent veel voor me. Het is een erfstuk.'

De Paardenstaart zag er opgelaten uit en wenkte dat ze moesten gaan, maar Märtha bleef staan.

'Nee, we mogen niemand in de suite laten,' herhaalde de receptioniste. Toen schoot haar kennelijk iets te binnen. 'Wacht even, Märtha Anderson, zei u...' Het meisje verdween achter de balie en kwam terug met een brief.

'Deze ligt hier al een tijdje,' zei ze terwijl ze hem aan Märtha gaf. 'We wilden hem doorsturen, maar u bent ons voor.'

Het was niet Oscars handschrift, maar er stond 'Märtha Anderson' op de envelop. Het adres was op een printeretiket geschreven. Märtha scheurde de envelop open voor de Paardenstaart het in de gaten kreeg. Er zat een klein briefje in.

Doe 100.000 Zweedse kronen in een kinderwagen. Zet hem op 30 oktober om 13.00 uur achter het Grand Hotel neer. Blijf uit de buurt en houd de politie erbuiten. Kom twee uur later op dezelfde plek terug. De schilderijen liggen onder de dekens...

Meer kon Märtha niet lezen, want ze hoorde haar twee begeleiders dichterbij komen. Ze deed of ze een hoestbui kreeg en ondertussen propte ze haastig het briefje in haar mond. Bah, wat smaakte het vies, maar dat deden ze nu eenmaal ook in de detectives. Ze draaide zich om.

'Wat raar, een lege envelop,' zei ze hoestend, want er bleef een stukje papier in haar keel steken.

60

Nee, dat kon toch niet waar zijn! Zuster Barbro trilde van verontwaardiging. Dat criminele koor kwam terug! Ze hadden zich kennelijk voorbeeldig gedragen in de gevangenis en na een paar maanden in een open instelling zouden ze weer in De Diamant komen wonen. Het probleem was dat ze tijdens hun gevangenisstraf de huur hadden doorbetaald en volgens de Sociale Dienst had ze daardoor geen mogelijkheid hen te weigeren. Ingmar had tot haar grote verbazing het hele verhaal niet betreurd, maar juist toegejuicht.

'Wat een mazzel,' had hij gezegd. 'Straks zijn alle ogen op ons gericht. De media willen de oudjes zeker volgen en een reportage over hen maken. Kun je je betere reclame voorstellen? De Diamant zal zo veel naamsbekendheid krijgen dat we zonder meer de bijdrage kunnen verhogen. Lieveling, bekijk het van de positieve kant!'

Zuster Barbro had geprobeerd hem uit te leggen dat de vijf een slecht voorbeeld voor de andere bewoners waren en ze had gewaarschuwd voor de chaos die zou uitbreken. Maar hij had haar verwonderd aangekeken.

'Lieve Barbro, het is jouw taak om dat tegen te gaan. Daar word je voor betaald. Je bent je functieomschrijving toch niet vergeten? De senioren verzorgen en begeleiden.'

'Geen misdadigers!'

'Ze hebben hun straf uitgezeten en hebben het volste recht terug te keren in de maatschappij. Nu kunnen we iedereen laten zien dat we ons bekommeren om die arme, verstoten oudjes. We zullen ze alle zorg en steun geven die ze nodig hebben.'

'Maar ze zijn er juist vandoor gegaan, weet je nog wel?'

'Precies. Zorg voor ze, lieve schat, geef ze aandacht. "Aandacht" is het woord dat de gemeente wil horen, begrijp je.'

'Wat...?' Zuster Barbro hapte naar adem. 'Maar we zouden toch bezuinigen?'

'Maar een hartelijk woord, een liefdevolle omhelzing... dat kost niets. Dat is wat aandacht betekent. Zolang de pers ons in de gaten houdt, moeten we ons voorbeeldig gedragen. Ons woon-zorgcomplex moet een goed voorbeeld zijn. Dat scheelt als ik onze andere tehuizen wil openen. Er zijn twee nieuwe in aanbouw en er is nog heel wat te doen. We moeten reorganiseren. Ik stel voor dat jij de koopovereenkomst afhandelt en de administratie voor je rekening neemt. Na verloop van tijd kan Katja De Diamant overnemen.'

'Moet ik De Diamant verlaten?' Er vlogen duizenden gedachten door zuster Barbro's hoofd. Had ze het wel goed gehoord?

'Welnee, dat is maar tijdelijk. Maak je geen zorgen, lieveling. Binnenkort word je hoger ingeschaald en krijg je een managementaanstelling. Drie tehuizen leveren meer op dan een en nu ik ga scheiden, heb ik geld nodig. Als alles achter de rug is, wil je al dat moois toch met mij delen, mijn liefste? Ik heb meer mensen nodig in het bestuur. Als aandeelhouder. Jij en ik.'

Hij nam haar in zijn armen en in één klap was ze alles vergeten. Hij had eindelijk het woord 'scheiden' genoemd en aangegeven dat hij een toekomst voor hen beiden voor zich zag. Toen hij zijn armen om haar heen sloeg en haar lieve woordjes in het oor fluisterde, legde ze een hand op zijn borstkas en zei zachtjes: 'Binnenkort, Ingmar, binnenkort zijn we...'

61

'Nu zitten we hier weer. Ongelooflijk,' zei Anna-Greta. Ze schoof de sluier van haar hoed opzij en keek om zich heen. In de gemeenschappelijke woonkamer zaten de kerels zoals gewoonlijk een potje te schaken, Dolores zat te dommelen in haar leunstoel en twee oudere dames die ze nog nooit eerder had gezien, zaten sokken te breien.

'Werd er vroeger niet gezegd dat oudere mensen rust moesten hebben? Er wordt met ons gesleept van het huis van bewaring naar de gevangenis en uiteindelijk zijn we terug bij af,' zei Stina met een zucht. 'Wie had ooit gedacht dat dat zou gebeuren. Wat een anticlimax...'

'Niet zo zeuren. Ben je het Grand Hotel vergeten? Dat had je toch niet willen missen? Dit is maar tijdelijk. Heel tijdelijk,' zei Märtha met een knipoog.

'Ik begrijp niet dat ze ons hier willen hebben. We hebben een slechte invloed op anderen,' zeurde Anna-Greta.

'De Diamant heeft een aantal keer uitdrukkelijk laten weten ons terug te willen. Bovendien is het alternatief een woon-zorgcomplex zonder Bertil of Oscar en dat willen we toch niet? Hoe zou Gunnar je dan terug moeten vinden?'

'Hij vindt mij altijd,' zei Anna-Greta verontwaardigd.

'Hoe het ook zij, dit is een goede uitvalsbasis tot we een betere oplossing hebben gevonden,' zei Märtha, alweer met een knipoog.

Ze moesten er alle drie om lachen en waren eigenlijk ook best verguld dat ze hun oude kamers met al hun spulletjes weer terug hadden.

'Dus dit wordt onze centrale vergaderlocatie? Is dat wat je bedoelt, Märtha?' vroeg Stina.

'Inderdaad. Hier kunnen we vergaderen en plannen uitwerken. Geen mens die een criminele bende verwacht in een woon-zorgcomplex.'

Ze brachten hun koffers naar hun kamers, fristen zich een beetje op en gingen vervolgens in de gemeenschappelijke woonkamer zitten voor een praatje met de andere bewoners. Ze waren net voor de middagkoffie teruggekomen en ontdekten tot hun verbazing dat er gebak en drie soorten koekjes werden geserveerd. Het was goed te zien dat Katja er weer was.

'Ik heb begrepen dat er hier veel dingen gebeurden waarmee jullie het niet eens waren,' zei Katja toen ze bij hen kwam zitten. 'Maar inmiddels heeft Barbro een andere functie gekregen.'

'Dat werd tijd. We werden opgesloten als kleine kinderen,' zei Anna-Greta.

'Dat is nu anders. Als jullie maar bij de receptie zeggen waar je heen gaat, zodat we weten waar jullie zijn.'

'Uitstekend!' Het floepte eruit voor Märtha er erg in had.

'Ik heb begrepen dat jullie een aantal voorstellen voor verbeteringen hebben gedaan.'

'Dat klopt, maar niemand doet er iets mee,' zei Stina.

'Ik zal ernaar kijken,' beloofde Katja.

Märtha keek de andere twee aan. Dit was niet best. Zou het hier ineens gezellig worden, net nu ze andere plannen hadden? Want als ze de gedichten van Oscar goed had begrepen, begon de tijd te dringen. De ultieme overval stond op de rol. Bertil en Oscar zouden binnenkort ook weer hier wonen en dan moest ze meer te weten komen. Maar eerst waren de schilderijen aan de beurt. Ze moesten immers voor 30 oktober honderdduizend kroon bij elkaar schrapen.

Een paar dagen later bespraken ze de zaak bij een kop thee op Märtha's kamer.

'Ik heb nog wel spaargeld, al is het meeste opgegaan aan het hotel en de veerboot,' zei Anna-Greta. 'Ik kan het wel voorschieten tot we er iets op hebben gevonden.'

Märtha verslikte zich in een koekje en staarde hoestend naar haar vriendin.

'Zonder rente?'

Anna-Greta wuifde haar protest weg.

'Ik maak het geld naar jullie rekeningen over, zodat de geldopname niet te groot wordt, want dat is verdacht,' ging ze verder. 'Vervolgens gaan we met z'n allen naar de bank om het op te nemen. Makkelijker kan niet.' Ze stak een cigarillo op. 'Dat is het mooie aan internet. Eén muisklik en alles is geregeld.'

Muizen en Anna-Greta... Nu zat het stukje koek Märtha pas echt goed dwars en haar vriendinnen moesten haar lang op de rug slaan voor ze weer fatsoenlijk kon ademhalen. Anna-Greta keek schuin naar Märtha.

'Ik begrijp dat je je verbaast over het geld, maar Gunnar heeft gezegd dat ik er nu van moet genieten. Op onze leeftijd moet je zelf zorgen dat het gezellig is. Dan heb je een rijker leven.'

'Op die manier,' zei Stina, die net zo verbaasd was als Märtha. Toen de dames hun gezicht weer in de plooi hadden, bedankten ze Anna-Greta uitbundig dat ze hen uit een hachelijke situatie wilde redden. Vervolgens vroegen ze of ze zo vriendelijk wilde zijn om de cigarillo uit te maken.

'Sorry, ik dacht er niet bij na. Wat is dat internet fantastisch,' zei Anna-Greta terwijl ze de cigarillo doofde. 'Gunnar heeft me zo veel geleerd. Wisten jullie dat je daar ook langspeelplaten kunt vinden?'

'Aha, nu snap ik het,' zeiden Stina en Märtha in koor, want de laatste tijd draaide hun vriendin heel wat platen. Als Gunnar op bezoek kwam, zaten die twee op haar kamer naar blaasmuziek te luisteren. Af en toe klonk er paardengehinnik boven de blazers en de piano uit, en als de plaat bleef hangen en niemand er iets aan deed, vroeg Märtha zich af wat ze eigenlijk aan het doen waren. Het ergste was het als 'Kindergeluk' bleef hangen. Als ze nou naar Frank Sinatra of Evert Taube hadden geluisterd...

Nu het probleem van de honderdduizend kroon losgeld was opgelost, voelden de dames zich erg opgelucht. Ze namen een glaasje bramenlikeur bij hun thee en babbelden vrolijk over alles wat ze hadden meegemaakt, tot Anna-Greta opstond met de mededeling dat ze belangrijker dingen aan haar hoofd had.

'Overschrijvingen, weten jullie wel,' zei ze plechtig, waarmee ze wilde aangeven dat ze niet wenste te worden gestoord. De rest van de avond zat ze achter de computer en schreef via internet geld over. Omslachtig verdeelde ze het geld over de rekening van Märtha, Stina en die van haarzelf, om de volgende ochtend tijdens het ontbijt trots te verkondigen dat het tijd was om een taxi te nemen naar de bank.

Het was druk bij het bankfiliaal en de vriendinnen moesten lang wachten voor Anna-Greta eindelijk aan de beurt was. Ze wenkte dat ze haar moesten volgen en liep naar de balie. Märtha fluisterde dat het verdacht zou overkomen als ze alle drie tegelijk geld opnamen, maar Anna-Greta beet van zich af.

'Het is mijn geld en ik beslis.'

De kassière glimlachte stralend toen ze met hun rollators naar haar toe waggelden, maar verbleekte toen ze hun ingevulde opnameformulieren zag.

'Zo veel geld hebben we niet op voorraad.'

'Ja, zeker wel. Ik heb gebeld om het te vragen. Dat moet als je tegenwoordig grote bedragen wilt opnemen,' zei Anna-Greta.

De kassière aarzelde, verontschuldigde zich en verdween om advies te vragen bij een collega. Na een tijdje kwam ze terug met een spijtige blik in de ogen.

'Helaas is er een klein probleempje. Er staat niet genoeg op de rekening.'

'Houd mij niet voor de gek. Ik heb gisteren mijn spaargeld overgeboekt via het net. Internet, wel te verstaan. Jullie willen dat ik mijn geldzaken zo regel. Jullie willen ons immers niet meer in het filiaal zien, of wel soms? Ga onmiddellijk zelf kijken hoeveel geld ik op mijn spaarrekening heb staan.'

'Dan is er waarschijnlijk iets misgegaan. Er staat niets op de rekening.'

'Maar ik heb met de muis geklikt,' protesteerde Anna-Greta.

'Wát hebt u?'

'DE MUIHUIS, zei ik,' schreeuwde Anna-Greta.

De kassière dook ineen en Märtha zag dat ze slechts met moeite haar gezicht in de plooi kon houden.

'Internet is af en toe ook best lastig,' probeerde het meisje troostend.

'Jullie hoeven niet te denken dat ik niet met een muis overweg kan, alleen maar omdat ik wat ouder ben,' snauwde Anna-Greta.

Vanachter de balie klonk gelach en de kassière hield discreet haar hand voor haar mond.

'We hebben gisteren een computerstoring gehad. Er kan dus iets misgegaan zijn bij het overboeken. We zullen het controleren,' zei ze.

'Ik heb warempel bij een bank gewerkt en ben hier bovendien al veertig jaar klant,' bulderde Anna-Greta, zodat de sluier op haar hoed heen en weer wapperde. 'Jullie hebben het recht niet me zo te behandelen!'

Märtha bekeek het schouwspel. Vandaag geen paardengehinnik. Anna-Greta's gezicht stond op onweer.

'Als het met de computer niet lukt, kunt u misschien gebruikmaken van onze telefonische hulplijn?' zei de kassière, die probeerde vriendelijk te blijven.

'Telefonische hulplijn? Lieve jongedame, hebt u zich nog niet afgevraagd waarom ik zo hard praat? IK HOOR NIET GOEHOED!' krijste ze.

De rij achter hen groeide en er waren ook geen zitplaatsen meer vrij. De deur naar de balie ging open en een man in een duur pak kwam naar hen toe lopen.

'Als u morgen terugkomt, zullen we zorgen dat het in orde is gemaakt,' zei hij vriendelijk, terwijl hij Anna-Greta een pen met het logo van de bank gaf. Vervolgens hield hij vriendelijk maar beslist de deur voor hen open.

Toen de drie terug waren in De Diamant was de sfeer bedrukt. Anna-Greta sloot zich op in haar kamer en wilde met niemand praten, Märtha ging in de gemeenschappelijke woonkamer zitten om na te denken en Stina vijlde afwezig haar pasgelakte nagels. Niemand zei iets. De koffie smaakte niet en het gebak ook niet. Dit weekeinde moesten ze een kinderwagen vol geld hebben, anders zouden ze de schilderijen niet terugkrijgen. Märtha leunde achterover in haar stoel en deed haar ogen dicht. Dat hielp vaak als ze een probleem moest oplossen en momenteel zaten ze flink in de nesten. In de verte hoorde ze Katja een telefoongesprek voeren en een paar kerels zaten over voetbal te praten. Ineens ving ze Katja's stem weer op. Problemen met internet... geen verbinding... service... Ze lachte stilletjes. Daar kon ze Anna-Greta mooi mee troosten. Ze dommelde weg en droomde dat ze de bank in Ystad beroofde. Toen ze met al het geld aan boord van de veerboot naar Polen ging, werd ze wakker. De deur van de Dolores'kamer werd met een klap opengegooid en het oude vrouwtje waggelde zoals gewoonlijk met haar boodschappentrolley door de gang.

'Mijn zoon is de liefste van de hele wereld,' neuriede ze met een brede lach op haar gezicht. 'Hij heeft over de zeven zeeën gevaren en van mij een miljonair gemaakt.' Ze wees naar de trolley en lachte. Een stukje deken en een sok staken half uit de trolley en er sleepte een sjaal over de vloer. De tas stond een eindje open en er was een prop krantenpapier te zien.

'Wat fijn, Dolores,' zei iedereen.

'Maar nu is hij afgemonsterd. Hij wil bij zijn moeder zijn, snap je wel? Gisteren is hij uit Helsinki gekomen.' Ze zong nog een beetje verder, wandelde een paar rondjes en ging uiteindelijk aan tafel zitten voor een koekje. Märtha wist dat Dolores altijd vrolijk was en het beste met iedereen voorhad, maar nu kon ze daar niet tegen. Ze liet zich verder wegzakken in de stoel en deed haar ogen weer dicht. Hoe moest ze het probleem met het losgeld oplossen?

62

Märtha schrok wakker. Ze had alweer een merkwaardige droom gehad. In de droom liep Dolores met een boodschappentrolley over het autodek van een boot. Ze liep rondjes terwijl ze over haar miljoenen zong. Toen ze te dicht bij de boegdeur kwam en bijna in het water viel, werd Märtha wakker. Verward ging ze rechtop zitten. Het was donker en het zou nog wel een paar uur duren voor de nieuwe dag begon. Maar haar hersenen hadden hard gewerkt. De boodschappentrolley en de veerboot naar Finland...

Bij het ontbijt ging Märtha met een kopje thee naast Dolores zitten. Ze praatten wat over het weer en het eten tot Märtha de sprong waagde. 'Heeft jouw zoon zijn hele leven gevaren?'

'Ja. Hij is zo flink. Hij werkt op het autodek.'

'Dat is mooi. Beter dan als kapitein. Dan heb je me toch een verantwoordelijkheden. Stel je voor dat de boot aan de grond loopt, dan ben je nog niet jarig,' probeerde Märtha.

'Hij is nooit aan de grond gelopen.'

'Zo bedoelde ik het niet, lieve Dolores.'

'Ik ben niet lief. Alleen maar omdat ik oud ben, hoef je me nog niet lief te noemen.'

Märtha zei niets. Dit was geen goed teken.

'"Lief vrouwtje" is nog erger, vind je ook niet?' viste ze.

Dolores gaf geen antwoord. Ze was boos. Märtha probeerde het opnieuw.

'Wat heb je een mooie trolley, met een blauw handvat en zo.'

'Die heb ik van mijn zoon gekregen. Hij geeft veel om zijn oude moedertje.'

Märtha schoof wat dichterbij met haar stoel en gluurde heimelijk naar de trolley. Een Urbanista. Precies zo'n zwarte als ze hadden gebruikt voor het losgeld, maar deze was vies en versleten en had een blauw handvat. Maar dat zou er later op gespoten kunnen zijn. De trolley zelf glom een beetje, alsof er olie op zat.

'Zullen we Katja vragen of ze taart voor ons wil kopen?' stelde Märtha voor. 'Een lekkere marsepeintaart?'

'Taart? Nee, ik ben moe. Ik ga even liggen.'

'Zal ik je helpen?' zei Märtha. Ze pakte het handvat van de trolley vast om te voelen of er ook een gaatje in zat.

'Blijf van mijn trolley af. Het geld is van mij!' schreeuwde Dolores opgewonden. Ze ging staan en stormde naar haar kamer. Iedereen lachte toegeeflijk en ging verder met zijn bezigheden, terwijl Märtha peinzend naar de gesloten deur staarde.

Dolores kwam de hele middag niet naar buiten en de volgende ochtend vertelde Katja dat ze ziek was. Niemand mocht haar storen. Ze had Katja gevraagd haar zoon te bellen en hij had beloofd langs te komen. Märtha had eerst Anna-Greta en later Stina gevraagd bij Dolores aan te kloppen om een blik op de trolley te werpen, maar Dolores wilde niet opendoen. Zelfs Katja mocht niet binnenkomen. Bij het avondeten zette ze een serveerwagentje met een bord eten voor de deur en de volgende ochtend was alles opgegeten. Dolores liet zich niet zien. Märtha zuchtte. Het werd langzamerhand allemaal zo chaotisch, dat ze niet meer goed wist wat ze moest doen.

Die nacht kon ze niet slapen. Ze móést die trolley inspecteren. Als de zoon op bezoek kwam, kon hij in het ergste geval het ding meenemen. Voor die tijd moest ze het uitvogelen. Märtha had de loper nog. Eigenlijk was het verkeerd dat ze bij een van de andere bewoners ging insluipen, maar ze kon altijd zeggen dat ze zich in de deur had vergist. Slaperig trok ze haar ochtendjas aan, en ze sloop door de gemeenschappelijke woonkamer naar de kamer van Dolores. Ze voelde aan de deurkruk en merkte dat die niet eens op slot zat. Voorzichtig deed ze de deur open en bleef in de deuropening staan. Lieve hemel, ze kon geen hand voor ogen zien; ze was vergeten dat ze op haar oude dag nachtblind was geworden. Behoedzaam trippelde ze terug naar haar kamer, waar ze op zoek ging naar het petje dat ze van Oscar had gekregen. Het duurde even voor ze dat had gevonden, maar uiteindelijk had ze het op en ging ze terug naar Dolores. Eenmaal daar deed ze de deur achter zich dicht, haalde diep adem en drukte op het klepje. Een zwak, blauwig licht verspreidde zich door de kamer en er fladderden spookachtige schaduwen over de muren. Märtha deed een paar stappen achteruit. Ze viel bijna flauw van schrik totdat ze bedacht dat het kwam van de ledlampjes.

Het oude mensje sliep vast en vanuit het bed klonk een luid, fluitend gesnurk. Märtha speurde de kamer rond naar de trolley. Verdraaid nog aan toe, het ding stond bij het nachtkastje, tegen het bed aan. Wat zeiden ze ook alweer in Hinseberg... Hoe kon je het beste sluipen? De gedachten buitelden door haar slaperige hoofd en ze besloot niet langer te denken maar te doen. Geluidloos liep ze naar het bed en probeerde de trolley te pakken. Dolores sliep door. Plotseling draaide ze zich om, zodat ze haast met haar gezicht tegen het handvat lag. Märtha durfde niet verder te gaan. Ze drukte het lichtje op haar pet uit en bleef doodstil staan. Dolores kon ieder moment haar ogen opendoen en alarm slaan, maar algauw werd haar ademhaling weer rustig. Toen ze weer begon te snurken, waagde Märtha de gok. Ze pakte het handvat en rolde langzaam maar zeker de boodschappentrolley de kamer uit.

Eenmaal op haar eigen kamer zette ze de trolley rechtop en deed de rits open. Nog nooit was ze zo gespannen geweest. De zoon van Dolores werkte op de veerboot naar Finland en het leek of er een olievlek op de trolley zat. Stel je voor dat hij na de storm een boodschappentrolley van het autodek had meegenomen... Maar dan had hij vast en zeker gekeken wat erin zat vóór hij dat ding aan zijn moeder gaf. Er hadden natuurlijk een paar trolleys gestaan. Hij had misschien een van de andere trolleys opengemaakt en gedacht dat er overal hetzelfde in zat. Maar van het blauwe handvat raakte ze in de war en ze kon er geen verklaring voor vinden. Dan maar controleren, anders zou ze het zichzelf nooit vergeven. De stukken krantenpapier vielen ritselend op de grond, gevolgd door een aantal oude dekens. Ongeduldig stak Märtha haar hand dieper in de trolley. Nog meer dekens en krantenpapier. Waren dit nou de miljoenen van Dolores? Daar leek het wel op. Märtha's hart klopte als een bezetene en ze smeet de hele inhoud van de trolley op de grond. Mijn hemel. Biljetten van vijfhonderd kroon! Het ene bankbiljet na het andere dwarrelde door de kamer en algauw lag de vloer bezaaid met geld. Ze had goed gegokt, dit was de andere boodschappentrolley. Waar moest ze in vredesnaam met het geld naartoe? Ze keek om zich heen. Het dekbedovertrek! Haastig trok ze het van het bed af en begon de bankbiljetten in het overtrek te proppen. De ene handvol na de andere verdween erin en toen het overtrek vol zat, ging ze verder met de kussenslopen. Een of twee slopen zou genoeg moeten zijn voor al het losgeld. De rest stopte ze terug in de trolley. Dolores mocht immers geen argwaan krijgen. Vlug propte Märtha er proppen oude kranten tussen, met een beetje extra uit de stapel kranten die in de kast lag. Vervolgens legde ze een dikke laag bankbiljetten bovenop, met daar weer bovenop de dekens en de sjaaltjes. Toen de trolley weer vol zat, inspecteerde ze hem van alle kanten en bleef ermee rommelen tot hij er net zo uitzag als eerst. Ze sloop weer door de woonkamer en deed de deur van Dolores' kamer op een kier. Ze bleef even op de drempel staan luisteren. Het oude mens snurkte nog steeds. Märtha drukte de ledlamp aan en bij het zwakke schijnsel van de pet sloop ze de kamer in. Voorzichtig rolde ze de trolley naar het nachtkastje en zette hem op precies dezelfde plek als waar ze hem had weggehaald. Opeens hield Dolores op met snurken en Märtha bleef stokstijf staan. Zo bleef ze een hele tijd staan. Ze durfde zich niet te verroeren toen het oudje haar arm uitstak. Ze wilde kennelijk rechtop zitten. Dolores tastte om zich heen, deed haar ogen open en staarde Märtha aan. Märtha deinsde achteruit, zocht naar een excuus en wilde net zeggen dat het haar speet toen de oude vrouw haar ogen weer dichtdeed en op haar zij ging liggen. Ze bromde wat, trok de deken over haar schouders en liet een luide scheet. Märtha verroerde zich niet, ze staarde wachtend naar de vrouw in het bed. Pas toen Dolores weer begon te snurken, maakte ze zich haastig uit de voeten. Terug in haar eigen kamer liet ze zich uitgeput op haar bed neervallen.

'Poeh, wat een gedoe,' pufte ze. Ineens hoorde ze een vreemd geluid. Ze schrok zo dat bijna van het bed viel. Met gebalde vuisten staarde ze naar de deur. Het bleef rustig. Märtha wachtte af. Ze hoorde niets meer en daar werd ze wat dapperder van. Ze steunde op het nachtkastje en kwam voorzichtig overeind. Toen hoorde ze het weer. Het klonk als... Ach natuurlijk, ze was op de bankbiljetten gaan zitten. Voor ze ging slapen, moest ze er een deken onder leggen, zodat het minder kraakte. Het losgeld mocht immers onder geen beding worden ontdekt. Dat zou het einde betekenen van hun criminele loopbaan.

63

'Wat heb ik je gemist,' zei Oscar toen hij bij terugkomst Märtha omhelsde. Hij wilde nog veel meer zeggen, maar kon de juiste woorden niet vinden. In plaats daarvan knuffelde hij haar weer en ze bleven lang zo staan zonder iets te zeggen. De glazen entree van De Diamant zag er anders uit dan in zijn herinnering en was helemaal niet zo lelijk als hij zich had ingebeeld. Het treurig uitziende pand was weliswaar gebouwd in de jaren veertig, maar Märtha woonde er. Hij voelde hoe ze haar hoofd tegen zijn borstkas legde.

'Eindelijk!' was alles wat ze kon uitbrengen voor ze begon te huilen. 'Eindelijk!' zei ze nog een keer. Oscar moest denken aan al die tedere woorden die hij had gehoord in films en tv-series. Hij voelde zich net zo als de acteurs, maar het klonk zo dom als hij het zei. Daarom mompelde hij maar wat en streelde een beetje onhandig door haar haar.

'Hallo, ken je mij nog?' riep Bertil, die naar hen toe liep. Zoals gewoonlijk had hij een sjaaltje om zijn nek en in de gevangenis had hij een ringbaardje laten staan. Zijn gezicht straalde, hij gaf Oscar een klap op zijn schouder en omhelsde haar vervolgens.

Märtha bekeek haar vrienden lachend. Ze had hen lang niet gezien. Het was geweldig om weer naast hen te staan. Door haar nachtelijke avontuur was ze zo moe dat ze niet meer kon ophouden met huilen. Bertil zag er voornaam uit, al rook hij naar snuiftabak, en Oscar was de enige man aan wie ze in haar leven gedichten had geschreven – al hadden de meeste verschillende soorten misdaden als onderwerp gehad.

'Lieve Märtha,' zei Bertil. Hij kuste haar als een echte Fransman op beide wangen en dat was voor haar meer dan genoeg contact met de ringbaard.

'Foei, wat prik jij,' flapte ze eruit voor ze er erg in had. Haastig voegde ze eraan toe: ‘Wat fijn om je weer te zien.’ Hij begon te lachen en kneep haar vriendschappelijk in de wang voor hij terugging naar zijn Stina. Ze leken elkaar al flink begroet te hebben, want Bertils sjaaltje hing scheef en Stina’s ogen glommen. Märtha wist dat ze de hele ochtend voor het raam op de uitkijk had gestaan en ze bleef haar nieuwe kapsel maar kammen. Nu was hij er eindelijk.

Terwijl de vier elkaar vrolijk begroetten, hield Anna-Greta zich op de achtergrond. Natuurlijk was ze blij om Bertil en Oscar weer te zien en ze had hen ook begroet, maar Gunnar was er niet bij. Ze was ook nog niet over de teleurstelling van de mislukte internetoverboeking heen. Ze stond er wat verloren bij. Märtha zag dat er iets mis was en ging haar troosten.

‘Er was gisteren iets aan de hand met de breedband van De Diamant,’ zei ze.

‘Echt waar?’

‘Ja, er was op geen enkele computer verbinding met internet te krijgen. Zelfs een vijftienjarige hacker had gisteren geen geld kunnen overboeken.’

‘O, dat is een hele opluchting,’ zei Anna-Greta gelukkig.

‘Over dat geld gesproken. Het ziet ernaar uit dat we het op een andere manier kunnen regelen,’ zei Märtha geheimzinnig. Meer durfde ze niet te zeggen, omdat ze er eerst zeker van wilde zijn dat Dolores niets had gemerkt.

Tijdens de middagkoffie zat Märtha met haar breiwerk op schoot, maar ze nam niet deel aan het gesprek. Ze gluurde constant in de richting van Dolores’ kamer. Toen de deur openging, liet ze van schrik een steek vallen en pas toen Dolores zoals gewoonlijk door de gemeenschappelijke woonkamer liep en over haar gulle zoon begon te praten, ontspande Märtha zich. Opgelucht keek ze naar de anderen en zei: ‘Goed. Kom na het avondeten naar mijn kamer.’

Na een miserabel diner met kapotgekookte bonen, vlees met vieze jus en koude aardappelpuree uit een pakje, geserveerd in een kartonnen bak, vond Märtha dat ze wel wat lekkers konden gebruiken. Ze zette een kan koffie en koekjes, een bosbessentaartje en uiteraard de bramenlikeur op tafel. Oscar kwam als eerste binnen.

'Heb je hulp nodig?' vroeg hij terwijl hij een ijstaart op tafel zette. 'Ik vond dat we het moesten vieren.' Hij verzamelde moed en drukte een kusje op haar lippen. Märtha voelde dat ze warm werd vanbinnen en omhelsde hem innig. Ze stonden zo lang met hun armen om elkaar heen dat ze de ijstaart helemaal vergaten. Als er niet op de deur was geklopt, zou de hele taart gesmolten zijn.

'Moet die taart niet in de vriezer?' vroeg Bertil toen hij binnenkwam. Hij wees naar de plas perenijs onder in de doos.

'Zo is ijs het lekkerst,' zei Oscar verontschuldigend, en hij ging op zoek naar borden. Toen iedereen zat, de koffie was ingeschonken en ze allemaal een hapje van het zachte ijs hadden genomen, klopte Märtha op de tafel.

'Welkom allemaal. Ik hoop niet dat jullie je bij de neus genomen voelen omdat we weer in dit woon-zorgcomplex zijn beland.'

'Maar lieve, lieve Märtha,' zeiden de anderen in koor. 'We blijven hier toch niet lang. Proost, schurk!'

Ze hieven hun glas en namen een slokje. Omdat ze lang niet met elkaar hadden gezongen, zetten ze luidkeels 'De Liereman' in, gevolgd door 'Blij als een vogel'. Ze waren opstandig. Vervolgens luisterden ze geduldig naar Bertil die 'Naar zee' zong en naar Anna-Greta die haar eigen draai gaf aan 'Als ik toch eens rijk was'. Toen iedereen was uitgezongen en ze elkaar hadden verteld over de voor- en nadelen van de gevangenschap, nam Märtha weer het woord.

'Ik heb de verdwenen boodschappentrolley gevonden.'

'Echt waar? Geweldig!' riep Oscar.

'Hoe heb je dat voor elkaar gekregen?' vroeg Bertil.

'Je gaat me toch niet vertellen dat die ook vol geld zat,' zei Anna-Greta.

'Onmobelijb, ib ban het niet beloven,' zei Stina, die weer verkouden was en de k en de g niet kon zeggen.

Märtha vertelde in geuren en kleuren over haar nachtelijke tocht naar Dolores en de hoeveelheid geld die ze in de trolley had gevonden.

'Er zat zeker vijf miljoen in.'

De anderen floten van verbazing en Bertil rechtte zijn rug.

'Vijf miljoen!'

'Ssst,' siste Märtha. Ze liep naar het bed en wees naar het dekbed. 'Hier ligt het geld. Maar degene die de schilderijen heeft, eist losgeld. "Doe 100.000 Zweedse kronen in een kinderwagen. Zet die achter het Grand Hotel op 30 oktober om 13.00 uur," stond er in het briefje.'

'Mag ik dat briefje even zien?' vroeg Bertil.

'Dat moest ik helaas opeten. Het achterhouden van bewijs en dat soort dingen, snap je wel.'

'Zo ontloop je dus de bureaucratie,' bromde Bertil.

Märtha verontschuldigde zich met de opmerking dat ze twee begeleiders bij zich had gehad en dat ze op het laatste moment het briefje in haar mond had gepropt.

'Afgelopen nacht heb ik honderdduizend kroon in mijn kussenslopen verstopt. Dat wil dus zeggen tweehonderd briefjes van vijfhonderd, als ik het goed heb uitgerekend. Zijn jullie het met me eens dat we die pegels in de kinderwagen doen?'

'Pegels?'

'Ja, het geld, weet je wel,' zei Märtha.

'Een kinderwagen,' zei Stina nadenkend. Ze had goed haar neus gesnoten en kon de k en de g weer zeggen. 'Anders en Emma kunnen ons daarmee wel helpen. Ik zal vragen of ik op de kleine mag passen en dan lenen we hun kinderwagen. Malin is immers al zes maanden. Dat is perfect.'

'Rekruteren we nu ook al baby's? Zes maanden en dan al op het boevenpad,' zei Anna-Greta hinnikend.

'Ach, wat kan er nu gebeuren,' zei Märtha opgewekt, maar dat was precies wat zij ook had bedacht. Zes maanden en dan al op het boevenpad.

64

Gelukkig regende of sneeuwde het niet. Het was perfect weer voor praktijken die het daglicht niet konden verdragen.

'We moeten dit rustig en beheerst regelen,' zei Märtha terwijl ze de straat aftuurde. Ze klonk gespannen en dat merkte ze zelf ook. Nog geen busje, waar bleef dat ding toch?

'Maak je niet druk. Het komt wel goed,' zei Oscar.

'Stel je voor dat we gesnapt worden,' reageerde Märtha.

'Daar had je aan moeten denken vóór je vier dozen luiers en een kinderwagen bestelde,' mompelde Stina. Ze was nog steeds boos dat ze het niet via haar kinderen had mogen regelen. Anders en Emma hadden immers kinderwagens en dekentjes. Ze begreep niet waarom Märtha per se geld moest verspillen aan spullen die ze ook voor niets konden krijgen.

'Strategisch denken kan door moederliefde worden gehinderd,' had Märtha geantwoord. Stina was sindsdien in een slecht humeur. Märtha wist dat ze het moest bijleggen, maar dat moest wachten. Het was tijd voor De Grote Levering. Het vervoersbedrijf had gemeld dat de bus onderweg was en ze waren met z'n vijven naar buiten gelopen. Terwijl ze stonden te wachten, legde Anna-Greta uit dat ze via internet een buggy, babydekentjes en een aantal grote pakken Bambo-luiers had gekocht – met de mededeling dat de bestelling bij het woon-zorgcomplex moest worden afgeleverd en dat ze contant zou betalen.

'Wat een geluk dat we jou hebben,' zeiden ze in koor. Anna-Greta begon zo te stralen van het compliment dat ze allemaal in de lach schoten.

Twee dagen eerder hadden ze hun inkoopvergadering gehouden. Het eerste punt op de agenda was 'geschikte luiers'. Geduldig had iedereen naar Stina's gebabbel over de kleine Malin en haar nachtelijke gewoontes geluisterd. Stina kletste over haar kleinkind en vertelde hoeveel plasjes een bepaalde milieuvriendelijke luier kon absorberen, terwijl het er eigenlijk om ging welke luier het geschiktst was om geld in te verstoppen. Oscar en Bertil gaapten, Anna-Greta trommelde met haar vingers op tafel en Märtha probeerde de vergadering in goede banen te leiden.

'We moeten biljetten van vijfhonderd kroon in de luiers kunnen verstoppen, schat,' zei Märtha. 'Het geld moet compleet bedekt worden en bovendien moet de luier goede plakstrips hebben, zodat er geen enkel biljet uit kan vallen. Ik stem voor Bambo.'

Oscar, Bertil en Anna-Greta staken snel hun hand op en daarmee was de meerderheid voor.

'Wel typisch dat jullie weer moeten beslissen, jullie weten niets eens waar je het over hebt,' mopperde Stina. 'Wat weten jullie nou van luiers?'

'Niets, maar zo gaat dat in het echte leven, vrouwtje,' zei Bertil troostend. 'De meeste stemmen gelden, ook al weet je niets van het onderwerp af.'

Toen ze bij het agendapunt 'geschikte kinderwagen' kwamen, werd de discussie pas echt verhit.

'Het zou heerlijk zijn als jouw kinderen mee konden doen, Stina,' zei Märtha. 'Maar helaas kan de politie Emma's kinderwagen rechtstreeks met ons in verband brengen. We moeten een kinderwagen hebben waarvan het spoor niet naar ons leidt en in een tweelingbuggy is bovendien plaats voor twee schilderijen.'

'Inderdaad,' zei Anna-Greta. Ze zat bij de computer verschillende kinderwagens te googelen. 'Deze buggy, "Akta Gracila", is goedkoper dan de andere. Die nemen we.'

'Maar er zijn veel klachten over,' protesteerde Stina. 'Ik heb gehoord dat de handvatten en de schroefjes loszitten en in het ergste geval klapt het ding spontaan in elkaar.'

'Deze niet. Deze is "als beste getest",' zei Anna-Greta. 'Er zit een kap op, hij heeft een vijfpuntsgordel en een kinderwagenslot.'

'Maar als het een tweelingbuggy is, ziet het er toch raar uit als er maar één baby in ligt,' zei Stina.

'We kopen gewoon een babypop die niet van echt te onderscheiden is,' stelde Märtha voor. 'Ik kan in ieder geval op mijn leeftijd niet zomaar een baby tevoorschijn toveren, dat is een ding dat zeker is.'

'Vind je dat soms grappig? Je bent niet goed snik,' mopperde Stina. 'Nu kan ik jullie een keer helpen samen met mijn kinderen en dan willen jullie een spéélgoedpop kopen. Ik heb er genoeg van!' Ze vloog snikkend de kamer uit.

De achterblijvers keken elkaar geschrokken aan. Ze realiseerden zich dat ze vroeg of laat Anders en Emma bij hun plannen moesten betrekken, omdat Stina er anders misschien de brui aan zou geven. Märtha pakte een doos Belgische bonbons uit de kast en gaf hem aan Bertil, die op zijn beurt snel achter Stina aan ging om haar te troosten. Het duurde een eeuwigheid en niemand wist iets te zeggen. Alles wat ze hoorden was Stina's gehuil. Ze wilden wachten tot de twee terug waren, maar toen dat te lang duurde, vergaderden ze toch verder. Ze bespraken welke babykleertjes de pop aan zou krijgen en of ze het hoofd met een mutsje moesten bedekken of niet. Oscar was van mening dat de pop er onder de kap zou uitzien als een echte baby, en met kleine Malin ernaast zouden voorbijgangers denken dat er twee kleine baby's in een tweelingbuggy zaten. Het was alleen niet zo gezellig praten zonder Stina, dus algauw viel het gesprek stil. Eindelijk hoorden ze voetstappen en iedereen was opgelucht toen Bertil met Stina binnenkwam. Ze had chocoladevlekken rond haar mond, maar ze was de pop nog niet vergeten.

'Wat zullen de boeven wel niet denken als ze een buggy zien staan met een babypop erin?' riep ze driftig, gebarend.

'Dat wij aan de details denken en willen dat het zo geloofwaardig mogelijk overkomt,' zei Oscar.

'Jouw kleinkind kan immers later met de pop spelen,' zei Märtha verzoenend. Daar leek Stina tevreden mee te zijn, want ze ging weer zitten. Om haar verder tegemoet te komen, lieten ze haar in haar eentje de kussens en dekens uitzoeken en uiteindelijk was iedereen blij met het resultaat: een tweelingbuggy met extra grote regenkap, met plaats voor twee schilderijen, luiers, kussens en dekens. Ze hadden er een borrel op gedronken en vervolgens waren ze gaan slapen.

Märtha werd uit haar overpeinzingen gehaald door een bus die de heuvel op kwam rijden. De witte bestelbus reed langzaam in de richting van het woon-zorgcomplex.

'Daar is hij,' riep Märtha opgelucht. Het voertuig stopte voor hun neus. De chauffeur draaide het raampje naar beneden.

'Is dit De Diamant?'

'Dat klopt,' antwoordde Märtha.

'Goed.' De jongeman deed de deur open, sprong de bus uit en vroeg naar ene Maja Strand. Märtha knikte en zette een handtekening op het apparaatje dat hij bij zich had. Haar handschrift was niet best meer en ze was niet gewend iets te ondertekenen met de alias Maja Strand, maar het lukte haar een onduidelijke handtekening te zetten waar een manager of dokter trots op zou zijn geweest.

Anna-Greta telde de dozen, nam de pakbon aan en betaalde contant. De chauffeur hielp alles naar de rolstoellift te dragen. Het naar binnen brengen had wel heel wat voeten in de aarde, maar uiteindelijk lukte het om de dozen naar Märtha's kamer te smokkelen. Ze hadden nauwelijks alles opgeborgen, toen Märtha nog een bestelbusje zag aankomen. Haastig liep ze weer naar buiten. De chauffeur leek nogal verbaasd toen ze zei dat de buggy voor haar kind was, en het duurde even voor tot haar doordrong dat het op haar leeftijd eerder om een kleinkind moest gaan. Maar het liep goed af en toen ze weer op haar kamer was, haalde ze glazen en een fles champagne tevoorschijn.

'Kijk eens, lieve vrienden. Proost! Op de schilderijen,' zei ze.

'Op de impressionisten!' voegde Anna-Greta eraan toe.

Een tijdje later haalde Anna-Greta de belegde broodjes op die ze onder luid gejuich van de anderen via internet had besteld. Märtha deed haar deur op slot en toen alle broodjes en de champagne op waren, begonnen ze de luiers te vullen met het geld. De hele avond was Anna-Greta in een stralend humeur, omdat de bestellingen probleemloos waren verlopen. Opgetogen verklaarde ze dat ze de dag erop de bank zou bellen om dat gedoe met de internetverbinding van een paar dagen eerder uit te leggen. Maar de anderen praatten haar dat uit het hoofd en vonden dat het verstandig was er niet te veel woorden aan vuil te maken. Het was een beter idee als ze de bank zou bellen met het verzoek het geld terug te storten op haar rekening – omdat ze per ongeluk alles had gewist.

‘Maar als ze nou vragen naar de grote bedragen die ik wilde overboeken?’ vroeg Anna-Greta.

‘Dan zeg je gewoon dat de rente is gestegen en dat je je hebt bedacht.’

Alles bij elkaar werd het een gezellige dag en toen Gunnar na het avondeten ook nog op bezoek kwam, wist Anna-Greta niet meer hoe ze het had van blijdschap. Ze verdween met hem naar haar kamer en ondanks het feit dat het al laat op de avond was, hoorden ze algauw de muziek van ‘Kindergeluk’. En terwijl Lapp-Lisa zong: ‘Kindergeluk, voor de hemel ben je een gouden brug,’ zongen ze beiden zoals gewoonlijk mee, totdat de naald bleef hangen bij ‘gouden brug, gouden brug’. Het duurde een hele tijd voor ze een krassend geluid van een naald over een langspeelplaat hoorden. Vervolgens werd het doodstil. Ze keken elkaar hoopvol aan. Misschien had Gunnar per ongeluk een schop tegen de pick-up gegeven? Maar helaas klonken algauw de tonen van ‘Kindergeluk’ weer, en nu bleef de plaat aan het einde maar liefst twee keer hangen. Ze zeiden elkaar welterusten, bedankten de anderen voor een gezellige dag en ieder ging naar zijn eigen kamer.

Het duurde echter niet lang voor er twee deuren opengingen en Oscar en Bertil bijna tegen elkaar aan botsten in de gemeenschappelijke woonkamer.

‘Kan niet slapen,’ zeiden ze in koor, en ze gingen terug naar hun kamer. Even later gingen de deuren weer open en slopen ze elk naar de kamer van hun vriendin. Daar deden ze heel andere dingen dan het voorbereiden van nieuwe overvallen. Maar als ze hadden geweten hoe alles zou verlopen, hadden ze hun tijd misschien beter gebruikt.

65

'Foei, wat ben ik zenuwachtig,' zei Stina zachtjes terwijl ze de nieuwe kinderwagen voortduwde. Het was 30 oktober, bijna vijf voor één. De koude wind die vanaf Nybroviken waaide, kondigde de winter aan. Haar dik ingepakte kleindochter Malin sliep in het ene zitje van de tweelingbuggy en in het andere lag de niet van echt te onderscheiden babypop met haar mutsje. Stina en Märtha duwden om de beurt de buggy, want die was veel zwaarder dan ze hadden gedacht. Eerder die dag hadden ze de babypop, de dekens en de met geld gevulde luiers in de buggy gelegd; ze hadden zelfs een flesje, een paar sokjes en een extra truitje meegenomen. Vervolgens waren ze samen met het kleine meisje per taxi naar het Blasieholmtorg gegaan. De taxichauffeur had hen met de buggy en al het andere geholpen en toen ze Malin en de babypop in de buggy hadden gelegd, liepen ze in de richting van het Grand Hotel.

Terwijl ze over straat liepen, vroeg Märtha zich af wie de schilderijdieven konden zijn. Ze ging het hele rijtje af, van de Joego-maffia tot het hotelpersoneel of een rijke industrieel die de schilderijen uit de suite had gepikt. Maar eigenlijk was het niet belangrijk. Het belangrijkste was dat de schilderijen terecht waren. Toen ze bijna bij Hovslagargatan waren, keken ze spiedend om zich heen. Op de hoek van Blasieholmgatan en Teatergatan lieten ze de buggy zoals afgesproken achter op de stoep. Stina wilde net haar kleinkind uit de buggy tillen, toen ze tegen de babypop aan stootte. Ze keek op.

'Märtha, aan één ding hebben we niet gedacht. Als de mensen deze levensechte babypop zien liggen, denken ze dat we ons kind zijn vergeten. Dan komen ze ons zeker achterna.'

'Maak je niet druk. We doen de regenkap eroverheen, dan ziet niemand er iets van,' zei Märtha. Ze trok de plastic kap over de buggy en ritste hem dicht. 'Want ik heb geen zin om met dat ding te gaan sjouwen,' zei ze wijzend naar de babypop.

'Dat heet een kind,' zei Stina scherp. 'Maar als niemand ziet wat er in de buggy ligt, waarom hebben we dan die pop aangeschaft?'

'Nou, we dachten vast dat...' zei Märtha, die geen enkele reden kon bedenken waarom ze de pop hadden gekocht. Waarom moest Stina altijd achteraf met zulke opmerkingen aankomen? Als het te laat was. 'Nou ja, we...'

'"We"? "We"? Ik heb niets met dat besluit te maken gehad,' zei Stina. 'Ik had immers voorgesteld om Emma's kinderwagen te lenen. Die schurken moeten wel denken dat we gek zijn. Een plastic pop! Als ik hiervoor verantwoordelijk was geweest, dan...'

'Laten we maar gaan,' onderbrak Märtha haar. 'Volgens het briefje moeten we ons twee uur lang gedeisd houden. Dan kunnen we de schilderijen ophalen.'

'Een Monet, een Renoir en een babypop in een buggy,' zeurde Stina.

'Het gaat om een Zweedse culturele schat die teruggegeven moet worden aan het volk,' zei Märtha.

Stina haalde haar schouders op en maakte de buggy met een hangslot vast aan het hek. De straat lag er verlaten bij, hier kwam het winkelend publiek bijna nooit. De mensen liepen liever langs Strömkajan. Ze tilde Malin op, wikkelde de kleine in een deken en deed de capuchon over haar hoofd.

'Wat een schatje is het,' zei Märtha vertederd, in een poging Stina op te fleuren.

'Ja, DAT is een ECHTE, weet je wel,' zei Stina. 'Een kind dus.'

Er was geen café in de buurt, dus gingen ze naar restaurant De Veranda in het Grand Hotel. Märtha aarzelde, want ze was bang dat ze herkend zou worden. Dat was de vorige keer vrij pijnlijk geweest. Ze bestelden een gerecht van de lunchkaart en aten er maar een beetje van. Twee uur later stonden ze nogal onvast op de benen weer buiten. Om hun zenuwen te kalmeren hadden ze namelijk een glaasje genomen, en pas toen ze het ophadden, kregen ze in de gaten dat het zoete drankje helemaal geen likeur was, maar wodka met aardbeiensmaak. Maar wat maakte het uit, nu hun zelfvertrouwen niet meer stuk kon? Bovendien had Stina een Belgische bonbon bij haar koffie gegeten, waardoor ze zich erg voldaan voelde. Ze neuriede zo enthousiast met Malin op schoot dat Märtha haar discreet vroeg even wat rustiger aan te doen.

'Ik hoop dat het een aardige boef is en niet eentje die wel het geld heeft meegenomen maar de schilderijen niet heeft achtergelaten,' zei Märtha toen ze over straat wankelden. 'In dat geval zou ik niet graag in zijn schoenen staan. Hij zal een pak rammel krijgen dat hij zich nog lang zal heugen.'

'Of een karateschop in zijn kruis,' giechelde Stina struikelend.

Märtha keek stiekem naar haar. Wat was Stina veranderd, maar niet ten goede. Dat kwam vast door *Opsporing Verzocht* en al die detectives die ze tegenwoordig las. Stina hield Malin omhoog.

'Een misdaad per dag houdt de mot uit de maag,' zong ze. Toen realiseerde Märtha zich dat Stina in topvorm was. Het zou wel loslopen.

Het werd al schemerig en het regende. Märtha zag lijsten en schilderijen met waterschade voor zich en begon sneller te lopen. Ze liep zo hard dat het haar zwart werd voor de ogen en ze moest blijven staan tot ze weer op adem was. Toen ze de hoek om kwamen, zagen ze de buggy staan. Märtha's hart ging als een dolle tekeer. Stel je voor dat dat ding daar had gestaan zonder dat er iemand was langsgekomen... Of dat het een valstrik was. Voorzichtig liepen ze naar de buggy. Argwanend prikte Märtha er met haar wandelstok naar. Er kon immers best een bom of iets anders naars in de buggy liggen, dus ze moesten het zekere voor het onzekere nemen. Maar ze kon er niet bij. Ze had per ongeluk de wandelstok van Anna-Greta meegenomen en die was nog steeds krom. Ze slopen ieder aan één kant speurend om de buggy heen voor ze, na een keer diep ademhalen, het regenscherm eraf haalden. Toen zagen ze het pas. De babypop was aan de kant geschoven en iemand had tussen de dekens gerommeld. De kussens en de luiers met geld waren verdwenen en onder de deken was een bult te zien; twee bulten zelfs, het leek wel een kameel. Märtha stak haar handen onder de deken. Er ontsnapte een zucht aan haar lippen, want ze voelde inderdaad twee schilderijen. Ze waren zorgvuldig ingepakt, maar ze kon twee forse lijsten onderscheiden. Eén was rechthoekig als die van de Monet, de andere was breed met ronde hoeken, als die van de Renoir. Ze probeerde de Renoir op te tillen om hem beter te kunnen bekijken, maar dat lukte niet. De vergulde lijst was te zwaar.

'Dan gaan we nu direct naar het museum, of niet?' vroeg ze zacht. Stina knikte. Ze maakten het slot van de buggy los en wandelden naar Hovslagatan. Daar bleven ze staan.

'Hier is iets meer licht. Eerst moeten we controleren of de schilderijen niet zijn beschadigd. Heb jij de handschoenen, Stina?'

'De conservatorhandschoenen liggen in de bak. Ik moet Malin vasthouden, ze heeft het in haar broek gedaan.'

'Typisch.'

Märtha haalde de handschoenen tevoorschijn, trok ze aan en scheurde het papier eraf. Er was een flinke laag papier om de schilderijen gewikkeld, en het was veel lastiger kapot te scheuren dan ze had verwacht. Maar toen ze in de ene hoek een vergulde lijst zag glimmen, begon ze te stralen.

'Kijk, Stina. O, wat ben ik opgelucht. Weet je, iets in bezit hebben maakt niet altijd gelukkig. Weggeven is ook fijn, misschien zelfs wel fijner. Maar als je iets waardevols terug kunt geven, wat je hebt gestolen, dat is het beste van allemaal.'

'Hoor eens, we hebben nu geen tijd voor filosofische overpeinzingen. Malin moet een schone luier.'

Märtha legde haastig het dekentje over de schilderijen en deed een paar passen achteruit om plaats te maken voor Stina. Het verschonen ging pijlsnel; Stina had het duidelijk vaker gedaan, maar dit was dan ook haar derde kleinkind. Een uitgesproken lucht verspreidde zich rondom de buggy.

'Wat een geluk dat Monet en Renoir niet meer kunnen ruiken,' merkte Märtha op.

Stina gaf geen antwoord, maar stopte de luier in de voetenzak. Vervolgens legde ze Malin zo goed en zo kwaad als het ging in de buggy.

'We moeten opschieten. Leg die dekens recht. Er komen mensen aan.'

Märtha keek op. Er kwam inderdaad een groep senioren op hen af. Haastig deed ze het regenscherm naar beneden.

'Die gaan vast naar het Rijksmuseum.'

'Hoe weet je dat?'

'Een kerel en een heleboel oudere vrouwen. Dan is het altijd een cultureel uitstapje.'

Ze liepen de hoek om in de richting van het museum, maar toen ze voor het Grand Hotel Strömkajan op liepen, kregen ze last van de wind. Een stevige windvlaag kreeg vat op het regenscherm en trok de buggy naar de kade. Märtha zag het gevaar; ze pakte het ene handvat vast om de buggy tegen te houden. Maar het brak af en ze bleef staan met het handvat in haar hand. Instinctief pakte Stina Malin uit de buggy, waarna een nieuwe windvlaag de buggy, die nu een stuk lichter was, in de richting van het water blies.

'Help, help ons toch!' krijste Stina en Märtha haastte zich achter de buggy aan. Ze zag voor zich hoe de buggy in het water viel, terwijl zij hulpeloos moest toekijken dat de Renoir en de Monet in de diepte verdwenen. Maar al na drie passen zag ze dat ze het niet zou halen en raakte ze in paniek. Ze stond wild te gebaren, terwijl ze van tevoren hadden afgesproken dat ze het museum zo onopvallend mogelijk zouden binnengaan. Een voorbijganger had gezien wat er was gebeurd. Hij rende naar de buggy, slaagde erin die beet te pakken en trok hem weer de stoep op.

'Misschien is het beter als ik het regenscherm eraf haal, zodat de wind er niet meer achter kan komen,' zei hij vriendelijk.

'Nee, nee, dat hoeft niet,' antwoordde Märtha, die niet wilde dat hij zou zien wat er in de buggy lag. 'Hartelijk bedankt voor de hulp.'

Ze pakte de buggy van hem aan, zette het handvat weer vast en liep naar het Rijksmuseum.

'Wilt u naar het museum, mevrouwtje? Kom, ik zal u helpen,' drong de man aan.

'Dank u, het gaat wel,' zei Märtha, maar de man nam het roer over. Toen ze bij de trap waren, zei hij vriendelijk: 'Ik denk dat ik de buggy ook nog maar even naar boven draag. Hier is een echte man voor nodig.'

Hij pakte de buggy en liep ermee de trap op. Bij de ingang liet hij hem met een klap op de grond vallen. 'Zo, nu kunt u het zelf wel.'

De man lachte en groette hen. Stina en Märtha mompelden een paar bedankjes.

'Niet zo handig dat hij ons heeft gezien,' zei Märtha.

'Maar de politie wordt toch niet boos op ons omdat we de schilderijen terug komen brengen? Rustig maar, Märtha. Bovendien leek hij me heel vriendelijk. Zonder hem was het ons nooit gelukt de trap op te komen,' zei Stina, die genoeg drama voor een dag had gehad. Uitgeput leunde ze op de buggy. Ze zag direct dat het ding merkwaardig scheef hing. Er viel een klinknagel op de grond.

'Kijk nou toch. Dat ding was hartstikke duur. Ik had zo gehoopt dat ik hem aan Emma kon geven,' mopperde ze.

'Emma is vast blij dat ze hem niet krijgt,' zei Märtha, die probeerde de beschadigde buggy door de deur te manoeuvreren. De wielen hadden een flinke optater gehad en eentje rolde helemaal niet meer, dus ze moesten flink duwen. Hijgend leunde ze tegen de muur.

'Weet je wat, we duwen hem de lift in, dan zijn we ervanaf,' zei Stina. Ze keek om zich heen naar een plekje waar ze Malin even kon neerleggen.

'Goed idee,' zei Märtha. De lift was aan de rechterkant, vlak bij de ingang, en er stond een bankje naast. Voorzichtig legde Stina haar kleinkind op de bank en gezamenlijk duwden ze de buggy naar de lift. Een paar mensen keken hen verwonderd na, maar Stina en Märtha deden of ze het niet merkten. Gelukkig was de lift beneden, want toen ze op het knopje drukten, ging de deur meteen open. Twee jongeren boden hun hulp aan en met z'n vieren kregen ze de buggy in de lift. Maar de jongeren waren jong en sterk en duwden zo hard tegen de buggy dat die tegen de liftwand stootte.

'Oeps, sorry,' zeiden ze verontschuldigend.

'Dank je wel voor de hulp. Het geeft niets, jullie hebben ons goed geholpen,' zei Märtha hijgend. 'We redden ons nu wel.'

Maar toen ze het handvat vastpakte om de buggy recht te zetten, vielen er een schroef en nog een paar klinknagels uit.

'Laten we de liftdeuren maar dichtdoen,' zei ze tegen Stina en ze drukte op het knopje. Maar toen de deuren dichtgleden, kwamen die waarschijnlijk tegen het ene handvat aan, want ineens klonk er een enorm kabaal in de lift.

'Wat gebeurt er?' vroeg Stina. Haastig drukte Märtha op OPEN. De liftdeuren gleden open en daar lag de buggy.

'O, dat is niet best,' zei Märtha.

'Goedkoop is duurkoop,' zei Stina.

Ze staarden naar een hoop ijzer met regenscherm, wielen, luiers en een deken, met bovenop een babypop en twee bulten, de schilderijen. De buggy was als een harmonica in elkaar geklapt, iets waarvoor de bloggers op internet al hadden gewaarschuwd. Instinctief drukte Märtha op SLUITEN. Terwijl de liftdeuren weer dichtgleden, gaf ze Stina een teken dat betekende dat ze er maar het beste vandoor konden gaan. Tot overmaat van ramp begon Malin ook nog te krijsen en zachtjes giechelend namen ze de kleine mee naar de uitgang. Ze verlieten het museum zo langzaam en waardig mogelijk.

Pas toen ze achter het Grand Hotel waren en de taxi eraan kwam, pakte Märtha haar telefoon. Ze had een geleend toestel met beltegoed en toetste het nummer in.

'Kunt u mij doorverbinden met het Rijksmuseum,' zei ze terwijl Stina met de kleine Malin in haar armen in de taxi ging zitten. Een telefoniste nam op en Märtha vroeg of ze de museumdirecteur kon spreken.

'Hallo, u spreekt met Tham van het Rijksmuseum.'

Märtha ademde diep in en verdraaide haar stem. 'Er staat een buggy met de Monet en de Renoir in de lift bij de ingang van het Rijksmuseum,' zei ze en ze verbrak snel de verbinding. Ze ging in de taxi zitten en zei tegen de chauffeur dat ze naar vliegveld Bromma moesten. Daar vertrokken zowel binnenlandse als buitenlandse vluchten en dat leek Märtha een uitstekend dwaalspoor.

'Missie geslaagd,' zei ze.

'Geslaagd? Weet je dat heel zeker?' vroeg Stina. 'We zijn de pop vergeten.'

'Dat is ook zo,' zei Märtha lachend, al was het een behoorlijke blunder. 'Schilderijen die dertig miljoen waard zijn en dan vergeten we een pop met een mutsje op. Je kunt wel zeggen dat het leven vol verrassingen zit.'

Toen ze bij Bromma aankwamen, gingen ze via de draaideur de

vertrekhal binnen. Ze zorgden ervoor dat ze goed opvielen voordat ze de bus terug naar de stad namen. Daar aangekomen brachten ze Malin naar Emma en gingen ze terug naar het woon-zorgcomplex. Oscar en Bertil hielpen hen uit hun jas en Anna-Greta was zo opgewonden dat ze zelfs de platenspeler niet aanzette. In plaats daarvan had ze thee en koekjes klaarstaan op haar kamer.

Ze schonken voor zichzelf een kopje thee in en gingen op de bank zitten (nadat Oscar Märtha's breiwerk had weggehaald, dat ze daar had neergelegd toen ze thee inschonk).

'En?' vroeg Anna-Greta terwijl ze haar bril poetste en hem in het licht hield. Ze had een nieuwe, moderne bril gekocht die haar goed stond en die bovendien niet steeds van haar neus gleed. De oude jarenvijftigbril had ze naar een rommelmarkt gebracht.

Na een paar slokken thee vertelden Märtha en Stina het hele verhaal. Toen ze bij het gedeelte met de in elkaar geklapte buggy kwamen, vertrok het gezicht van Anna-Greta van schrik. Ze barstte in merkwaardig lachen uit en de anderen keken elkaar ongerust aan. Maar toen Märtha over de vergeten pop vertelde, klonk het gebruikelijke paardengehinnik en dat luchtte iedereen op. Anna-Greta was zo moe dat het iets langer duurde voordat ze op haar normale manier lachte.

'De term "als beste getest" moet je dus met een korrel zout nemen,' zei ze toen ze weer een beetje was bijgekomen.

'Vroeger ging je naar een winkel waar deskundig personeel stond dat jouw vragen kon beantwoorden,' zei Märtha. 'Nu moet alles via het net verkocht worden en kan iedereen zonder enige kennis zijn oordeel geven. Als beste getest, zelfs wanneer minstens twee buggy's in elkaar klappen? Dat kan toch niet?'

'De samenleving is in beweging. Internet is niet meer weg te denken,' zei Bertil.

'De samenleving kan wel in beweging zijn, dat hoeft nog niet te betekenen dat die er beter van wordt,' concludeerde Märtha. 'Niet altijd.'

'Jij en je gefilosofeer,' mompelde Bertil.

Het bleef een tijdje stil en iedereen keek naar zijn theekopje.

Stina zette het hare besluitvaardig op tafel.

'Volgens mij hebben we weer iets over het hoofd gezien,' zei ze streng.

Iedereen luisterde. Zo praatte ze alleen als ze wat belangrijks te zeggen had.

'Over het hoofd gezien? Wat dan?' vroeg Oscar.

'Waarom was al dat geheimzinnige gedoe met de schilderijen nodig? Märtha, jij hebt toch tijdens het verhoor gezegd dat we ze alleen maar hadden gekidnapt en dat we ze terug zouden geven zodra we het losgeld hadden ontvangen?'

'Ja, dat klopt,' antwoordde Märtha.

'Precies. We hadden dus helemaal niet zo moeilijk hoeven doen. We hadden de schilderijen onder de arm kunnen nemen en ermee naar binnen kunnen lopen, en dan hadden we al dat gedoe met die pop en zo achterwege kunnen laten. Het is toch niet strafbaar om iets terug te brengen? Om nog maar te zwijgen van jouw dwaalspoor naar Bromma.'

Stina snoof en begon toen te niesen. Ze had op de tocht gezeten en ze zou binnenkort wel weer verkouden zijn. 'Die hele poppenkast was niet nodig,' herhaalde ze. Ze pakte haar zakdoek en snoot haar neus.

Märtha keek met een knalrood gezicht naar de tafel, Oscar legde zijn handen op zijn buik en Bertil mompelde zachtjes. Anna-Greta verbrak de stilte.

'Lieve hemel, als je zo oud bent als wij zie je af en toe wat over het hoofd. Dat is toch niet zo erg?'

'Bij een volgende overval hebben we jongere en sterkere mensen nodig om het overzicht te bewaren,' zei Stina. 'Anders en Emma bijvoorbeeld. Als je het niet meer zelf kunt doen, moet je om hulp vragen, en wij worden er niet jonger op.'

'Ach, ze kunnen ons helemaal niet bijhouden,' zei Anna-Greta. 'We hebben toch veel plezier gehad? Dat is volgens mij het belangrijkste. We hebben niets of niemand schade berokkend – behalve die vervloekte buggy dan.'

Bij het woord 'buggy' kon ze zich niet langer inhouden en ze lachte vrolijker en harder dan ooit tevoren. Märtha had haar graag stevig omhelsd, want onderweg naar het vliegveld had ze ook bedacht dat ze het misschien weer verkeerd had gedaan. Ze had immers die schilderijen helemaal niet naar binnen hoeven smokkelen. Maar ze had er niets over durven zeggen en ze had gehoopt dat niemand tot dezelfde conclusie zou komen. Nu troostte ze zich met de gedachte dat het bezoek aan Bromma goed was geweest voor het onderzoek. Ze had zowel de incheckbalie als de beveiliging bestudeerd en daar zouden ze zeker nog profijt van kunnen hebben.

66

Het geluid van de telefoon schetterde door de kamer en inspecteur Petterson wierp een woedende blik op het toestel. Hij had de hele dag met de hoorn aan zijn oor gezeten en had geen zin in nog een telefoongesprek. Bovendien haatte hij het melodietje van het ding. Het deed hem aan het Noorse volkslied denken en daar hij had na het laatste WK zijn buik wel van vol. Petterson nam op.

'Wat zegt u, zijn er schilderijen gevonden in de lift? Een grote vergulde lijst, twee schilderijen, u denkt dat het de Renoir en de Monet zijn... Nee, nee, overal afblijven... Nee, AFBLIJVEN, ik waarschuw u! We zijn zo bij u.'

Inspecteur Petterson hapte naar adem. Zou het echt waar zijn? Hij was ervan uitgegaan dat de schilderijen allang in het buitenland waren verkocht, maar de dame aan de telefoon wist het heel zeker. Hij kon maar beter opschieten.

Inspecteur Strömbeck had de ernst van de zaak ook begrepen. Hij schoot zijn jas aan en samen reden ze met hoge snelheid naar het Rijksmuseum. Ze parkeerden de auto op Strömkajen, naast het Grand Hotel. Petterson wilde net het autoportier dichtgooien toen hij iets op de stoep zag liggen. Hij bukte voorover en raapte een biljet van vijfhonderd kroon op, maar toen hij om zich heen keek, zag hij er verder geen in de buurt liggen.

'Wie strooit er nu biljetten van vijfhonderd kroon in het rond?' mompelde hij, terwijl hij het geld in zijn zak stopte.

Bij de ingang van het museum werden ze opgevangen door een bewaker in uniform. De man bracht hen naar de lift, dezelfde die buiten gebruik was geweest toen ze hier voor de eerste keer kwamen. Maar nu hing er een bordje met BEZET op de liftdeur. Een groep senioren die een rondleiding had geboekt voor de tentoonstelling 'Last en Lust' op de eerste verdieping stond in een kringetje voor de liftdeuren te wachten.

‘We eisen dat de lift onmiddellijk weer wordt ingezet. Hoe moeten wij anders naar boven? Vliegend soms?’ gromde een oudere dame zodra ze de bewaker in het oog kreeg.

‘Of draagt u ons naar boven?’ voegde haar man er zeurderig aan toe.

‘Rustig, dames en heren,’ zei inspecteur Petterson vermanend. Hij baande zich een weg naar de lift. ‘Wij zijn van de politie. U zult helaas moeten wachten.’

‘Politie?’ Een deftige vrouw van middelbare leeftijd stak haar hand uit. Ze had een bril op, droeg een elegante jurk en had lippenstift op haar lippen. ‘Museumdirecteur Tham, welkom,’ zei ze.

‘Inspecteur Petterson.’

‘De schilderijen staan in de lift.’ Ze drukte op de knop en de liftdeuren gingen open. Er verspreidde zich een smerige lucht door de entree.

‘Is dit soms een grapje? De overblijfselen van een buggy... Wat is dat in vredesnaam? Een babypop met een roze mutsje op.’

‘Ziet u de schilderijen niet liggen? U zei dat ik absoluut nergens aan mocht komen, dus ik heb niet eens het papier eraf gehaald. Maar ik herken de lijsten,’ zei de museumdirecteur wijzend.

‘Ach ja, daar.’ Inspecteur Petterson boog zich naar voren en stak koortsachtig zijn hand in de buggy.

‘Voorzichtig, straks komen je vingers ertussen,’ waarschuwde Strömbeck.

Petterson aarzelde, maar niet lang. Hij had al zo lang aan deze zaak gewerkt dat hij zich niet kon beheersen.

‘Wat zou het fantastisch zijn als die schilderijenroof eindelijk was opgelost,’ zei hij, terwijl hij verder zocht. ‘Wel alle...’

Vloekend deed hij een stap achteruit, hield een vieze luier omhoog en smeet die op de grond.

‘Het spijt me verschrikkelijk, inspecteur, maar de schilderijen...’ stamelde de museumdirecteur.

Haastig veegde Petterson zijn handen af en zette zijn zoektocht iets behoedzamer voort. Alleen een stukje van de vergulde lijst stak door het papier heen. Hij pakte zijn zakmes. ‘Weet u zeker dat dit de gezochte schilderijen zijn?’ vroeg hij nors terwijl hij voorzichtig het papier lossneed.

'We mochten van u toch nergens aankomen? Ik dacht dat u DNA wilde veiligstellen, dus we hebben gedaan wat u zei. We weten immers dat u op internationale kunstdieven jaagt,' zei de museumdirecteur.

'Inderdaad,' mompelde Petterson, die zorgvuldig verder werkte zodat hij de schilderijen niet zou beschadigen. Hij scheurde een groot stuk papier af en gooide het op de grond. Achter hem hapte de museumdirecteur naar lucht en sloeg haar handen voor haar gezicht. 'Lieve help!'

Inspecteur Petterson haalde de rest van het papier eraf en deed een stap achteruit. Hij herkende de schilderijen, want hij had ze al vaak gezien. In de kitscherige, vergulde lijst zat de overbekende poster van het huilende meisje, die bijna ieder Zweeds gezin op de wc had hangen. Zonder een woord te zeggen zette inspecteur Petterson het schilderij op de grond en ging verder met het volgende. Nu was hij veel minder voorzichtig. Hij sneed haastig het papier los en scheurde het vervolgens kapot.

'Dacht ik het niet!'

Deze keer was het een schipper met een zuidwester op zijn hoofd en een pijp in zijn mond.

'Kitsch,' hijgde museumdirecteur Tham.

'Denkt u soms dat de politie niets beters te doen heeft?' zei Petterson met overslaande stem. 'En praat me alsjeblieft niet van dat ding daar.' Hij pakte de babypop en zette die schrijlings op de lijst – maar zo hard dat het roze mutsje van het poppenhoofd gleed.

'Als ik dit had geweten... Het spijt me ontzettend,' zei de museumdirecteur met vuurrode wangen. Ineens hoorden ze gefrustreerd gelach. Inspecteur Strömbeck had alles gefilmd. Nu kon hij zich niet langer inhouden.

'Voor het onderzoek,' zei hij met een grijns. 'Ik zet het op internet.'

Inspecteur Petterson zwaaide afwerend met beide handen. 'Liever niet. Stel je voor dat het in de krant verschijnt...'

'Juist wel. "Politie om de tuin geleid. Seniorenliga slaat weer toe."' Strömbeck barstte in lachen uit.

'Hou op!' zei Petterson. Hij zei een hele tijd niets. Vervolgens zette hij zijn handen in zijn zij. 'Kun je je trouwens nog herinneren dat Märtha Anderson zei dat ze de schilderijen terug had willen brengen naar het museum, maar dat ze uit de suite in het Grand Hotel waren gestolen? Hoe past dit dan in dat verhaal? We hebben de lijsten terug, maar de schilderijen niet.'

'We zullen moeten kijken wie die buggy heeft achtergelaten. We hebben immers de beelden van de bewakingscamera's.'

'Bewakingscamera's? Niet weer, hè?' kreunde Petterson.

'Weet je wat we doen?' zei Strömbeck op serieuze toon. 'We stellen een persbericht op om te zeggen dat we de schilderijen hebben gevonden. Dan gaan de echte boeven twijfelen. We lokken ze gewoon uit hun tent. Dit kan ons aanknopingspunten geven.'

'Het klinkt nogal vergezocht. Wat doen we als de pers de schilderijen wil zien?'

'Dan zeggen we dat ze onbeschadigd lijken, maar dat de pers moet wachten omdat de schilderijen worden onderzocht.'

'Hm.' Petterson dacht na en de museumdirecteur was zo geschokt dat ze geen geluid kon uitbrengen. Petterson keek haar aan.

'Wat vindt u dat we hiermee moeten doen?' vroeg hij terwijl hij naar het schilderij van het huilende meisje wees. Strömbeck glimlachte stilletjes.

'Rommelmarkt?'

'Misschien zit er wel bruikbaar DNA-materiaal op,' zei Petterson.

'Dat zei ik toch,' zei de museumdirecteur flauwtjes. 'Dan zetten we ze zolang in het depot. Maar mijn hemel, kitsch in het Rijksmuseum...'

'Vergeet de buggy niet,' zei Strömbeck. 'Wat een installatie! "Een verstild ogenblik" door... nou ja, hoe de kunstenaar ook mag heten.'

'Dit is geen museum voor moderne kunst. In het Rijksmuseum stellen we echte schilderijen tentoon,' zei de museumdirecteur op scherpe toon.

'Natuurlijk, dat begrijpen we,' zei inspecteur Petterson. 'Hoe het ook zij, we zijn niet veel verder gekomen met het onderzoek. De schilderijen zijn nog steeds niet boven water en...'

'Inderdaad... de schilderijen hebben we nog niet gevonden en er kan dus nog van alles gebeuren,' concludeerde Strömbeck.

67

Liza krabde hoofdschuddend aan haar hoofd. Ze staarde naar haar spiegelbeeld en vloekte. Waarom zou ze eigenlijk haar haar kammen? Ze was weer in Hinseberg beland. Geen wonder dat ze in een slecht humeur was. Ze had niet lang van haar vrijheid kunnen genieten, voor de politie haar weer in de kraag had gevat. Alleen maar omdat ze had geprobeerd een oude kerel van zijn portefeuille af te helpen. Ja, ze had inderdaad een handtekening vervalst in die juwelierszaak, waarna ze er met een paar sieraden vandoor was gegaan – maar niet zo veel. Pas toen ze die oude vent beroofde was ze opgepakt. Wat een domper. Dat ze weer hier terechtgekomen was omdat ze een paar miezerige kronen had gestolen, terwijl ze haar oog had laten vallen op een paar miljoen... Verdomme nog aan toe! Als ze nu maar de tijd had gehad om die schilderijen goed te onderzoeken. Die zware, kitscherige, vergulde lijst met dat portret van de koning was geen gewone. Op een gegeven moment zou ze de waarheid wel uit Petra gekregen hebben. Want die meid was erbij betrokken, want wie moest het anders zijn geweest? Liza was ervan overtuigd dat hier sprake was van een *inside job.*

Ze was van plan geweest weer naar Frescati te gaan, maar daar was niets van gekomen, omdat de politie haar had gepakt. Ze kon zich wel voor haar hoofd slaan dat ze zich had laten afleiden. Nou ja, ze moest maar wachten tot ze weer met verlof mocht, of anders moest ze op een of andere manier ontsnappen. Als ze bij Petra niets kon vinden, dan zou ze Märtha onder druk zetten. Die ouwe koe was immers weer naar dat woon-zorgcomplex, dus daar ze kon haar gewoon bezoeken. Märtha wist vast en zeker meer over die schilderijen dan ze liet doorschemeren. De tien miljoen die het museum aan losgeld had betaald, was ook niet te versmaden. Liza liep naar de gemeenschappelijke ruimte om koffie te zetten, toen ze zag dat een van de oppassers aan de andere kant van het raam haar wenkte. Hij deed de deur open en kwam naar haar toe.

'Ik wilde je wat vragen,' zei de oppasser.

'O?'

'Herinner je je Märtha Anderson nog?'

'Hoe zou ik haar kunnen vergeten?'

'Heb je ooit met haar over die schilderijenroof gesproken?'

Liza gaf geen antwoord. De oppasser probeerde het nog eens. 'Ze heeft de overval bekend, maar beweerde dat de schilderijen waren verdwenen. Heeft ze soms namen van medeplichtingen genoemd?'

Liza deed alsof ze de vraag niet had gehoord.

'De schilderijen zijn in ieder geval weer terug in het museum. Maar niemand weet waar ze al die tijd zijn geweest en waarom ze juist nu zijn teruggebracht.'

'Dan moeten jullie dat maar uitzoeken,' zei Liza.

'Ik dacht dat jij er misschien meer van wist.'

'Wat kan mij die klerezooi verdommen,' zei Liza. Ze liep weg en begon zich steeds meer op te winden. Ze balde haar vuisten en vloekte hartgrondig. Dus die schilderijen waren terug! Ze had gedroomd dat ze ze kon inpikken, zodat ze Märtha voor een paar miljoen kon tillen. En dan gebeurde er zoiets! De rest van de dag werkte Liza in het textieldrukatelier, maar alles ging mis. Ze had niet goed opgelet en per ongeluk alle slogans aan de binnenkant van de T-shirts gedrukt.

Petra zette de tv uit, deed haar koelkast open en schonk een glaasje wijn voor zichzelf in. De tentamens waren achter de rug en ze vroeg zich af wat ze dit weekeinde zou gaan doen. Ze had het weer uitgemaakt met haar vriendje, en deze keer meende ze het echt. Gek genoeg was ze er niet verdrietig om, sterker nog, ze voelde zich opgelucht. Eindelijk had ze er een punt achter gezet. Bovendien bleef ze vast niet alleen, een paar jongens hadden zich al gemeld. Ze kon alleen niet beslissen met wie ze uit zou gaan. Vlak voor de bank bleef ze staan kijken naar de posters van Stockholm. Ze hingen op dezelfde plek waar de schilderijen uit het museum hadden gehangen. Terugdenkend kon ze zich haast niet voorstellen dat ze twee kunstwerken met een waarde van dertig miljoen kroon in haar bezit had gehad. Een paar schilderijen die ze bijna had beschadigd. Het had allemaal verkeerd kunnen aflopen, die avond dat ze overal blauwebessenjam had geknoeid. Ze was van de keuken naar de bank gelopen toen ze was gestruikeld, waardoor haar boterham tegen de muur was gekwakt. Het grootste deel van de jam was op de posters terechtgekomen. Het mooie, grijze uniform van de koning had onder de paarse vlekken gezeten en koningin Silvia had een blauwpaarse vlek midden op haar gezicht gehad. Gelukkig hadden de posters de meeste jam opgevangen en waren de kunstwerken eronder niet vies geworden, maar de posters waren bol gaan staan, dus die had ze moeten vervangen. Had ze eerst bezoek gehad van een mysterieuze persoon die beweerde haar nicht te zijn, nu had ze ook nog bijna een kunstschat vernietigd. Het werd de hoogste tijd dat ze van die schilderijen af kwam, voordat er echt iets mee gebeurde.

Die avond had ze een briefje aan die bejaarden geschreven. Ze was ervan uitgegaan dat ze nog geld overhadden van de kunstroof en dat honderdduizend kroon als 'vindersloon' een redelijk bedrag was. Niet te veel en ook niet te weinig, gewoon goed te doen. Meer vragen zou oneerlijk zijn. Ze overwoog even een half miljoen te eisen, maar dat was eigenlijk misdadig, redeneerde ze. Dit bedrag voelde meer aan als een vergoeding voor uitgevoerd werk; een beetje kon ze er toch wel voor krijgen, nu ze de schilderijen uit het bijgebouw had gered? Ze kon de rest van het semester zonder geldzorgen wonen en eten en dan had ze zelfs nog geld over voor kleding en reizen. Meer had ze niet nodig in het leven. De volgende dag had ze het geregeld, toen ze aan het werk was in het Grand Hotel. In een onbewaakt ogenblik had ze de brief voor Märtha bij de receptie achtergelaten.

Ze moest wel iets met de schilderijen doen. Ze kon die posters van het koningspaar vol jamvlekken niet boven de bank laten hangen. De oplossing vond ze op de antiek- en curiosabeurs in Kista waar ze twee dagen later heen ging. Ze had niet lang getwijfeld toen haar blik op het huilende meisje en de schipper met de zuidwester en de pijp viel. Eenmaal thuis hoefde ze de posters alleen maar wat bij te snijden om ervoor te zorgen dat ze in de lijsten pasten. Wat zou dit soort kitsch een opschudding veroorzaken, dacht ze. Ze wilde dat ze erbij had kunnen zijn.

Petra ging met het glas wijn op de bank zitten, pakte de krant en las het artikel over de schilderijen nog een keer. Daar stond dat de verdwenen werken van Renoir en Monet teruggevonden waren in een buggy met een pop erin. Ze lachte bij de gedachte eraan en vroeg zich af wat die oudjes had bezield. Een babypop! Hoe dan ook, alles leek opgelost, zelfs al was er bijzonder weinig over de zaak geschreven. Maar het belangrijkste was toch dat ze haar honderdduizend kroon had ontvangen, in biljetten van vijfhonderd nog wel. Die oudjes hadden werkelijk aan alles gedacht. Nu kon ze in alle rust geld uitgeven zonder dat iemand het verdacht zou vinden. Ze hief haar wijnglas, sloot haar ogen en nam een slok. Opeens zag het leven er rooskleurig uit.

De inspecteurs Petterson en Strömbeck zaten ieder met een kop koffie achter de computer. Het persbericht over de teruggevonden schilderijen was naar de media gestuurd en iedereen dacht dat de zaak was opgelost. Maar hier op het politiebureau wisten ze wel beter. De schilderijen waren nog niet boven water en alle pogingen om de grap met de buggy te analyseren waren mislukt. De politie was weer bij de neus genomen. Inspecteur Petterson geloofde niet dat het nep-persbericht de misdadigers uit hun tent zou lokken, maar zoals de zaak er nu voor stond, moesten ze alles proberen. Zonder echt op te letten staarde hij naar de opnames van de bewakingscamera's bij de ingang van het Rijksmuseum. Hij zag hoe een man in een schipperstrui de tweelingbuggy naar binnen sleepte.

'Kijk hier eens. Hij zet die buggy neer alsof het een zak vuilnis is. Geen wonder dat het ding kapot is gegaan.'

'Maar ik zie het motief niet. Het kan toch onmogelijk bedoeld zijn om ons zand in de ogen te strooien,' zei Strömbeck.

Op de beelden was duidelijk te zien hoe de schuddende buggy naar één kant overhelde. Een paar tellen later kwam Märtha Anderson in beeld, samen met haar vriendin Stina en nog twee andere museumgasten, van wie ze het gezicht echter niet konden zien. Met veel moeite duwden ze de buggy de lift in, waarna ze op een knopje drukten en de liftdeuren dichtgingen. Vervolgens draaiden ze zich om en liepen naar buiten. Naar de beelden te oordelen waren ze erg opgelucht. Petterson bekeek dit stuk van de opname een aantal keer en ineens besefte hij iets. Lieve hemel, als Märtha en haar vriendin hierbij betrokken waren, moesten het wel de échte schilderijen zijn.

'Strömbeck. Ik denk dat we nog een bezoekje moeten brengen aan het Rijksmuseum. Geloof het of niet, volgens mij heb ik de zaak opgelost.'

'Bedoel je dat...'

'Geen tijd om het uit te leggen. Kom mee.'

Even later stonden de twee politiemannen met museumdirecteur Tham in het museumdepot. Ze staarden naar het huilende meisje en de schipper met de zuidwester.

'Denk je eens in, bijna heel Zweden heeft deze zooi aan de muur hangen,' zei Petterson, die zijn zakmes tevoorschijn haalde.

'Wij niet,' zei de museumdirecteur met een verbeten gezicht.

Voorzichtig haalde Petterson een van de hoeken los, en na een tijdje peuteren zagen ze iets tevoorschijn komen.

'Wel heb ik ooit,' zei Petterson, en hij werkte behoedzaam verder tot hij een flink stuk van de poster met het huilende meisje had losgesneden. 'Er zit een schilderij onder!'

'Monet,' fluisterde de museumdirecteur. 'Het is niet waar...'

Tien minuten later had Petterson ook de Renoir tevoorschijn getoverd.

'Renoir,' snikte museumdirecteur Tham.

'Ziezo. We hebben de zaak opgelost,' zei Petterson plechtig. Hij stond op en klapte zijn zakmes dicht. 'Nu moet u er wel voor zorgen dat het museum een fatsoenlijk alarmsysteem krijgt, zodat we dit in de toekomst niet nog een keer hoeven te doen.'

'Een alarmsysteem kost geld. Dat hebben we niet,' zei de museumdirecteur verontschuldigend.

'Dan moet u zorgen dat u er geld voor krijgt,' antwoordde Petterson.

Onderweg naar de lift was de stemming bedrukt, maar toen de liftdeuren opengleden, fleurde de museumdirecteur weer wat op. 'Over geld gesproken, inspecteur. Als het losgeld ook teruggevonden wordt, die tien miljoen, bedoel ik, dan zouden we...'

'Het losgeld?' Petterson bleef staan.

'Ja, het geld dat het museum heeft betaald aan de boeven met hulp van de Vrienden van het Rijksmuseum.'

'O dát. Inderdaad ja...'

'Precies. Als we dat geld terugkrijgen, kunnen we er een nieuw alarmsysteem van aanschaffen.'

Petterson leunde tegen de deurpost aan. Hij was het losgeld glad vergeten. De zaak kon dus nog niet gesloten worden.

'Natuurlijk. Daar werken we hard aan. Ik kom erop terug,' mompelde hij terwijl hij haastig wegliep. Op weg naar buiten richtte hij zich tot Strömbeck. 'Dat die museumdirecteur nou net dat losgeld ter sprake moest brengen, verdorie. Je mag ook nooit ergens echt blij mee zijn.'

'Maar ze heeft wel gelijk, Petterson. Het geld is immers nog niet gevonden.'

68

'Wat is dit?' Oscar had de krant net weggelegd, maar pakte hem weer. Hij was op weg naar Märtha voor een kopje thee toen hij de krant zag liggen. Nu wilde hij dat hij het niet had gezien. Met gefronste wenkbrauwen las hij snel het artikel door.

'"Veel geld buitgemaakt bij overval waardetransport. Van overvallers ontbreekt ieder spoor,"' las hij voor. 'Lieve Märtha, ik dacht dat we een tijdje rustig aan konden doen, maar...'

'Wat is er?'

'De Joego's...'

'Wat zeg je me nou? Begin eens rustig van voren af aan.' Het raam stond open, en ze deed het dicht. Vervolgens haalde ze haar breiwerk tevoorschijn. Naar Oscars humeur te oordelen begreep ze dat hij heel wat te vertellen had. Bovendien was de kaftan nog niet af. Ze had altijd moeite de mouwen en het rugpand aan elkaar te breien.

Oscar schraapte zijn keel. 'Weet je nog dat Juro een bankoverval aan het voorbereiden was? Ik heb het er in Asptuna vaak met hem over gehad. Ik stelde hem voor om in plaats van te schieten met een machinegeweer de bewakers van het waardetransport op een andere manier buiten gevecht te stellen. Moet je hier eens kijken!' Oscar wees naar het artikel in de krant. 'De overval is precies zo uitgevoerd als ik heb voorgesteld. Twintig miljoen kroon hebben ze buitgemaakt. Twintig miljoen! Dat moet het werk van Juro zijn geweest.'

'Dat is niet best. Juro?' Märtha legde haar breiwerk weg, stond op en ging water opzetten voor koffie. Toen het had gekookt, schonk ze het in de cafetière, zette kopjes op tafel en legde wat chocoladekoekjes op een bord, dat ze aan Oscar gaf. Vervolgens nam ze weer op de bank plaats en als Oscar niet op het laatste nippertje het breiwerk had weggepakt, was ze er vast op gaan zitten. Ze legde de draad op haar wijsvinger en ging verder met breien. ‘Maar Oscar, waar maak je je zo druk om? Je komt toch niet in de gevangenis vanwege je goede ideeën.’

‘Dat is het niet. Juro zei dat ze de zakken in Djursholm zouden verstoppen. Daarna zouden ze zich een tijdje gedeisd houden tot de rust was weergekeerd. Maar die zakken blijven daar niet eeuwig liggen. Als we iets willen doen, moeten we nú toeslaan.’

Märtha boog zich naar voren en blies aandachtig in de hete koffie. Vervolgens pakte ze een koekje.

‘Hm, is het al weer tijd?’ vroeg ze, waarna ze het koekje in één keer in haar mond schoof.

‘Voor de ultíéme overval, ja, en daarvoor hebben we het geld in jouw bed nodig. We moeten geld gaan uitgeven.’

Toen Märtha op een gegeven moment had geklaagd dat het matras van haar bed zo hard was, had Oscar voorgesteld om het geld van Dolores daarin te verstoppen. Hij had een plank losgemaakt en tussen de veren en de bedbodem had hij het dekbedovertrek, de luiers en de kussens met geld verstopt. Vervolgens had hij alles weer dichtgemaakt, en gek genoeg zag het bed er ineens veel mooier uit. Maar nu had ze dus contanten nodig.

Oscar legde zijn handen op zijn buik. ‘Om het geld van de Joegoslaven op te halen, hebben we een auto nodig om de buit in te vervoeren.’

‘Wat dacht je van een taxi? Niemand zal een gewone taxi verdacht vinden.’

‘Ik weet iets beters. Ik zat te denken aan een taxibusje. Eentje waar een stuk of acht, negen man in kunnen en waar je zelfs rechtop in kunt staan – dat is fijn voor Anna-Greta, die niet zo lang achter elkaar kan zitten. Bovendien heeft zo’n ding een laadklep. Dan kunnen we de rollators meenemen en doen wat we willen.’

‘Ik snap wat je bedoelt. Twintig miljoen, zei je? Dat zijn flink wat zakken.’

‘Op Blocket.se verkopen ze bestelbusjes voor ongeveer een half miljoen kroon. Een Toyota of een Ford Transit bijvoorbeeld. Die bieden genoeg ruimte.’

‘Dus we moeten geld uitgeven om een overval te kunnen plegen?

Weet je, we zijn geen goede zakenlui. Die schilderijen waren eenvoudiger te stelen,' zei Märtha.

'Misschien, maar dit is realistischer,' vond Oscar.

'En we zitten niet met de culturele verantwoordelijkheid.' Märtha zette haar kopje op tafel en pakte haar breiwerk weer op. 'Volgens mij is het tijd dat we de anderen erbij betrekken.'

Oscars gezicht klaarde op. 'Dat is het mooie met jou. Jij begrijpt me altijd.'

Na het eten kwam de Grijze Brigade voor een spoedvergadering bijeen op Märtha's kamer. Toen iedereen een glaasje bramenlikeur had, opende ze de vergadering: 'Het gaat om een overval. De eerste vraag is of we onze plek in het woon-zorgcomplex op het spel willen zetten. Als we dit gaan doen, zullen we waarschijnlijk een paar jaar in het buitenland moeten doorbrengen.'

'Dat wordt lastig,' zei Anna-Greta, die aan Gunnar moest denken.

'We kunnen uiteraard ook een valse identiteit regelen. Je kunt tegenwoordig een nieuwe naam en een nieuw BSN kopen, wisten jullie dat?' zei Stina, die een detective had gelezen die *Jij niet – de gestolen identiteit* heette.

'Is dat zo? Dan doe ik mee,' zei Anna-Greta. Ook Bertil knikte instemmend.

'De bank en de rekeninghouders moeten gecompenseerd worden,' ging Märtha verder.

'Is dat nou nodig?' vroeg Bertil. 'Ik heb het niet zo op die types die van anderen stelen.'

'Maar als niet iedereen tevreden is, wordt het toch nooit de perfecte overval,' zei Märtha.

'De ultíéme overval,' verbeterde Anna-Greta haar. 'We moeten dus een overval plegen die zo publieksvriendelijk is dat de bank er niet onder lijdt. Heb ik het dan goed samengevat?'

'Niet helemaal. Wij gaan de overval niet plegen. Dat is al geregeld. Wij gaan alleen het geld halen,' legde Oscar uit.

'Je doet net of het allemaal zo eenvoudig is,' zei Anna-Greta zuchtend.

'Natuurlijk zijn er wel risico's. Maar je moet toch iets proberen, of niet soms?' zei Bertil, die met zijn nieuwe sjaal zat te spelen. Deze was van zijde. Er volgde een urenlange discussie over de toekomst en na twee flessen likeur had iedereen zijn zegje gedaan en hadden ze allemaal een blos op de wangen.

'Eindelijk gaan we weer uit stelen,' zei Stina. 'Heerlijk. Ik was zo bang dat de rest van mijn leven doodsaai zou worden. Ze zouden me nou eens moeten zien in Jönköping. Wat denken jullie, zal er in de toekomst een boek over ons worden geschreven?'

'Zeker weten,' zei Bertil. 'De mensen lezen graag boeken gebaseerd op waargebeurde verhalen.'

'Maar we hebben nog niets gedaan,' zei Anna-Greta fijntjes.

'We zijn in ieder geval goed op weg,' zei Märtha.

Ze schoten in de lach en hoewel het al laat op de avond was, wilden ze nog een paar liedjes zingen. Ze kozen 'Blij als een vogel', gevolgd door de psalm 'Dag na dag, bij elk moment dat voorbijgaat', een lied dat ze vaak als toegift bij een concert gebruikten. Anna-Greta was zo enthousiast dat ze verderging met 'Als ik toch eens rijk was'. Ineens werd Märtha's deur met een ruk opengetrokken.

Het was zuster Barbro.

'Waar zijn jullie mee bezig? Jullie maken iedereen wakker. Jullie hadden al lang in bed moeten liggen.'

De vijf keken elkaar verbaasd aan. Zuster Barbro?

'Waar is Katja?' stamelde Märtha.

'Ze is overgeplaatst. De Diamant valt nu geheel onder mijn verantwoordelijkheid.'

69

Sinds de overplaatsing van Katja was alles veranderd. Ze had een brief geschreven waarin ze iedereen bedankte voor de gezelligheid en schreef dat ze het jammer vond dat ze hen moest verlaten. De bewoners vonden het ook jammer en waren absoluut niet van zins zonder slag of stoot alles wat Barbro wilde veranderen te accepteren.

Onder Katja's leiding hadden ze weer zin in het leven gekregen. Ze hadden van de vrijheid geproefd en nu waren ze opstandig. Zuster Barbro kon niets met hen beginnen. Als ze zei dat het tijd was om naar bed te gaan, luisterde er niemand naar haar en als ze de afdeling wilde afsluiten, gingen ze in de deuropening luidkeels staan roepen om meer personeel. Als het eten niet smaakte, klaagden ze steen en been en weigerden ze te eten, en steeds meer bewoners eisten een sleutel voor de fitnessruimte. Een stijgend aantal zette vraagtekens bij de medicijnen die ze kregen en pas na lang praten namen ze hun pillen in. Als zuster Barbro zo onverstandig was om het koffiedrinken terug te brengen tot twee kopjes per dag, gooiden ze de koffiekan om. Dus terwijl de Grijze Brigade zo goed en zo kwaad als het ging de overval probeerde voor te bereiden, dreigde er een opstand in De Diamant. Märtha zag wat er aan de hand was en bood iedereen een Oerwoudkreten-snoepje aan. Ze hoopte dat de anderen zich door de naam zouden laten inspireren.

Zuster Barbro staarde door het raam naar de oudjes. Verbeten luisterde ze naar het lawaai. Anna-Greta was in de weer met haar langspeelplaten, Dolores zat te zingen en twee oude mannetjes snurkten luid. De rust was een beetje teruggekeerd. Eerder die dag was het zo'n lawaai geweest dat ze bijna haar geduld had verloren. In het nieuwe woon-zorgcomplex zou ze ervoor zorgen dat ze een eigen kamer kreeg, met een deur die op slot kon en uitzicht op de tuin, niet op de afdeling zoals hier. Zodra de koop erdoor was, konden ze de twee tehuizen samenvoegen, en daar zou het een stuk beter van worden. Dan moest Ingmar haar wel meer bevoegdheden geven, zodat ze de boel kon reorganiseren en alles naar eigen inzicht kon regelen. Er was meer personeel nodig, daar konden ze niet omheen, maar Ingmar stribbelde tegen. Hij wilde zelfs nog meer bezuinigen. Ze dacht na. Bij allochtone families zorgden ze zelf voor de ouderen. Stel je voor dat ze hen zover kon krijgen dat ze als vrijwilligers aan de slag gingen, dat zou nog meer besparen. Ingmar zou heel blij zijn met haar voorstel, hij wilde immers meer winst en snel resultaat. Maar goed, tot die tijd moest ze de oudjes paaien met vriendelijke woorden. Ze stond op en liep naar de gemeenschappelijke woonkamer.

'Wat een lekker weertje is het vandaag, nietwaar?' begon ze.

'Inderdaad, wij willen in de zon zitten. En we willen beter eten. We hebben onze buik vol van die loze beloftes en praatjes,' zei Henrik van drieënnegentig met opgeheven wijsvinger.

Zuster Barbro liep terug naar haar werkkamer. Daar was het een stuk rustiger.

'Het duurt niet lang meer, dan wil ze hier weg. Let maar op,' zei Märtha een week later toen ze de klompen van zuster Barbro op de gang hoorde. 'Zelfs van Dolores kan ze inmiddels een snauw krijgen.'

'Hopelijk houdt ze het vol. Zolang het nog een chaos is hier, interesseert het Barbro niet wat wij doen,' zei Oscar, die een verfkwast weglegde. Net als de anderen was hij aan het schilderen geslagen en hij ging er helemaal in op. Er stonden half afgemaakte doeken tegen de muur te drogen en overal op de vloer had hij verf geknoeid. Hij leunde achterover en bekeek het schilderij dat voor hem op de ezel stond. Er zaten dikke lagen verf op het doek en het zag er erg modern uit. 'Wat vind ik schilderen toch leuk,' zei hij. 'Ik had er veel eerder mee moeten beginnen.'

'De hele kamer stinkt wel naar olieverf. Kunnen we niet een andere soort verf gebruiken?' vroeg Märtha.

'Niet voor ons doeleinde,' zei Stina. 'Je kunt met olieverf veel meer kanten op. Ik heb Barbro verteld dat we onze schildersgroep "De oudjes doen het nog best" hebben genoemd. Ze gaf geen antwoord, maar keek me wel vernietigend aan.'

'Is dat zo? Ze probeert zich waarschijnlijk te beheersen. Gelukkig zijn we binnenkort van haar verlost. Dan gaan we ervandoor,' zei Bertil.

'Met de bestelbus,' zei Märtha. 'Daar kunnen we de schilderijen, de postzakken en een heel pinapparaat in kwijt als het moet.'

'En onze rollators!'

Märtha en Oscar keken elkaar lachend aan. Nu er een nieuw avontuur voor de deur stond, was iedereen opgewekt. De uitdagingen die hun te wachten stonden, gaven hun nieuwe energie. Over niet al te lange tijd zouden ze weer toeslaan.

70

'Dit hadden we niet voor ogen toen we ons aanmeldden bij de politieschool.' Inspecteur Lönnberg nam een flinke hap van zijn hamburger en keek door het raam naar buiten. Het regende, het regende al weken aan één stuk door.

Er was een plak tomaat op zijn broek gevallen en hij gooide hem op de vloer. 'We zitten al dagen voor dat verdomde woon-zorgcomplex zonder dat er ook maar iets gebeurt.'

'Toch wel, ze hebben een kat aangeschaft,' zei Strömbeck, die een plukje snuiftabak pakte. 'Als ik me niet vergis, was het anders jouw idee om hen in de gaten te houden. Oude mensen in een woon-zorgcomplex...'

'Dat was niet mijn idee, het kwam van boven. Een van Pettersons briljante ideeën. Je stinkt trouwens naar tabak. Kun je niet een ander merk gebruiken?' Lönnberg nam een nieuwe hap en deze keer belandden er een paar stukken komkommer op de zitting. Ook die veegde hij op de vloer. Hij wierp een blik op Strömbeck. Die man leek nooit te hoeven eten, hij leefde van de nicotine. Snuiftabak en nicotinekauwgom, meer niet. Aan de andere kant was het vroeger erger geweest, want toen rookte hij nog sigaretten. Toen stonk hij. Maar inspecteur Lönnberg mocht Strömbeck wel, het was een goeie vent. Hij had een vrouw en twee kinderen en de keren dat Lönnberg bij hem thuis was geweest, leek het of hij overal in huis mee hielp. Zelf was Lönnberg opgegroeid met het motto dat de man beslist. De vrouw moest thuisblijven en de kinderen opvoeden. Waarom was dat eigenlijk veranderd? Zodra hij van zijn vriendinnen had geëist dat ze voor het huishouden zorgden, was de relatie op de klippen gelopen. Hij had inmiddels dat gedoe met een huwelijk voor gezien gehouden en vermaakte zich prima in zijn eentje met zijn tuin en zijn boeken. Hij leefde voor zijn werk, en daarom vond hij het in de gaten houden van die oudjes zo'n tijdverspilling. Ze kwamen geen steek verder en hij wist eerlijk gezegd niet hoe hij de zaak moest aanpakken. Maar aangezien die bejaarden hem naar het verdwenen geld konden leiden, mocht hij niet opgeven. Dat de bankbiljetten op de boot naar Finland overboord waren geslagen, daar geloofde hij niets van. Nee, die oudjes waren sluw en hij wist zeker dat ze het losgeld ergens hadden verstopt.

Het ergste vond hij nog wel de verhoren met Märtha. Hij raakte in de war van haar. In fraaie, op maat gemaakte kleding met een bijpassende sjaal was ze de verhoorkamer binnengekomen. Ze had de hele tijd vriendelijk naar hem gelachen en hem verzekerd dat ze niet wist waar het geld was, maar dat ze er alles aan zou doen om hem te helpen. Als ze ook maar iets hoorde of zag wat ze verdacht vond, zou ze onmiddellijk contact met hem opnemen. Ze lachte hem vast achter zijn rug uit. Uiteindelijk had de baas besloten hen allemaal onder surveillance te houden. Petterson nam aan dat de senioren tot een of andere criminele organisatie behoorden en dat de politie vroeg of laat achter hun geheime contacten zou komen. Gewoonlijk gebruikten criminelen bijstandsgerechtigden of dronkaards en dat soort volk voor hun louche praktijken, maar misschien was dit een nieuwe trend. Inspecteur Lönnberg keek naar de hamburger en propte het restje dat hij in zijn hand had in zijn mond. Er viel wat sla met mayonaise op zijn broek. Hij vloekte, pakte zijn zakdoek en veegde alles op de grond. Vervolgens richtte hij zich tot Strömbeck.

'Welke contacten zou die Grijze Brigade met de onderwereld hebben, denk je?'

'Ik heb geen idee met wie ze samenwerken. Maar ze zijn trots op die schilderijenroof.'

'Ik begin hier flink moe van te worden. Iemand in de gaten houden die met een rollator loopt...' Lönnberg peuterde een slablaadje tussen zijn tanden vandaan.

'Daarom heeft de baas deze surveillances ook Operatie Dekmantel genoemd. Hij zei dat niet bekend mocht worden waarmee we bezig zijn.'

'Ik heb momenteel liever een echte schurk,' zei Lönnberg.

'Ja, dan heb je tenminste eer van je werk. De afgelopen paar dagen zijn we minstens vijf keer naar de pedicure gereden.'

'En een keer naar een lezing in de bibliotheek.'

'Vergeet de aquafitness en de kerkdiensten niet.'

'Stel je voor dat ze in het geheim met iemand hebben afgesproken, dan moeten we onze surveillance misschien zelfs uitbreiden,' zei Lönnberg.

'Wat bezielde je eigenlijk toen je de opdracht gaf met loeiende sirenes naar de massagekliniek te rijden? De auto's reden naar Eros Rozenmassage terwijl de oudjes bij Iris Rozentherapie zaten omdat ze pijn in hun nek hadden. De volgende keer gaan we er zeker heen om ze op te pakken voor prostitutie. Maar...' Hij zweeg. Märtha Anderson en haar twee vriendinnen kwamen het woon-zorgcomplex uit, op de voet gevolgd door twee mannen. Ze bleven op de stoep staan alsof ze ergens op wachtten.

Hij gaf zijn collega een stomp in zijn zij. 'Kijk eens, Strömbeck. Er gaat iets gebeuren. Ik voel het aan mijn water.'

'De vorige keer gingen ze theedrinken bij dat warenhuis in het centrum, vervolgens gingen ze rozen neerleggen op een graf op Skogkyrkogarden en toen was het tijd voor de dagelijkse pedicure. Wat denk je dat ze nu voor verdachts van plan zijn?'

Er kwam een groene bestelbus aan, die vaart minderde en voor de deur van De Diamant bleef staan. Een blonde man van in de vijftig sprong eruit, deed de achterdeur open en trok de laadklep uit. De drie dames liepen via de laadklep de bestelbus in, gevolgd door de twee mannen.

'Vijf senioren gaan een ritje maken met een bestelbus. Ja, Lönnberg, nu grijpen we ze. Ze gaan vast een bank overvallen,' zei Strömbeck.

Lönnberg deed net of hij de ironische opmerking niet had gehoord. Hij rechtte zijn rug. Toen de chauffeur de laadklep had ingeklapt, de achterdeur had dichtgedaan en achter het stuur was gaan zitten, pakte Strömbeck de verrekijker.

'De bus rijdt weg. We gaan erachteraan.'

'Oké, jij bent de baas.'

'Maar rijd voorzichtig, ze mogen ons niet in de gaten krijgen.'

'Ja, rustig maar. Ik zal het zwaailicht niet aanzetten.'

De groene bestelbus schommelde over de weg terwijl de ruitenwissers flink aan het werk waren. De vijf hadden de bus 'Het Groene Gevaar' gedoopt. Ze waren in een opperbeste stemming; alleen Märtha zat er een beetje verloren bij. Ze was namelijk met de bus bij het achteruit inparkeren voor De Diamant tegen een stilstaande brommobiel gebotst en dat had voor enige opschudding gezorgd. Na wat diplomatiek gesteggel had Stina voorgesteld Anders als chauffeur in de arm te nemen en de anderen hadden zo gekucht en gebromd dat Märtha uiteindelijk het heft uit handen had gegeven. Diep in haar hart vond ze het een goed idee. Oscar en Bertil kwamen vanwege hun leeftijd niet meer in aanmerking voor de chauffeursbaan – al wilden ze dat zelf niet toegeven – en als er zware spullen moesten worden getild, zou Anders nog wel eens van pas kunnen komen. Märtha vroeg zich af of ze die knul wel konden vertrouwen. Hij leek haar zo jong, nog maar negenenveertig. Kon hij dit wel aan? Stel je voor dat ze meer dan twintig miljoen kroon zouden meenemen en hij ging er met de buit vandoor... Dan hadden ze niet de helft, maar de héle buit verkwanseld. Märtha had geprobeerd zichzelf gerust te stellen met de gedachte dat Anders, als betrouwbare ambtenaar, beroepshalve niet mocht stelen. Vervolgens schoot haar de geschiedenis van de Grijze Brigade te binnen en werd ze weer ongerust. Het was hoe dan ook te laat om iets te veranderen, want Stina had haar mond voorbijgepraat en Anders had uitgevogeld dat de vijf een nieuwe overval voorbereidden.

'Hebben jullie dan helemaal geen geweten?' had hij gevraagd.

'Dat hebben we juist wel,' had Stina gezegd, waarna ze over de ultieme overval en het Dievenfonds had verteld.

'Het Dievenfonds, lieve Anders, is belangrijk,' had ze gezegd. 'Wij hebben dit land opgebouwd en nu we ouder worden, willen we daarvan profiteren. We zijn geen echte boeven, snap je. Alleen waar de staat het laat afweten, springen wij bij. We lenen een beetje van de rijken en geven het aan de armen. Je weet wel, aan de mensen die de dupe worden van de overheidsbezuinigingen: weduwen, senioren en de mensen die langer ziek zijn dan de politici nodig vinden.'

Toen had Anders Stina omhelsd en gezegd dat hij trots op haar was. Hij had verteld hoe eentonig en zinloos zijn ambtenarenwerk was, maar dat hij met het helpen van oudere mensen het gevoel kreeg dat hij nuttig bezig was. Daardoor was Anders de persoonlijke handlanger van de Grijze Brigade geworden. Märtha had het geaccepteerd en vond het een goed idee dat ze contact onderhielden met de jongere generatie, om zelf niet te stagneren. Maar hij zou nooit een voltallig lid worden, hij zou betaald krijgen per uitgevoerde klus. Ze zouden zelf de administratie van het Dievenfonds bijhouden.

'Ik zorg wel voor de bankrekening,' zei Anna-Greta, met zo'n ijzige stem dat de anderen er niets meer tegen in durfden te brengen.

Natuurlijk had Anders zijn mond niet kunnen houden tegen zijn zus. Emma had op haar beurt met haar ogen gerold en schertsend gezegd dat haar moeder er steeds jonger en gezonder uit ging zien. Märtha had alles gehoord toen de twee op straat voor De Diamant een sigaret stonden te roken.

'Vanaf nu zal ik beter op mama letten,' zei Anders.

'Ik ook,' zei Emma.

Toen Märtha dat hoorde, was ze ermee akkoord gegaan dat Anders lid werd van de Brigade. Diezelfde dag concludeerden ze tijdens de avondvergadering dat ze hem al nodig hadden.

'De grote villa's in Djursholm zijn lastig. De wijnkelder ligt meestal helemaal achterin en je moet een trapje af. Het zou fijn zijn als we daar hulp bij hadden,' zei Oscar.

'Die postzakken zijn vast en zeker zwaar,' voegde Bertil eraan toe.

'We moeten ervoor zorgen dat we de hele buit meekrijgen. We kunnen toch niet alsmaar de helft van wat we stelen verliezen. Dat wordt me te gortig,' zei Anna-Greta.

'Is het echt zo erg als je de helft van de buit van een overval laat liggen?' vroeg Märtha zich hardop af. 'Kan iets eigenlijk wel duur zijn als het niet eens je eigendom is?'

'Begin nou niet weer, dit is geen filosofieklas,' zei Bertil met een zucht.

'Ik denk dat het een goed idee is dat we Anders bij onze plannen betrekken,' zei Stina. 'Dan hebben we immers een contactpersoon in Zweden die onze zaken kan behartigen als we in het buitenland wonen. Er valt vast van alles te regelen.'

Daar was Märtha het mee eens, want zodra de vijf hun geld hadden gekregen, zouden ze naar het Caraïbisch gebied vliegen. Dat besluit hadden ze een paar dagen eerder genomen en Anna-Greta had de reis en het hotel al via internet geboekt. Daarnaast had ze de noodzakelijke documenten geregeld. Hoe haar dat gelukt was, begreep Märtha niet helemaal, want er moest toch ergens geregistreerd staan dat ze een strafblad hadden. Ze vermoedde dat die gegevens waren gewist vanwege hun hoge leeftijd.

Vóór hen toeterde een auto en Märtha wilde terugtoeteren, toen ze zich realiseerde dat ze niet zelf reed, maar als passagier in de bus zat. Anders bestuurde de schommelende bus in de richting van het centrum van Djursholm, niet zij. Nadat hij had geschakeld en langs de bibliotheek was gereden, reed hij rechtdoor, om vervolgens linksaf de Strandpromenade in te slaan. Märtha keek naar buiten. De villa's gleden voorbij; de ene was nog groter en protseriger dan de andere. Ze reden langs een baai en vervolgens een heuvel op.

'Hier is het,' zei Anders, die langs de stoeprand parkeerde. Het werd stil in de bus, omdat iedereen de ernst van de situatie inzag. Voorzichtig gluurden ze naar het huis.

'Skandiavägen, dat klopt. Ik zie geen licht branden achter de ramen,' zei Oscar. 'Die schoonmoeder is vast op vakantie, zoals Juro al zei.'

'Het ziet er nogal doods uit,' zei Stina ademloos, met trillende stem. 'Weten jullie echt zeker dat ze hier de postzakken hebben verstopt?'

'We verkennen de boel eerst voor we toeslaan,' besliste Märtha.

'Als we worden betrapt, zeggen we gewoon dat we dachten dat dit woon-zorgcomplex De Kroon was. Was dat niet jouw plan, Märtha?' vroeg Bertil.

'Inderdaad. Het huis lijkt qua grootte op een woon-zorgcomplex. Heb je de loper meegenomen, Oscar?'

'Ja, en een paar extra keldersleutels. De meeste mensen laten overal prachtige sloten op zetten, maar de kelder vergeten ze vaak.'

'Hoe zit het met het alarm?' vroeg Stina.

'Dat weet je toch, dat is mijn specialiteit,' zei Oscar.

'Laten we dan maar eens gaan kijken,' zei Stina, en ze deed een zwarte sjaal om. Als je zwarte kleren aanhad, leek je kleiner, dat was een van de eerste dingen die ze had geleerd in Hinseberg. Nu zag ze eruit alsof ze naar een staatsbegrafenis moest. Alleen de rouwsluier ontbrak nog.

'Wacht even. Oscar, Bertil en ik zullen het huis eerst vanuit de tuin bekijken,' zei Märtha. 'Dan – als de kust veilig is – gaan we naar de kelder.'

'Dat hadden we afgesproken, nu weet ik het weer.'

'Vooruit met de geit,' zei Oscar, die vond dat ze niet te lang in de auto moesten blijven zitten. 'Klaar?'

Er klonk instemmend gemompel.

Op het moment dat Märtha het portier opendeed, reed er een auto de heuvel op. De donkerblauwe Volvo zweefde haast boven de straat en minderde vaart toen hij de bestelbus passeerde.

Nu zijn we erbij, dacht Märtha.

71

'Nou breekt mijn klomp. Die verduivelde senioren gingen de bus in met een rollator, maar net stapten ze zonder uit. Ze hebben niet eens een wandelstok bij zich. Ik zei toch dat het onbetrouwbare types waren.' Inspecteur Lönnberg wees naar de vijf die verderop in het donker bij elkaar stonden.

'Maak je niet zo druk, Lönnberg. Je weet het nooit met die oudjes,' zei Strömbeck. 'Zet de auto maar verderop links in dat weggetje neer en gooi het portier met een flinke klap dicht als je uitstapt. Dan lijkt het alsof je hier in de buurt woont. Vervolgens wandel je de heuvel op terwijl ik achter hen aan sluip.'

'Oké, maar wees voorzichtig. Het is donker.'

'Dat is alleen maar gunstig, dan zien ze me niet.'

'Houd het van de boom gevallen fruit in de gaten. In deze tijd van het jaar kun je makkelijk struikelen of uitglijden over een rotte appel.'

'Voor ik uitglijd, kijk ik toch zeker wel waar ik loop,' mompelde Strömbeck. Hij deed zijn sjaal stevig om zijn nek, zette zijn kraag op en sloop in gebogen houding naar het huis. Eerst zag hij niets, maar toen zijn ogen gewend waren aan het donker, kreeg hij drie zwarte gedaantes in het oog. Als er iemand het risico liep te vallen, waren zij het eerder dan hij, dacht Strömbeck. Misschien zouden ze zelfs wel een been breken. Hij sloop dichterbij. De senioren slopen niet, zij liepen alsof ze bij iemand op bezoek gingen – maar iedereen kon zien dat er niemand thuis was. Strömbeck verstopte zich achter een spar en gluurde tussen de takken door. De drie wandelden langzaam om het huis heen en keken hier en daar door de ramen voor ze naar de voordeur liepen en aanbelden. Toen er niemand opendeed, gingen ze op zoek naar de kelderingang. Een van de mannen rommelde wat met het slot, maar wat er daarna gebeurde, kon Strömbeck niet zien.

Hij waagde de gok en glipte door het hek. Midden op het perceel stond een kas. Dat was een perfecte uitkijkpost.

Märtha staarde naar de enorme villa, die als een spookkasteel boven haar uit torende. Stel je voor dat de schurken hen binnen vanuit het donker bespioneerden. En was die donkerblauwe Volvo niet verdacht? Misschien was het wel de auto van de eigenaar van de villa. Maar dan zou hij de auto toch op de oprit hebben geparkeerd? Stel je voor dat het de politie was... of... de Joegoslaven, die ergens in een hinderlaag lagen te wachten. Märtha rilde in het donker. Er waren te veel dingen waarmee ze rekening moest houden.

'Psst,' zei Oscar, die een hand op haar schouder legde. 'Ik heb het slot open en nu moet het alarm er nog af. Kun je Anders ophalen en de steekwagen?'

'De rollators dan?'

'Neem die ook maar mee.'

Märtha knoopte haar jas verder dicht. Lieve hemel, wat was ze zenuwachtig. Nu was het ernst. Ze konden nog steeds beweren dat ze verkeerd waren gereden, maar zodra ze de postzakken bij zich hadden, waren ze er gloeiend bij. Als iemand hen dan zag, was alles verloren. Ze hadden nog een paar minuten om het hele project af te blazen, maar nee... Ze hadden lang gedroomd van de ultieme overval. Ze haalde diep adem en liep haastig naar de bestelbus. Daar pakte ze haar rollator en wenkte de anderen. Anders ging voorop en toen hij bij de kelderingang was, vouwde hij de steekwagen uit.

'Waar zijn de zakken?'

'Beneden,' fluisterde Oscar, en hij wees naar de keldertrap. 'Ze zien eruit als doodgewone aardappelzakken. Breng ze een voor een naar boven, dan nemen we er ieder een mee op onze rollator.'

'Stel je voor dat ze net als de kinderwagen in elkaar klappen,' zei Märtha.

'Welnee, we hebben ze toch niet in de discountwinkel gekocht.'

Anders snelde de trap af.

'Hopelijk is hij zo goed als Stina beweert,' fluisterde Märtha.

'Hij is vast sterk,' zei Oscar.

'Dat is toch niet hetzelfde,' zei Märtha.

Even later hoorden ze Anders in de kelder steunen en kreunen. Het was hem gelukt vier zakken in één keer op te tillen. Hijgend kwam hij naar boven. 'Ik leg drie zakken op de steekwagen en dan moeten jullie de vierde dragen,' zei hij terwijl hij een zak op de rollator van Märtha legde. Hij was net klaar toen Märtha iets zag bewegen in de buurt van de kas.

'Daar staat iemand.'

Anders verstijfde.

'We lopen langzaam terug naar de bus, alsof we niets in de gaten hebben,' zei hij.

Op dat moment stormde er iemand de kas uit. De gedaante sprong met gestrekte arm op hen af alsof hij een pistool vasthield. Anders zette het op een lopen en Märtha en Oscar zochten hun toevlucht achter een boom. De man kwam dichterbij, maar toen hij over het grasveld rende, verdween hij plotseling uit het zicht.

'Hij is vast in de composthoop blijven hangen,' zei Oscar.

'Of uitgegleden over een appel,' zei Märtha.

De senioren liepen zo snel ze konden naar de bus. Anders holde met de steekkar voor hen uit. Maar het was donker en er lagen veel appels en toen de steekkar over de appels stuiterde, gleden de postzakken eraf.

Daar gaan onze miljoenen, dacht Märtha terwijl ze koortsachtig probeerde haar zak bij de bus te krijgen. De tien kilo hotste en botste verontrustend heen en weer in de mand van de rollator en ze was bang dat alles op de grond zou vallen. Als dat gebeurde, zou ze het nooit van z'n leven weer op de rollator krijgen. Gelukkig schoot Oscar haar te hulp en gezamenlijk kwamen ze bij de bus aan. De achterdeur van het groene gevaar stond open en de laadklep was uitgetrokken, zodat ze zo naar binnen konden rijden. Maar Anders was er nog niet. Zie je wel, dacht Märtha, hij drukt het geld achterover en gaat ermee vandoor. Of misschien was hij in een gevecht met die arme man die was gestruikeld. Ja, er was al van alles door haar hoofd geschoten toen hij eindelijk kwam aanrennen. Ze schrok.

'Waar zijn de zakken?' vroeg ze terwijl ze naar de lege steekkar staarde.

'Ik zal het straks uitleggen. We moeten maken dat we wegkomen. Ga zitten!'

'Waar zijn de zakken?' vroeg Märtha nog een keer, maar ze kreeg geen antwoord. Anders stak de sleutel in het contact, drukte het gaspedaal in, schoot de weg op en scheurde de straat uit. Pas toen ze een eindje hadden gereden, draaide hij zich naar haar toe. 'Hoeveel zakken hebben we bij ons?'

'Een, meer niet,' zei Oscar. 'Waar zijn die van jou?'

'Dat ik een bestelbus heb gekocht om een zak aardappels te stelen,' zei hij. 'Dure aardappels.'

'Wat bedoel je?'

'Dat daar was geen wijnkelder maar een aardappelkelder,' zei hij. 'Ik ben verkouden, maar is het jullie niet opgevallen? Ik bedoel de lucht. Het waren zakken aardappels.'

'Misschien waren we op het verkeerde adres,' zei Oscar verontschuldigend.

'Maar die vent op het gras, wie was dat dan?' vroeg Märtha.

Anders begon zo hard te lachen dat hij moeite had het stuur recht te houden. Niemand kon verstaan wat hij zei. Pas bij de derde poging werd het hun duidelijk.

'Die vent zei dat hij van de politie was. Politie, politie...'

'Aardappel met een pittie,' voegde Oscar eraan toe.

Nu schaterden ze het allemaal uit en vervolgens begonnen ze opgewonden door elkaar heen te praten. Märtha maande hen tot rust. 'Misschien zijn die aardappels wel een dwaalspoor.'

'Jij ook altijd met je dwaalsporen,' mopperde Bertil.

'De overval die Juro had gepland kan best mislukt zijn,' zei Stina, op zo'n autoritaire toon dat iedereen naar haar luisterde. 'Je kent die verfampullen toch wel die banken soms gebruiken? De Joego's hebben misschien een waardetransport overvallen, waarbij er rode verf op de bankbiljetten is terechtgekomen.'

'Blauwe verf,' corrigeerde Anna-Greta haar.

'Dus hebben ze noodgedwongen alles weggegooid. Daarom lagen er geen postzakken in de kelder. Het is een mogelijkheid.'

'Hoe zit het dan met die aardappels?' vroeg Oscar.

'Er zijn een paar oude zakken blijven liggen nadat ze de aardappels hebben opgegeten.'

'Maar Juro geeft het niet zo makkelijk op,' zei Oscar peinzend.

'Misschien niet, maar er rijden steeds minder waardetransportwagens rond,' zei Stina belerend. 'Dat ik daar niet eerder aan heb gedacht. Dat soort overvallen is niet meer van deze tijd. Tegenwoordig pakken criminelen het slimmer aan. Er rijdt trouwens een auto achter ons. Een Mercedes.'

'Stina kan zomaar gelijk hebben,' beaamde Oscar. 'In de nor hadden ze het vaak over bankovervallen, maar die kerels zaten al een tijdje achter de tralies. Die waren niet meer volledig op de hoogte van de laatste ontwikkelingen.'

'Die Mercedes volgt ons inderdaad,' onderbrak Märtha hem.

Het werd stil in de auto en iedereen draaide zich om. Het was lastig te zien in het donker, maar de koplampen waren nauwelijks te missen. Toen ze langs een lantaarnpaal reden, zagen ze dat de auto grijs was.

'We zijn in Djursholm. Hier zijn Mercedessen net zo gewoon als fietsen in Kopenhagen. Het zou pas raar zijn als er géén Mercedes achter ons reed,' zei Anna-Greta.

Met dat antwoord leek iedereen tevreden en op weg naar het centrum praatten ze verder over hun reis. Daar hadden ze nu geen geld voor.

'Jammer, ik had zo'n zin in een reisje naar het buitenland,' zei Stina. Ze nieste. Dat ze nou steeds verkouden werd... Maar die zwarte kleren waren waarschijnlijk niet warm genoeg.

'Dan moet ik de vliegtickets en het hotel maar annuleren, er zit niets anders op,' zei Anna-Greta. 'Met internet is dat zo gepiept.'

'Uitstekend, Anna-Greta, dan mag jij dat regelen. Zullen we dit beschouwen als een generale repetitie in plaats van een mislukking?' zei Märtha. 'We hebben er veel van geleerd.'

Daar was iedereen het mee eens, en toen ze bij het woon-zorgcomplex kwamen, waren ze moe maar niet langer teleurgesteld.

Märtha stapte als laatste uit de bus. Ze hoorde een auto en draaide zich om. Heel even dacht ze dat ze die grijze Mercedes weer zag, maar toen ze nog eens goed keek, was de auto verdwenen. Ze had het zich zeker verbeeld.

De volgende ochtend dronken ze in gedachten verzonken hun koffie, toen Oscar plotseling met de krant ritselde om de aandacht te trekken.

'Hebben jullie dit gelezen?' vroeg hij terwijl hij naar een krantenartikel wees. 'Grote inbeslagname na overval. Biljetten onbruikbaar.'

'Dat zei ik toch!' riep Stina, en ze klapte van verbazing in haar handen.

'We kunnen maar beter naar mijn kamer gaan,' zei Märtha, die al was gaan staan. De anderen liepen achter haar aan. Toen iedereen op zijn plaats zat, las Oscar het artikel hardop voor. Het ging over de overal op het waardetransport en de vondst van een stapel postzakken op een vuilnisbelt. De bankbiljetten waren blauw en daardoor waardeloos. Iedereen keek Stina aan.

'Het lijkt erop dat je gelijk had,' zei Oscar.

'Het kan Juro zijn geweest. Wel raar dat hij zich zo heeft laten beetnemen.'

'Ook boeven kunnen zich vergissen. Net als gewone mensen die denken dat ze alles weten,' zei Märtha.

'Dat type leert nooit iets nieuws, dat klopt,' zei Oscar.

'De bewakers hebben vaak geprepareerde veiligheidstassen bij zich. Dat zeiden ze vanochtend op de radio,' ging Stina verder. 'Die tassen hebben ingebouwde verfampullen en gps. Even schudden en de verf spuit alle kanten op. Als je met de tassen buiten een bepaalde straal van de bus komt, wordt dat door het gps geregistreerd en gaat het alarm af.'

Iedereen keek met open mond naar Stina. Sinds ze uit de gevangenis was, had ze zich verdiept in allerlei overvallen. Ze was het type dat graag het naadje van de kous wilde weten. Als ze bijvoorbeeld helemaal opging in tuinieren, praatte ze alleen maar over planten, en trok vervolgens kunst haar aandacht, dan wilde ze alles over schilderijen weten. Nu leek ze haar zinnen te hebben gezet op overvallen. Gecompliceerde overvallen.

'Gps en verfampullen. Dan moet je het systeem in de war brengen. Misschien moeten de tassen in de koeling. Dan bevriest de hele boel,' zei Oscar peinzend.

'Alleen in Zuid-Europa worden nog ouderwetse tassen gebruikt,' zei Stina. 'We kunnen daarheen gaan.'

'De gevangenissen in het buitenland zijn niet zo comfortabel als die in Zweden. Nee, ik heb een beter idee. In plaats van gestolen geld te stelen, overvallen we zelf een waardetransport,' zei Märtha.

Het werd doodstil in de kamer. Niemand durfde de anderen aan te kijken. Märtha had hun gedachten onder woorden gebracht. Dat ze de sprong waagden en échte misdadigers werden.

'Bedoel je...' Stina schoof heen en weer op haar stoel.

'Een overval is wel een ernstig misdrijf,' zei Anna-Greta. 'Dan zijn we niet langer vriendelijke schilderijendieven en mensen die gestolen goed stelen, maar echte misdadigers. Valt dat wel te rijmen met de filosofie van de Grijze Brigade?'

'Hoe komen we anders aan geld voor het Dievenfonds? Zolang er niemand bij gewond raakt en we het geld aan een goed doel geven, zie ik het verschil niet,' antwoordde Märtha. 'Het is mooier te luisteren naar een gesprongen snaar, dan nooit de boog te spannen,' declameerde Stina, die ondanks haar voorliefde voor detectives haar Heidenstam nog niet was vergeten.

'Maar hoe moet die overval in zijn werk gaan?' vroeg Bertil. 'Vijf bejaarden kunnen toch niet zomaar met getrokken pistool een bank binnenstormen. Dat wordt lastig.'

'Alles is lastig tegenwoordig. Saai ook,' viel Anna-Greta hem bij. 'Toen ik bij de bank werkte, had je nog geen computers. Het leek wel of ik magie gebruikte bij het tellen van de bankbiljetten en niemand was zo goed in hoofdrekenen als ik. Nu is dat soort vaardigheden niet meer nodig. Alles staat op een schijfje. Je hoeft alleen maar op een muis te drukken.'

'Zullen we het alsjeblieft niet meer over computers hebben,' onderbrak Bertil haar.

'Wat maakt het uit,' zei Märtha. 'We mogen er niet van uitgaan dat iemand anders de overval voor zijn rekening neemt. We moeten zelf met iets komen.'

'Hoe gaan we dat aanpakken?' vroeg Oscar.

'Ik weet het niet, maar als de nood het hoogst is, is de redding nabij,' zei Märtha.

Gek genoeg had ze nog gelijk ook.

72

De vijf werden onderbroken toen ze het exacte tijdstip voor de overval bespraken. Zonder aan te kloppen kwam zuster Barbro Märtha's kamer binnen, om te zeggen dat ze onmiddellijk naar de gemeenschappelijke woonkamer moesten komen. Toen ze haar naar de reden vroegen, was ze al weer op weg naar buiten.

'Verduivelde heks,' gromde Bertil. 'Ze kan toch ten minste vertellen waar het om gaat.'

Nauwelijks waren ze aangekomen in de woonkamer, waar bloemen op de tafels stonden, of zuster Barbro klapte in haar handen, klom op een stoel en zei: 'We hebben wat te vieren, beste vrienden.' Ze wiebelde wat heen en weer op haar voeten.

'"Vrienden"... Je kunt ook overdrijven,' mompelde Bertil.

'Dankzij een genereuze bijdrage van Dolores gaan we morgen groot feest vieren. Het woon-zorgcomplex bestaat vijf jaar. Naast dat jubileum hebben we ook nieuws.' Er verscheen een brede glimlach op het gezicht van zuster Barbro. 'Na lang onderhandelen heeft directeur Mattson twee bejaardentehuizen gekocht die samen met het onze in een nieuwe organisatie zullen opgaan. Ja, directeur Mattson zal later vandaag tijdens een vergadering het een en ander nader uitleggen, maar ik kan alvast verklappen dat de nieuwe tehuizen zullen fuseren met De Diamant. Alles wordt in een nieuw concern ondergebracht en directeur Mattson en ik zullen daaraan leiding geven. Dat moet gevierd worden...'

'Spreek voor jezelf,' zei Märtha zachtjes.

'Zuster Barbro heeft gezegd dat we gaan feestvieren,' riep Dolores ineens en iedereen richtte zijn aandacht op haar. Ze boog zich over haar boodschappentrolley en begon neuriënd tussen de dekens te zoeken. Ze hield een paar biljetten van vijfhonderd kroon in de lucht zodat iedereen ze kon zien. 'Dit is voor het feest en mocht er meer nodig zijn, dan weet je me te vinden.'

'O, nee toch,' kreunden Stina en Anna-Greta. Oscar werd bleek, Bertil kreeg de hik en Märtha had pijn in haar buik. Als de politie erachter kwam dat er bankbiljetten van vijfhonderd kroon in het woon-zorgcomplex circuleerden, zou er een nieuwe huiszoeking komen. Dan had de politie vast niet veel tijd nodig om erachter te komen dat de serienummers dezelfde waren als die op de 'weggewaaide' bankbiljetten van de veerboot. Bovendien zou het in het matras verstopte geld dan ook gauw voor de dag komen.

'Lieve hemel, het wordt ons aardig heet onder de voeten,' zei Märtha.

'Inderdaad. We moeten nú onze slag slaan,' fluisterde Oscar.

'Ik boek onmiddellijk vliegtickets en een hotel,' zei Anna-Greta. Märtha stond op en terwijl het geroezemoes in de woonkamer luider werd, liep ze naar het raam om na te denken. Een overval moest tot in de kleinste details worden voorbereid. Ze keek naar buiten. Een eindje verderop kwam een auto halverwege de heuvel tot stilstand. Een donkerblauwe Volvo. Ze speurde de rest van de weg af, maar de grijze Mercedes die ze eerder die dag had gezien, was verdwenen.

Het feest in het woon-zorgcomplex begon de volgende dag al om vier uur 's middags. Dat leek zuster Barbro het beste, aangezien ze vond dat iedereen tegen acht uur in bed hoorde te liggen.

'Kan dat mens nou nooit eens de teugels laten vieren,' zei Märtha. 'Zelfs kinderen mogen langer opblijven als het feest is.'

'Sommige mensen varen wel bij strenge regels,' zei Oscar.

'Maar het is óns feest,' verzuchtte Märtha.

Toen ze zich voor het feest had omgekleed en Oscar haar kwam halen, keek Märtha toevallig even uit het raam. Daar stond die grijze Mercedes weer.

'Oscar, heb je dat gezien!'

'Wacht even, ik ben mijn bril vergeten,' zei hij, maar toen hij terugkwam, was de auto al weg. In plaats van de Mercedes stond er nu een blauwe Volvo langs de stoep geparkeerd.

'Eerst staat die grijze Mercedes hier en nu weer die donkerblauwe Volvo. Wat is er toch aan de hand?' vroeg Märtha.

'Iedereen heeft zo'n Volvo.'

'Maar deze heeft een trekhaak en twee achteruitkijkspiegels.'

'De politie zou het woon-zorgcomplex toch niet in de gaten houden? Het moet iemand anders zijn,' zei Oscar. 'Stel je voor...'

De deur ging open en Bertil kwam binnen. 'Waar blijven jullie toch? Iedereen zit te wachten.'

'We komen eraan,' zei Oscar, maar Bertil had de deur nog niet achter zich dichtgetrokken of hij richtte zich weer tot Märtha. 'Ik moet eerlijk toegeven dat ik me zorgen maak. Als Juro inderdaad die mislukte bankoverval heeft gepleegd, zal hij binnenkort op een andere manier aan het geld proberen te komen. Ik vrees dat hij alles wat ik weet van sloten en alarmen uit me zal willen trekken. Het zijn zware jongens. Stel je voor dat hij heeft uitgevogeld dat ik hier woon en dat hij nu in die grijze auto zit...'

Märtha pakte zijn hand.

'De Mercedes staat er nu niet meer. Rustig maar. We moeten opschieten, want Anna-Greta heeft beloofd dat we zouden zingen.'

Hand in hand liepen ze naar de gemeenschappelijke woonkamer, waar ze bij de anderen gingen staan. Märtha pakte haar stemvork, sloeg de toon aan en vervolgens zongen ze 'Mei op Malö', 'De vrolijke bakker uit San Remo', en Bertil mocht afsluiten met 'Naar zee'. Toen Anna-Greta aangaf dat ze graag 'Kindergeluk' à capella wilde zingen, vonden de anderen dat het tijd was om aan tafel te gaan.

'Maar "Als ik toch eens rijk was" dan?' protesteerde ze. Er klonk fanfaremuziek en het licht ging uit.

'Ga zitten,' zei zuster Barbro streng, terwijl er twee obers binnenkwamen met krabpaté en zalm op droogijs. Alles werd geserveerd in een grote porseleinen schaal die was versierd met slablaadjes en dilletakjes. Toen het licht ineens blauw werd, zag het er allemaal erg sprookjesachtig uit.

'Wat een ramp,' zei Märtha. 'Dolores heeft er flink wat geld doorheen gejast.'

'Ons geld,' zei Anna-Greta.

'Heb je dat droogijs gezien? Stop daar je vingers maar niet in. Het is zo koud dat alles wat erin ligt bevriest,' zei Oscar. Even later ging het licht weer aan en Barbro, die een laag uitgesneden, rode avondjurk aanhad, deelde slingers en feesthoedjes uit. Misschien was ze toch niet zo gierig, dacht Märtha. Ze leek wat geleerd te hebben. Er werd champagne geserveerd en toen iedereen een glas had gekregen, proostte directeur Mattson met de aanwezigen. 'Op de toekomst,' zei hij terwijl hij in Barbro's decolleté keek.

Het hoofdgerecht bestond uit geroosterde kalkoen met gekaramelliseerde aardappels en haricots verts. Iedereen wreef in zijn ogen en vroeg zich hardop af of ze soms droomden.

'Het lijkt wel het diner bij de uitreiking van de Nobelprijs,' zei Stina.

'Alleen het prijsgeld ontbreekt nog,' zei Anna-Greta hinnikend. Het werd steeds rumoeriger en veel bewoners betwijfelden of dit wel echt was. Maar toen Dolores ging staan en met gevouwen handen haar zoon bedankte voor het geld, begreep iedereen dat ze zich nog steeds in het woon-zorgcomplex bevonden. Na de toespraak werd het licht weer uitgedaan en de twee obers kwamen vanuit een rookgordijn tevoorschijn. Onder begeleiding van muziek en flikkerende discolampen serveerden ze frambozenijs met chocoladesaus in kleine kommetjes die waren versierd met citroenmelisse. Hoewel het knipperende discolicht twee epileptische aanvallen veroorzaakte, verliep alles verder prima. Toen het tegen acht uur liep, klapte zuster Barbro in haar handen. 'Beste vrienden. Het wordt al laat. Het feest is afgelopen.'

'Daar denken wij heel anders over,' riepen de oudjes in koor. Voor ze meer kon zeggen, ging directeur Mattson staan.

'Vanavond is een heel bijzondere avond,' begon hij. 'Allereerst moeten we Dolores bedanken voor het heerlijke eten, maar ik heb jullie nog iets mede te delen.'

'Er vliegt vermoedelijk weer personeel uit,' mompelde Märtha.

'Zuster Barbro heeft jullie eerder vandaag al verteld dat we binnenkort drie tehuizen gaan samenvoegen. Maar dat is niet het enige dat we hier vieren. We hebben ons verloofd.'

'Juist ja. Ik snap het. Nu hoeven ze zelf niet voor een feest te betalen, stelletje gierigaards,' mopperde Anna-Greta.

De deur ging open en de twee obers kwamen binnen met een merkwaardige machine die zeepbellen blies. Terwijl de doorzichtige, glanzende bellen ronddansten in het discolicht, slopen Märtha en Oscar voorzichtig naar de boodschappentrolley van Dolores. Het feest moest een flinke duit gekost hebben en het was een kwestie van tijd voor de oude dame in de gaten kreeg dat de rest van de inhoud van de trolley uit krantenpapier bestond. Märtha boog zich naar Oscar toe.

'We moeten morgen of uiterlijk aan het einde van de week toeslaan.'

'Ik weet het. Het lukt misschien zelfs als we ons wat minder goed voorbereiden. We hebben Anders immers...'

'Ik hoop dat we op hem kunnen vertrouwen,' zei Märtha.

Ze gingen naar haar kamer, waar ze tot laat op de avond met pen en papier hun plannen uitwerkten.

'Volgens mij heeft er nog nooit zo'n overval plaatsgevonden,' zei Oscar uiteindelijk, en zijn stem trilde van trots.

'Volgens mij heb je gelijk,' zei Märtha lachend.

73

Zuster Barbro bedacht zich geen twee keer en liep zonder te kloppen Märtha's kamer binnen.

'Dat flik je me niet weer,' snauwde Märtha, en ze ging staan.

'Waar zijn jullie in hemelsnaam mee bezig?' Barbro deinsde achteruit en keek wild om zich heen. Niet alleen het bedrijf was een chaos, de slaapkamers van de oudjes stonden ook op hun kop. Het hele koor zat bij Märtha op de kamer te schilderen. Op de commode en op de salontafel lagen tubes olieverf, schildersdoeken, lijsten en plasticfolie. Op de grond lagen nog meer tubes verf zonder dop. Er was een schildersezel op de bank gevallen en Oscar stond naast de bank verf te mengen in een blikje. Stina smeerde dikke lagen verf op een enorm doek en Anna-Greta bracht met een penseel stipjes aan op een klein vierkant schilderij. Het leek of ze probeerde zilveren munten af te beelden in lichte grijstinten, maar het geheel had nog het meest weg van een stapel mariakaakjes. Onder het schilderen neuriede ze de melodie van 'Als ik toch eens rijk was'. Zuster Barbro haalde diep adem.

'Waar zijn jullie toch mee bezig?'

'Wij zijn een carrière begonnen als kunstschilder,' antwoordde Märtha, en ze veegde met de achterkant van haar hand over haar gezicht, waar ook al heel wat verf op zat.

'Willen jullie niet liever met aquarelverf aan de slag?' vroeg zuster Barbro, die probeerde positief te blijven. Directeur Mattson had haar aangeraden niets te verbieden; ze moest de oudjes prijzen en vooral vriendelijk blijven. Ze probeerde echt de bewoners subtiel in de richting te sturen die zij in gedachten had. Door hun bijvoorbeeld voor te stellen om met waterverf te schilderen in plaats van erop los te kliederen met die stinkende olieverf.

'Aquarel? Nee, dat heb ik járen gedaan,' zei Stina achteloos. 'Aquarelverf heeft zijn beperkingen, begrijpt u wel, zuster Barbro. We zijn overgestapt op olieverf.'

Ja, dat zag zuster Barbro wel. Grote, abstracte schilderijen stonden tegen de muren en stoelen en als er geen plasticfolie op de grond had gelegen, zou de vloerbedekking allang naar de knoppen zijn geweest. Ze deed een stap naar voren. De schilderijen waren vrolijk en kleurrijk, maar ze had geen flauw idee wat ze moesten voorstellen.

'Aha. Op die manier. Kunst...' stamelde ze.

'We hebben het zoooo naar onze zin, weet u,' zei Märtha enthousiast. 'We zijn van plan een expositie te houden. Misschien kunnen we dat in het woon-zorgcomplex doen. We hebben al een naam voor de kunstenaarsgroep: "De oudjes kunnen het nog – ook dit."'

'Juist ja. Wat een goed idee. Maar jullie moeten nu opruimen. Het is hier een grote puinhoop,' zei zuster Barbro. Even vroeg ze zich af of ze dat wel had moeten zeggen, dat het een grote puinhoop was, maar aan de andere kant was dat wel wat ze vond. Met een diepe zucht vluchtte ze naar haar werkkamer en deed de deur dicht. Na het feest had ze gedacht dat het eenvoudiger zou zijn om iedereen in het gareel te houden, maar het tegenovergestelde was het geval. De oudjes deden nu doodleuk waar ze zin in hadden, ze eisten meer feesten en nu wilden de koorleden bovendien hun schilderijen in het woonzorgcomplex tentoonstellen. Ze greep naar haar hoofd. Ze troostte zich met de gedachte dat ze eindelijk Ingmar een duwtje in de gewenste richting had gegeven. Ze zouden gaan trouwen. Hij had de bruiloft weliswaar uitgesteld, maar ze zouden binnenkort samen drie tehuizen gaan besturen. Hij dacht dat hij de baas was van het concern, maar dat was niet zo. Ze had meer ambities. De bruiloft was de eerste fase van haar plan.

Märtha legde haar kwast weg en wierp een blik op de dichte deur. 'Zuster Barbro durfde hier niet te blijven. Ik vind het jammer voor haar dat ze zo'n zuurpruim is. Had ze geweten wat we van plan zijn, dan was ze ter plekke aan een hartstilstand overleden.'

'Inderdaad. Volgende halte: Las Vegas,' zei Bertil.

'Nee, West-Indië,' verbeterde Anna-Greta hem. 'Daar heeft Zweden geen uitleveringsverdrag mee. Vanuit de vs kunnen we direct teruggestuurd worden. Het wordt Barbados en de vlucht duurt maar tien uur. Ik heb het meest luxueuze hotel van de wereld gevonden.'

'Het komt vast allemaal goed, maar eerst moeten we nog naar Täby, vergeet dat niet,' zei Märtha.

Iedereen zweeg onmiddellijk nu ze bedachten wat hun nog te wachten stond. Voor ze toesloegen, moesten ze nog één ding nagaan: hoe het legen en aanvullen van de pinautomaten in Stockholm in zijn werk ging.

Het Groene Gevaar maakte de straten wederom onveilig. Met de autoradio keihard aan reden ze langs de verschillende pinautomaten in het noorden en westen van Stockholm. De bestelbus deed Sundbyberg, Råsunda, Rinkeby en Djursholm aan en in iedere wijk kuierden ze in groepjes met hun rollators de bus uit, haalden wat geld en reden door naar de volgende halte. De ene keer waren Bertil en Oscar aan de beurt, de andere keer Stina en Anna-Greta, en ze gingen allemaal volledig op in hun taak. Ze waren er zo op geconcentreerd om niet op te vallen dat ze de donkerblauwe Volvo die hen volgde helemaal niet in de gaten hadden. Zelfs Märtha niet, die overal nauwkeurig aantekeningen maakte. Nee, ze hadden alleen oog voor de pinautomaten en de verschillende ontsnappingsroutes. Verder dachten ze nergens aan.

Toen ze hun laatste verkenningstocht in Täby hadden afgesloten, tankten ze de bus vol bij de Q8-benzinepomp en reden terug naar het woon-zorgcomplex. Na een uitgebreid middagdutje maakten ze zich klaar voor de reis, liepen het hele plan nog een keer door met Anders en proostten vervolgens op de goede afloop met een glaasje bramenlikeur. Deze keer was het ernst. Voor het eerst zouden ze een specialistische overval plegen, weliswaar op een vriendelijke manier, maar toch.

Märtha sliep die nacht uitstekend en droomde dat ze na een succesvol uitgevoerde overval aan iedereen geld uitdeelde. Ze droomde zelfs kort over een geslaagde zwendel. De volgende ochtend tegen zevenen werd ze uitgerust en opgewekt wakker. Van spannende dromen kreeg ze altijd zo'n goed humeur.

Een mooie dag voor een overval, dacht Märtha toen ze die middag het centrum van Täby binnenreden. Het was een grauwe en schemerige decembermiddag, maar het regende niet. Ze boften met dit weer. Het vroor niet, dus ze hoefden niet bang te zijn om uit te glijden. Ondanks dat was het lastig om rustig en beheerst te wandelen als je van plan was vijftien tot twintig miljoen kroon te stelen.

'Kijk, de bus slaat af.' Märtha zette haar linkerknipperlicht aan, schakelde terug en volgde het waardetransport op veilige afstand. Anders reed in een gehuurde bestelbus met aanhangwagen en zelf bestuurde ze het Groene Gevaar. Het gebeurt niet elke dag dat een bestelbus een waardetransportauto schaduwt, dacht ze.

'De pinautomaat in het centrum van Täby is de eerste die ze leeghalen. Dat hadden we al voorzien,' zei Oscar toen de waardetransportauto vaart minderde en rechtsaf de parkeerplaats op reed.

'Ik hoop dat alles net zo gaat als gisteren, zodat Anders er met de aanhanger bij kan komen. Alles moet perfect verlopen,' zei Märtha.

'Maak je niet druk. Een aanhanger of een bus meer of minder, daar kijkt niemand van op. Hier letten de mensen alleen op zichzelf.'

'Maar de koelboxen dan?'

'Als ze ons tegenhouden, zeggen we wat het geloofwaardigst overkomt, bijvoorbeeld dat ze bestemd zijn voor een feest, of dat we ze naar de stort brengen. Maar het beste is uiteraard dat we helemaal niets hoeven te zeggen.'

Märtha reed langzaam achter het waardetransport aan. De mensen die op weg naar huis waren, scheurden over het asfalt met de blik op oneindig. Arme zielen, wat een stress, dacht ze, maar er waren hier ook zo veel winkels, je kon er wel duizelig van worden. Geen kruidenierszaken met een deurbelletje dat rinkelde of winkelbedienden die iedereen bij naam kenden. De jeugd van tegenwoordig zou haar nooit geloven als ze vertelde dat de winkeliers vroeger wisten wie je ouders waren.

'Märtha, hou je de geldwagen wel in de gaten?' Bertil gaf een por in haar zij.

'Natuurlijk,' zei ze met een rode kleur. Hij had gelijk. Ze moest beter opletten. De geldwagen reed naar de pinautomaat, maar de bestuurder leek zich geen zorgen te maken over de mensen die hier rondliepen. De meesten hadden boodschappen gedaan en wilden zo snel mogelijk naar huis. Bovendien was het vrijdag. 'Vrijdag familiedag' werd het waarschijnlijk genoemd als je je naar huis haastte om het die laatste dag van de week een beetje gezellig te maken. Veel plezier, stresskippen, maar wij zetten in op een paar miljoen! Wat zij van plan waren, was zo'n grote onderneming, groter dan alles wat ze hiervóór gedaan hadden. Ze neuriede zachtjes en zat vol zelfvertrouwen, tot ze opeens de auto in haar achteruitkijkspiegel zag. Een donkerblauwe Volvo. Ze besefte onmiddellijk dat dit geen toeval was. Ze gluurde achterom en vroeg Oscar of hij het stuur wilde vasthouden terwijl ze met haar rechterhand een doosje gegalvaniseerde spijkers uit haar buideltasje haalde. Als dat de politie was, was ze niet van plan zich zonder slag of stoot over te geven. Ze was er klaar voor.

Inspecteur Lönnberg schakelde terug, keek Strömbeck vermoeid aan en schudde zijn hoofd.

'Heb je ooit zoiets meegemaakt? Die oudjes zijn vandaag ook weer met hun rondje langs de pinautomaten bezig.' Hij knikte naar de bestelbus. 'Kennelijk waren die tien bezoekjes van gisteren niet genoeg. Nu rijden ze weer naar Täby. Zijn ze daar gisteren niet geweest? Ik snap er niets van.'

'Overal pinnen ze geld. Ze gebruiken de hele tijd een rollator terwijl ze die helemaal niet nodig hebben. Ik vraag me af wat ze van plan zijn. Moeten we ze van de weg halen?' vroeg Strömbeck, en hij hield een beetje snuiftabak onder zijn neus.

'Weet je wat, dat wordt verdomme wel eens tijd. Het lijkt of ze een spelletje met ons spelen. Voor mijn part zakt Petterson in de stront met dat bevel van hem. We slaan toe,' zei Lönnberg. Hij voelde zich plotseling opgetogen. Hij was al lang flauw van het surveilleren van die vijf en de behoefte om zijn eigen gang te gaan was groot.

'Ik heb een idee,' zei Strömbeck. 'We zetten een versperring neer bij de ingang van de parkeerplaats, zodat ze niet bij de pinautomaat kunnen komen.'

'Maar als we ervan uitgaan dat ze van plan zijn iets te stelen, moeten we dan niet wachten tot ze dat gedaan hebben?' vroeg Lönnberg.

'Alles moet voor jou ook volgens het boekje gaan, hè? Goed, dan doen we dat. Al heb ik reuzehonger. Misschien moeten we eerst een broodje halen. Er staat daar een kraampje, moet ik voor jou ook wat meenemen?'

Lönnberg aarzelde, maar hij had ook trek. Hij keek aandachtig om zich heen en kwam tot de conclusie dat alles onder controle was. 'Oké, maar schiet op. We mogen ze niet uit het oog verliezen. Als ze een overval plegen, moeten we er toch bij zijn, of niet soms?'

'Ik ben zo terug,' zei Strömbeck.

Inspecteur Lönnberg minderde vaart en zette de auto stil en Strömbeck glipte behendig de auto uit.

Märtha keek in de achteruitkijkspiegel. De Volvo was verdwenen. Misschien was het inderdaad een inwoner van Djursholm en had ze zich vergist. Toch kon ze voor de zekerheid maar beter haar ogen de kost geven. Er mocht niets misgaan. Opeens zag ze de Volvo bij de broodjeskraam staan. Dubbele achteruitkijkspiegel. Als dat de politie niet was! Behendig en zonder vaart te minderen, draaide ze het raam naar beneden en liet de spijkers op de weg naast de donkerblauwe auto vallen. Het was beter het zekere voor het onzekere te nemen. Zorgvuldigheid werd altijd beloond en ze hadden zich zo goed mogelijk voorbereid.

Een dag eerder hadden ze de waardetransporten in de woonwijken op een kaart uitgetekend en geklokt hoe lang de bewakers nodig hadden om met de veiligheidstassen naar binnen te gaan en weer naar buiten te komen. Ze moesten vooral niet dezelfde fout maken als die schurken over wie ze onlangs in de krant hadden gelezen. De boeven hadden een kraan gehuurd om de pinautomaat in zijn geheel uit de muur te trekken. Het geld zat echter niet ín de pinautomaat, maar ernaast.

Märtha verloor de geldwagen niet uit het oog. Ze voelde dezelfde kriebels in haar maag als toen ze de kluis hadden gekraakt. Maar wat stelde zo'n kluisje nou voor in vergelijking met deze kraak? Een overval als deze was bovendien goed voor víér jaar gevangenisstraf, en deze keer wilden ze absoluut niet achter de tralies verdwijnen. In de Prinses Lilian-suite waren ze aan een zekere luxe gewend geraakt.

'Denk je dat ze bestelbussen verdacht vinden?' vroeg Stina voor de derde keer vanaf de achterbank.

'Ik heb nergens iets gelezen over een vergelijkbare overval,' antwoordde Märtha.

'Daarom is dit juist zo'n goed idee,' voegde Bertil eraan toe. 'De politie heeft geen oude zaken om op terug te vallen en daardoor zullen ze niet direct verdachten op het oog hebben. Geloof me, het komt allemaal goed.'

'Dit is de eerste pinautomaat die wordt gevuld,' zei Anna-Greta. 'Dat betekent dat ze nog negen volle veiligheidstassen in de wagen hebben staan. In iedere tas zitten vier cassettes met elk vijfhonderdduizend kroon erin. Dat is in totaal bijna negentien miljoen kroon. Daar kunnen we lang op teren.'

'We moeten jou eerst de rekening van het Grand Hotel nog terugbetalen...' begon Märtha.

'Ja, dat was inderdaad een vervelende kwestie,' beaamde Anna-Greta. 'Ik wilde de rekening laten blokkeren, maar ze hadden het geld al van mijn rekening afgeschreven.'

'Dan zitten we nog met onvoorziene kosten voor reizen, hotelboekingen en ander vermaak. Maar de rest gaat naar het Dievenfonds, dat beloof ik,' zei Märtha.

'Ssst, kijk eens,' viel Oscar haar in de rede. 'De wagen is er.' Hij pakte Anders' reservetelefoon met de prepaidkaart en drukte op de sneltoets. Toen de telefoon overging, verbrak hij de verbinding. Meer was niet nodig. Anders wist wat er aan de hand was. Vóór hen minderden de bewakers vaart, ze stopten bij de pinautomaat en stapten uit. Märtha parkeerde de bus een stukje bij het waardetransport vandaan maar liet de motor stationair draaien. Een van de mannen deed de achterdeur open, haalde er een veiligheidstas uit, deed de deur weer dicht en liep de bank in. Hij keek niet op of om.

'Goed, wij zijn aan de beurt,' zei Bertil. Hij deed het portier open en hij stapte uit.

'Aan de slag,' zei Oscar en hij stapte ook uit. Märtha zag hoe ze naar het waardetransport slopen, een paar keer vluchtig om zich heen keken en met hun werk begonnen. Oscar maakte het autoalarm onklaar en Bertil de achterdeuren. Bertil zou de hars met het metaalslijpsel in het slot drukken. Als de bewakers de volgende keer de deuren sloten, zouden die dichtvallen – maar niet op slot zitten. Dan zouden de vijf toeslaan. Veel hing dus af van Bertils succes. Ze hadden de truc namelijk alleen op hun eigen bestelbus geoefend.

'Waar blijft Anders?' fluisterde Oscar toen hij weer in de bus zat. 'Ik heb hem gebeld. Hij zou er al moeten zijn.'

'Hij laat ons toch niet in de steek? Stina heeft me verzekerd dat hij ons wilde helpen als hij alvast een deel van de erfenis kon krijgen...' zei Märtha.

'Maak je niet ongerust. Ik vertrouw Anders,' zei Oscar. 'Hij zal ons nog wel vaker willen helpen.'

'We betalen hem alleen wat we hebben afgesproken. Hij kan bovendien geen lid worden van de Grijze Brigade,' protesteerde Märtha.

Toen de twee bewakers de geldlades van de pinautomaat hadden gewisseld, kwamen ze met de lege tassen naar buiten, maakten de achterdeuren open en zetten de tassen in de bus. Vervolgens deden ze de deur op slot en gingen in de wagen zitten. Maar de achterdeuren waren niet helemaal in het slot gevallen, al merkten ze daar niets van omdat Oscar de cameralens zwart gespoten had en met het alarm had geknoeid. Märtha zette vlug de bus in de eerste versnelling, gaf gas en schakelde vervolgens naar de vierde versnelling, waardoor de motor van het Groene Gevaar pal voor het waardetransport afsloeg. Terwijl Märtha deed alsof ze de bus probeerde te starten, waggelde Stina gesteund door Bertil naar de bestuurderskant van de bus en tikte op het raam. Ze droeg een donkere pruik, had een dikke laag make-up op en glimlachte een stel neptanden van de feestwinkel bloot. Bertil droeg op zijn beurt een blonde baard en pruik en zag er beduidend jonger uit dan hij was. Toen de bestuurder het raam naar beneden draaide, liep hij onopvallend naar het andere portier.

'Onze bus is afgeslagen, zou u ons even kunnen helpen?' vroeg Stina terwijl ze naar de bestelbus wees. Op dat moment kwam Anna-Greta tevoorschijn met een boeket bloemen dat in ether was gedrenkt.

'Alstublieft,' zei ze vriendelijk lachend, en ze drukte het boeket door het raam in het gezicht van de bewaker. Vervolgens zette ze haar wandelstok en voor de zekerheid ook haar rollator bij het portier. De bewakers wierpen zich op het andere portier, maar Bertil had al secondelijm in het slot gespoten. Vlug gooide Stina de hele fles met ether leeg op de bestuurdersstoel. Ze kon nog net het raam dichtdraaien en het portier dichtgooien voor de bewakers aan de bestuurderskant probeerden te ontsnappen. Ze konden de hendel niet naar beneden drukken, aangezien de wandelstok het portier blokkeerde. Anna-Greta hield de wandelstok goed vast om te voorkomen dat die weggleed.

'Nu kunnen jullie er met geen mogelijkheid uit,' mompelde ze trots, en ze was haast teleurgesteld toen de bewakers het bewustzijn verloren. Anna-Greta haalde snel haar wandelstok en rollator weg en liep met Stina terug naar de bestelbus. Oscar en Bertil liepen door naar de achterdeuren van de waardetransportauto en toen Anders eraan kwam rijden met zijn aanhanger, hadden ze de deuren al open.

'De eenvoudigste dingen zijn altijd het moeilijkst,' zei Oscar, terwijl hij de hars met het metaalslijpsel uit het slot peuterde.

In de aanhanger stonden twee vrieskisten met droogijs en een doos met serpentine klaar. Aan de zijkant hingen ballonnen en in de ene hoek hing een grote poster met de tekst 'Gefeliciteerd'. Anders sprong op de aanhanger en maakte de vrieskisten open, en terwijl de witte wolken van het droogijs af kwamen, haalden Oscar en Bertil de eerste twee veiligheidstassen uit de transportwagen. Voorzichtig legden ze ze in Bertils rollator.

'Pas op dat de patronen niet knappen,' waarschuwde Oscar, maar Bertil liep langzaam en beheerst op zijn oude zeemansbenen naar de aanhanger. Vervolgens liet Anders – die dikke handschoenen had aangetrokken – eerst de ene en vervolgens de andere tas in de vrieskist zakken. Hij legde een laag droogijs op beide tassen. Toen ze acht veiligheidstassen hadden opgehaald en net op weg waren voor de laatste, riep Märtha hen ineens.

'Schiet op, we moeten gaan.' Ze wees naar een stel ambtenaren met aktentassen die in hun richting liepen. De mannen waren diep in gesprek en naderden met rasse schreden.

'We willen die laatste tas toch ook meenemen,' zei Oscar en Bertil haastte zich naar de transportwagen. Zelfs deze keer slaagde hij erin de tas in het droogijs te zetten en hij kon nog net de achterdeuren van de transportwagen dichtgooien toen de ambtenaren langs de aanhanger liepen.

'U mag hier niet parkeren,' zei een van hen terwijl hij tegen een wiel schopte.

'Pas op!' gilde Märtha met falsetstem, maar Anders had het al in de gaten. Hij duwde de vrieskisten dicht en lachte breeduit.

'Vrijgezellenfeest. Wat zal de bruid verrast zijn,' zei hij met een knipoog. 'Ga nooit trouwen,' voegde hij eraan toe. Hij gaf hun allemaal een ballon en nam weer achter het stuur plaats. Rustig schakelde hij in de eerste versnelling en reed weg. Märtha keek hem met open mond na. Misschien was hij toch zo gek nog niet, dacht ze.

Samen met Oscar en Bertil kreeg ze de bestelbus weer aan de praat, en toen ze de zijdeur hadden dichtgedaan, reed ze weg.

'Nu gaan we los,' zei Anna-Greta tevreden. 'Dit hadden ze op de bank eens moeten zien.'

Märtha reed de parkeerplaats af, achter Anders aan de wijk uit en verder over de E4 naar vliegveld Arlanda.

'Ongelooflijk, het is gelukt!' riep Bertil.

'Juich niet te vroeg, we zijn er nog niet,' zei Märtha terwijl ze gas gaf. Maar toen ze in de buurt van Sollentuna kwamen, zag ze dat er een auto achter hen reed. Het was een grijze Mercedes.

74

'Waarom moest jij ook zo nodig een broodje kopen? Nu zijn we ze kwijt,' tierde Lönnberg terwijl hij de parkeerplaats afspeurde. Het was bijna donker en hij zag de bestelbus nergens. Zo'n grote wagen moest toch opvallen, maar het was een groene en die kleur was moeilijk te onderscheiden in deze tijd van het jaar.

'Ja hallo, jij wilde ook wat eten en dankzij jou zit de bekleding onder de ketchup. Je had gewoon beter uit je doppen moeten kijken. Je moet nooit zomaar over iets wat op straat ligt heen rijden. Vooral niet als het kleine dingen zijn.'

'Ik kon toch ook niet weten dat iemand een doos spijkers zou laten vallen,' mokte Lönnberg.

'Een stuk of honderd spijkers, die nu muurvast in de band zitten,' zei Strömbeck om het nog even in te wrijven. 'Nog een geluk dat we een reservewiel bij ons hadden.'

'We hebben het er niet meer over. We moeten zorgen dat we die oudjes te pakken krijgen.'

'Als ze maar niet iets uitgespookt hebben. Dan laat ik me omscholen,' zei Strömbeck.

'Ik ook,' zei Lönnberg, die de auto startte en wegreed. 'Maar volgens mij hoeven we ons niet ongerust te maken. Ze zullen vandaag ook wel weer naar de pedicure gaan.'

'Maar dat is niet in de buurt van de pinautomaat.'

Lönnberg deed of hij die laatste opmerking niet had gehoord en vergat helemaal in zijn achteruitkijkspiegel te kijken. Als hij dat wel had gedaan, zou hij gezien hebben dat zowel de krik als het gereedschap nog op straat lag.

Märtha ademde een paar keer diep in en gaf flink gas. 'Wat moeten we doen? Er zit een Mercedes achter ons aan.'

'Echt waar, een Mercedes? Een andere auto was me liever geweest!'

zei Oscar, die direct in de gaten had wat er aan de hand was. De grijze Mercedes die voor De Diamant geparkeerd had gestaan... Daar had hij zich grote zorgen over gemaakt. Juro en zijn kompanen... ze waren hem gevolgd. Eerst hadden ze misschien bedacht dat ze hem konden gebruiken voor technisch advies, maar vervolgens hadden ze waarschijnlijk uitgedokterd dat hij wat van plan was. Het klokken bij de pinautomaten, de verkenning in Täby, het oefenen in het rijden met de aanhanger een dag eerder... Misschien had Juro geconcludeerd dat er een overval op de rol stond. En nu hadden ze het echt gedaan... Juro en zijn maten hadden begrepen wat er speelde. Vijftien tot twintig miljoen...

'De Joegoslaven,' mompelde hij. 'En Anders is op weg naar de schuur.'

'Lieve hemel, volgens mij willen ze ons klemrijden,' zei Märtha.

'Bel Anders om te zeggen dat we vertraging hebben. Ondertussen proberen we hen af te schudden,' stelde Stina voor.

'Commandeer je hondje en blaf zelf,' zei Märtha. 'Nee, ik weet al wat,' zei ze vervolgens. Ze maakte een U-bocht.

Bertil vloekte als een ketter, omdat hij bijna uit zijn stoel werd geslingerd. 'Wel verd... Jij en autorijden...'

'Wat bezielt jou in 's hemelsnaam?' krijste Anna-Greta.

'Volgende halte, Danderyd-kerk. Ik heb een idee,' zei Märtha. Voor ruziemaken was geen tijd, want ze trapte het gaspedaal in en boog zich over het stuur. 'Nu zal ik jullie eens laten zien hoe je moet autorijden!'

'Daar was ik al bang voor,' jammerde Bertil.

Toen de middeleeuwse kerk voor hen opdoemde, schakelde Märtha terug en nam de afslag. De motor joelde en Oscar hoopte dat de bus tegen een stootje kon, al hadden ze hem op Blocket.se gekocht. Hij keek vluchtig in de achteruitkijkspiegel, maar ze hadden de Mercedes nog niet afgeschud. Opeens zag hij nog een bekende auto. Een donkerblauwe Volvo.

'O nee, hè, niet die ook nog! Nu zitten er al twee achter ons aan,' kreunde hij.

Märtha keek in de achteruitkijkspiegel. 'De maffia en de politie. Het is of de duvel...!' Ze maakte een plotselinge bocht in de richting van de kerk.

'Märtha, stop, je rijdt verkeerd. Stop! We moeten toch naar Arlanda,' piepte Stina verward.

'Zei jij niet dat we de achtervolgers moesten afschudden?'

'Met een bestelbus? Nou ga je me toch niet vertellen dat we de laadklep moeten uitschuiven,' kreunde Bertil.

'Wat moeten we nou bij die kerk?' hijgde Anna-Greta, die zich aan de deurhendel vasthield.

'We gaan een schietgebedje doen,' antwoordde Märtha, en ze minderde vaart.

'Ook dat nog,' zuchtte Bertil.

Märtha remde en bleef voor de kerk staan. 'Ik laat jullie er hier uit en zet de bus een eindje verderop. Neem je rollator mee en ga langzaam de kerk binnen. Bij het altaar sla je een kruis.'

'Mooi niet,' zei Bertil.

'Dan neem je maar een psalmboek mee. Loop langzaam en waardig, alsof je op weg bent naar een kerkdienst. Vergeet niet dat we oud en dement zijn. Rustig aan doen komt onschuldig over en daardoor wekken we niet de indruk dat we zojuist een waardetransport hebben overvallen.'

'Maar de maffia en de politie dan... We kunnen toch niet zomaar...' begon Bertil.

'Eruit. Schiet op!'

'Er zitten twee auto's achter ons aan en nu moeten we van jou per se een kerk bezoeken.' Oscar zuchtte.

'Ik leg het later wel uit. Ga nou maar. Het komt allemaal goed. Zodra we hier klaar zijn, rijden we door naar Arlanda. Vergeet de rollators niet.' Märtha werkte haar vrienden de bus uit en deed het portier achter ze dicht. Vervolgens parkeerde ze de bus zo dicht mogelijk bij de kerk als mogelijk was.

'Nee, nu geef ik het echt op,' zei Lönnberg toen hij zag dat de bestelbus richting Danderyd-kerk reed. 'Als we ze eindelijk weer op het spoor zijn, zijn ze op weg naar de kérk. Ik ga mooi niet een kerkdienst bijwonen.'

'Wat moeten ze daar? Die zijn toch altijd op zondag?' zei Strömbeck verbaasd.

'Ze willen vast te biecht gaan.'

'Als ze tenminste niet op het kerkzilver uit zijn, bedoel je.'

'Het is al na zessen. Onze dienst zit erop. Ik vind dat we naar huis moeten gaan,' zei Lönnberg. 'Ik ben het schaduwen van die ouwe roestbak van een bus wel zat.' Hij nam gas terug en keek verlangend naar het stadscentrum.

'Dat kunnen we niet maken. We moeten ze op heterdaad betrappen. Wie weet wat ze hebben uitgespookt toen we ze in Täby zijn kwijtgeraakt. Denk maar aan al die pinautomaten die ze gisteren hebben bezocht,' zei Strömbeck.

'Het woord "pinautomaat" heeft misschien iets te maken met hun kruiswoordpuzzels. Ach, relax een beetje. We gaan.'

'Nee, niet voor we worden afgelost. Anders gaat Petterson door het lint,' hield Strömbeck vol.

'Hij hoeft toch niet te weten dat we ervandoor gaan,' vond Lönnberg. 'Maar vooruit. We gaan het even controleren, zo veel moeite is het ook niet.' Hij schakelde terug, sloeg af in de richting van de kerk en reed de parkeerplaats op.

'Als ze iets hebben gestolen, moet het in die bus liggen, of niet?' zei Strömbeck peinzend.

'Krijg nou wat. Ze gaan met rollator en al de kerk in.'

'Inderdaad. Dan kunnen wij mooi die bus doorzoeken. Je weet maar nooit. Misschien betrappen we ze wel op heterdaad,' zei Lönnberg. Hij had een besluit genomen en nu week hij daar niet meer van af. De twee agenten liepen naar de bestuurderskant van de bus en klopten op het raam.

'De politie!' Märtha draaide het raam naar beneden. 'Nee maar, hallo, hallo. Jullie zijn het,' zei ze lachend. 'Tjonge, wat een fraaie uniformen hebben jullie vandaag aan.'

Tot zijn ontzetting merkte Lönnberg dat hij begon te blozen. Hij boog voorover.

'Wij willen de bus inspecteren. Wilt u alstublieft de achterdeuren openmaken,' zei hij.

'Lieve jongens toch. Zijn jullie op zoek naar smokkelwaar? Dat is me ook wat. Ik doe onmiddellijk de deuren open. Moet ik de laadklep ook uitschuiven?'

'Dank u wel, we redden ons zo wel,' mompelde Strömbeck.

'Als jullie iets vinden, kan ik het dan krijgen? Mijn pensioen, weet je wel. Daar kun je niet veel meer mee tegenwoordig.'

Strömbeck wilde net antwoord geven, toen de politieradio piepte. Hij bleef staan en keek naar de Volvo.

'Lönnberg, iemand probeert ons op te roepen op de radio!'

'Nee hè, dat rottige alarm. Ga het even controleren, dan ga ik hier verder,' zei Lönnberg. 'Deze keer geef ik niet op. Die oudjes vliegen achter de tralies.'

Vastbesloten liep hij naar de achterkant van de bus en deed de deuren open. Een wandelstok, een paar steunkousen en wat incontinentieluiers vielen voor zijn voeten op de grond. Hij klom naar binnen, maar werd afgeleid door Strömbeck die eraan kwam rennen.

'Lönnberg! Op de radio zeiden ze dat er een overval is gepleegd.'

'Wat zei ik je. Nu hebben we ze. Ik durf te wedden...'

'Maar kijk dan toch. Hij is helemaal leeg. Ze hebben toch geen onzichtbare bankbiljetten gestolen.'

Opeens hoorden ze het overbekende geluid van een Mercedes. De twee agenten keken naar buiten. De auto reed langzaam, alsof de bestuurder ergens naar zocht.

'Kijk daar eens. Een grijze Mercedes. Stel je voor dat het de Joegoslaven zijn.'

'Misschien worden zij wel gezocht.'

'Slim om je in de buurt van een kerk te verstoppen. Ik trek het nummerbord na.'

Strömbeck ging in de Volvo zitten en tikte wat in op de computer. Na een tijdje klikken floot hij en wrong zich uit de auto. 'Je hebt gelijk. Het is die verdomde Juro. Laat de senioren maar zitten, we grijpen die Mercedes,' zei hij.

'Eindelijk, echte boeven. Nu begint het ergens op te lijken!' Lönnberg gooide de achterdeuren van de bus dicht, verontschuldigde zich mompelend tegen Märtha en ging vervolgens op een drafje achter Strömbeck aan. Ze schoten de Volvo in, reden naar de Mercedes en parkeerden ernaast. Strömbeck stapte uit en klopte op het raam. De bestuurder draaide het naar beneden.

'Mogen wij uw rijbewijs even zien, alstublieft?' vroeg Strömbeck.

‘Natuurlijk.’ De man in de auto deed of hij zijn rijbewijs pakte, maar zette in plaats daarvan de auto in de eerste versnelling. Luid brullend trok hij op.

‘Verdorie nog aan toe!’ bulderde Strömbeck, die de Volvo in dook.

‘Erachteraan!’ schreeuwde Lönnberg, die plankgas gaf. ‘Nu hebben we ze.’ Eindelijk een beetje actie, dacht hij. Eindelijk hebben we wat nuttigs te doen.

75

Märtha keek toe terwijl de donkerblauwe Volvo achter de Mercedes aan joeg.

'Mooi. Dat is gelukt,' zei ze opgelucht tegen zichzelf toen ze de twee auto's achter elkaar de E18 op zag racen. 'Maar het scheelde weinig. Toen Lönnberg de bus in stapte, dacht ik dat we erbij waren. Anders heeft weliswaar het geld bij zich, maar Lönnberg zou iets gevonden hebben als hij goed had gezocht.'

'Dat was rap. We waren nog naar nauwelijks in de kerk,' zei Stina terwijl ze achter in de bus ging zitten.

'Inderdaad, we konden gelijk weer omkeren en naar de bus lopen,' zei Anna-Greta. 'Je behandelt ons als vee.'

'Wil je dit nou alsjeblieft uitleggen, ik begrijp er niets van,' zei Bertil.

'Zagen jullie het dan niet? Het was dezelfde auto als voor De Diamant. Iedere keer als de donkerblauwe Volvo opdook, verdween de grijze Mercedes. De Joego-maffia weet in welke auto de politie rijdt en daarom gingen ze ervandoor. Toen wij naar deze parkeerplaats reden, dacht ik dat het een goed idee zou zijn als ze elkaar in de gaten kregen, zodat ze ons met rust zouden laten. Dat is gelukt. Nu kunnen we verdergaan.'

Oscar keek Märtha bewonderend aan. Hoe bedacht ze het toch allemaal?

'Nu zijn we dus van de grijze én de donkerblauwe auto verlost,' zei Stina.

'De Hoogste heeft ons geholpen,' zei Anna-Greta, die haar ogen opsloeg.

'Nee, dat was Märtha,' zei Oscar.

'Ja, ja, dat weet ik ook wel, ik maakte maar een grapje,' zei Anna-Greta. Vervolgens begon ze 'Als ik toch eens rijk was' te zingen, wat ze de hele weg naar Sollentuna volhield.

Märtha scheurde over de snelweg, en pas toen ze de afrit nam in de richting van het zandweggetje waar de schuur lag, minderde ze vaart. Anders zou daar met het geld op hen staan wachten – als hij zich niet had overgegeven, natuurlijk. Maar Märtha had gezien hoe goed hij alles rondom de overval had geregeld en ze keek nu anders tegen hem aan. Ze zou niet ongerust moeten zijn, maar... Ze keek op haar horloge. Als alles volgens plan verliep, konden ze het geld ophalen en zouden ze op tijd zijn voor hun vlucht. Voor de zekerheid had Anna-Greta de tickets bij een gewone luchtvaartmaatschappij geboekt. Ze wilden niet met een lowbudgetmaatschappij vliegen, want het was belangrijk dat ze op de plaats van bestemming aankwamen en ze wilden niet het risico lopen dat de juiste stoelen niet meer vrij waren. Terwijl Märtha naar de schuur reed, dacht ze aan alles wat Anders moest doen. Ze begon weer te piekeren. Kon ze hem echt wel vertrouwen? Over iets minder dan een half uur zou ze het weten.

Anders bestudeerde de veiligheidstassen nog een keer voor hij de bijl hief. Vervolgens bedacht hij zich. Zouden ze werkelijk goed bevroren zijn? Hij had direct de vrieskisten op het stroomnet aangesloten toen hij bij de schuur aankwam. Maar voor de zekerheid kon hij maar beter de temperatuur controleren, zodat hij niet alles verpestte. De tassen moesten stijf bevroren zijn en de verfampullen waren pas bij min twintig onschadelijk. Het was weliswaar droogijs, maar bevriezen had tijd nodig. Hij nam het zekere voor het onzekere en wachtte nog een uur. Hij gluurde naar de deur. Vreemd dat Stina en de anderen er nog niet waren. De oudjes hadden er al lang moeten zijn. Als ze maar niet in de file stonden of een lekke band hadden gekregen of zoiets, dacht hij. Dan zou alles in het honderd lopen. Ze hadden het allemaal zo vlug moeten regelen dat ze geen tijd hadden gehad om een noodplan te bedenken. Het plan dat ze hadden, móést gewoon werken. Hij durfde hen niet te bellen. Misschien stond de politie al klaar om het signaal te traceren. Hij kon zich maar beter gedeisd houden. Hij ijsbeerde een hele tijd door de schuur tot hij het niet langer uithield. De bankbiljetten moesten eruit. Hij haalde de bijl, spuugde in zijn handen en pakte de steel vast. Alles moest nu wel bevroren zijn en het gps deed het ook niet langer... Als er maar geen lijnzaadolieverf in de ampullen zat, al was hij ervan overtuigd dat de banken gewone, goedkope verf gebruikten. Voorzichtig liep hij naar de eerste tas, richtte er met de bijl op en sloeg met een krachtige klap de ampul kapot. Hij wachtte. Luisterde. Maar er gebeurde niets. Geen kloddertje verf liep eruit. Pas toen durfde hij de tas open te maken. Wat was hij blij toen hij de bankbiljetten zag. Opgemonterd herhaalde hij de procedure bij de volgende tas.

Ineens hoorde hij een auto aankomen. Hij stopte, haalde een hand door zijn haar, rechtte zijn rug en liep aarzelend naar de deur. Daar bleef hij staan luisteren. Voor de zekerheid wachtte hij tot er drie keer was geklopt, gevolgd door een pauze en dan nog twee kloppen. Daar waren ze dan, eindelijk. Hij schoof de grendel van de deur en deed open.

'Alles onder controle?' vroeg Oscar, die meteen doorliep.

Anders knikte.

'En de stofzuiger?'

'De dames hebben het geregeld. Waar zijn de schilderijen?'

'In de bus. Wacht even.' Anders deed het portier van de bus open en haalde het grootste doek eruit. 'Ik hoop dat je berekeningen kloppen. Vier lagen met biljetten van vijfhonderd voor een doek van 65 x 95 centimeter. Dat is niet veel.'

'Dat klopt, maar Stina's doeken zijn nog groter. Ze heeft zichzelf overtroffen.' Oscar knipoogde.

'En dan zijn er nog alle doeken van de anderen plus de schilderijen die we als handbagage meenemen. Ik hoop dat het plasticfolie het houdt.'

'Dat was in het woon-zorgcomplex wel zo. Als de schilderijen een beetje doorbuigen is dat niet zo erg. Het is moderne kunst.'

'Jongens, we moeten aan de slag,' onderbrak Märtha hen streng met de stofzuiger in de hand. Haar stem klonk zo scherp dat iedereen begreep dat het haast had. Terwijl de drie dames de biljetten uit de veiligheidstassen zogen, haalden de heren voorzichtig de eerste laag plasticfolie van de doeken. Hier en daar was de verf wat gebarsten en op een paar plaatsen liet een laagje helemaal los – vooral bij Stina's schilderijen – maar verder verliep alles volgens plan. Oscar en

Bertil legden het folie op een werkbank en keerden terug naar de doeken, die helemaal waren uitgepakt, op een laag folie na die ze er een dag eerder omheen hadden gewikkeld.

'Stina en Anna-Greta, jullie zijn aan de beurt,' riep Oscar.

De dames pakten een doos met biljetten van vijfhonderd kroon en legden ze op het doek. Märtha dekte ze af met een dunne laag plastic, waarna het volgende laagje bankbiljetten erop werd gelegd. Tot slot wikkelden ze alles weer in het plasticfolie en lijmden het in de hoeken vast. Pas toen dat alles klaar was, legden Oscar en Bertil het beschilderde plasticfolie weer op zijn plaats. Ze lijmden het vast met secondelijm, zodat het geheel eruitzag als een gewoon schilderij. Stina had voorgesteld om een nietapparaat te gebruiken, maar op het laatste moment bedachten ze dat de nietjes te zien zouden zijn in het scanapparaat. Onder het werk glansden Anna-Greta's ogen van vreugde. Ze vond het heerlijk om met al dat geld te werken en zo veel had ze in haar hele loopbaan bij de bank niet bij elkaar gezien.

Ze werkten stug door, maar het kostte veel energie om alles perfect te krijgen en algauw werden ze moe. Märtha had koffie en broodjes meegenomen en na een korte pauze, waarin ze discussieerden over de douane, metaaldetectoren en verschillende soorten scanapparaten, gingen ze verder.

Tegen half negen 's avonds waren ze klaar. Iedereen zag er tevreden uit – behalve Stina, die vond dat haar schilderijen geruïneerd waren. 'Zo dik had ik het er niet op gesmeerd. Jullie hebben de boodschap verpest.'

'De boodschap?' vroeg Bertil.

'Ja, wat ik wil zeggen met het schilderij.'

'Maak je niet dik. We halen de bankbiljetten eruit als we zijn aangekomen en dan ziet het er weer uit als vanouds.'

'Maar ik wil graag dat mijn schilderijen er altijd mooi uitzien.'

Iedereen zweeg ongemakkelijk, tot Märtha het woord nam.

'Lieve Stina, de grote meesters waren nooit tevreden over hun werk,' probeerde ze. 'We begrijpen wat je bedoelt.'

Dat was genoeg voor Stina.

Toen ze de schilderijen in het Groene Gevaar hadden gezet, schoot Anna-Greta ineens iets te binnen.

'Lieve hemel, we komen ruimte tekort,' zei ze ongerust.

'We hebben nog zeker een miljoen over.'

'Anders moet ook een beetje hebben,' zei Stina vlug. 'Hij gaat immers onze correspondentie regelen. En Emma, die...'

'Noem jij een miljoen kroon een beetje? Een miljoen voor wat papier en een paar postzegels?' Anna-Greta knapte bijna uit haar vel van woede.

'Maar we hebben Gunnar toch beloofd dat we zijn reis ook zouden betalen? Daar moet ook geld voor zijn,' zei Oscar.

'O ja, dat is ook zo. Dat is ook zo, ja.' Anna-Greta bleef even stil, maar vervolgens zei ze: 'Hemeltjelief, we zijn nog wat vergeten!' Ze sloeg haar handen voor haar mond. 'Het geld in de regenpijp!'

'Vergeten? Helemaal niet,' verzekerde Märtha haar. 'Ik vertel het later wel, we moeten nu naar het vliegveld. Hup, de bus in.'

Ze gehoorzaamden allemaal braaf. Maar het duurde wel wat langer dan normaal, omdat de schilderijen in de weg stonden en ze zich erlangs moesten wurmen. Toen Anders de achterdeur wilde dichtgooien, wees hij grinnikend naar de kunstwerken. 'De Grijze Brigade heeft weer toegeslagen.'

'De oudjes kunnen het nog best.' Anna-Greta proestte het uit, en de anderen mompelden instemmend. Märtha draaide het raam naar beneden. 'Het spijt ons dat we jou met het rotwerk laten zitten,' zei ze terwijl ze de bus startte. 'Maar zoals gezegd, je krijgt ervoor betaald. Bedankt voor alles en doe de groeten aan Emma.'

'Dat doe ik. Ik zal het hier schoonmaken en dan de stofzuiger en de tassen naar de stort brengen,' zei Anders.

'Arme jongen van me,' zei Stina. 'Kom je gauw naar ons toe, zodat we jou en Emma kunnen belonen? Wat doen we trouwens met de bestelbus?'

'Wat we hebben afgesproken. We parkeren hem bij Arlanda op een parkeerplaats,' zei Märtha, terwijl ze het raam omhoog draaide. 'Dan duurt het nog zeker een week voor ze hem in de gaten krijgen en dan zijn we allang verdwenen.'

'Als ik hem niet al eerder ophaal,' mompelde Anders.

'Goed, we gaan,' zei Oscar.

'Nee, wacht heel even,' zei Stina, die weer uitstapte. Ze sloeg haar armen om Anders heen en zei: 'Pas goed op jezelf, lieve schat, en geef Emma ook een deel van het geld. Vergeet haar en de kleine Malin niet de groeten van mij te doen.' Ze gaf hem een stapeltje bankbiljetten. 'Hier heb je alvast een voorschot en onthoud dat jij en Emma nóg rijker worden als jullie op de erfenis wachten. Maar als jullie dat miljoen achteroverdrukken, dan krijgen jullie helemaal niets. Niks, nada, noppes!'

'Ja, ja, mama, ik weet het,' zei Anders lachend. Hij gaf haar nog een laatste knuffel.

Toen de vijf op het vliegveld aankwamen, waren ze allemaal erg opgewonden. Tot nu toe was alles prima verlopen en nu wilde niemand met de finish in zicht onderuitgaan. Ze probeerden zo rustig mogelijk te doen en liepen langzaam en waardig naar de automaten voor het afleveren van de bagage. Dat gaf geen problemen, want ze hadden genoeg ervaring met het drukken op de juiste knoppen van onpersoonlijke automaten, en het lukte hun zelfs de bagage-etiketten te printen. Hun koffers waren behoorlijk zwaar en het logo 'De oudjes kunnen het nog best' zorgde voor veel hilariteit. Het inchecken verliep zonder incidenten. Maar nu waren de schilderijen aan de beurt.

'Denk je dat we die mee aan boord mogen nemen?' vroeg Stina. Ze wees naar Anna-Greta's abstracte schilderij, dat leek op een vrouw op de rug gezien met een strik in haar ongekamde haar. Anna-Greta had er veel verf op gesmeerd om de grote hoeveelheid bankbiljetten aan het zicht te onttrekken, maar het was geen kunst met een hoofdletter K. Eerlijk gezegd was het afschuwelijk. Anna-Greta zag de twijfel op het gezicht van haar vriendin.

'Hoe het schilderij eruitziet, is niet belangrijk, het gaat erom dat het niet te groot is om als handbagage mee te mogen.'

De overige schilderijen waren niet veel beter, maar ze waren kleurrijk, goed verpakt en geen centimeter groter dan de toegestane omvang.

'Juist, speciale bagage,' zei het meisje bij de incheckbalie. Alle schilderijen mochten mee, maar toen ze dat van Märtha zag, een rechthoekig kunstwerk, begon ze te twijfelen.

'Ik weet niet of die wel mee mag,' zei ze.

'Daar was ik al bang voor,' zei Märtha met trillende stem. Ze tikte op de lijst. Ze had verschillende lagen verf op het doek gesmeerd en er vervolgens met een mes in gesneden, als een echte Fontana. Ze had bedacht dat het dan makkelijker was om de bankbiljetten eruit te krijgen.

'U vliegt naar Barbados, zie ik,' zei het meisje aan de balie.

'Dat klopt. Bridgetown. We hebben daar een expositie.'

'Wat leuk. U vliegt businessclass, zie ik. Ik zal de stewardessen vragen of ze u willen helpen met het schilderij. Geweldig dat u op uw leeftijd nog schildert. Zonder kunstenaars zou de maatschappij haar ziel al lang zijn verloren.'

'Die van ons zijn we inderdaad kwijt,' mompelde Märtha.

Toen ze even later door de paspoortcontrole moesten, verliep het niet zo gladjes als Märtha had gehoopt. De bewakers ontdekten al gauw het plamuurmesje dat ze vergeten was uit haar buideltasje te halen en daarom werd ze bruusk uit de rij gehaald. De bewakers begonnen het papier rond het schilderij te betasten en keken er peinzend naar. 'Wat is dit?' vroeg een van de bewakers streng.

Beter voorkomen dan genezen, dacht Märtha en ze scheurde haastig het papier eraf en wees op het bordje dat op de lijst was geplakt.

'Kijkt u eens. *Storm in rozen* heet het. Het is mijn beste schilderij ooit.' (Dat was niet gelogen, want ze had immers nooit eerder geschilderd.) Er was weliswaar geen roos te bekennen, maar Märtha vond het een mooie titel. Achter de vele klonten verf zaten ongelooflijk veel bankbiljetten verstopt.

'Ik weet niet of dit kan worden meegenomen aan boord,' zei de bewaker.

'Zeg me alstublieft dat u het mooi vindt. Dan maakt u me erg gelukkig,' smeekte Märtha, terwijl ze met haar hand op het schilderij klopte. 'Alstublieft!'

Eindelijk mocht ze doorlopen en even later waren ook Oscar, Bertil en Anna-Greta door de controle. Maar toen het Stina's beurt was, ging het alarm af.

'Oeps!' hijgde ze ongelukkig.

'Dat moet nog een keer door de scanner,' zei de bewaker.

'Vooruit dan maar,' zei Stina, terwijl de anderen haar aanstaarden.

Bertil wipte zenuwachtig op zijn voeten heen en weer, Anna-Greta kon geen woord uitbrengen, Oscar fronste zijn voorhoofd en Märtha kreeg knikkende knieën. Maar ondanks de spanning bleef hun vriendin verbazingwekkend rustig. Snel trok ze het papier van het schilderij, haalde de rode, ronde punaises eruit en lachte breeduit naar de bewaker. 'Misschien heb ik wat overdreven, maar dit is een nogal bijzonder kunstwerk. Het heet *Mazelen*, begrijpt u. Helaas was ik vergeten de punaises eruit te halen.'

De Securitas-bewakers staarden naar het handjevol punaises en wisten niet wat ze ervan moesten denken. Een van hen pakte iets anders van de tafel. 'Wat is dit dan?'

'Aha. Dat is mijn nagelvijl. Daar was die dus gebleven. Ik heb hem vast laten vallen.'

De bewakers keken elkaar schouderophalend aan en gebaarden dat ze door mocht lopen. De Grijze Brigade haalde opgelucht adem.

'Waarom deed je dat nou, Stina?' vroeg Märtha toen ze naar de gate liepen.

'Ik wilde de apparaten even testen. We gaan toch zeker nog meer overvallen plegen?'

Toen het licht in de grote Airbus weer was aangegaan, bestelde Märtha een fles champagne. Vervolgens pakte ze twee A4'tjes.

'Ik handel even af wat we hebben afgesproken, zodat we de brieven kunnen posten als we zijn geland.'

'Goed, daar drinken we op,' zei Oscar. Hij hief zijn glas.

'Wacht even. Ik wil eerst de brieven af hebben.'

Märtha had een nogal trillerig handschrift, maar terwijl de anderen kleine slokjes champagne namen en haar vrolijk aanmoedigden, draaide ze de onderstaande twee brieven in elkaar: *Aan de regering die iets kan invoeren zonder te worden weggestemd.*

Ze werd direct onderbroken door Bertil, die vond dat ze ook het parlement in de aanhef moest opnemen, aangezien ze in een democratie leefden. Anna-Greta verkondigde luidkeels dat er ook in moest komen dat degene die het geld kreeg moest beloven er geen bureaucratische rompslomp van te maken. Märtha deed wat haar werd opgedragen en ging verder:

De vereniging Vrienden van de Senioren heeft op haar volgens de juridische regels aangekondigde jaarvergadering besloten jaarlijks geld te schenken aan mensen die dat nodig hebben. Het geld moet als volgt worden verdeeld:

Alle bejaardentehuizen moeten dezelfde basisvoorzieningen krijgen als de gevangenissen in het land. Er moeten computers beschikbaar worden gesteld aan de bewoners, evenals bezoeken aan de kapper en de pedicure. Er worden gezellige uitstapjes georganiseerd en de zorg is fatsoenlijk.

Ieder woon-zorgcomplex moet een eigen keuken krijgen, met gekwalificeerd personeel dat ter plaatse eten klaarmaakt met verse producten. Er kan worden gekozen voor whisky als aperitief en wijn of champagne bij de maaltijd, die moet worden geserveerd aan iedereen die dat wil.

De bewoners moeten kunnen gaan en staan waar ze willen en mogen zelf bepalen wanneer ze opstaan en wanneer ze naar bed gaan.

Een goed uitgeruste fitnessruimte moet voor iedereen toegankelijk zijn en ieder woon-zorgcomplex moet beschikken over een eigen fitnesstrainer.

Iedereen mag zo veel koffie drinken als hij wil en er moet altijd koek of gebak bij geserveerd worden.

Voordat iemand als politicus aan de slag gaat, moet hij/zij eerst minstens een half jaar stage lopen in een woon-zorgcomplex.

Het bestuur van de Vereniging heeft hiervoor een fonds opgericht, genaamd Het Entreefonds (ze bedoelde uiteraard het Dievenfonds, maar dat schreef ze niet op), en besluit zelf wanneer en hoeveel geld er wordt overgemaakt. Tegen dit besluit kan niet in beroep worden gegaan. Elke donatie is belastingvrij.

Märtha schreef de brief over, zodat er een kopie rechtstreeks naar de media kon worden gestuurd – op die manier zou de brief niet onder in een la verdwijnen.

'Dat was dat. Vergeet niet het geld voor onze vrienden in De Diamant,' zei Stina.

'Komt goed. Eerst moeten we de donatiebrief ondertekenen,' zei Märtha, die de brief aan Stina gaf. Ze zetten hun eigen naam en handtekening eronder, maar dat gaf niets, want die handtekeningen waren zo onleesbaar dat zelfs een dokter er jaloers op zou worden. Toen dat klaar was, stopte Märtha de brief in een envelop en likte hem dicht.

'Dan zijn nu onze vrienden in De Diamant aan de beurt.'

'Behalve zuster Barbro,' zeiden de anderen in koor.

'Dat spreekt voor zich, ik heb het over de anderen. Wat zeggen jullie van een gemeenschappelijk fonds voor reisjes, feesten en uitgebreide diners in het Grand Hotel?'

'Ze mogen ook gebruik maken van het vip-arrangement in het hotel,' zei Stina.

Daar was iedereen het over eens. Anna-Greta zou één keer in de maand het fonds aanvullen. De anderen knikten instemmend.

Anna-Greta hief tevreden haar glas. 'Proost, vrienden. Dan is nu alleen het geld in de regenpijp nog over,' hinnikte ze verrukt.

'Nee, hoor. Moeten we de donatie van de Vrienden van het Rijksmuseum niet terugbetalen?' vroeg Stina.

De anderen dachten diep na, tot Märtha het woord nam.

'Dat lijkt me wel. We verhogen het bedrag een beetje, zodat ze genoeg geld hebben voor een fatsoenlijke tentoonstelling in plaats van dat "Last en Lust".'

'Ik vond dat anders best mooi,' zei Bertil.

'We schenken ze twee miljoen per jaar. Dan hebben we nog genoeg geld over om in het casino in Las Vegas uit te geven,' zei Märtha.

'Prima,' zeiden de anderen, tot ze bedachten dat ze op weg waren naar Barbados.

Iedereen keek naar zijn champagneglas.

'Ach, wat maakt het ook uit. We kunnen via West-Indië naar Las Vegas gaan,' zei Anna-Greta. 'Het komt wel goed.'

'Goed, dat is dan geregeld,' zei Märtha. 'Dan is nu de brief aan de politie aan de beurt.' Ze pakte A4'tje nummer twee en schreef op wat ze hadden afgesproken.

Aan de politie van Stockholm

Beste agenten,

Wij hebben kunnen profiteren van jullie harde werk. Daarom willen wij de politie graag steunen. Ga naar het Grand Hotel in Stockholm en zoek in de regenpijp aan de kant van de Cadierbar. Als de regenpijp wordt losgehaald, zullen jullie een panty met geld vinden. De inhoud schenken wij aan de politie en het politiepensioenfonds. Jullie hadden gelijk. Al het geld was niet overboord geslagen. Veel succes met het werk.

Met vriendelijke groet,
De Grijze Brigade

PS: de panty mogen jullie houden

Toen ook die brief klaar was en Märtha de envelop had dichtgelikt, schonk Oscar meer champagne in hun glazen. 'Ik wil graag een toost uitbrengen op ons, omdat we hiermee zo veel mogelijk mensen gelukkig proberen te maken,' zei hij.

Iedereen knikte en hief zijn glas. Met een goed geweten konden ze aan hun nieuwe leven in het buitenland beginnen. Nu wachtte het avontuur! En als ze tegen de verwachting in toch terug wilden naar Zweden, lag er al een nieuwe identiteit op hen te wachten. Anna-Greta had een paar mooie namen geregeld via internet.

Epiloog

Inspecteur Strömbeck zat achter zijn computer de beelden van de bewakingscamera's in Stockholm te bekijken. Hij zocht naar opnames van een grijze Mercedes die een week eerder door de tolpoortjes moest zijn gekomen. Hij had onmiddellijk met zijn donkerblauwe Volvo de achtervolging ingezet, maar ondanks die snelle reactie hadden ze de Joegoslaven uit het oog verloren. Strömbeck vloekte en deed een greep in het pak met chocoladekoekjes, dat hij helemaal leegat. Wat kon hij anders doen? Niet alleen was de Joego-maffia hem door de vingers geglipt, ook de bejaarden waren ervandoor gegaan.

Hij staarde kwaad naar de brief op zijn bureau. Natuurlijk was hij verbaasd geweest dat hij met de slakkenpost een brief uit Barbados had gekregen, maar hij had niet verwacht dat iemand de politie op die manier belachelijk wilde maken. Die oudjes hadden hem aangeraden te gaan zoeken naar een panty vol geld in het Grand Hotel. Die in een regenpijp was verstopt, nota bene! Hij vloekte weer, maakte een propje van de brief en smeet het in de prullenmand.

Dankwoord

Tijdens het schrijven van *Je geld of je leven* heeft een heerlijke groep mensen mij gesteund en geholpen.

Allereerst wil ik Inger Sjöholm-Larsson bedanken voor haar aanmoedigingen en het doorlezen van de allereerste schets tot en met het uiteindelijke verhaal. Met Lena Sanfridson heb ik jaren geleden over de eerste ideeën gespard en vervolgens is zij bij de totstandkoming van het boek mijn betrokken inspiratiebron en sparringpartner geweest. Daarnaast wil ik Ingrid Lindgren hartelijk bedanken omdat ze alle hoofdstukken supersnel heeft gelezen, mij aanmoedigde en met verstandige opmerkingen kwam; wat ook geldt voor Isabella Ingelman-Sundberg, die tijdens het schrijven mijn steun en toeverlaat is geweest.

Susanne Thorson wil ik bedanken voor haar tijd en haar waardevolle commentaar, Kerstin Fägerblad omdat ze altijd tijd voor me heeft, ook als ik haar manuscripten stuur die nog lang niet af zijn, en Fredrik Ingelman-Sundberg voor zijn opbeurende woorden en aanmoedigingen.

Ik ben ook veel dank verschuldigd aan Magnus Nyberg, Micke Agaton, Gunnar Ingelman, Britt-Marie Laurell, Åke Laurell, Ingegerd Jons, Helene Sundman, Anna-Stina Bohlin, Bengt Björkstén, Karin Sparring Björkstén, Agneta Lundström, Anna Rask, Mika Larsson, Erva Karlgren en Eva Rylander. Ik ben blij dat jullie de tijd hebben genomen het manuscript door te lezen en dat jullie verschillende keren met slimme ideeën zijn gekomen! De hulp die ik van jullie heb gekregen, is voor het boek heel belangrijk geweest.

Ik wil in het bijzonder Barbro von Schönberg bedanken; haar constante vrolijke opmerkingen zijn van onschatbare waarde geweest bij de totstandkoming van dit boek.

Veel mensen hebben mij met raad en daad bijgestaan en ik wil gevangenisdirecteur Hanna Jarl Källberg, penitentiair centrum Sollentuna en Lina Montanari van het Grand Hotel bedanken voor de rondleidingen en de research voor het boek. Hartelijk bedankt!

Bij uitgeverij Forum heb ik fijn samengewerkt met Adam Dahlin, Viveca Peterson, Liselott Wennborg Ramberg, Anna Käll, Sara Lindgren och Annelie Eldh.

Ook wil ik mijn agenten bij Grand Agency, Maria Enberg, Lena Stjernström, Peter Stjernström en Lotta Jämtsved Millberg bedanken.

Tot slot wil ik Magda Laurell uit het Björkbackens-woon-zorgcomplex in Siljansnäs hartelijk bedanken voor de gezelligheid.

Fragment uit *Oma doet het weer*

Het vervolg op *Je geld of je leven*

Proloog

Op het moment dat Märtha – negenenzeventig jaar, gepensioneerd en gezocht door de politie – de kaas, Argentijnse worst en exclusieve vispastei in haar grote bloemetjestas stopte, begon haar nieuwe leven.

De airconditioning suisde, de winkelwagentjes rammelden en het vermoeiende gegons in de supermarkt hield onafgebroken aan. Het werd tijd dat ze terugging naar haar suite in Hotel Orleans, waar ze met haar vrienden verbleef. Een hapje en een drankje zouden er wel in gaan voor hun avondje gokken. Hier in Las Vegas gebeurde het allemaal. Märtha neuriede tevreden in zichzelf. Mensen bedriegen ging beter met wat bramenlikeur op zak.

'Lieve vrienden, laten we teruggaan naar het hotel om op te laden,' zei ze, terwijl ze haar kortgeknipte witte haar onder een grote zonnehoed wegstopte. Met haar verzorgde handen greep ze haar tas stevig beet en haar zwarte Ecco-schoenen klepperden over het trottoir. Haar eveneens gepensioneerde vrienden Oscar, Bertil, Anna-Greta en Stina knikten en betaalden braaf hun boodschappen bij de kassa. Daarna volgden ze Märtha naar buiten. Inmiddels was het ruim een half jaar geleden dat ze uit Zweden waren vertrokken na hun laatste Robin Hood-actie, en sindsdien hadden ze zich gedeisd gehouden. Maar nu hadden ze er genoeg van. Wie zich verveelt, leeft niet. Het werd tijd om iets te ondernemen.

Buiten wachtte de hond naast hun rollators. De cockerspaniël blafte opgewekt en sprong tegen Märtha's overheerlijk ruikende tas op. De vijf gepensioneerden, of de Grijze Brigade, zoals ze zichzelf noemden, gingen regelmatig een stukje wandelen met de hond van de portier van hun hotel. Nadat Märtha het kleine teefje even had geaaid, duwde ze haar vriendelijk maar beslist omlaag. Ze keek of iedereen klaar was en zette ze de pas erin. De anderen haastten zich achter haar aan.

Witte hotelgebouwen torenden boven hun hoofden uit en het asfalt glansde. Overal lichtten neonreclames op. Er hing een drukkende hitte en een politieauto raasde voorbij. Na enkele passen was Märtha al doorweekt van het zweet. Puffend sloeg ze de hoek om naar Hayes Street. Ze haalde haar waaier tevoorschijn en begon een oud Zweeds liedje te neuriën: *Vi går över daggstänkta berg*. We trekken over de dauwbedekte bergen. Weldra zou de Grijze Brigade geschiedenis schrijven in Las Vegas. Zelfs in Las Vegas.

1

Het personeel van de De Beers-diamantzaak even verderop in de straat had misschien op hun hoede moeten zijn. Maar de beveiligingsmedewerkers stapten beleefd opzij toen drie ongeschoren jongemannen gehaast de winkel binnenstapten, en openden direct de veiligheidssluis. Twee van hen hadden een blindengeleidehond bij zich en de derde begeleidde zijn vrienden naar de toonbank. De vrouw achter de toonbank glimlachte verwelkomend naar hen en bekeek hen met enig medelijden. De mannen groetten haar beleefd en vroegen of ze de geslepen briljanten mochten bekijken. Daarop trokken ze hun pistolen.

'Geef de diamanten!'

De winkelmedewerkster en haar collega's deinsden instinctief achteruit en tastten naar de alarmknop, terwijl ze ondertussen de lades met de glimmende juwelen tevoorschijn haalden. Met trillende handen legden ze de juwelen op de toonbank. Twee van de mannen dreven de beveiligingsmedewerkers tegen de muur en namen hen hun wapens af, terwijl de derde de diamanten vlug in een speciaal daarvoor genaaide hondenhalsband stopte. Daarna deed hij er nog een donkerblauwe saffier bij plus een aantal nog ongeslepen stenen. De overvallers leegden alle lades. Ze hadden niet gemerkt dat er op de alarmknop was gedrukt, en toen het alarm afging, propten ze de laatste edelstenen in de halsband van de hond, ritsten hem dicht en haastten zich naar buiten. De laatste veroorzaakte een kortsluiting, waardoor de veiligheidsdeur achter hem blokkeerde.

Buiten trokken de drie mannen hun pruik van hun hoofd. Hun zonnebril hielden ze op. Kalm wandelden ze de straat uit, alsof er niets was gebeurd. Die truc met de blindengeleidehond hadden ze al vaker gebruikt. Het werkte prima en maakte dat mensen minder alert waren.

Ze zagen eruit als doodnormale voetgangers en zonder enige haast sloegen ze de hoek om naar Hayes Street, waar hun auto geparkeerd stond. Na zo'n honderd meter keken ze echter toch even om om te zien of ze werden gevolgd, en botsten recht tegen een groep bejaarden op die bijna de hele stoep in beslag nam. De vijf senioren liepen luidkeels te zingen, waarbij ze kleine danspasjes leken te maken achter hun rollators. De overvallers staarden hen aan.

'Look uit,' zei Märtha, waarna zij en haar vrienden hun gezang onmiddellijk weer voortzetten. Dertig jaar lang hadden ze met elkaar in een koor gezongen en ze genoten er buitengewoon van om zo samen uit volle borst te zingen.

'Vi gå över daggstänkta berg fallera,' zongen ze meerstemmig. Zoals altijd wanneer ze dit lied zongen, werden ze er een klein beetje sentimenteel van en het bezorgde hen altijd lichte heimwee. Ze gingen zo op in hun eigen wereld dat ze geen flauw idee hadden wat er gebeurd was. Barbie stond rustig overal aan te snuffelen en ze hadden geen enkele haast om verder te gaan. Slenterend over straat waren ze al langs allerlei restaurantjes, casino's en juwelierszaken gekomen en Märtha was in haar nopjes. Las Vegas was een stad voor avonturiers; de perfecte plek voor haar en haar vrienden.

'Give way!' brulden de mannen met de blindengeleidehonden.

'Give me away zelf, mafketels,' antwoordde Märtha. Maar toen een van de honden zijn tanden liet zien, deed ze toch een stapje achteruit. Dit kunnen we maar beter op een vriendelijke manier oplossen, dacht ze. Ze zocht naar de Argentijnse, gekruide worst terwijl Oscar tegelijkertijd een paté tevoorschijn haalde. De grote herdershond negeerde de lekkernijen echter compleet en begon dreigend te grommen. Hij sprong naar voren en hapte naar Märtha's been. Gelukkig slaagde Oscar er net op tijd in zijn rollator tussen de hond en Märtha te duwen, waardoor het dier het volgende moment met zijn halsband verstrikt zat in de mand van de rollator. Toen reageerde ook Barbie.

Bij de aanblik van de enorme herdershond raakte de kleine teef helemaal in paniek; ze begon angstig te keffen en rukte zo hard aan de riem dat die uit Stina's handen vloog. Jankend ging Barbie ervandoor, de riem achter zich aan slepend, waarop de tweede geleidehond, een zwarte labrador, zich losrukte en achter haar aan rende. Barbie was namelijk een uitermate schattig hondje, en bovendien op dat moment ook nog loops.

'Fuck, fuck, die halsband!' riepen de mannen toen ze de labrador er met de diamanten vandoor zagen gaan. Twee van hen stormden erachteraan. De herdershond zat nog steeds verstrikt in de rollator en de derde overvaller deed koortsachtig pogingen hem los te krijgen.

'I am vreselijk sorry,' zei Märtha.

'Fuck you,' antwoordde de man.

'If you take it easy, dan gaat het better,' ging Märtha verder, waarop ze zich naar voren boog en hem een paar adviezen gaf – haar beste adviezen zelfs. Maar die kerel rukte en trok in het wilde weg aan de halsband, zonder dat het iets hielp. Plotseling klonken er politiesirenes. De overvaller verstijfde en begon zo hard aan de herdershond te trekken dat de halsband losschoot en aan de rollator bleef hangen. Compleet in paniek rende hij weg met de hond achter zich aan.

'Hey stop! You forgot your dogband in the rollator,' riep Märtha. Ze begon wild te zwaaien, maar in plaats van te blijven staan vloog de man op zijn auto af. Zijn handlangers, die de sirenes ook gehoord hadden, staakten hun achtervolging van de zwarte labrador en ook zij vluchtten naar de auto. Toen ze er bijna waren, openden ze de portieren met de afstandsbediening, sprongen erin en gaven plankgas. De honden lieten ze achter. Met piepende banden scheurden ze de hoek om.

'Wat een merkwaardige types! Ze lijken hun blindengeleidehonden helemaal niet nodig te hebben,' mopperde Märtha. Daarna maakte ze de halsband los. Precies zoals ze zojuist aan die man had voorgesteld. Ze zuchtte, schudde haar hoofd en mompelde: 'Dat mannen toch zo zelden luisteren naar goede raad.'

Oscar, een van Märtha's beste vrienden, wierp een blik op de halsband.

'Leg hem in de mand van de rollator, dan bellen we de eigenaren later wel. Hun naam staat er vast in.'

Dat vond iedereen een goed idee, en zodra het ze gelukt was om Barbie weer naar zich toe te lokken, wandelden ze terug naar het hotel. De zwarte labrador volgde hen echter op de voet, en eenmaal bij het hotel aangekomen besefte Märtha dat ze ook de eigenaar van déze hond zouden moeten opsporen. Ze deed zijn halsband af en legde hem in de rollatormand, net op het moment dat de portier op hen af kwam lopen.

'Thank you so much!' riep hij uitbundig, terwijl hij zijn kleine hartendiefje oppakte. Met snelle passen verdween hij de vestibule in met Barbie in zijn armen. De labrador begon te blaffen en rende erachteraan, maar slaagde er niet in om op tijd door de grote glazen deuren naar binnen te glippen; ze vielen voor zijn neus dicht. Droevig bleef hij nog een tijdje door het glas staren voordat hij teleurgesteld met hangende oren afdroop. Daar stond de Grijze Brigade dan, met twee hondenhalsbanden.

'Ik heb een vergrootglas op mijn kamer. Er staat vast iets met kleine lettertjes op de riem, of misschien vinden we een briefje als we de rits openmaken,' zei Märtha. Ze namen de lift naar de achtste verdieping, suite 831.

'Dat is nou het mooie van het leven, je weet nooit wat het je zal brengen, nietwaar?' babbelde ze even later opgewekt nadat ze wat drankjes en hapjes op tafel had gezet en het vergrootglas tevoorschijn had gehaald. 'Laten we eens kijken wat hier staat.'

Märtha bestudeerde de binnenkant van de halsband grondig, maar hoe ze ook zocht, ze vond geen initialen of andere tekst. Terneergeslagen maakte ze de rits open om te kijken of ze misschien een briefje met een naam zou aantreffen. Plotseling viel er iets op de parketvloer. Bertil boog zich voorover. Hij raapte een paar kleine harde stukjes op en legde ze op een bord.

'Hondensnoepjes in een halsband, wat handig!